湘西 不神秘

姚昆仑 ◎ 著

中国言实出版社

图书在版编目（CIP）数据

湘西不神秘 / 姚昆仑著. -- 北京：中国言实出版
社，2023.5
ISBN 978-7-5171-4445-8

Ⅰ.①湘… Ⅱ.①姚… Ⅲ.①纪实文学－中国－当代
Ⅳ.①I25

中国国家版本馆CIP数据核字（2023）第060122号

湘西不神秘

责任编辑：王战星
责任校对：郭江妮

出版发行：中国言实出版社
　　地　　址：北京市朝阳区北苑路180号加利大厦5号楼105室
　　邮　　编：100101
　　编辑部：北京市海淀区花园路6号院B座6层
　　邮　　编：100088
　　电　　话：010-64924853（总编室）　010-64924716（发行部）
　　网　　址：www.zgyscbs.cn　　电子邮箱：zgyscbs@263.net

经　　销：新华书店
印　　刷：汇昌印刷（天津）有限公司
版　　次：2023年7月第1版　　2023年7月第1次印刷
规　　格：710毫米×1000毫米　　1/16　　22.75印张
字　　数：337千字

定　　价：58.00元
书　　号：ISBN 978-7-5171-4445-8

大湘西全境图

沅江：渔舟唱晚

湘西：十万大山

土司塑像

永顺老（土）司城遗址

侗家梯田

千年溪州铜柱（现存于芙蓉镇）

湘西田园风光

张家界土司城

沅陵龙兴讲寺

靖州地笋苗寨

苗族芦笙表演

沅陵清浪滩行船拉纤旧照

民国时期沅江上的摆渡船

侗族打闹年锣比赛

侗家、苗家的长桌宴

傩戏演出

土家族传统牛拉磨表演

作者在湘西调研

民族村寨石基屋与石板路

湘西边城吊脚楼

对湘西，我有了新的认知

　　湖南，对于年少时的我而言，是个神秘的地方。一则，我生长于广西柳州，可"学生手册"上填报的籍贯，却是我从未到过的湖南常德，这一直让我感到困惑；二则，"十万大山"的广西，与跟其相邻的湖南，尤其是湘西，（过去）均以匪患猖獗而声名远播。我们印象深刻的剿匪主题经典电影《英雄虎胆》中，有个打入残匪老窝的解放军侦察科科长曾泰，其原型人物林泰自部队复员后就在柳州工作，我小时候还见过这位英雄，尽管看到的只是他的背影。

　　曾几何时，湘西似乎成了一个神秘不断被放大的秘境。近 30 年来，《乌龙山剿匪记》《瑶山大剿匪》等剿匪题材影视剧的热播，让既往的"匪事"和剿匪传奇更多呈现，昔日的湘西在大众眼中似乎也愈发显得神秘。

　　那是怎样的一个存在呢？她究竟有着怎样的历史文化、风俗民情和民族魅力？在我看来，人们常常谈起的湘西文明的起源，有关赶尸、放蛊、"再生人"等神秘现象和传说，以及各个历史时期的匪踪迷影，也都是些特别有内涵、有意味，然而又语焉不详、掘之不深的热门话题。而湘西人姚昆仑先生新著《湘西不神秘》，正好弥补了这方面的一些空缺，尤为值得关注。

　　"湘西"，这个人文地理名词，其实是个地域概念，泛指湖南西部，俗称湖南"西路"。它包括湘西土家族苗族自治州、张家界市和怀化市的 20 余个县市，20 世纪 50 年代初曾统称为湘西，现习惯于叫"大湘西"。

　　在这块历经岁月雕琢、形似玉佩琼琚的土地上，以凤凰古城、张家界、芙蓉镇、沅陵、洪江、芷江等为代表的"湘西名片"，可谓是山奇水秀、风情别致、景象万千。湖南省的 68 个 4A 级景区，湘西就占 19 个，其中，武陵源天门山景区为 5A 级景区，武陵源风景区、永顺土司城被列入世界遗产目录。行走在湘西，宛如漫步于时空隧道，映入眼帘的是两旁的山水壁画。

千百年来，湘西人才辈出。在中国近代革命史上，出自湘西的无产阶级革命家向警予、贺龙、粟裕、廖汉生等创立了不朽功勋。在科技界和文化界，亦有"两弹一星"元勋陈能宽、著名作家沈从文、著名画家黄永玉等从湘西走出的杰出人物。

正是湘西的山水灵魂和人文精魄，使得这里繁花绿茵永不凋谢，守护和装饰着各族人民赖以生存的情感和田园。《湘西不神秘》一书，就此做了生动的描摹和翔实的剖析。作者出生于湘西，长期在国家科学技术奖励工作办公室工作，眼界高远、见多识广，浓郁的故乡情结驱使他利用工作之余勤勉调研、精深思考，完成了这部近 30 万字的著述。书中对大湘西的历史脉络、神秘现象和近代兵匪的成因、社会人文与民族风情进行了细致的梳理，从科学、民俗学和实证资料等新的视角来解惑释疑，全景展现了一个较为真实、清晰的大湘西风貌。

从历史的维度看，作者由远古时期湘西先民在沅水和澧水及其上游的五溪沿岸"逐水而居"款款道来。自 5 万年前的旧石器时代遗址，如澧水文化类群和舞水文化类群，到新石器时代距今约 7800 年的洪江高庙遗址，再到商周时期铜的开采冶炼，以及汉代以后物质文明和精神文明的进步，都通过对出土文物的精细解读，阐明了湘西人民在开辟这片古朴的疆土中，一直与汉民族一道，推动着社会从蒙昧状态走向文明，而并非过去人们所误读的——湘西是"未被开化之地""落后的代名词"。

从文化习俗的维度看，作者眼中的湘西是一种多元共生文化，历史底蕴深厚。沅陵的夸父山，演绎着"夸父追日"的神话；沅江和五溪流域的巫傩文化，留下了"赶尸""放蛊""再生人"等神秘现象和传说；划龙舟，据考证起源于湘西的沅江流域；还有充满民族风情的土家族缠绵的摆手歌、苗家人高亢的鼓舞、侗族人别致的芦笙舞等。作者对湘西浸染着浓厚历史和民俗色彩的诸多文化现象进行了多角度诠释，取精用宏，深得其味。

从自然风景的维度看，作者与我们分享了湘西雄奇而秀美的山川。湘西的山，美在雄奇。湘西有武陵和雪峰两大山脉，在它们的环抱中，从湘西北部到湘西南部，处处都有大自然的神奇造化，令人震撼称奇。湘西的水，美在灵秀。沅江及其主要支流酉水、辰水、舞水、渠水、巫水为主体形成的水运网络优势，展示了一幅幅"青峰多秀色，碧水共氤氲"的美景。而湘西的田园，则是人与山水的巧妙布局。田园标注着自己的风格，展示着自己的意境，积淀了数千年农耕文明留下的遗产。

从湘西人民创造的维度看，作者给我们讲述了湘西的名镇山寨和风格迥异的建筑：张家界的土司城、永顺的芙蓉镇、沅陵的龙兴讲寺、洪江古商城、新晃的龙溪口镇等；村镇的窨子屋、吊脚楼，侗族的鼓楼和风雨桥，苗族的石头城和古城堡，土家族的摆手堂、转角楼和冲天楼。在工艺品方面，作者叙述了湘西少数民族的银饰、蜡染、织锦、刺绣、挑花、木雕、竹藤编织等。那些保存下来的民族村落、建筑风格和栩栩如生的工艺品，是了解湘西历史发展的活化石，是民俗文化风情的地标，是千百年来的文物年鉴。

从物产的维度看，湘西可谓是蕴精含奇，物产资源独特而丰富。在矿产资源方面，除历史上出产用于炼制"长生丹"的辰砂（朱砂）和砂金外，煤、铜、铅、锌、锑、重晶石、高岭土、金刚石等资源储量也很丰富。湘西也是生物资源的宝库，木本植物近千种，脊椎动物 150 种左右。珍奇树种有右旋龙脑的野生樟科植物（新晃）、银杏、珙桐等；名贵药材有灵芝、天麻、何首乌、玄参、云母香、茯苓、杜仲等；珍稀野生动物有大鲵、华南虎、云豹、猕猴、灵猫等。作者也让我们品味到了湘西的物华天宝，如千年的钩藤酒、享誉华夏的酒鬼酒和地方的包谷烧；久负盛名的碣滩茶和黄金茶；纯正味美的湘西腊肉、侗藏红米等等。

最重要的是，作者在书中澄清了过去公众的一些疑问。如争议较多的湘西土匪问题、"赶尸"传说以及一些神秘现象。作者查阅了大量的史料及地方志，用民俗学、社会学等观点对这些传说和现象进行解析，揭示了其中的真相，拨开了秀美湘西上空浓浓的迷雾，让过去神秘的东西变得不再神秘。当然，对一些神秘现象的分析解读现在学术界仍有争议，个别现象尚无法破解，但作者撰述此书的努力，对破除公众的盲从心理、迷信观念，是颇具积极意义的。

正因如此，我也十分赞同作者在书中所持的观点和立场：在湘西，你可感知其神秘文化的魅力。那些神秘现象，演绎着一个个神秘而独特的文化传奇，为后人描绘了一个个想让你亲自去捕捉的精神世界！有些谜，一直传得神乎其神，经过科学分析之后，便真相大白了，科学就是这样严酷而不解"风情"；也有些谜，就人类现在的认知水平，暂且无从解释；而另一些谜，因为人们的好奇，在信息的传递中逐渐变形，成了子虚乌有的存在。

读着这本书，我仿佛走进了大湘西，走进了山、水和人文构成的美丽和谐世界，对湘西的一切有了新的理解，也有了特别想再去欣赏、体验湘西的冲动。

尹传红

科普时报社社长

中国科普作家协会副理事长

中国作家协会会员

2023 年 5 月 3 日

关于湘西

武陵拥千山，沅江纳五溪。神勇映千古，传说泣天地。这，就是湘西。

说到湘西，人们总会有这样的理解，认为湘西就是指湘西土家族苗族自治州。实际上，湘西是一个地域概念，简言之，指的是湖南西部，而湘西土家族苗族自治州是一个行政区域。作为人们所熟悉的一个固定的人文地理名词，1910 年以前，还没有湘西这个名称。中华民国成立后才设立了湘西镇守使。湘西含上湘西和下湘西。上湘西，即辰（州）沅（州）永（顺）靖（靖州直隶厅）兵备道（含今湘西自治州、张家界市、怀化市所辖地区）。下湘西，即清朝的常（德）澧（州）道，又名武陵道（含今常德市辖区）。上湘西和下湘西合起来便是"大湘西"的概念。本书中的"湘西"，指的就是大湘西。湘西俗称湖南"西路"，主要属沅水、澧水流域。这两个流域的面积比湘中、湘南略小，约占湖南省总面积的 44%，因此湘西差不多是"湖南半壁"。

湘西与云贵高原边界相接，境内峰峦起伏，五条溪流汇聚沅江、资水，东与常德、娄底、邵阳等地相连，南与广西接壤，西与川黔交界，北与鄂西北毗邻，总面积 5100 平方千米。这片土地上，分布着吉首自治州、张家界、怀化和常德行署的 20 多个县市，居住着汉、苗、土家、瑶等 20 多个民族。

很多人对湘西充满一种神秘感。在沈从文先生的笔下，20 世纪二三十年代的湘西，是淳朴、美丽和充满神秘的。的确，湘西有自然造化的美丽山川，保留着古老的文明生态和数千年的文化遗产，在湖南的西陲始终以神奇而秀丽、俊逸而厚重的姿态朦朦胧胧地展现在国人面前。然而，在很长的一段时间里人们对湘西的印象发生了很大的变化。这些变化主要来自一些文学作品和影视剧情节的塑造，其中影响最深最广的是湘西"土匪多"的形象，认为清代至民国时期的湘西是中国的"三多"（枪多、匪多、鸦片多）地区，加上赶尸、放蛊、蒙汗药等神秘传说，湘西似乎是一个秘境，且这种神秘被不断放大，影响了很多人对湘西的看法。

追溯秦代以往，相对于全国而言，湘西社会生产力还是较为先进的。东汉以后，湘西地区由于种种原因逐渐与外界隔离；随着唐宋以后"羁縻"和"土司"制度的实施，当地经济文化逐渐落后。清代雍正年间，实行"改土归流"制度后，湘西废除了土司，与外界的交流逐渐增加，社会进步明显。但到了清末和民国时期，由于社会动乱，民不聊生，湘西灾难频仍。抗日战争爆发后，湘西成为抗战的前沿，全国的名流云集于此，湘西社会发展速度加快。而新中国成立初期的剿匪，加上人们从一些作品中误读湘西，湘西被错误认为是未被开化之地、土匪云集之地，似乎有说不清的神秘现象、道不完的奇特景观。什么十万土匪、赶尸、放蛊、上刀山等，使人感觉到"确有其事"。

每次从北方回家，从飞机上俯瞰湘西青翠起伏的群山、交错绵延的沅江和五溪，感觉就完全变了，多么好的青山绿水啊！而当坐上穿梭于家乡的列车，目睹苍翠的群山、清澈的河流、时隐时现的木屋瓦房、牛耕人作的田园牧歌、溪流边农妇洗衣浣纱等的情景时，才方知年轻时对家乡了解甚少，更缺乏对故里的审美情趣。现在来对湘西老家作一点回望和思考，觉得很有必要。

我与湘西

湘西这片土地上，有绵延不断的大山，它簇拥无数的山洞、纵横的河流、涓涓的小溪和悠长的小道，千百年来一直在焕发着神奇的色彩。正如有学者说：湘西是一本书，承载着厚重的人脉文化；湘西是一幅画，展示着神奇的山水风光；湘西是一首歌，演绎着浓郁的民族风情。

我生于斯，长于斯。家乡在湖南省最西部的新晃县，属于夜郎故地，是地理上的"湘西之西"，唐代和宋代曾置过夜郎县。新晃不属于湘西自治州，而隶属于怀化市，这里是湘西的重要地区和演绎湘西故事的地方之一。新晃旧称晃县，1956年更名为新晃侗族自治县。大家熟知的电视剧《乌龙山剿匪记》中的"榜爷"田大榜、《边城汉子》中的原型人物就取材与此。

在京工作期间，或出差全国各地时，与同事或朋友聚会交谈，他们总不免要问："你是哪里人？"我说："我是湘西人。"他们便接着说："那地方风景不错，但过去土匪多也是出了名的。""湘西有无赶尸？""有放蛊的事吗？"……作为湘西人，我感到一种无奈，总得解释几句，他们则半信半疑有所理解，但又似乎迷茫。这种偏见或说是误解，从新中国成立至今，经历了两三代人，如果不加以解析，就会像难以杀死的病毒并且不断地变异，演绎出新的毒株传播着；也如同一张不胫而走的名片，使秀美的湘西蔓延着浓浓的迷雾……

为了消除这些不实观念，于是我决定写一本书。经过数年不经意的资料收集整理，加之回家探亲借机调研走访，终于拿出了这本书稿，取名为《湘西不神秘》。希望通过本书，能拨开笼罩在人们意识中对湘西的重重迷雾，解开那些神秘的现象和历史之谜，看到一个真实而美丽的湘西。由于本书涉及的历史问题较广，地域较宽、民族众多，还有很多的不足，甚至一些疑义和争论，但疑义和争论的好处是能够更好地接近真实，增进人们对湘西的客观了解。

书中观点

书中阐述了以下观点：

1. 湘西的文明与落后问题。人们普遍认为，湘西一直是偏僻落后的代名词，穷山恶水，人们的文化素质不高，贫穷好斗。实际上，在上古时期湘西文明不敢说领先全国，至少与全国是同步的。特别在秦代以前，湘西因溪流纵横，水路发达，为商贸运输提供了天然之利；而湘西的秀丽山水和自然资源，也为当地人民生活提供了基本保障。

2. 湘西的土匪定义、土匪数量、匪首及群匪的来源等问题。所谓土匪，是指文化程度普遍不高，多以当地活动为主，不依附任何政治势力，专干打家劫舍勾当的一群人。湘西的匪首、匪徒基本是由国民党委任的地方官、残余武装以及部分被挟持的群众组成。有人说个别匪首为匪代代相传，传了24代，纯属无稽之谈；有人说新中国成立之初湘西土匪有几十万之多，实际上真正的匪徒只不过几万人。"湘西剿匪"，实则是清除湘西国民党残余势力的战斗。

3. 湘西在抗日战争中的特殊地位问题。湘西山高林密，河流纵横，成为保存抗战实力的铜墙铁壁，是抗日战争的第二道天然的重要防线。抗战中，湘西作为敌后方，接受了上百万的难民，民国政府大量屯兵于此，美国飞虎队驻扎芷江机场，成为抗日战争最后胜利的坚实保障之一。

4. 湘西传说中的"赶尸""再生人""巫蛊""蒙汗药"等问题。书中陈述了自己的一些看法，从科学角度对上述现象进行了剖析，同时也引用了部分专家学者的观点，揭开那些隐藏在历史尘埃中的神秘面纱，让大家去共享事实的真相。

5. 湘西的人才及湘西人的品格问题。湘西人才史书不绝，其中一些人对湘西的发展乃至中国文明的进步有深深的影响。如东汉"武陵精夫"单相程、宋代的"飞山蛮"杨再思、明代的宰相满朝荐等，他们在湘西社会历史上留下了有影响的一页。近代中国革命史上，湘西更是名人辈出。而湘西人的勇敢、睿智、朴实、重情义等品格，滋润了湘西的山川，更值得一提。

6. 湘西的风土人情、物产等问题。有人称湘西是典型的"三里不同音，十里不同俗"地区，少数民族众多，其宗教信仰、生活习俗、政治司法、语言文字、教育卫体、文化娱乐等方面均有差异；而受地理环境的影响，大湘西的物产和矿产等也不尽相同，书中对其中一些问题做了简要介绍和分析。

7. 对湘西的山水风光和建筑民居进行了考证和叙述。湘西的五溪、沅江、武陵山脉、雪峰山脉都是故事，都是诗歌，都是图画。特别是那些享誉华夏的武陵源风景区（张家界）、芙蓉镇、土司城、凤凰古城、洪江古城以及不同少数民族村寨，风景风情各异。山水村镇与神话传说交织在一起，给人以独特的视角和新的感受。

湘西不神秘。土匪的神秘，是因为宣传不够；赶尸、放蛊的神秘，是因为科学剖析不够；历史文化的神秘，是因为分析和介绍不够……湘西文化是一种多元共生的文化，它的山川水土、文化风貌，自有深邃漫长的成因。这复杂的长河来自广阔的流域，并非一时、一地、一景、一人所能涵盖。正因为如此，更需要人们通过不断的努力，去发现湘西山水和乡土里无限的美；这有限性也告诉我们，对于那些模糊的未知，不可人云亦云，需要知行合一，探索发掘。今天，当你走进湘西，那亘古以来的原始气息、拓荒者的拼搏气息、对封建统治者的反抗气息、少数民族淳朴敦厚的气息、传统习俗与现代文明融合的清新气息就会扑面而来……湘西虽小，但内涵足够丰富，时空十分广阔，有永远令人敬畏的传说和故事，让你有无限的想象空间。了解湘西的人比我多，期望大家予以指正，更希望本书能够成为了解湘西的一个窗口，看到真实湘西的一个侧面，激发更多的人走走湘西，写写湘西，把一个真实秀美的全景湘西更加清晰地呈现在大家面前，对湘西人了解湘西、对湖南人了解湘西、对中国人了解湘西有一定的帮助。

作者谨识

2023 年 5 月

目　录

第一章　"秘境"的文明足音

夸父逐日在你身躯刻下痕迹

上古铜矿炼制出精美的青铜礼器

夜郎国曾留下神奇的传说

辰砂蕴藏着人类追求长生不老的梦呓

神秘湘西，多彩湘西

亘古以来默默地书写着文明的历史

……

湘西的历史是水写成的。滔滔不息的五溪水，穿山凿谷，融入沅江、澧水，纳入浩浩洞庭，汇入滚滚长江，奔向壮阔大海，留下了无数历史的记忆！

　　湘西的历史是山叠成的。延绵不断的武陵山脉，雄奇的雪峰山，挺立青天，争奇竞秀，镌刻下无数的传说和文明的记录！

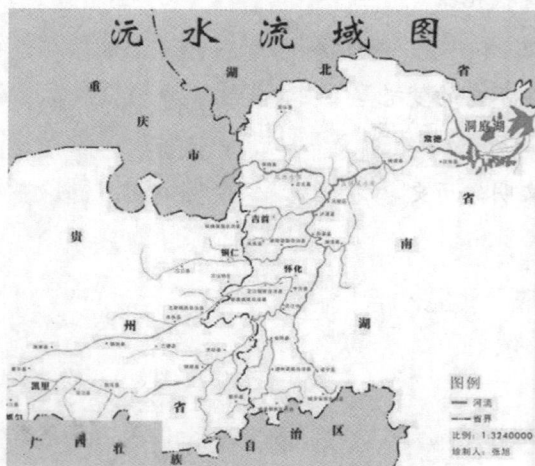

图 1-1　沅江流域图

　　奇妙的山水养育出湘西人的灵秀，凝练出湘西人的质朴，锻造出湘西人的直爽，培育出湘西人的坚强。"青山行不尽，绿水去何长"，在这神奇的山水中繁衍生息的湘西人，用智慧和勤劳描绘了一幅幅从蛮荒时代步入现代文明的画卷，谱写了无数奇绝感人的篇章！

　　人们没去过湘西之前，总认为它是一块神秘之地。在很多人的印象中，湘西曾经是落后的代名词，是一幅古朴模糊的水墨画，这无疑是受一些信息误导造成的。这些信息元素被放大后，带给外界的是难以一时改观的

图 1-2　延绵起伏的湘西山脉

印象。但令人释怀的是，湘西这方土地留下了许多原生态的标本，我们可从历史的遗存中找寻到真相，从民族的传说和故事中探寻到底色。让我们沿着历史的时空隧道，去看看一个朴实、纯真、美丽的湘西。

1．远古遗存的叙说

从史前至今，湘西各族人民与山水间的精魄互动，行板如歌。

早在远古时期，湘西就有人类活动了。在茹毛饮血的旧石器时代，远古人类开始在沅水和澧水及其上游的五溪沿岸"逐水而居"。出土文物和历史典籍表明，尧舜、夏、商、周和春秋战国时期，除了土著先民，这块土地上还陆续发现了濮人、庸人、楚人、巴人等活动遗迹。各种文化的遗存，透射出远古和上古湘西文明的曙光，从中还原出这片古老天地的影像。

湖南最先发现旧石器时代遗址的地方是湘西。1955 年，保靖县中心公社翁科大队发现德氏水牛化石和剑齿象化石，被认定为旧石器时代古文化遗址。1987 年，考古人员在湘西新晃侗族自治县兴隆乡柏树岭村大桥溪发现了一处旧石器时代中期遗址，这里位于沅水上游的舞水河岸。在文化遗存的第二级阶地的橘红色网纹土中，发掘出土石制品达 50 余件，有石核、石片、石器及废料。石器类型有砍斫器、刮削器、尖状器等。这些石器以灰色砂岩、条带状砂岩砾石为主要原料，少量石英原料。在加工方法上，以单面加工为主，均用锤击法。石核石器与石片石器比例大致相同。经比较分析，这些石器不同于华北旧石器，石片多扁薄宽大，台面狭长，半锥体不明显破裂面平缓，类似贵州洞穴旧石器石片，但又明显有别于广西百色地区和湖南澧水流域的旧石器，具有独特的风格，为舞水文化类群的典型代表。这一发现填补了湖南地区旧石器时代考古的空白，1987 年被评为全国十大考古新发现。1988 年 3 月，湘西自治州考古人员在沅水左岸上堡乡采集到远古石器 4 件；接着在原泸溪县城至上堡乡白沙村沅水左岸 10 余华里的台地先后发现旧石器地点 5 处，采集各类打制石器共 17 件；同年 4 月，湖南省考古研究所对泸溪县的田溪口、岩坪等旧石器遗址进行发掘，出土砍斫器、刮削器、石核及石片等打制石器 45 件。1999 年发掘的花垣茶峒遗址则最具代表性，遗址有 12 个文化层，出土的石器在选料、石器加工技术、石器组合等方面个性鲜明，表明酉水流域旧石器人早已开始聚落群居的生活。随着考古探索的深入，湘西怀化地区的靖州、芷江、中方、洪江、会同、通道、溆浦、辰溪、麻阳、沅陵和张家界市的慈利县等地，又相继发现旧石器地点百余处。特别是靖州渠水流域二砾石发现的旧石器遗址，从红色网纹土层中出土了平刃砍砸器、双刃砍砸器、刮削器等石器，这些石器均以河砾石为原料，种类单调，以砍砸器居多，制作方法均为锤击打制，一律单向剥片，其年代为 5 万年至 20 万年前旧石器时代。这些湘西地区出土的石器被正式命名为"澧水文化类群"和"舞水文化类群"。

上述考古遗址的发现，说明远古时代就有先民在湘西一带休养生息了，可认为这是湘西沅江上游地区早期人类文明的起源物证，否定了过去考古界普遍认为的湘西人类史前文明大都集中在沅江干流的说法，说明史前文明在沅江的支流酉水、舞水、清水江等地大量存在。正是生活在这里的湘西先民在与大自然的抗争中不断辛勤创造，开辟了湘西这片古朴的疆土，推动着早期湘西社会从蒙昧状态走向文明。

距今 1 万年左右的新石器时代，随着人类活动的交流越来越频繁，湘西也进入了一个新的时期，考古发现的一些新石器时代的遗址，展示了湘西古老的文明历史。1973 年以来，新石器时代遗址在湘西地区不断被发现，如龙山里耶北郊的溪口遗址、吉首市河溪遗址等。值得一提的是河溪遗址，在这里发现了大量新石器时代的石器、骨器、彩陶、灰陶、黑陶制品残片以及螺蛳壳堆积层。石器分磨制和打制两大类；早期陶器为

图 1-3　石器遗存

罐、釜、钵、碗、盘、支座等，中期出现彩陶和大方格纹陶器，晚期出现绳纹陶器；骨器有针、刀、锥、凿，针、刀、锥等；从动物骨骸中推断出远古人类狩猎的物种有犀、牛、羊、野猪、鹿、豪猪、竹鼠、狗、豹和鱼、龟等。

最具震撼力的是洪江高庙遗址的发现。2003年，考古人员在湘西洪江市安江镇东北约5000米的岔头乡岩里村发现了一面积约3万平方米的新石器时代遗址，其地处沅水北岸的一级台地上。通过考古发掘，出土了中国目前所见年代最早且装饰有凤鸟、兽面和八角星象等神像图案的陶器。考古学家认为这是一处大型祭祀场所，并命名这一遗址为洪江高庙遗址。经测定，遗址距今约7800年。

高庙下层遗存出土的祭祀场所不仅年代早、规模大，且有诸多可明确判别其作为祭祀场所的设施，为我国现知同期史前遗存中所罕见，生动地再现了当时先民祭仪活动的场景。该遗址面向河流并呈南北中轴线布局，对后来祭坛的布局和结构产生了先导性的影响，对追溯我国宗教祭仪活动的起源和发展具有非常重要的意义。高庙遗址的发掘和发现，填补了湘西地区新石器时代中晚期区域考古学文化的空白。文物携带的信息彰显了湘西文明的独特性，洗去了"五溪蛮"落后的观念，将一段令人震撼的历史展现于世人面前，是建立湘西地域新石器时代文化谱系的关键性遗存。

考古专家认为，这是一个信仰山川之神的远古神秘部落创造的文化，精美陶器上那些有戳印的纹饰显示出浓烈的艺术特色和宗教氛围；发现的祭祀场也为迄今全国最大。从洪江高庙遗址中出土的很多物品，为湘西第一，甚至在

图1-4 高庙遗址

全国也属于前列。一是出土了历史年代最久的"史上第一竹器工艺品"——
竹篾垫子。垫子的篾片之薄，与现在同类物品几乎无视觉上的差别，说明
制作工艺十分考究精湛。经测定，篾垫早于浙江良渚文化遗址发现的竹席、
竹篓、竹篮等竹编品2000多年，是全国已知最早的竹工艺品。二是发现了
我国目前所见年代最早的白陶制品。该遗址出土的白色陶罐，其颈部和肩
部各戳印有东方神鸟（包括兽面、太阳）图案，一只朝向正面，一只侧面
回首，虽经几千年沧桑，依旧栩栩如生；其中出土的一件陶簋，其底部刻
画有"凤凰产子"图案，图案中还涂上了朱砂，这可能是目前出土的世界
上最早使用朱砂的文物，也说明那时有了朱彩工艺。以往考古界一直公认
河姆渡遗址发现的"双鸟朝阳"象牙雕刻是我国最早的"凤凰图腾"，而
"沅水凤凰"却先于河姆渡凤凰400年，可谓"史上第一凤凰"。三是发现
了历史年代最悠久的"史上第一陶器工艺品"。"太阳崇拜"是远古先人追
求"天人合一"的又一种精神情结，该遗址挖掘出的"太阳"彩陶年龄为
7400余岁，为新石器早期陶工艺品。陶器上不仅有逼真的"红日"形象，
而且是我国出土最早的陶工艺品。四是发现了历史年代最悠久的"史上第
一纹饰"。在发掘出来的高庙陶器上，猪、牛、羊、鸡、麂子……一应俱
全，可以说是兽面纹的全家福"相册"，活生生一幅远古农业养殖图。其纹
饰犹如事先经过设计排版，细密规范，在全国独一无二。五是在遗址中出
土了一对水晶石。该水晶石只有耳坠大小，通体透明，且有多个棱角和切
面。其中的一枚，有明显的打磨痕迹，说明当时先民很可能已使用水晶石
作装饰品。这对水晶石，应该是没有完成的半成品。水晶石展现了当时高
超的制作工艺，体现了湘西先人的审美观。此外，该遗址还出土了远古部
落首领的夫妻墓，墓中有象牙等物，有玉璜、玉玦等精美玉器，其精湛的
钻孔技术让人叹为观止。玉器上的钻孔细且光滑，仅容绣花针穿过。难以
想象，在那个刀耕火种、"以竹攻玉"的时代，古人是如何钻那些孔的。很
有意思的是，考古人员还从遗存的"生活垃圾"中发现了远古湘西人的食
物——河螺，出土的螺壳层层叠叠，看来是当时重要的食物。但捡拾螺壳，
就需要水上工具，表明可能湘西新石器时代有了舟船，专家盛赞这是"千
年不遇的考古发现"。这些远古残存器物，像一位文化使者，把那时湘西丰

富而超前的历史文化演绎得十分丰富感人，同时也给我们留下了太多的谜。比如，出现的象和玉，在被称为"五溪蛮"居住的湘西是自产自用呢，还是在新石器时代就已与各地有商贸往来，或者当时的气候环境允许大象在此生存？

图1-5 高庙出土文物

2011年1月，考古人员在湘西泸溪县楠木洲发现了一处大规模的史前遗址。经考古专家对出土文物的初步鉴定，早在史前，泸溪县楠木洲就已有人类从事生产和生活的踪迹。楠木洲史前遗址位于泸溪县武溪镇武水边，地处沅水中下游西岸，武水自西而东在此与沅水合流，其水陆交通便利。经文物专家近一个月的抢救性挖掘，这里不仅发现了史前期的打制石器，而且出土了1000多件自商周时期以来的大口缸、盘、钵、罐、古钱、玉等器物。这次挖掘发现，填补了沅水流域史前文化到有文字记录时代的空白，说明远古时期湘西社会文明不断持续进步，没有中断。

新石器时代，湘西人已学会种植水稻。湖南玉蟾岩遗址曾出土了1万年前的稻谷遗存，是目前世界上发现的、迄今最早的人工栽培水稻标本；彭头山出土的稻谷，距今8000年。专家推断，岩匠屋的先人们很可能已大规模种植水稻，而他们的种植技术，很可能沿"玉蟾岩—彭头山—岩匠屋"的空间顺序传入。

以上的考古发现表明，人类从野蛮走向文明的过程中，湘西没有滞后，没有逊色，而是与中原发达地区共同前进的。

2．湘西的早期文明

中华民族有 5000 多年的文明历史，从进入文明初期的夏朝到秦代，湘西与全国文明发展相比有何特点和差距呢？

谈到文明，我不妨说说什么叫文明。文明相对于野蛮而言，是指一种社会的进步状态。19 世纪后期，著名的人类学家摩尔根正式把人类社会分为蒙昧、野蛮和文明三个阶段。"文明"一词，在我国古代的文献中最初见于《易经·乾卦》中的"见龙在田，天下文明也"。汉代孔颖达疏："天下文明者，阳气在田，始生万物，故天下有文章而光明也。"即认为有文字后才是文明的开始。也可以说，人类从野蛮状态的高级阶段经过发明文字和利用文字而进入了文明状态。

"文明"一词的英文为"Civilization"，《韦氏国际英语大词典》对"文明"的解释有 7 种之多，但现在被考古学界认同的有两个方面：一是某一时代或某一地区具有特征性的文化，有时也指某一传播很广、延续时期很长的、其下又有若干分支的总体文化。二是指文化发展的某一阶段，文字及文字的保存已经出现，同时也有城市（宫殿、官署）、先进技术（如青铜冶铸等）、众多的人口以及复杂的社会结构。前者为广义的文明，指文化的总和；后者为狭义的文明，指社会发展的某一阶段。按照人类从野蛮迈向文明的几个标志，湘西这时候都具备了。商周以后，中国文明进程较快。认真品读湘西的历史，你会惊讶地发现，湘西早期文明与中华早期文明同步，及至秦代，湘西在全国也是文明程度较高的地区，在有些方面还领先全国，毋庸置疑属于发达地区。按照文明出现的标准，我们不妨来看看上古时期湘西文明进步的几个标志，这一时期湘西人类活动的遗存就充分证明了这一点。

首先我们来看湘西的青铜文化。考古发现，湘西是中国最早有铜矿开采历史的地区之一。在怀化市麻阳县吕家坪镇九曲湾与辰溪县交界处发现一古铜矿遗址——九曲湾古铜矿遗址，该矿床属以自然铜为主的砂岩型富铜矿床，次为辉铜矿、孔雀石、赤铜矿和黑铜矿等，有古矿井14处，开采最深110米，其中一处塌陷。据考古人员勘查，矿坑面积约为3万平方米，这在国内仅有，世界上也极为罕见。矿山还保留有2亿年前的恐龙脚印化石。20世纪70年代末，在这里开矿的矿工们不断地发现一些矿脉已被部分地开采过，这些被俗称为"老窿"的部分采空区中，先后发现了一些木支柱、铁锤、铁錾和陶器等遗物。1979年6月，湖南省博物馆对铜矿的"老窿"进行了初步调查，从中采集了一些木槌、陶片等。木槌经北京大学历史系考古专业碳14测验室测定，年代为2700年±90年，也就是说，这是公元前700年左右春秋战国时期的采矿遗物。很有意思的是，湘西先民在开采铜矿时，从地表矿体露头顺矿层向下挖掘的过程中，为安全起见和保护采矿场的考虑，采场顶板都留有一层薄薄的含矿层。在较大的采场内，为支护顶板所留的矿柱呈"工"字形，间距极为合理。矿柱间，有些还用板栗树木支撑加固，以免塌方，这些木头至今不朽。在古矿洞四壁，被烧的痕迹犹在，说明那时湘西先民已利用热胀冷缩原理来开采铜矿石：即先用柴火将矿床加热，然后浇水，使矿石碎裂，大大降低了劳动强度。而采矿所使用的铁锤和铁凿，比普通铸钢和锻钢的硬度要高得多，说明当时不仅使用了铁器，且淬火技艺精湛。九曲湾古铜矿是继湖北大冶铜绿山发现春秋战国时期的古铜矿之后的又一重要发现，这一发现不仅证实了国内商周青铜器的矿源等问题，为古代矿冶史研究提供了新的资料，也表明湘西具有较早的青铜文明。置身于古矿洞内，看到那些采矿用的陶灯盘、陶罐、鹿角、坑木、工具，对湘西先民的敬意油然而生；望着淹没在锦江（沅江支流）里的运铜码头，使人遥想古人从蒙昧社会状态走向文明的艰辛。此外，战国时期辰溪的桥头牛屎坳也已开采铜矿，其采掘场、冶炼窑址目前犹存。从地理位置看，这些古铜矿靠近沅水支流辰水，从这里开采的矿石和冶炼的铜料利用舟楫之利运送到铸造场所，被制成皇家必用的青铜礼器和兵器。青铜铸造是商周时期最先进的技术之一，体现了当时湘西地区社会生产力的高度发达。

无独有偶，湘西近几十年来出土了不少春秋战国时期的青铜器具。1956年8月，泸溪县松柏潭乡驼骡坳发现战国时期的编钟、镈于等乐器。1978

图1-6　中脯王鼎

年以来，溆浦境内两水（沅水、溆水）流域的洑水湾、江口、小江口、思蒙、卢峰镇、桥江、双井等地，相继发掘了春秋战国至西汉各时期的古墓葬2000余座，这些墓葬的主人多为楚人、巴人、秦人及少量的越人。墓葬中出土的青铜器，不乏艺术精品。最突出的是铜镜，其中战国铜镜较多，型制有"四叶镜""山字镜""蟠螭镜""三菱三叶三螭镜""方连纹镜"等，铜镜的花饰图案内容非常丰富，造型流畅圆润，其中"三菱三叶三螭镜"在湖南省内出土的古代铜镜中仅见此一件。此外还出土了铜錞于、铜铎、铜钟等古代乐器，剑、矛、戈、戟、箭镞等青铜兵器以及战国时期的衡器（即铜砝码）。特别值得一提的是，战国时期的秦"中脯王"铜鼎，圆腹圜底，方形附耳一对，该鼎带盖，盖隆起，上置三环状钮，口沿下外壁刻有"中脯（府）王鼎"铭文，该鼎于1994年12月被鉴定为国家一级文物。

1986年6月，湘西芷江侗族自治县城东岩桥乡倒圹湾出土了一件西周凤鸟形器。凤形器由头、身、座三部分组成，通高35厘米，身长30厘米，重3.25公斤。从凤嘴到凤尾中空相通，外表以鳞状纹羽饰为主，颈中部饰凸弘纹和三角形几何纹，尾部饰长三角几何纹，翅饰变形云纹，铜凤昂首怒目，嘴微张，作挺立欲鸣状，形态逼真，铸工精细，可谓西周时期的又一艺术珍品，2006年1月16日定为国家一级文物。（见江柏永：《芷江发现西周青铜凤形器》，《湖南考古学辑刊》第4辑）

1990年，笔者在家乡新晃侗族自治县发现一青铜装饰残片，专家考证为刀鞘（也有认为是箭袋）的装饰。该青铜装饰形如三角铲，长19.1厘米，

底宽 12.5 厘米，重 350 克。从正
面看，主体边缘有两平行凸线，凸
线之间按两厘米左右的间隔铸有
16 对小孔，凸线以内以云雷纹为
底，中间突出一个奇怪动物图案：
头部形如凤鸟，圆眼（眼内似乎镶
嵌过绿松石之类），头上有近似绶
带式冠羽，类似昆虫的翅膀（如蜻
蜓），翅膀上的图案又宛若鱼形；
胸部若飞虫之属，有双腹（如蝗虫
之腹）；双尾、胸腹间伸出一只弯
曲的脚趾，呈弧形，看上去刚劲
有力。据考证，青铜片是古代先

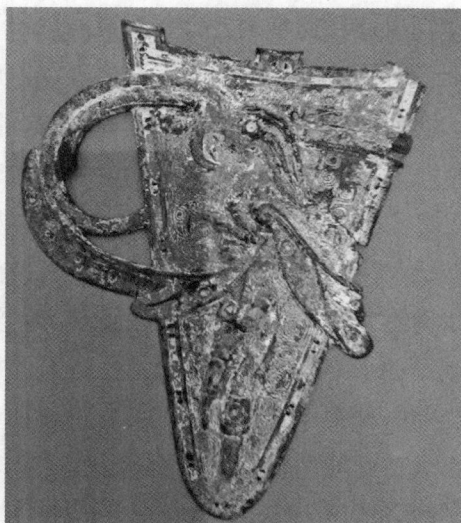

图 1-7　青铜刀鞘装饰

民缝在刀鞘（箭袋）上作装饰用的，铜片上的 16 对小孔即为缝钉孔。图纹
表明，此青铜装饰物流行于西周至春秋战国时期。刀与箭是古代常用于作
战或狩猎的武器。整块青铜装饰物反映了当时湘西地区青铜铸造的精湛工
艺和高超的图纹装饰艺术，其上的图案可能为当时该地区少数民族部落的
图腾。

　　1993 年，在湖南省怀化市中方乡恭园坡发现铜戈一件，该铜戈已受损，
刃有崩缺。铜戈出自一座墓葬，墓葬已被采金取土时破坏，地面散见陶鼎、
敦、壶等器物的残片，上面均有彩绘。专家认为此铜戈可能属于战国早期
的秦戈，年代在公元前 311
年至公元前 307 年之间。此
外，在保靖、永顺等县市都
有青铜器的发现，分布地点
广，器型较多，其制作的精
美、工艺的先进，无一不展
示了当年的繁盛与辉煌。在
保靖古四方城内发现的西汉

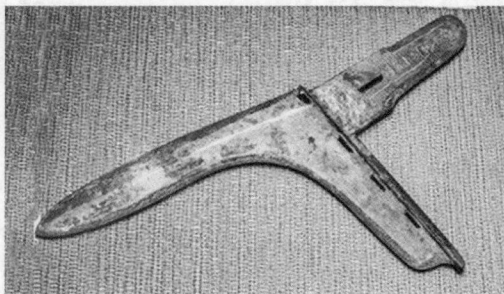

图 1-8　武王铜戈

青铜冶炼场遗址中，存有炉台、炉罩、坩埚、铜片和大量铜渣，可见那时湘西青铜冶铸工艺相当成熟。青铜器出土分布很广，表明春秋战国时期的湘西，铜的开采、冶炼以及青铜器具的制作技艺水平已较高。

再从文字来看湘西社会文化的繁荣。战国时属楚黔中郡，郡治在今常德市。史载，公元前523年，楚国"为舟师以伐濮"，水陆并进，席卷百濮散居的澧、沅流域。许多研究者都认为，楚人此次所伐的濮地，即是溯沅水而上来到的湘西地区。由此可见，湘西地区在楚人到来之前，有濮系民族居住于此。楚人到来之后，濮系民族并没有因此而消失。考古学家从出土的一种主要为战国时期的宽格铜剑判断，此剑与濮系民族有关，应为濮人居住此地的物证。楚人到湘西后，不仅带来了楚人的物质文化，也带来了楚人的思想意识。在麻阳九曲湾、古丈白鹤湾、保靖等地，都发现有东周时期的遗物遗迹，这些墓主人应为楚人或已楚化了的本地族人。1987年，慈利县零阳镇零溪村、石板村等发现战国楚墓30余座，出土铜器、陶器、漆木器、丝织品等300多件。出土的楚简为湖南出土楚简数量最多的一批（1000余支），计2万多字。一同出土的还有湖南省罕见的戈、铍、铜镜和镇墓兽。保靖县碗米坡镇拔茅村是商周以来人类活动频繁的地方，经考古的遗址有柳树坪、龚家湾、东洛等10余处商代遗址；在押马坨背村的新石器遗址和汉墓群中，出土的遗物既有典型的中原文化色彩，又有地方民族文化风格；而四方城遗址出土的文物量大、种类多而丰富，考古发现有旧石器、战国粮窖、战国和汉代的墓群。在酉水与沅水汇合处的沅陵县窖头村，曾在那里发掘出战国、汉代的墓和城址。2021年，在辰溪龙头垴出土了100余件战国时期文物。

公元前287年，楚三闾大夫屈原被楚顷襄王放逐江南，流浪于沅、湘二水间。

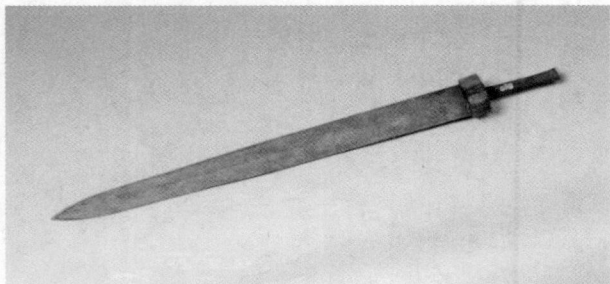

图1-9 铜铍

屈原溯沅水而上，在今沅陵、辰溪、溆浦等地生活10多年，留下了许多令人难以释怀的故事。公元前285年，秦昭襄王（三十年）征伐楚巫中、黔中郡及江南地，并设置黔中郡，郡治在今沅陵县。公元前221年，秦始皇将当时所辖的全国疆土分为36郡，后增4郡，共40郡。湖南省地分属黔中、长沙2郡，湘西州境属黔中郡，郡治设今沅陵县西。据唐代《元和郡县志》卷三十一说："秦黔中故郡城在（沅陵）县西二十里。"专家们考证后认为，秦代黔中郡郡址应是沅陵县太常乡窑头古城。经大规模钻探和局部发掘，发现城遗址坐南朝北，南城墙保存完好，确认环城东、西、南三面的护城河长230米，城址总面积约为67000平方米，相继出土了大量的秦砖汉瓦和鬲、钵、豆、罐壶及铜戈、铜剑、铜箭镞等兵器。

湘西作为秦代设置的"黔中郡"，毗邻当时被司马迁所著《史记》所称的"罗施鬼国"，即贵州以及川渝，应为秦代的重要边境了。因而在湘西强化秦文化并通过湘西向周边辐射和传播就显得其地位的重要性。因此，湘西就成了秦文化的传播基地，这可从湘西龙山县里耶古城发现的里耶秦简足以证明。2002年，里耶古城的一口古井中出土了36000余枚秦简，计20余万字，数量超过目前国内出土秦简的数量总和，震惊国内外。竹简上的书写体介于篆书与隶书之间，其时间起于秦王嬴政二十五年（前222年）到秦二世二年（前208年）。这些秦简以秦代档案为主，反映了秦代社会政治、文化等情况，也为认识秦代湘西提供了绝佳资料。专家通过释读这些秦简，得到不少信息：一是秦简中有九九表乘法表，其中有

图1-10 秦"黔中郡"旧址

"四八三十二""五八四十"等乘法口诀的记载。二是秦简中有邮路里程表，虽然在居延新简和敦煌酒泉汉简中也有类似的邮程表，但里耶秦简中记载的邮路里程表为迄今所见最早的，反映了秦代在全国范围内已建立起发达、完善有效的邮政系统。三是里耶竹简中有许多使用水漏计时的记录。滴漏是以白昼、夜晚分别计时的。很有意思的是，竹简记载的计时标准可能是白昼、夜晚各十一刻，一昼夜二十二刻，一刻约相当于今 1 小时零 5 分，与汉代"昼夜百刻"的漏刻相比稍微简略些。四是通过里耶竹简，可以了解到秦汉时期上级对下级的领导督察职能及相关的法律制度等。里耶竹简的出土，说明湘西在秦代不仅文化发达，而且是重要的战略要地。对竹简文字的释读，使我们对秦代社会的基本形态乃至文书的收发、抄录和传送制度都有了比较清楚的了解。有专家推测说，北宋晏殊诗句中写的"山留磐瓠迹，洞有秦人书"，可能指的就是里耶所藏简牍。

值得一提的是，朱砂的开采冶炼也是湘西古代文明进步的一个标志。朱砂，也叫丹砂，或辰砂，在甘肃新石器时代的墓葬中，就已发现了朱砂。人类早期使用朱砂，主要用于彩绘、颜料，这与古人崇尚红色有关。商周时期，古人衣服为红色，

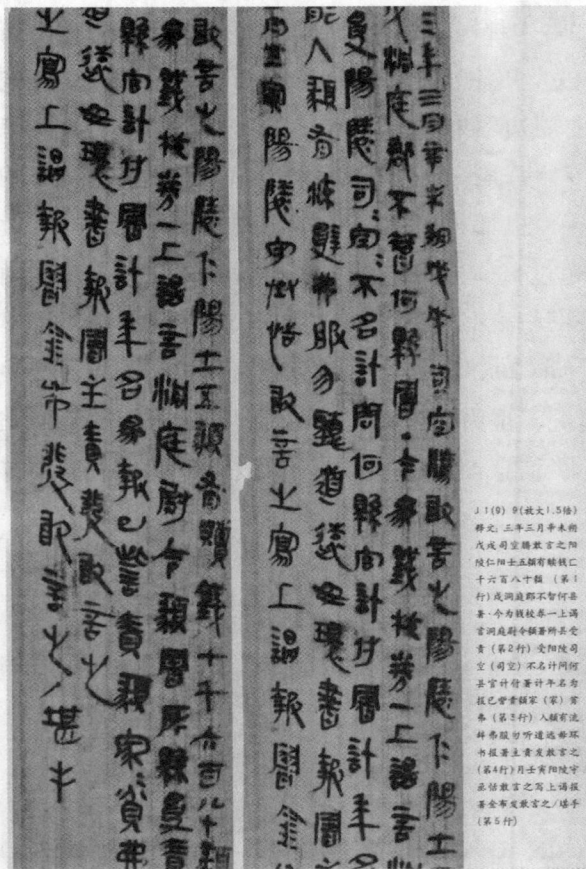

J1(9) 9(放大1.5倍)
释之：三年三月辛未朔戊戌司空腾敢言之阳陵仁阳士五醴阳駃桃仁二十六百六十钱（第1行）或阕阅郡不智何县署·今为钱校券一上洞言洞庭尉令铜署所负受责（第2行）受阳陵司空（司空）不名计问阳陵计付署计年名为报已卒书种书（军）署（第3行）入顾前远邾邾报胁听遥远番环书报善主責发敢言之（第4行）丹云阳陵守書佐吉官计写上洞報彔信敢言之写上洞報善全布发敢言之／嵇手（第5行）

图 1-11　里耶秦简

表示尊贵；宫室及用具用红色，表示热情盛美。用红色大概与崇拜太阳和火有密切联系。到了春秋战国时代，朱砂已经大量用于皇室成员去世后的安葬物品。其目的和意义何在呢？古人认为，在尸体下铺朱砂，或在其上撒朱砂可以防腐，可以避邪。到了战国时代，炼丹术兴起，朱砂的开采越来越受到统治者的重视。相传在战国时齐桓公墓中曾发现水银池；秦始皇对朱砂开采及水银冶炼非常重视，曾对巴蜀一位叫"清"的寡妇建造"女怀清台"，表彰她对开采朱砂的贡献。据司马迁《史记》记载，秦始皇在位时，曾征发全国刑徒70万人，来建筑宏伟的阿房宫和秦皇陵。秦皇陵墓中棺椁上顶有表征天文地理的图案，其下表征江海的地方用水银灌注，并用机械搅动使水银在江海里流动起来。尔后朱砂在炼丹和医药方面得到应用。为什么朱砂在炼丹术中如此重要呢？晋代著名的炼丹家葛洪在《抱朴子》内篇中是这样认为的："丹砂烧之成水银，积变又还成丹砂。"这就是说，朱砂加热后可变成水银和硫，反过来水银与硫可合成朱砂。因此，服用朱砂炼制的丹药，人的生命就会像朱砂与水银能互变那样，可往返循环，生生不息。这可能也是为什么古人要用朱砂炼长生不老药的原因了。

辰砂之名，笔者翻阅史料判断大约来自晋代，应为湘西辰州出产朱砂，并因朱砂质地优良而得此称谓。从史料来看，湘西的新晃、凤凰、麻阳及毗邻的贵州万山为中国重要的朱砂产地。宋代朱辅在《溪蛮丛笑》认为："辰锦砂最良。麻阳即古锦州，旧隶辰郡。砂自折二至折十，皆颗块。佳者为箭镞，结不实者为肺砂，碎则有趢趗（lù cù，指细末状）。末则有药砂。砂出万山之崖为最，犵狫以火攻取。"湘西凤凰县猴子坪的汞矿，相传在明代公元1628年开采，但可能更久远。猴子坪以盛产独特的辰砂晶体著称，较著名的有水晶砂。水晶砂由辰砂晶体与水晶伴生组成，一般由数枚或10余枚大小不等的柱状水晶呈放射状生长，其形如菊花，巧似白玫瑰，而在水晶簇心或近旁，长着一颗或多颗1至几厘米长的辰砂晶体，被称作"宝石花"。相传该矿曾采到1颗重达1500克的巨大宝石级辰砂矿物晶体。其次是享有盛名的白云砂。这种辰砂晶体与白云石相伴而成，好似一株含苞待放的莲花，使人充满无限遐想。再就是黑辰砂。具有观赏石价值的黑辰砂极为罕见，唯猴子坪汞矿所独有。黑辰砂晶体闪亮，而与其相伴的石英或

图 1-12　辰砂

白云石洁白晶莹，黑白交相辉映，犹如一幅朴素无比的立体水墨画，让人爱不释手。作为观赏石的辰砂晶体，其价值主要体现在规整如画的几何晶形美、高雅耀目的色彩美、明澈通透与极高折射率组成的质地美……完美的辰砂晶体观赏石，以其迷人的色泽和玲珑剔透且多彩多姿的形态，在观赏石矿物晶体中价值不菲，成为古人喜爱的矿物之一，受到收藏家、鉴赏家和赏石爱好者的青睐。据传北宋书法家米芾在其"宝晋斋"中设有盈尺余的朱砂石，可以说是当时最大的朱砂宝石了。（见罗献林、刘文龙：《中外奇石》，北京科学技术出版社 1999 年版，148 页）现代研究表明，从丹砂提炼的汞（水银）是自然界在常温下唯一的液态金属。汞有许多具有特殊性质的金属化合物，用途甚广，在工业、农业、交通运输、军工、科学技术、医药卫生等领域中都得到了应用。

　　此外，湘西在黄金和白银的开采使用也有着悠久的历史。春秋战国时，楚国逐渐强大，经济文化空前繁荣，黄金的多少已成为一个国家财力的重要标志，而楚国率先开黄金作为货币流通的先河。当时湘西的黄金冶炼和工艺已达到了很高的水平。我国最早的地理著作《尚书·禹贡》篇写道："荆及衡阳惟荆州，汉江朝宗于海，九江孔殷……贡齿革惟金三品……"这里的九江，指沅、渐、辰、叙、酉、澧、资、湘 9 条河流皆汇于洞庭而得名。"惟金三品"，指的金、银、铜 3 种金属，确切地道出了湘西黔东的溆州、沅州、辰州为产金之地。《管子·地数篇》说："如果我们有楚国所据有的黄金，我们可以叫农民不耕作有饭吃，女的不织布有衣穿。"湘西怀化市的溆浦、黔阳、会同、新晃等地的金矿都有很长的开发历史了。顺便提一下，古黔中出土的楚国时期的波斯琉璃珠，比全国出土的总和还多，表明古黔中曾是波斯商品的最大市场之一。

以上这些事实足以证明，秦代以前的湘西并不是"南蛮荒芜落后"的状况，而是文明教化之地，社会生产力已较高。著名考古学家苏秉

图1-13　慈利县出土的战国时期的六眼琉璃珠

崎先生深有感触地说："中国文明的起源，恰似满天星斗。虽然各地各民族跨入文明的门槛有先有后，但都以自己特有的文明组成、丰富了中华文明，都是中华文明的缔造者。"

3．汉代以后湘西文明进程变缓

进入汉代以后，湘西的文明进程开始放慢，逐渐落后于全国的一些地区。此时，湘西部分地区可能为古夜郎属地，如与贵州玉屏、三穗、天柱、万山等县区接壤为邻的新晃侗族自治县，唐、宋两朝曾两置夜郎县；有专家认为，从沅陵到沅江上游一带可能为古夜郎属地，唐代诗人李白的"我寄愁心与明月，随风直到夜郎西"中的"夜郎"指的就是这一带，使湘西添加了一分神秘。

汉高祖五年（前202年），改黔中郡为武陵郡。《汉书·地理志》记载："武陵郡，高帝置，莽曰建平。属荆州。"武陵郡，又称"义陵郡"。郡治义陵（今溆浦县），管辖13县，属地在今湖南境的有12县，湘西州境分属于沅陵（含今吉首、泸溪地）、辰阳（含今凤凰、花垣南部地）、迁陵（含今保靖、花垣北部地）、酉阳（含今龙山、永顺、古丈地）等4县，湘西自治州和怀化的县市属武陵郡。

图 1-14　保靖四方城

1993 年 6 月，保靖县在大型基础设施建设中发现了湘西迄今唯一的一处青铜古炼场，尚存炉台、炉罩、坩埚、铜片和大量铜渣，还有柱洞数个。该遗址年代为西汉时期，对研究古代冶炼技术和探索酉水流域文明史提供了不可多得的文物佐证。2001 年，因修建水电站又在这附近发现汉代古墓群，通过墓葬群发掘又在不远处清理出一座汉代古城。古城分内外两层，里城 2000 至 3000 平方米，外层廊城 2 万至 3 万平方米。这座城称为四方城，始建于汉高祖五年（公元前 202 年）。

到了东汉，湘西的情况开始发生变化。当时将全国分为 13 郡，郡设刺史，后称州牧，直隶京师。湖南属荆州，州治汉寿，即西汉索县故治（今常德市），领 7 郡，属地在今湖南境的有 4 郡。湘西州境仍属荆州武陵郡。郡治移临沅（今常德市），管理 13 县，属地在今湖南境的有 12 县，在湘西州境有 4 县，即沅陵、辰阳、迁陵、酉县。

东汉时湘西先后发生了 13 次农民战争，影响湘西文明进程的主要事件是建武二十三年（公元 47 年）民族起义。《后汉书·南蛮传》中的记载是：

光武帝建武二十三年，武陵蛮相单程等据险隘，大寇郡县。遣武威将军刘尚发南郡长沙、武陵兵万余人，乘船溯沅水入武陵击之。尚轻敌入险，山深水疾，舟船不得上。蛮民知尚粮少入远，又不晓道径，遂屯聚守险。尚食尽引还，蛮缘路邀战，尚军大败，悉为所没。

传说中的武陵人相单程，被称为武陵精夫，为湘西桑植县上洞街乡芭节冲（古称泽革）人。那年五溪大旱，百姓生活无着，而朝廷征敛仍有增无减。于是相单程率领五溪少数民族数万人起义，他们占领县城，惩治贪官污吏，开仓赈济灾民，引起了朝野震惊。汉光武帝于是派威武将军刘尚领兵万余乘船沿沅江而上，镇压义军。相单程知远道而来的官兵粮草不足，又不熟悉地形，于是屯聚守险。当刘尚缺粮退兵时，他沿途截击，全歼尚军。建武二十四年（公元48年），相单程攻下临沅（今常德市）。光武帝于是又派李嵩、中山太守马成迎战，结果被相军设伏击溃。光武帝惊怒，又急忙派遣伏波将军马援统兵4万征讨。马援当时已62岁，领命后率军于次年2月攻战临沅，用计斩杀义军2000余人。相单程见状，率军退守沅江上游清浪滩北岸杨家寨、关公垭、杨泗溪等地（今属湘西怀化市沅陵境内），凭借清浪滩天险据守。马援望江兴叹，一筹莫展。几个月后，盛夏来临，天气酷热，远道而来的马援士兵水土不服，染上疫疾，死者过半，马援也病死军中，留下"马革裹尸"的典故。监军宋均（字权庠，东汉南阳人），恐军心浮动，乃假借皇帝诏令，任命司马吕种为"沅陵长"，持"诏令"与相单程谈判议和。考虑到再战对五溪黎民造成苦难，相单程同意罢战，后被宋均设计诱杀。马援功虽未就，但朝廷感其花甲之年带兵出征，且病死疆场，于是加封马援为忠成侯，在清浪滩边壶头山建庙祭祀。历史学家称这次战役为"湖南蛮汉冲突第一声"。马援征"五溪蛮"后，三国东吴重臣潘浚（字承明，汉寿人），又先后斩杀五溪的起义军数以万计。

马援征战的壶头山在哪里呢？一说是在怀化的沅陵县。因为壶头山位于沅陵县境沅水清浪滩南岸，因山形似壶头，也说因东海有壶瓶山而得名。壶头山，又名葡萄寨，相传为马援征"五溪蛮"屯兵之地，后来为沅陵外八景之一"壶头映月"所在地。东汉建初三年（公元78年），汉章帝派五官中郎将拿着使节追封马援，封马援忠成候的谥号，并建马援祠和伏波庙来纪念他的功德。另一说是张家界的天门山。武溪流经永定区后坪镇武溪村后注入澧水，历史上这里是军事要塞。今张家界中心城区新码头等处，曾建有伏波庙。南北朝刘昭所著《后汉书·郡国志》载："马援军度处，有嵩梁山，山有石开处数十丈，其上名曰天门。"嵩梁山即天门山。明代嘉靖版《常德府志》曾引用此说，并写道："援战壶头不利，即此也。"清代《永定卫志》和《永定县志》分别明确指出："壶头即天门。""天门山……旧称嵩梁山，又名壶头山。"说明马援征战的壶头山，即嵩梁山，也就是公元263年易名后的天门山。五溪则是指沅水上游的5条河流，具体是哪5条河流则因时代不同而各异。如《水经注·沅水》记载的五溪是"樠溪、力溪、无溪、酉溪，辰溪"，《南史·荆雍州蛮传》说的五溪是"雄溪、楠溪、辰溪、酉溪、武溪"。尽管所指不同，但都是指沅水上游武陵郡内的河流。

马援征战期间，曾留下《武溪深行》一诗："滔滔武溪一何深！鸟飞不渡，兽不敢临，嗟哉，武溪多毒淫！"短短几行诗，将武溪之险峻湍急、深山恶水，勾勒得如临其境。这位能征善战的伏波将军，面对山高水深的湘西壶头山，不禁长叹出无奈和感喟。但死去的马援却被神化了，朝廷下令在湘西沅江地区建庙祭祀马援，追封新息侯。民间习惯借其神威以服水邪，故又称他为"伏波将军"。相传，建庙起因于一个迷信的观念：五溪区域内出现的疾病、瘟疫、水患、兵灾是因为马援病死的数万部卒不能返乡，阴魂不散逢人附体所致，只有祭祀马援才能风调雨顺，消灾除病。从马援死后到新中国成立时的1600

图1-15 沅陵夸父山

多年内，封建统治者及其御用文人对马援大肆鼓吹，尊其为"伏波大帝"，五溪两岸的少数民族群众，因自然条件恶劣、文化落后、天灾人祸频发而多为所惑，纷纷捐钱捐物，不断修缮和新修伏波庙。特别是沅江上游的酉水，由于滩多浪急，行船发生船毁人亡时有发生，在酉水撑船和放木排的人几乎每过清浪滩都要去伏波庙祭祀一番。

马援的"马革裹尸"英雄气概固然悲壮，但给湘西留下了荒僻落后、人民野蛮缺乏教化的印象。随后，湘西受到朝廷的冷落，逐渐被边缘化，甚至被妖魔化了。

这里值得一提的，早在汉代以前，（湘西）古黔中已成为一条从西域经过印度、缅甸、古黔中转运中原的国际通道了。因为从缅甸、印度运往长安的大象、犀牛是热带动物，缺水是无法生存的，不可能通过陆上丝绸之路来中国。湘西高庙等遗址出土的文物表明，这条中部的国际通道，早在张骞尚未出使西域之前就已形成，这也许是全世界最早的国际通道吧！

三国时，湘西开始属蜀国，后属吴国。西晋在今湖南境有9郡，湘西州境域仍分属荆州武陵郡。东晋在今湖南境有13郡，今湘西州境仍分属荆州武陵郡。南北朝时期，湘西的属地多有变化，基本分属沅州夜郎郡、沅陵郡、南阳郡和北园的北衡州（郡级）。隋统一南北朝后，湖南属荆州，属地在今湖南境的有8郡，湘西境域大致分属沅陵郡和澧阳郡。

4．羁縻制度加剧了湘西发展滞后

唐初贞观元年（627年），全国行政区划为10道，到开元二十一年（733年）划分为15道。湖南分属山南东道、江南西道、黔中道。黔中道黔州都督府，其属地在今湖南境有15州郡。湘西境地分属山南东道的澧州澧阳郡和黔中道的辰州卢溪郡、锦州卢阳郡、溪州灵溪郡，其中卢溪郡的所在地在沅陵（今沅陵县）。唐贞观年间（627—649年），境内的苗族、瑶族开始与汉人通婚，民族矛盾有所缓和。

唐代对湘西影响最大的是羁縻制度的施行，它是土司制度的前身。实际上是隋代对归附和被征服的少数民族实行"以夷治夷"政策，让他们自己管理自己本民族事务的延续。所谓羁縻，其解释为"羁，马络头也；縻，牛蚓也"，引申为笼络控制。唐朝对西南少数民族采用羁縻政策，承认当地土著贵族，封以王侯，纳入朝廷管理。采用"羁縻"，就是一方面要"羁"，用军事手段和政治压力加以控制；另一方面用"縻"，以经济和物质的利益给予抚慰。这种羁縻制度，不利于民族地区发展，因为朝廷借此缓慢地伸展势力，安置州县，逼迫少数民族逐步后退。同时，羁縻制度实行自治，使民族地区封闭而逐渐落后。

羁縻制度从唐初开始，有三种情况：一为唐朝军事力量管控下的地区设立的羁縻州、县，其长官由部族首领世袭，内部事务自治，并象征性地进贡；一种是所谓的内属国，如疏勒、南诏、契丹等，一般封为都督或郡王，有自己的领土范围，但是其首领的政治合法性来自中央政府的册封，不能自主，中央政权将其视为臣下，文书用"皇帝问"；一种是所谓的"敌国"和"绝域之国"，如吐蕃、回纥、日本等，虽然可能亦有册封，然多为对现实情况的追认，其首领的统治合法性并不依赖中央政权的册封，中央政权的文书多用"皇帝敬问"。土司与中央王朝的关系，在经济上表现为"纳贡"与"回赐"。土司向中央王朝纳贡，唐代有贡"溪布""水银"的记载。

唐代的湘西社会相对稳定。在唐代中期，手工业生产有一定的发展，如辰溪的陶器，做工颇为精致，销往四邻。境内的砂金、光明砂、丹砂等受到关注。据《新唐书·地理志》记载："叙州（今湘西的洪江市）贡麸金。"当时靖州、辰州和沅州等地的砂金，名冠华夏。由于社会稳定，其民俗民风得以保留和发展。晚唐人段成式曾写过一本《酉阳杂俎》，书中记载："峡中俗，夷风不改。"

由于湘西偏远，一些从政同时在文坛上有影响力的人先后被贬谪到这里，如王昌龄、刘禹锡、戎昱、张谓等。在贬谪湘西期间，他们创作了数量众多、内容丰富的文学作品。这些文学作品一方面反映了他们被贬后的寂寞愤懑情绪以及在逆境中的政治抱负，一方面将五溪地区的自然环境、社会状况和风景抒于笔端。

王昌龄在湘西留下的笔墨很多。《唐才子传》说王昌龄"晚途不谨小节，谤议沸腾，两窜遐荒"，即说他晚年不拘小节，妄议朝政，两次被贬蛮荒之地：第一次被贬谪岭南，第二次被贬湘西龙标（今湘西怀

图 1-16 芙蓉楼

化洪江市）。被贬为龙标（即今洪江市）尉为唐天宝七年（748年），他经沅江来到上游的湘西龙标，直至安史之乱爆发前夕才离开。在湘西生活近10年中，他在龙标曾建芙蓉楼，作为饮酒赋诗、宴宾送客之地。该楼被后人称为"楚南上游第一胜迹"。王昌龄的诗词，多借山水寄情感怀，湘西的风土人情跃然纸上。如《芙蓉楼送辛渐》（其一）："寒雨连江夜入吴，平明送客楚山孤。洛阳亲友如相问，一片冰心在玉壶。"其中"一片冰心在玉壶"成了后人熟知的佳句。在《留别武陵袁丞》中他写道："皇恩暂迁谪，待罪逢知己。从此武陵溪，孤舟二千里。桃花遗古岸，金涧流春水。谁识马将军，忠贞抱生死。"在《送吴十九往沅陵》中写道："沅江流水到辰阳，溪口逢君驿路长。远谪谁知望雷雨，明年春水共还乡。"诗中表面上写的是湘西沅水流域水位秋冬枯春夏涨的情形，实际上，"雷雨""春水"是一语双关，表达了诗人对幸沐皇恩、遇赦返京的希冀和憧憬。被贬谪到辰州任职的戎昱、张谓也写下不少诗作。戎昱在《辰州建中四年多怀》中写道："荒徼辰阳远，穷秋瘴雨深。"张谓《辰阳即事》："青枫落叶正堪悲，黄菊残花欲待谁。水近偏逢寒气早，山深常见日光迟。愁中卜命看周易，病里招魂读楚辞。自恨不如湘浦雁，春来即是北归时。"在他们的眼中，辰州是荒远瘴疠之地，山高林密，阳光少见，寒气逼人，民风迥异，语言上沟通不便，常常借酒浇愁，忧苦万分。

好在这些政客文人，对湘西习俗和景物在诗词中也多有描写，使我们

能联想到那时情景。比如端午龙舟比赛，对沅水流域的湘西人来说是节日盛事，刘禹锡在《竞渡曲》中，将湘西龙舟竞渡描绘得有声有色：

  沅江五月平堤流，邑人相将浮彩舟。灵均何年歌已矣，哀谣振楫从此起。杨桴击节雷阗阗，乱流齐进声轰然。蛟龙得雨鬐鬣动，螮蝀饮河形影联。刺史临流褰翠帏，揭竿命爵分雄雌。……彩旂夹岸照蛟室，罗袜凌波呈水嬉。……

  其大意是：农历五月端午节期间，沅江水涨，江面开阔，当地人把参赛龙舟装扮得五彩斑斓。通过一番祭祀后，龙舟比赛开始，只见江面上，强壮的男儿用力挥舞着船桨，在吆喝声中有节奏地击打江水；沅水两岸彩旗飘扬，观看的人摇旗呐喊，助威声震天。整个江面、两岸，一片沸腾。就连辰州刺史都亲临比赛现场，为竞赛主持，可见龙舟竞赛在人们生活中的重要性。诗中展现了唐代沅水流域龙舟竞赛的壮观场面，参赛龙舟队各展才技，竞相搏击，胜者欢欣鼓舞，输者遗憾不已。赛后女子在水中嬉戏，与岸边彩旗相映生辉，为节日增添了无限的生趣，勾勒出一幅热闹非凡的湘西民情风俗画卷。一句"罗袜凌波呈水嬉"让人体会到了湘西地区女子自然自在的生活情状。

  湘西长大的诗人李群玉，在《竞渡时在湖外偶为成章》一诗中也展现了沅水流域龙舟竞渡的盛大热闹场面。

  唐诗中也反映了湘西的其他景貌和风土人情。如张复等人对寺庙的描写。周朴《玉泉寺》写道："溪流云关外，山峻鸟飞前。初日长廊下，高僧正坐禅。"其意境深远。韩愈在《陪杜侍御游湘西两寺独宿有题一首，因献杨常侍》诗中写到湘西的"竹管水渠"："剖竹走泉源，开廊架崖广。"利用竹子架在两崖之间引水，这是湘西山区人民的创造。李群玉的《引水行》对此描述得更是形象逼真："一条寒玉走秋泉，引出深萝洞口烟。十里暗流声不断，行人头上过潺潺。"凿穿腔内竹节的长竹筒，竹竹相连，把泉水从高山洞口引到需要灌溉和饮用的地方，甚至直接通到家中的水缸里，叮咚声不绝，形成湘西山区独特的富有诗意的风光。"一条寒玉"，比喻引水竹筒的青翠;"引出深萝洞口烟"说的是泉水从幽深的泉洞中被竹筒引出,泉洞外长满藤蔓类植物;长长竹筒里流水声不断,从行人的头顶流过。虽然这些诗词展现了湘西特有的生存状态和淳美风情,但那时湘西的落后也可见一斑。

5．土司制度加速了湘西的封闭

　　唐结束后进入五代。五代时湖南属楚,湘西境域主要分属辰州、澧州、溪州3州。受唐代羁縻制度的影响,在湘西永顺县城以东的灵溪河畔,建立了土司政权的司治,开始了封建时代的"民族区域自治制度"。这一制度自五代后梁开平四年(910年)开始延续到清代雍正六年(1728年),在当地历时818年,共35位土司王。湘西的张家界、吉首自治州先后有柿溪、桑植、麻寮、茅冈等10余个大大小小土司辖区,在怀化有飞山杨再思、新晃的田氏土司等地方政权。土司王在自己的辖区内,握有军政大权,生杀大权,境内土地的所有权。同时土官拥有的权力是:一是照样采用了长子承袭制;二与汉官待遇不同,除自备钱粮外,还要向官府交纳钱粮;三是按时朝贡,领取朝廷回赐。土官们掌权的这段漫长时间里,推行封闭政策,阻隔了湘西与外界区域的交流,使湘西的文明进程变得更加缓慢。

　　土司制度的形成有其历史根源。唐末的农民起义,造成了地方政权崩溃。后梁开平年间(907—911年),江西吉州豪族彭瑊不容于吴王杨行密,

图1-17　永顺老司城遗址

举族投奔楚王马殷，进入湘西，站稳脚跟，逐杀部落联盟首领吴著冲等，归梁受命为溪州刺史（《十国春秋·楚二》）。彭碱死后，其儿子彭士愁继位，经过20余年的经营和扩张，势力逐渐强盛，拥有上、中、下溪州，在酉水河岸的会溪坪设立土司城，用木栅围城，称为誓下州。后晋天福四年（939年），彭士愁率锦州（今麻阳）、奖州（今芷江）和溪州的少数民族万余人征战辰、澧二州，楚王马希范派刘勍、廖匡齐率大军作战，史称溪州之战。彭士愁据险与楚军作战，击毙楚军将领廖匡齐。天福五年（940年），刘勍（qíng）增兵围剿，切断彭军水运粮道，彭军战败，退守锦、奖。于是彭士愁遣次子彭师杲（gǎo）携带溪、锦、奖三州印绶，与楚议和结盟，立铜柱于会溪坪野鸡坨。铜柱镌刻溪州之战的经过及双方盟约条款，彭士愁仍为溪州刺史，取得合法地位，这为彭氏成为湘西众土司之长奠定了基础。

溪州铜柱于后晋天福五年（940年）始立于古丈县会溪坪境内的酉水河滩上。铜柱高1丈2尺，入地6尺，重5000斤（含内实钜钱及所灌熔锡）。铜柱下为圆柱形，上为八棱形，刻有2614字，立盟誓，包括溪州对楚的从属关系，楚对溪州不征赋税，不强买，不兴兵侵害等条款。1961年，国务院公布溪州铜柱为全国第一批重点文物保护单位，在会溪坪成立溪州铜柱文物保护小组，并建八角凉亭加以保护。（现铜柱因修凤滩电站迁至著名的芙蓉镇）

为什么要采用立柱，而不是采用立碑、立坊、摩崖等其他形式标明盟誓呢？马希范自诩为伏波（马援将军）的后裔，故在铜柱铭文中写道："我烈祖昭灵王，汉建武十八年（42年）平征侧于龙编，树铜柱于象浦……"继而赞曰："昭灵铸柱垂英烈，手执干戈征百越；我王铸柱庇黔黎，指划风雷开五溪。"这说明马希范是效法马援，在下溪州立了天下第二根铜柱。马援、马希范立柱铸刻盟誓，专家们认为这应该源于湘西少数民族立杆祭祀习俗。"请立柱以誓焉"，这由土司彭仕愁主动提出，马希范随俗顺应民意，明智地选择了立竿（立铜柱）祭祀的做法，既达到了目的，又充分尊重了当地民族的习俗。

之所以选择在永顺会溪坪建立土司王城，是因为那里地势平坦，面临酉水，背负五里坡，交通便利，风景优美，地势险要。有一首民谣说："古来会溪一名都，瀑布苍山若画图。燕子岩前常戏舞，猴儿岩上听啼呼，金盆引来双溪水，铜柱并非铁匠炉，五里长坡谈其味，凉亭小憩添奇图。"民谣中提及的燕儿岩、猴儿岩、金盆山、

图1-18　溪州铜柱

双溪（麻溪和江洋溪）、铁匠炉（铁匠溪）、五里长坡、凉亭（凉风坳）等，当时都是会溪坪附近的风景名胜。最初土司宫殿设在九龙蹬（亦叫九龙厅、九龙墩）。当时的下溪州故城，东西宽500千米，南北长1000千米，占地面积0.5平方千米。故城建有四门，北门临酉水，南门靠五里坡，东门伴东门溪，西门依麻溪，隔河对岸为九龙蹬。故城北门建有演兵场，占地2万平方米，场内设有演武厅、靶场等。故城东北建有五谷殿，建筑面积达600平方米，殿内供有玉皇大帝和诸多掌管日月星辰的菩萨，供人们举行各种祭祀活动。伏波宫建在五谷殿后，长100米，宽32米，四周围有青砖封火墙，内有三进，一进为戏台，二进为厢房，中设天井，三进为正殿，供有马援、马希范、彭士愁、娘娘（彭妻）四尊神像，工艺精湛，栩栩如生。故城西边为寨落、衙署。

　　到了宋代，湖南分属荆湖南路和荆湖北路。今湘西境分属荆湖北路辰州卢溪郡的卢溪县（今泸溪、吉首、花垣地），沅州潭阳郡的麻阳县（含今凤凰地），荆湖北路的保静州（今保靖地），永顺州、下溪州、南渭州、施溶州（今永顺古丈地），上溪州（今龙山地）；保静州、永顺州、下溪州、南渭州、施溶州、上溪州、均为羁縻州。

　　宋朝建立初期，彭氏率20州官民归顺宋王朝，而宋朝则给予彭氏嘉奖和赏赐，承认其拥有的权力，利用其维护"五溪"流域的稳定。宋开宝四

年（971年），土官向克武被授予柿溪宣抚使，成为湘西本土真正的第一个土司王。但湘西最大的土司仍为彭士愁，管辖20州县。《宋史·西南溪峒蛮》中载："初，北江蛮酋最大者曰彭氏，州有三，曰上、中、下溪州，又有龙赐，天赐、忠赐、保靖、感化、永顺州六，懿、安、远、新、给富、来、宁、南、顺、高州十一，总二十州，皆置刺史。而以下溪州刺史兼都誓主，十九州皆隶焉。"从这段文字看，彭士愁拥有的管辖范围，以酉水流域的古丈、保靖、龙山为本土，南达怀化的洪江等地，西及湖北、四川、贵州的部分地方，这些地方多为土家、苗族、侗族等民族聚居地，范围已超越"大湘西"。如今存有的文物和遗址，如"茅茶以贡"的千年古茶树、古司王陵金盆山、八大王冈、享堂溶、土王疑冢碗葬墓、出土的青铜器等，说明下溪州王城是当时湘西一带的政治和商贸中心。

在湘西等地推行土司制度，使那些受朝廷任命的土司、土官（即各司宣慰使、宣抚使、安抚使、长官使等），既成为辖区的最高行政长官，又是最高军事首领。土司实行世袭制，推行军政合一的政治制度，辖区内土民与土司王之间实际是一种人身依附关系；在军事上，是一种兵民合一的组织，"有事则调集为军，以备战斗；无事则散处为民，以习耕凿"。土司通过设置家政、舍把、头人等大小土官和旗、峒等组织机构，对辖区进行严密统治。

土司在其辖区内具有无上权威，握有军政大权、生杀大权和境内土地的所有权。土司统治等级森严，用等级确定权力和地位，主仆之分十分严格。如在住房建设上，土司用砖石结构，绮柱雕梁；土民则只能

图1-19 土司雕像

用小木架屋,编竹为壁,不准盖瓦。正如俗话说:"只准家政骑马,不许百姓盖瓦。"土司在生活上奢侈豪华,每逢岁时节日或到村寨考察游玩,都要当地的妇女歌舞以取乐。在土司制度下,土民世代为奴,没有人身自由。《永顺府志》记载:"即有谴责诛杀,咸惴惴听命,莫敢违抗。土人有罪,小则知州治之,大则土司自治。"土司的残酷统治,给土民带来了深重的灾难,土民生活的困苦连封建王朝也不得不承认。土司制度的出现,使得湘西在政治上难以开明,社会日趋保守落后,与汉族地区的交流甚微,湘西落后的情况愈来愈重。

北宋初期,为维持羁縻地区与王朝的隶属关系,实行朝贡制度。宋太祖乾德四年(966年)七月,下溪州田思钦以铜鼓、虎皮、麝脐进贡,拉开了湘鄂西地区土酋朝贡的序幕。真宗咸平元年(998年)至仁宗庆历五年(1045年),朝贡活动频繁,多达40余次,朝贡规模也越来越宏大,有3次达500人以上。大中祥符五年(1012年)十二月,溪洞人张文裔组织了一个达800余人的上贡团队。同年,湘西少数民族还请求一次规模达1500人的大朝贡,但真宗"虑其劳费,不许"。朝贡的物品多为地方物产,计有虎皮、犀角、竹鸡、锦鸡、土绸、溪布、水银、黄蜡、丹砂、珍贵药材、名马等。每次纳贡均得到皇帝丰富的回赐。回赐不仅有官封,还有民族地区罕见的珍宝,如锦袍、银带、器帛,以及生活必需品,如食盐之类。这种优厚的回赐,目的是"以厚赐足其贪婪,以抚慰来其情,以宽假息其念",表达皇朝的怀柔之意背后,是加强对民族地区的控制。在朝贡过程中,宋皇朝看到了一些问题:朝贡队伍越来越庞大,其中一些人不懂礼节,惹是生非,往来骚扰地方官员和百姓,甚至造成人员伤亡。于是做出规定,酉水流域羁縻州贡于施州,沅水流域则贡于辰州。朝贡皇帝的时间,土司首领一般

图1-20 土司时期的银器

三年一次。如果羁縻州朝贡过程侵犯了朝廷的省地，其进贡名额将被削减甚至被废除入贡资格。朝贡制度调整后，减少了进贡过程中土司队伍骚扰沿途官府的现象，节省了不少车马住宿的财政支出，但同时也造成羁縻地区与中央王朝的关系日渐疏远。很有意思的是，由于宋皇朝规定溪峒蛮夷"所归人口数及五十人者许量置州名，补置名目，及许差人贡奉"，为达到设置羁縻州的目的，湘西的一些少数民族居住区就相互拉拢人口，申报羁縻州，羁縻州的数量也随之增大。如当时在今天的芷江县至新晃县沿舞水一带就曾经密集分布着洽州、峨州、宜州、波州和晃州5个羁縻州。当时羁縻州之多，使得朝廷官员都难以确定哪些是否备案在册。

宋代，湘西产金业很发达，北宋科学家寇宗奭在《本草衍义》中写道："金出五溪汉江，大者如瓜子，小者如麦，性平无毒。"周去非在《岭外代答（卷七）》中记载，不少少数民族家庭因采金而致富。"今峒官之家，以角牛盛金镇宅。博赛之戏，一掷以金一勺为注，其豪奢如此。"南宋朱辅所著的《溪蛮丛笑》对当时湘西的生产、物品、社会和风俗情况，有所记载。朱辅曾在湘西麻阳一带任过通判一类的小官，该书即根据作者的所见所闻所历写成。书中记述的空间范围大致包括今天的湖南省怀化市所辖各区县及毗邻各地州的部分地带。全书以条目形式书写，虽只有5000多字，但内容涵盖面较广。书中所说的"溪蛮"，指湘西五溪的苗、瑶、土、侗等少数民族。书中还把远离州县的边远山区、环境相对恶劣、统治阶级不愿管辖的少数民族地界，称为生界（生界，去州县堡寨远，不属王化者，名生界），可见湘西当时已变为全国落后地区了。《溪蛮丛笑》被认为是研究这一时期湘西民族史及历史民族文化状况的珍贵资料。矿产方面，在"辰砂"条中详细记载了沅江地区所产四个不同品级的辰砂，各个品级的划分都以严格的质量标准作为依据。如"辰锦砂最良""佳者为箭镞""砂出万山之崖为最，犵狫以火攻取"等（今天的万山与湘西毗邻，新中国成立后因盛产朱砂而定为万山特区）。纺织方面，书中记载一种叫"顺水班"的布，这种布是因"那些缺少桑叶养的蚕因蚕茧薄小不可缲。可绩为绸，或以五色间染布为伪"而得名。书中还记载了由白苎麻编织而成的娘子布；点蜡幔的蜡染工艺：每模取鼓文以蜡刻板印布，入靛缸渍染，名点蜡幔；

葫芦笙，亦匏筱余意，但列管六，名葫芦笙。书中还说，蛮地多古铜，有铜柱。溪洞爱铜鼓甚于金玉。同时记载湘西的铜鼓很多，铜鼓周围铸有甲士（士兵），中空，无底，名铜鼓。还有暗箭鼓、集人鼓、犒设鼓等。书中记载了"独木船"："蛮地多楠，有极大者，刳以为船"；"金系带"砚石：主要由瑶族生产，砚石"盖于淘金井中取之，近亦艰得。有紫绿二色，围黄线者，名金系带"。此外，书中记述了湘西的淘金等情况："沙中拣金，又出于石。碎石而取者，色视沙金为胜。金有苗路，夫匠识之，名丝金。"这些记载，对研究湘西少数民族的工艺技术具有重要的价值。民俗方面，《溪蛮丛笑》也有很多记载，特别对端午节描述很翔实，其中说："竞渡预以四月八日下船，俗聚饮江岸。舟子各招他客，盛列饮馔，以相夸大……群蛮环观如云，一年盛事，名富贵坊。"还说到，湘西五溪蛮最看中大端午节，不管是熟界还是落后的生界，都到五溪来看龙船比赛，兴致很高，三天才回家（"蛮乡最重重午，不论生熟界，出观竞渡，三日而归，既望复出，谓之大十五。吊屈原，正楚俗也"）。今天的湘西俗称农历五月初五为小端午，五月十五日为大端午，与古时说法是一脉相承的。

南宋高宗时期，湘西芷江的明山石也很有影响。明山石，又称"紫袍玉带"，该石质地均匀细腻，色彩纷呈，文理清晰，软硬适度，曾被定为贡石送往朝廷。而用明山石制作的砚，具南北各砚

图1-21 芷江明山石工艺品

之优点，质地坚细适度，磨墨不费时且磨出的墨汁细腻均匀，不伤笔不干墨，深受文人墨客所喜爱。

6．元、明时期土司制度稳定发展

13 世纪，随着元兵席卷中原，至元十三年（1275 年），阿里海牙率元军进入江陵，鄂西南和湘西北的常德等地少数民族管辖地归顺了元朝。土司彭思万审时度势，率领溪州辖地各族归附。

值得一提的是，元代在湘西与湖北交界之处设立了麻寮土司。此前，麻寮土司活动区域在湖北鹤峰县拦渡江以南的五里坪、走马坪和五峰县湾潭、大面里等地。麻寮土司初驻五里坪大岩洞里，今人称为"麻王寨"。虽然麻寮土司屡遭劫掠，但其后势力逐渐增强。其势力范围属地扩展到湘西慈利等县及乡村。元代至正二十四年（1364 年），设置了麻寮宣抚司。元代至正二十六年（1366 年），又改为麻寮长官司。这样，在湘西就有了麻寮长官司土司（跨湘鄂两省）、桑植向氏宣慰司（从三品）、慈利覃氏安抚司（从五品）、茅冈覃氏安抚司（从五品）、永顺彭氏宣慰司（从三品）、保靖彭氏宣慰司（从三品）等。

元代时，土司制度强化了军政合一的制度。在土司统治境内，土司们都各自拥有一支数量不等的军队，俗称"土兵"，其编制单位有营和旗两种。营是土司的正规部队的编制，依其势力大小，土司拥有营的数量不等。宣慰司一般拥有五营土兵，称为前、后、中、左、右营。其中以中营最为重要，通常由应袭长子率领，其他四营则由境内大姓或土司亲属、心腹担任首领。土司在其辖区边境的重要关口，均设有兵丁把守，如遇外敌入侵，兵丁就施放狼烟报警，此起彼应，使土司能很快纠集土兵拒敌。本境土民出境，则须持有土司衙署签的"领单"，无单者不许出境。旗是土司寓兵于农的一种军政合一的组织，凡境内居民，均编入旗内。旗与营之间没有明确规定的隶属关系，营的多少是以人数确定，而旗的多少是根据地域来划定。故各土司即使官职等同，所拥有的旗也有多少之分。如永顺土司有 58

旗，散毛土司有 48 旗，保靖土司有 16 旗，桑植土司有 14 旗。各旗均有名号，名号一般具有象征性或吉利性，也可用地理方位来命名。比如永顺土司名号为：

> 辰利东西南北雄，将能精锐爱先锋；左韬德茂亲勋策，右略灵通镇尽忠；武敌雨星飞义马，标冲水战涌祥龙；英长虎豹嘉威捷，福庆凯旋智胜功。

加上"设、谋"共 58 旗。各旗号名连在一起念，就像一首七言诗，朗朗上口。旗设有旗长，又称为旗头。旗长战时率旗内壮丁出征，平时则管辖旗内民户，负责收取租税、差发徭役等事务。旗内土民有事则调集为军，以备战斗；无事则回到家乡从事农业、手工业等活动。

元代的土司制度可谓集历代羁縻政策之大成，土官有一定的品秩，有功可升赏，有罪需惩治，并土流参用，这也是土司制与羁縻制之差别所在。据统计，元代社会稳定后，随着大量外来人口迁入，大湘西所属的常德路（辖 4 州县）、辰州路（辖 4 州县）、沅州路（辖 3 州县）、靖州路（辖 3 州

图 1-22 凤凰县明清时期苗疆营盘旧址

县），总计户数达 364874 户，人口达 1287487 人。

明朝，湖南属湖广承宣布政使司，属地在今湖南境有 7 府 2 州 2 司。大湘西州境分属辰溪府、沅州府、永顺军民宣慰使司（含今永顺、古丈、龙山地）、保靖州军民宣慰使司（含今保靖、花垣、凤凰地）。

明朝初年，从京都至府、县，创立了卫所。历代土司、土官受中央王朝分封任命，此后由家族世袭官职，父死子袭，兄终弟继，除了对中央王朝规定负担的贡赋和征徭之外，一切军政事务皆由土司自治。土司按地区大小、人口和权势，分为宣慰司、宣抚司、安抚司、长官司等级别，是辖区至高无上的首领。

明代是土司们最强盛的时期。当时土司的土兵多次听从朝廷调遣，出外征战，东征倭寇，北抗满洲，平定内乱，均立下赫赫战功。明洪武元年（1368 年）。保靖司彭世雄之子彭万里随明太祖征讨有功，升保靖安抚司。嘉靖年间（1522—1567 年），倭寇攻陷朝鲜，朝鲜求救于明王朝，皇帝命刘纪前往征讨。桑植第十四世土司向仕禄奉调赴朝鲜征战，一去 7 年，是奉命出境随征时间最长的一次。

明洪武二年（1369 年），麻寮土司唐涌纳土投诚，朝廷十分高兴，敕赐铁券。为示奖励和信任，朝廷采取了不拘一格的灵活政策，改麻寮守御千户所土官千户职，袭职世守。朝廷将元代的麻寮土司即麻寮长官司设置为麻寮千户所，由湖广都指挥使司下设的九溪卫管辖。麻寮所在明清时期是武陵地区诸所中地域较广、情况特殊的一个。明洪武十三年（1380 年）建

图 1-23 　湘西慈利发现的"沅蛮夷长"铜印

1 所 10 隘：山羊隘、九女隘、樱桃隘、曲溪隘、拦刀隘、梅梓隘、青山隘、靖安隘、在所隘。同为土司辖地的梅梓长官司演变为麻寮所梅梓隘，靖安长官司演变为麻寮所靖安隘。这样，麻寮所就把原来的土司制度保留了下来。明成化十年（1474 年），麻寮所千户唐冠征调平叛有功，奉铸铜鼎洪钟一座，铜钟

上铸有："湖广都司麻寮所鼓震山永宁寺侍佛铸造洪钟"等文字。

明代土司必须服从封建王朝的征调。土司所领之兵，原来只有守土之责，"无事则荷末而耕，有事则修矛以战，军无远戍之劳，官无养兵之费"。在明代，土兵成为朝廷的主要兵源之一，朝廷每次征战，土兵几乎无役不从。土司每三年还须向中央王朝进贡。贡品有名贵的虎皮、麝香、犀角、竹鸡、锦鸡、土绸、溪布、土棉、丹砂、蜂蜜、黄腊、药材、大楠木等。进贡人数 20 人至数百人。

图 1-24　土司带兵出征示意图

明代湘西的生产力大幅进步。在朝廷"奖励开荒，大兴水利"的政策影响下，明代湘西的农业生产耕地面积扩大。比如明弘治十年（1497 年），辰州府通判虞球，见辰溪山多田少，受干旱之苦，便下令开凿陂塘百余处，修整沟渠，促进垦辟和粮食生产。同时，提倡种植桐、桑等经济林，鼓励家庭丝绸、棉布的纺织，推动金场、铁场的开办。此外，还在各地设立墟场，利用湘西纵横的水路，促进与外界的商业贸易。1620 年，即明光宗泰昌元年（万历四十八年）麻阳引进吕宋（今菲律宾）草烟良种，于板栗树

（今麻阳县板栗树乡）种植成功，后遂遍及全县。在清乾隆二十八年（1763年）还被列为朝廷贡烟（今称晒红烟）。龙山县石羔镇发现的一处明代古窑群，制窑技术相当成熟。其形制俗称"龙窑"，窑群沿山脊而上，直到山顶，说明瓷器在这里已作为商品交易了。

7．清代湘西走向开放

清初，湖南省辖 4 道 9 府 4 直隶州 5 直隶厅（散厅、散州）72 县。今湘西州境分属辰沅永靖道辰州府。清乾隆元年（1736 年）升沅州为府，改辰永靖兵备道为辰沅永靖兵备道，治凤凰，隶湖南布政使司。至清末辖 3 府、1 直隶州、4 直隶厅、16 厅（散厅）州、县。3 府即辰州府，治沅陵，辖沅陵、泸溪、辰溪、溆浦 4 县；沅州府，治芷江，辖芷江、黔阳、麻阳 3 县；永顺府，治永顺，领永顺、保靖、龙山、桑植 4 县和古丈坪厅。1 直隶州，即靖州，辖绥宁、通道、会同 3 县。4 直隶厅，即乾州、凤凰、永绥、晃州直隶厅。清康熙三年（1664 年），设分巡辰沅靖道，治沅州（今芷江），隶湖南布政使司，辖 2 府州 11 州县。

清初，当战火稍稍平息，清政府为巩固其统治，采取"奖励垦荒""休养生息"等让步政策。1644—1661 年，清顺治元年至十八年，晃州当地矿头和贵州务川游商共同开办酒店塘朱砂矿。至清朝中期，始用土法提炼水银，取得成功，获利丰厚。1665 年，清康熙四年（乙巳），湖南最早的具有民族地方特色的会馆建筑——福建会馆在洪江建成。康熙初，黔阳县知县张扶翼劝农种桐，使油桐由自然繁殖转变为人工栽植，提高了产量，其后在各县推广，成为出口大宗。但土司管理湘西的情况未变，因此社会状况无多大变化。到雍正皇帝即位后，土司管辖地区社会矛盾重重，一些突出问题深为朝廷大臣们所关注。他们纷纷上书，力陈土司管理制度的种种弊端。《同治桑植县志》中有一则"改土归流奏疏"，其中记载了清雍正五年（1727 年）七月九日湖广总督傅敏的一封密陈，其上写道："湖南桑植保靖二土司肆虐一方，汉土苗民均受荼毒，土人不时拥入内地，迫切呼号皆愿改土归流，共沐皇恩。"在收到这些奏折后，雍正决定当年实行"改土归流"，即把世袭制的"土官"改为由中央统一管理的"流动官员"。雍正说："是以朕命各省督抚等，悉心筹划，可否令其改土归流，各遵王化？此朕念边地穷民，皆吾赤子，欲令永除困苦，咸乐安全，并非以烟瘴荒芜之区，尚有土地人民之可利，因之开拓疆宇，增益版图，而为此举也。今幸承平日久，国家声教远敷，而任事大臣，又能宣布朕意，剿抚兼施，所在土司，俱已望风归向，并未重烦兵力，而愿为内属者，数省皆然。至此，土司所属之夷民，即我内地之编氓，土司所辖之头目，即我内地之黎献（指民众中的贤者）。民胞物与，一视同仁，所当加意抚绥安辑，使人人得所，共登衽席，而后可副朕怀也。"按照雍正的说法，改土归流的目的是使土司管辖地区对外开放，让偏远民族地区的穷苦人民永除痛苦，享受与汉民一样的待遇。

清代改土归流的过程采取了两个步骤，首先废除土司，然后善后重建。

改土归流由湖广总督迈柱主持实施。迈柱采纳鄂尔泰制定的策略，其步骤是先湘西后鄂西，方法是通过寻找土司的劣迹使土司自惭形秽，同时辅之以军事威胁，达到改土归流的目的。湘西土司中永顺彭氏土司势力最大，是改土归流的重点。为使永顺土司改流顺利进行，迈柱先扫除了周边力量较弱的桑植、保靖土司的威胁，并在湘鄂西边境陈列重兵，以防鄂西的容美土司反叛。在清廷的诱迫和武力威胁之下，湘西的改土归流顺利实施。乾隆《永顺县志》关于"末代土司彭肇槐献土始末"的记载认为，雍正五年（1727年），保靖土司骨肉相残，桑植土司暴虐不仁，皆奉旨改土归流。彭肇槐抚永顺恭顺无过，能辑和人民，土司邻郡皆称其贤。他情愿改土归流，并求回归江西祖籍，量授武职微员，效力图报。实际上，改土归流本是朝廷的旨意，彭肇槐如果不从，那就是违背朝廷，将招致"灭族之患"，而顺应天意主动改流，既可免灾，还可获得恭顺的美誉和赏赐。彭肇槐自请改流，纯粹是迫于大势所趋。

改土归流历经8年，从雍正五年（1727年）开始至十三年（1735年）结束。至此，土司结束了在溪州等地长达800多年的统治。桑植的末代土司向国栋，被其母舅唐宗圣上书揭发"向国栋残虐，与容美、永顺、茅冈各土司相互仇杀，民不堪命"，并代表桑植土民请求向朝廷"献土"（即交出土司一切权力，由朝廷派流官管理）。朝廷顺水推舟，为向国栋扣了一顶"反对改土归流"的帽子，于雍正七年（1729年）发配至河南开封祥符县。向国栋痛愤之极，洋洋洒洒给皇帝写下了一份《向国栋自述》万言书，称"余性心直，若不平，则奋不顾身，不加深虑，故罪于难，迄今回首，屈不能伸者多矣！"乾隆六年（1741年），向国栋忧郁成疾去世，终年54岁。他的洋洋万言成为研究土司制度的第一手资料。

随着改土归流进行，作为统治时间最长的彭氏土司，也告别了永顺老土司城回到了祖籍江西。土司的辉煌随岁月流逝而暗淡失色，剩下的只是那些断墙残垣、乡谣俚俗的习俗和生死神秘的故事。彭氏作为湘西最大、历时最长的土司，在五溪地区称雄历时818年，历经朝代更迭而不衰，使以溪州为中心的湘西社会秩序保持相对稳定功不可没，算是长寿的土司王朝了。正如铜柱记称："溪州彭士愁，世传郡印，家总州兵，布惠立威，识恩知劝，故能历28代，袭任35世（其中有兄终弟继者）。"土司制度存在这么长的时间，可能的原因是："羁縻制度"对当时处理居于偏僻落后地区的少数民族关系有一定作用，土司们拥有较强的军事实力，同时又能以灵活务实的策略与朝廷搞好关系。

图1-25　张家界土司城

土司王城遗址是土司统治的见证。笔者曾考察过永顺土司城、张家界土司府。永顺土司王城遗址是湘鄂渝黔土家族地区规模最大、保存情况最好的土司遗址。现存地面建筑有祖师殿、土王祠、摆手堂等；地下遗迹也非常丰富，道路、城墙随处可见；建筑内部的隔墙、贮藏窖穴、地下取暖设施、排水设施一应俱全，构成了包括军事、经济、文化、宗教在内的聚落结构，以及八街九巷的格局，城区总面积达到 25 万平方米。老司城不仅自然风光优美，同时也是"土司制度"这一西南民族地区历史上重要政治制度的体现，是自然景观和人文景观的完美融合。土司王城与其他土司城被批准为世界文化遗产，可见其历史和文化意义的重大。

实施"改土归流"后，各县区根据当地情况，推动经济发展。如保靖县提出加大桐树的种植，加强对荒地的开垦；黔阳县提出劝开垦，创义学等，加速了湘西的文明进步。据清《凤凰厅志》所载："各苗峒之义学，令内地生员，前往训诲，愿以化其愚顽，归之礼教。"改土归流以后，湘西地区要适应新的社会时代，就得学习外域的先进生产方式和文化。为帮助少数民族群众文化知识，不少汉族地区的文化人来到偏远的民族山寨，送去先进的文化知识和工艺，为当地解决了生活生产中的难题，进一步提升了文化素质。至今苗歌中还流传这样的山歌："三个大姐坐一棚，三朵桃花一样红，三面铜锣一样响，全因当年劝学风。"

乾隆五十四年（1789 年）姚文起重修的《黔阳县志》上赞道："政治之昌光，风教之涵濡，人物之奋兴，日新月盛。重世行远矣。""虽僻处楚边，瑶蛮错杂，孝子节妇，彪炳闾阎（平民居住之地）。骚客词人，辉煌黉（hóng，学校大门）序。"

同时，民族矛盾也日益尖锐，反抗清廷的斗争此起彼伏，其中最有名的是乾嘉起义。乾嘉苗民起义的导火索是在起义之前的乾隆五十二年（1787 年）。当时，一位汉人丢失一头牛，官府没有以宽容之心待人，反而变本加厉，敲骨吸髓，残害苗族百姓。由于处理不当，勾补寨的苗族群众深受其害，起义爆发。（"勾补未滋事之初，有贩牛客驱牛过其地。苗窃去，客讼之，官令百户稽办，苗外委查缉，百户等借以索诈财物。勾补苗民，户皆受累。忿曰：'我既失钱，而须得钱赔。'黠者遂纠众，伏道攫人。石满宜掘土中得犬石龛，状似龙头，以为当作苗王，乘寨民之怨，遂生叛谋。"）

乾隆五十九（1794 年），乾州厅平陇（今湘西州吉首市社塘坡乡）的吴八月与松桃厅（今贵州松桃县）大塘汛大寨寅的石三保、永绥厅黄瓜寨的石柳邓等头人秘密串联苗寨，共同商讨起兵反抗朝廷之事，并于土地庙前同饮血酒，发誓一反到底。起义伊始，吴八月等率义军攻克了乾州城，并乘胜挥师，进攻泸溪县的浦市，兵围泸溪县城，一直打到铁沙河边。当时，各地苗民起义的烈焰席卷整个湘西的南部地区，南达贵州铜仁、松桃，西至重庆的秀山、酉阳，北到湘西古丈、保靖。起义军队伍迅猛增加到10万余人。清政府立即下令，急调云贵、两广、两湖以及四川等7省兵力，约18万人，由云贵总督、贝子福康安与四川总督和琳统率，分成两路开赴湘黔渝接壤地区，对起义军进行残酷镇压。抗清起义直到嘉庆十年（1805年）二月才被平息，历时12年。为镇压起义，清王朝花军费达2000多万银两，湖南提督刘君辅身受重创，贝子福康安在岩洞寨旁受重伤，后病死于贵州铜仁。乾隆闻福康安死，追封他为"嘉勇郡王"，还赋诗以表哀悼之情。其中写道："自叹贤臣失，难禁悲泪收。"1854年，桑植数千民众起义暴动，兵败后头领贺廷璧等30余人被押往城外河滩上问斩。贺廷璧瞑目高呼："老子死便死，头不能落地！"话刚落音，贺廷璧之妻刘氏从人群中冲出，快步跑到丈夫跟前，神情庄重地扯开衣襟。贺廷璧见状仰天大笑，将头颅向妻子伸出。刽子手手起刀落，刘氏将衣襟凌空接住丈夫的头颅，然后头也不回，奔回老家安葬。

倘若当初清朝官员能够查清案情，抚慰百姓，一件丢失牛的民事案件又怎会酿成长达10余年、震动朝野的农民起义呢？

清代乾嘉苗民起义之后，清政府为加强对湘西苗族等少数民族的控制，在湘西地区修复明代边墙，广建碉堡哨卡，实行"屯田养勇，设卡防苗"的政策，均丈湘西人民公田15.2万亩用以养兵。一部分授给屯丁等人做养口田；一部分招佃收租，称为屯租。这实际上就是剥夺湘西人的土地之后又租给湘西人民再进行收租。

总体来看，清代实施"改土归流"后，湘西落后的面貌逐渐得到改进。清朝陆次云在《五溪杂咏》中写道："峒民参汉俗，溪女唱苗歌。"但生活简朴、不善商贾、落后的生产方式、耿直的民风一时难以改观。清代的方亨咸在《苗俗纪闻》中说，苗人"无灶，生火于地，悬釜以炊，老少男妇尊卑无序，环釜席地而坐"。湘西人"然朴拙畏官府，耕织外不事商贾，无奢华之习。"魏祝亭在《荆南苗俗记》这样描述："荆南辰州与黔邻界毗所，重岗万叠，绵亘二百余里中悉为苗窟。苗系出盘瓠，宅俱卜悬岩上，凿石窍以栖。

近间有编篁架木者。衣杂五彩，椎髻跣足。"这两则记载说明了当时湘西地区的落后与人民生活的艰难。当时旱灾是湘西主要灾害之一，往往广种薄收。为改善这种面貌，保靖县第一任知县王钦命曾写《示劝开垦荒地》告示，其中写道："保靖居万山

图 1-26 湘西山区老村舍

之中，尚属沃腴之地，何得本地所产不敷本地所用？皆因抛荒者多，成熟者少。俱限于一年之内，开垦成熟，如有开垦百亩以上，本县重加奖赏，以示鼓励。"希望当地人勤于田畴，以资家计。

虽然落后，但"今且诗书弦颂，野有秀民矣"（方亨咸《苗俗纪闻》）。鸦片战争以后，随着开放力度增强，湘西人民的素质迅速提高，出现了很多有影响的文化人，境内工业生产得到一定发展。处于偏僻农村的少数封建地主开始进城雇工开糟坊、染坊、榨油坊等；农村家庭手工业由自然经济向商品经济转化的速度加快，农民以棉织布，以布易棉；采矿业尤为发达，大坪、修溪、征溪、沙溪、晓滩等地的铁矿，寺前、小龙门等地的煤矿，从业者岁不下千人。主要工业产品的产量和质量有所提高，蚕丝的产量居全省第二位；黄绢、双丝绢、吊绸等绢制品和桐油、铁板、石灰等多运销常德、汉口等地。

到光绪初年，书院、义学、私塾开始在湘西形成气候，出现了富家"以延师课读为荣"，贫家也"以诵读为重"的景象。在苗族集中的永绥、乾城、古丈、凤凰、泸溪、麻阳等地，也是"文治日新，人知向学"。随后，凤凰县熊希龄在常德创办西路师范，招收湘西大量青年来此求学。1903年，湖南巡抚赵尔巽选派优秀青年官费留学时，湘西青年颇多，仅永绥、乾城、古丈、凤凰、泸溪、龙山、大庸、永顺、古丈、桑植10县就有30

多人被派往日本留学，开启了湘西教育的新历史。同时，湘西的工业也在起步。1897年，辰溪商绅刘缚泉等人获悉常德、汉口烟煤紧俏，便合伙在辰溪桐湾溪开办震发煤炭公司，开采商品煤，年均产煤1500吨。1898年，汉冶萍公司在芷江黔阳交界的黄榜坡采煤炼焦。后来，湖南巡抚陈宝箴聘请德国矿师来黄榜坡探矿，熊希龄在湘西开办了"芷黔煤矿"等。（《清实录》第七册，卷64，中华书局1985年版第986页）

8．与近代文明比肩前行

20世纪初，中国在社会的剧烈变动中缓缓发展。随着30年代都市现代文明的影响，湘西社会也快速向现代文明进发。到了抗日战争时期，因战争等不可抗拒的因素，东部发达地区人口大量涌入湘西，在加大湘西社会生活压力的同时，也促进了湘西现代化进程。

晚清，湘西的一些进步人士，尤其是进步青年加入政治组织，为筹谋辛亥革命积极活动。在1911年湘西光复和1916年反对袁世凯复辟帝制的斗争中，不少进步人士投入唤醒民众的宣传中，号召民众参加革命，开始了揭开湘西历史新的一页。1911年，凤凰籍的同盟会会员、留日学生田应全回到凤凰以后，与唐力臣、沈宗嗣等人积极筹划反清起义，在他们的影响下，湘西很快组织了一支5000余人的光复军，后来发展到万人，并于当年12月17日发起武装起义。虽起义失败，170多人牺牲，但这种精神鼓舞了湘西人民。1914年，湘西镇守使田应诏把72具遗骸合葬一处，取名"复汉流血义士冢"。在湘西人民强大的压力下，清朝原辰沅永靖兵备道道台朱益浚最终答应"愿洁身以退"。在护国运动中，罗剑仇1916年2月在大庸组织湘西护国独立军，反对袁世凯称帝。3月，贺龙在桑植打出讨袁护国军旗号，队伍很快发展到近万人。4月，龙山各民族人民组成了3000多人的龙山靖国联军，反击湖北来凤护袁军的围攻，并乘胜围攻来凤县城。湘西的这些革命运动，催生了湘西的一批政治人物走向中国革命的前台，对湘西具有划时代的历史意义。

1913 年，经国务总理熊希龄推荐，民国总统袁世凯任命田应诏为湘西镇守使。田应诏于是在凤凰设立湘西镇守使署，全面掌握湘西军政大权。民国三年（1914 年），湖南省废"府""州""厅"，保留道，州厅改名为县。改辰沅永靖道为辰沅道，首府在凤凰，管辖 20 县，即凤凰、乾城、古丈、永绥、保靖、永顺、龙山、泸溪、桑植、沅陵、辰溪、麻阳、溆浦、芷江、黔阳、靖县、晃县、绥宁、会同、通道。民国五年（1916 年），将武陵道所属的大庸、石门、慈利、桃源等 4 县划入辰沅道。这样，大湘西包括了24 县。

1921 年，湘军总司令、湖南省省长赵恒惕以"联省自治"为名，结束了田应诏对湘西的统治。此后，陈渠珍被先后任命为湖南省 13 区清乡司令、湘西巡防军统领等职务。陈渠珍于是设立湘西巡防军统领署。1928 年，陈渠珍被武汉国民政府任命为国民革命军第十九独立师师长。1930 年，陈渠珍被蒋介石委任为国民革命军新编三十四师师长。关于任命，陈渠珍说："我们是土生土长的土包子，根子扎在湘西"，"他们之所以对我封这封那，无非是想利用我来为他们卖命，不是想我为他们守后门"。

民国二十四年（1935 年）5 月，湖南省政府在沅陵设置湘西绥靖处，辖沅陵、慈利等 19 县，分 5 个行政督察区。民国二十五年（1936 年）6 月，湘西绥靖处由 19 县增至 25 县，划为 4 个行政督察区。泸溪、永顺、龙山属第一行政督察区，专员公署设沅陵。乾城、凤凰、永绥、保靖、古丈属第三行政督察区，专员公署设乾城。

1936 年，当时国民党湖南省主席何键提出将湘西的屯租收归省里，引发湘西"革屯运动"。永绥县苗族人民在抗日战争的影响下，提出"废屯归民""抗日救国"等口号，成立了"湘西苗民革屯抗日救国军"。"革屯运动"得到当地汉、土家等族人民的支持。由吴恒良、隆子雍等人率领的起义迅速扩展至凤凰、乾域、保靖、古丈等地，最终导致屯田制的废除。"革屯运动"是一次以苗族农民为主、以反屯租制度为基本内容的反封建剥削压迫和国民党统治的革命运动，是一场民族民主的政治斗争。革屯取得胜利，在于民心统一和革屯队伍的纪律严明（"革屯部队，清剿妖风，军行所止，纪律严明，保民保商，买卖公平"）。

值得一提的是，第二次国内革命战争时期，贺龙、任弼时、关向应等率领红二、六军团为骨干，在湘西北创立了以永顺、大庸、龙山、桑植为中心的湘鄂川黔革命根据地。为了粉碎国民党对根据地的围剿，许多土家、苗、白、回等民族青年纷纷参加红军，保卫红色政权。1935年11月，红二、六军团（即后来的红二方面军）由桑植出发，开始了长征。许多少数民族青年毅然随军长征，北上抗日。据不完全统计，龙山县就有6900余名各族青年参加了红军，保靖县有300多名土家、苗族儿女参加红军长征，慈利县有3700余名各族青年加入红军，北上抗日。如土家族红军田国浩（龙山人）、田吉安（古丈人）、田文成（古丈人）、彭祖贵（古丈人）、赵世柱、黎瑜、向汉生（慈利人）、廖汉生（桑植人）、李昌（永顺人）、田顺信、梁玉成、向南庭（保靖人），苗族红军石邦智（花垣人）、石元晋（吉首人）、侗族有会同人粟裕、新晃人曹玉清等人随红军到达陕北，为中国革命的成功做出了贡献。

随着社会进步，在生活和生产方面，湘西也开始走出去学习和把能人请进来，学习境外先进的技术和管理理念，出现了电力、化工和商品煤开采工业等新兴产业。煤炭方面，1919年，在靖县贯堡渡东岸采煤厂的年产煤量达到150吨。辰溪先后有阜辰、曹记、恒裕、富国（裕民）、民生、惠民等煤矿公司办矿。据1936年统计，全县有官商各类煤矿共13家，煤总产量为31000吨。在电力机械方面，1920年，留学日本的黔阳人冯寅丞邀日本考郎次三在洪江创办光雄电灯公司。1923年，美国人赫菲尔从美国运来一台3千瓦的小型发电机到沅陵发电，供朝阳中学电灯照明。1934年，沅陵县宋体仁在县城创建沅丰机器米厂，用柴油机为动力，开机械打米之先河。在日用化工方面，从1927年起，沅陵、洪江、晃县、芷江、洪江等县先后建起私营肥皂厂、鞭炮厂、干电池厂。1934年，洪江肥皂厂年产肥皂达1515箱，24万多块，行销沅水流域各地。在纺织业方面，通道县1930年建立拥有布机16台的通道贫民工厂，年产棉布1500匹，产值达4500元（银圆）。1931年，新晃县龙溪口手工织布机发展到300余架，染布踩石600多具。据《中国实业志》记载，到1935年，洪江手工纺织作坊17家，布机61架；芷江29家，布机78架；会同有17家，布机70架。

邮电业是湘西开启现代化之门的重要标志。废除了清代传统驿站制度后，民国初年，湖南邮务管理局在湘西南部 10 县境内设辰州、洪江、沅州三个邮政局（二等），溆浦（二等）、辰溪、会同、晃州、黔阳、麻阳、靖州邮政分局（三等）及龙潭支局，同时在湘西开辟了步班、船班和汽车邮路。邮路增加，邮寄函件业务量日增。如 1915 年辰溪邮局寄出函件达 3.63 万件，芷江邮局收寄达 3 万件。与此同时，无线电报和电话在民国初年已在湘西出现。1918 年，沅陵电报局装配了 2 台手摇发电机、1 部电报机。接着，乾城、保靖两县自筹资金，架设电话线路。到 1930 年前后，会同、洪江、沅陵、黔城、安江、晃县等县开通了县乡电话。

金融、商贸也得到较快发展。民国初，湘西设立了不少钱庄。据 1916 年统计，洪江钱庄达 23 家，其中裕通祥、裕通恒、义孚康、久大庄四大银号，因信用较好，汇兑遍及西南、中南、华东等城市。1918 年 3 月，北洋军攻下湖南，湖南银行倒闭，洪江等分行随之关张。湘西镇守使田应诏改湖南省银行辰州（沅陵）分行为湘西银行。1929 年，湖南省银行恢复，先后在湘西各县普设分支机构。其后将洪江汇兑处和沅陵汇兑处后升格为支行，分别管辖黔阳、会同、靖县、通道、绥宁等行以及管辖溆浦、辰溪、芷江、晃县、麻阳、泸溪、浦市等行处。1932 年湘西王陈渠珍联合凤凰、麻阳、沅陵、乾城、龙山等 11 县官僚富豪，以官商各半的形式开办，收股金 30 万元，成立湘西农村银行，总行设凤凰沱江镇中正街道门口，并设立了印钞厂。此外，国家级银行如交通银行在湘西泸溪、龙山等地设立分支机构；中国银行在洪江、辰州（沅陵）等地设立分支机构。同时，湘西还出现了集体金融组织——信用合作社，这是湘西民国时期在现代金融业方面迈出的大步子。在商贸方面，管理机构也应运而生。1911 年龙山县成立了县商会，1913 年辰溪县商会成立，此后不久，湘西各县普遍设立了商会和同业公会。当时人们曾赞誉湘西说："洪江的银子（商业），沅陵的号子（运输业），凤凰的枪杆子。"说明这一时期湘西的发展变化，赢得了声誉。

民国时期，湘西中小学教育也发生了质的变化。在清末，永绥、乾城、古丈、凤凰、泸溪、龙山、大庸、永顺、古丈、桑植、怀化、芷江等地掀起赴日留学热潮之后，湘西的教育也开始振兴。据 1922 年统计，湘西北部

10 县有高等小学校 26 所，47 个班，学生 1359 人；国民学校 225 所，375 个班，学生 7808 人。但学校的女生不多，仅占学生总数的 7%。陈渠珍执掌湘西后，开始重视教育，尤其是小学教育。他认为，湘西落后是儿童教育的落后，要养成"风气开通"，使"人文蔚起"。他遣人远赴长沙聘来小学教育专家李云杭，帮助制定湘西教育发展规划，整饬并推进湘西教育。同时，湘西在民国成立后书店大增，如洪江的熙和、大德堂、世界、徐祥丰等书店。1935 年，安徽程文谈从常德来到辰溪，在县城开设大华书店，经营图书文具，为县内第一家专业书店。

但抗战前的湘西，自清初"改土归流"后虽有所发展，但仍有许多地方偏僻，交通与经济落后，政治上不昌明。因此，县政难推行于乡村，人文素质总体落后。当时湖南省的农业调查认为，湘西山多田少，土地贫瘠，乃次等之农业区域。湘西稻作栽培方法，颇为粗放，中耕除草不用农具，稻作脱粒不加扮折；而湘西的稻种，品质恶劣，出米率低下。1927 年，芷江县发生稻苞虫灾，农民束手无策，只好求神拜佛，有的将"鬼符"贴在门上，有的"舞草龙"求天收虫。结果，水稻叶片被吃成刷把状，减产五成以上。1933 年，新晃县发生蝗灾，县里报告记载："收时蝗虫又起，枯苗食声举目田畴赤地。"湖南省湘米改进委员会调查称，"通道是全省 23 个谷米不足县之一"，基本粮食生产不能自给，经济作物的生产更是落后。棉花是当时湘西主要经济作物，因生产落后，更不善防治病虫，产量用于当地纺织不足，商品化程度很低。

全面抗战爆发后，大批内地工厂、企业和大中专院校迁到湘西，促进了科技文化的交流，教育环境大大改善，实业得以振兴，湘西的面貌有了根本性的改变。抗日战争爆发后，国民党陆军机械化学校于洪江市郊萝卜湾北端建立的机械制造厂，生产联合机床等产品。湘桂公路安洪段通车后，相继建立电机、电器、机械修配等小型企业。以辰溪为例，据民国三十年（1941 年）统计，县内拥有纺织、机械、刀具、卷烟、打米、水泥、发电、煤炭、化工、玻璃、制革等企业 170 余家，工业从业总人数 7820 人，其中机械厂 39 家，卷烟厂（店）10 余家，煤矿 40 家，可以说是湘西沅水中游的工业重心。据《大公报》载："自'抗日以来，前方工厂相继迁辰……，目前工厂林业，纵横 10 余里，每值华灯初上 …… 恍如武汉三镇夜景。"商业也发展兴旺起来，设立金银首饰、烟酒、绸布、油品等数十家。工商业的发展，促使金融业发展迅速，官办的中央、中国、交通、农民4 家银行均在辰溪设有分理处，还拥有 10 余家

图 1-27　洪江古商城

钱庄。关于抗战时期湘西的情况，将在后面章节专题介绍，这里不再叙述。

抗战胜利后到湖南和平新中国成立前，湖南省设有 2 个省辖市、10 个行政督察区，77 个县。除慈利县属于第四行政督察区常德外，第八、第九、第十行政督察区属于大湘西。第八区政府在永顺，管辖永顺县、龙山县、大庸县、保靖县、桑植县、古丈县 6 县；第九区区政府在沅陵，辖沅陵县、溆浦县、辰溪县、凤凰县、乾城县、永绥县、泸溪县、麻阳县 8 县；第十行政督察区，治洪江，辖 8 县：会同县、芷江县、绥宁县、黔阳县、晃县、靖县、通道县、怀化县。形成了今日的大湘西的基本格局。

湖南和平解放后，湘西的国民党残余势力仍有不少，蒋介石授意白崇禧利用这些势力继续负隅顽抗，并进行了具体部署。1949 年 9 月中旬，解放军第三十八军由常德挺进湘西，先后解放了湘西 10 余座县城。9 月下旬，四十七军、四十六军一三六师、三十八军一一四师等主力部队奉命进入湘西剿匪。1950 年 1 月，湖南省人民政府在沅陵设置湘西行政公署，辖永顺、沅陵、会同 3 个专区。中国人民解放军经过两年的浴血奋战，终于清除了国民党军队在湘西的残余势力（即大家习惯叫的土匪），共歼灭国民党残余武装 92081 人（也就是相传的十万土匪），解放了湘西，还湘西一个和平宁静天空，净化了这块淳朴秀美的田园山川。正如湘西黔阳县的向学友在《秋景》中写道："轰隆炮响，天地震荡，眼前秋景，胜似春光，穷人眉展，

图1-28　现代高铁穿越湘西

图1-29　张家界百龙电梯——世界最高户外电梯

富人神伤。"

　　新中国成立后，湘西原有的20余县经过几次调整，格局发生了很大变化。目前大湘西在行政区划分为三大地市级行政管理区域：张家界市（辖永定区、武陵源区、慈利县、桑植县）；湘西土家族苗族自治州（辖吉首市和花垣、保靖、永顺、龙山、泸溪、凤凰、古丈7个县）；怀化市（辖鹤城区、中方县、沅陵县、辰溪县、溆浦县、会同县以及麻阳苗族自治县、新晃侗族自治县、芷江侗族自治县、靖州苗族侗族自治县、通道侗族自治县5个自治县，代管1个县级市——洪江市和1个县级管理区——洪江管理区）。随着共和国前进的步伐，湘西落后的状况得以大大改观。这个居住着土家族、苗族、瑶族、侗族等40多个少数民族，曾被视为"蛮夷"的地区，其经济社会发生了翻天覆地的变化。

纵观大湘西的发展简史，可以看到其行政区划是从沅江下游向上游逐渐推进的：先秦西汉的行政中心在下游的沅陵（古辰州，楚、秦黔中郡所在地）与中游的溆浦（西汉武陵郡所在地）。到了唐代，建立了沅水上游的行政中心洪江市黔城镇（唐叙州、巫州或沅州所在地）和芷江（宋以后沅州所在地），至宋代又建立起沅水更上游的行政中心靖州。这段历史的演进基本上以荆楚文明为主线，辅之以土司文化（包括江西和华东文化的影响，土司彭氏的祖籍江西）。到了明清时期，湖湘文化渗浸湘西，使湘西的社会文化激荡着一种神秘、独特的气氛。

图 1-30　今日湘西风光

第二章　湘西匪踪迷影

　　土匪是具有血腥、听起来令人不舒服和恐怖的词，似乎代表着一系列罪名及恶名的集合体。近几十年来，以湘西剿匪为题材影视剧的热播，造成在很多人的印象中，土匪似乎成为贴在湘西地区的一个标签，这是一种误解。实际上，湘西与贵州、重庆、湖北、广西等省市接壤，匪徒来源复杂，少部分是在边境省市流窜作案人员、大部分是国民党匪特和散兵游勇以及被国民党反动派挟持的民众。湘西的匪首，多为国民党部队残部的头目，还有一些官僚世家、乡绅或地方团练长官。因此可以说，湘西剿匪被剿灭的主体是国民党的残匪，只有极少数是真正意义上的土匪。

图 2-1　匪徒曾经盘踞的龙山县八面山燕子洞

提到湘西，很多人便联想到土匪，湘西似乎与"土匪"一词相辅相成，关联度很高。在互联网上搜索"土匪"，便出现"湘西土匪"等字眼。到湘西来旅游，导游有时会介绍说，湘西过去土匪多，还提醒游客尽量不要与当地人发生冲突。匪俨然成了湘西的特产，在全国任何一个地方，匪都没有湘西那么显眼。作为一个湘西人，实在不愿他人在提及湘西便联想附会到土匪身上，似乎湘西曾经是蛮民恶人的领地。特别是20世纪80年代一些写湘西土匪的书和影视剧，离奇的剧情和夸大的渲染，把不真实的匪事串联起来，于是湘西从古到近代，好像是土匪滋生的温床和发展的源头，是全国土匪肆虐的重灾区。实际上，民国时期，湘西的匪患低于全国其他地区。毋庸置疑，宣传上的误导是造成"湘西土匪多"这一印象的原因之一。小说《林海雪原》、一部样板戏《智取威虎山》使东北土匪的声名大噪；小说《武陵山下》、电视剧《乌龙山剿匪记》和《湘西剿匪记》的热播使湘西似乎成了土匪的滋生地。

1．如何定义"土匪"

英国学者贝思飞认为："在中国，'土匪'一词传统上是损害政敌的最有用的用语。"透过历史的风云，回看 20 世纪上半叶的中国，可以发现"土匪"无处不在，这是由外侮内乱、社会极度动乱造成的。

提到民国时期的土匪，人们自然想起了东北的牡丹江和湘西，这些地方似乎以"土匪多"出名。从表面上看，这些地方的位置都很偏僻，山多林密，贫穷落后。古人常说"穷山恶水出刁民"，这些地方的"匪事"好像印证了这一点。但查阅近代史资料，特别在民国时期，关于湘西匪事的记载甚微。人们认识湘西，多是从文学大师沈从文那些优美的作品中，那时的湘西景况给人们的印象是美丽、淳朴、浑然天成。当然，他笔下的 20 世纪二三十年代的湘西社会也有匪事的零星记载。

首先，我们要搞清楚土匪的定义。什么是土匪呢？在人们的概念中，土匪乃一群乌合之众，他们以抢劫、勒索为生，缺乏政治远见，是法律和秩序的破坏者；他们行为放荡不羁，为所欲为，不愿受任何约束，是暴虐的象征；等等。英国的社会史学家霍布斯鲍姆（E. J. Hobsbawn）认为："从法律上讲，任何一群以暴力从事抢劫和袭击活动的人就是土匪。"我国著名社会史研究专家蔡少卿认为，所谓土匪，"就是超越法律范围进行活动而又无明确政治目的，并以抢劫、勒赎为生的人"。

我认为蔡少卿先生的说法比较贴切。我们不妨把"土匪"二字拆析："土"，可认为是土生土长，与外部世界接触、见识少的，文化素质很低，没有法律和道德观念；匪是指强权霸道，以打家劫舍为目的，但他们不依附于任何政治势力，独来独往。因此，土匪指的是那些文化素质不高、没有政治目的、干着打劫勾当的一群人。他们是社会动乱的产物，人数与社会动乱的强度成正比。当社会稳定，法制健全时，土匪在法律上应称为"抢劫犯""杀人犯"等。

真正的土匪本性顽劣，胆大妄为，无任何社会道义而言。真正的土匪主要干的是哪些勾当呢?

一是绑架勒赎。因为绑架的目的在于勒赎钱财,江湖上常称被绑架勒赎的人为"肉票",湘西人称为"关羊"。根据绑架的对象或身份还有不同称谓:如被绑架的本国人叫"本票"、外国人叫"洋票",新被绑票的人叫"新票"、被绑架已久的叫"旧票",被绑架的富人叫"彩票"、穷人叫"当票",被绑架的男人叫"天牌票"、女人叫"地牌票"或"花票",拘留"肉票"的地方叫"票房",管理"票房"的头目叫"票房头",用财物换回"肉票"叫"赎票"或"领票",杀害"肉票"叫"撕票",等等。在绑架过程中,除个别土匪在行事上考虑基本的社会公德外,大部分土匪具有破坏性和残忍性。土匪抢劫一般选择在地势偏僻险要的地方,那些地方易于隐蔽作案,也易于他们从容撤退。

二是滥杀无辜。匪徒一般性格残忍,拿别人生命当作儿戏。他们只要想杀谁,便会结帮谋划,付诸行动。他们选择时机进行绑票,如被绑票者拿不出赎金,除个别幸免外,多数遭到身体摧残,甚至被杀害等。匪徒们的烧杀抢掠,造成许多家庭雪上加霜,很多妇女深受其害。民国时期,山东的刘黑七(刘桂棠)对其为匪生活十分得意,他常扬扬自得地对手下说:"官不打,民不问,咱们的日子真好混。地有千顷靠沙河,不跟钢枪压着脖。"河南匪徒王凌云曾无恶不作,他看中哪个女子漂亮,只要通知一声"准备过夜",女子多宁可受辱也不敢违抗。以至于王匪在1944年被招为国民党第二军军长时,仍念念不忘地说:"过去当土匪头子,比我后来当军长、师长还要舒服得多!"

除了以上两种真正的土匪外,大部分是"政治匪徒"。"政治匪徒"有明显的政治趋向,看似匪徒实则是国民党反动派的帮凶。他们被委以各种官职,有较高的社会地位,执行反动政府的指令,制造各种社会劣行。如湘西溆浦县有一个自称"反共救国军新化溆浦地区司令"的匪首叫张新雄,他的团伙盘踞在溆浦与新化县交界的雪峰山脉中的海拔约1600米的白马山和风车巷山上。张是典型的国民党匪特分子,1927年在湖南反动军队许克祥部下任连长,在"马日事变"中大肆追杀共产党人,后又三次参加对江西红军的"围剿"。抗战时期,充当国民党特务,与湘西国民党的团练们素有勾结。抗战胜利后，他到东北当上了国民党保安团长，被东北民主联军俘虏，后寻隙逃脱。辽沈战役结束后，他回到湘西，纠集国民党残匪和地方武装组成反共队伍，占山为王，实际上是"政治土匪"。

2．历史上的匪

匪是社会动乱的产物。当社会处于动荡、无政府主义状态，人民处于饥寒交迫之时，便成了产生土匪的土壤和温床。正如老子所说："法令滋彰，盗贼多有。"管子也说："仓廪实而知礼节，衣食足而知荣辱。"自古以来，一些人在生存得不到保障的情况下，道德失范，盗贼多起于此。"然民非乐为盗也，冒法而为盗则死，畏法不为盗则饥，故其弱者甘心流离饥饿而死，其强壮者则铤而为盗矣。"（清代魏裔介：《兼济堂文集》，上册卷二奏疏第四十七页）宋代熙宁七年十一月，苏轼在上呈的《论河北、京东盗贼状》中，力陈盗贼与榷盐两大问题。因当时河北、京东路由于"蝗旱相仍"，盗贼纵横，导致民不堪命，"中民以下，举皆阙食，冒法而为盗则死，畏法而不盗则饥，饥寒之与弃市，均是死亡……虽日杀百人，势必不止。"

中国的野史、小说中，描写的以打家劫舍为业的人，或者因生活和压迫啸聚山林敢于抗击"官兵"的人，不管是杀富还是"济贫"，本质上可归为盗贼或匪类。这些人不从事正常的社会活动，专以劫掠为谋生手段。从文献来看，匪盗的记载可追溯到战国时期。《庄子·杂篇·盗跖第二十九》载，有一名叫柳下跖的人，为鲁国大夫柳下惠的弟弟，也称盗跖。传说他有"九千人马，横行天下，侵暴诸侯，穴室枢户，驱人牛马，取人妇女，贪得忘亲，不顾父母兄弟，不祭先祖。所过之邑，大国守城，小国入保，万民苦之"。孔子与他的哥哥柳下惠是朋友，便去劝说他。但盗跖能言善辩，把孔子驳斥得无言以对。孔子只好走出帐门，上车返回。途中遇上了柳下季，柳下季说：我弟弟的性格我已经向你说明，盗跖是否违背了你的心意？孔子说："是这样。我这样做真如同没有生病而自行扎针一样，自找苦吃，匆忙跑去撩拨虎头、编理虎须，几乎不免被虎口吞掉啊！"可以说，

图2-2　历史上盗匪形象

盗跖就是那时的"匪"。

明代时，把那些敢于反叛者称为盗贼。明代著名理学家王守仁于正德年间，被提拔为都察院左佥都御史，巡抚南（安）、赣（州）、汀（州）、漳（州）等地，正遇上赣南、赣中一带盗贼四起。前任巡抚文森托病辞职，盗贼夺取大庾，进攻南康、赣州，赣县主簿战死。王守仁到任后，了解到官府中有内贼与盗贼勾结，于是揪出内奸，要他们立功补过，侦探盗贼情报。此后，王守仁知己知彼，掌握了盗贼的行踪。在不到一年的时间内，他率军出其不意，大破盗贼，斩杀、俘获万余人，荡平为患数十年的盗贼。王守仁用兵诡异，素有"狡诈专兵"之名，当地人都惊呼王守仁是神。清代中期，太平天国的洪秀全及其幕僚们，兴起于迷信欺骗，立"国"后荒淫无道，外加各派的相互屠杀，被称为"洪匪"。

清代时，有记载的盗匪不少。清魏裔介著的《兼济堂文集》中有一奏疏写道："淮、徐、归德一带地方，其民皆长大剽悍，胆力过人，自古以来，盗贼多起于此。然民非乐为盗也……"到了清朝末期，中国社会处于大动荡。当封建社会以士为首的社会解体，长期处于边缘地带的军人群体，渐渐走向了政治中心，形成尚武的社会新风。进入民国初年，群雄并起，军阀混战，局势动荡，经济萧条，民不聊生，管理缺失，加剧了各种矛盾的激化，造成各地盗匪蜂起。特别是被打散的军队聚集后形成兵匪，匪患日趋严重，达到了中国历史上的高峰。何西亚在1925出版的《盗匪问题之研究》中指出："民国以还，社会现象紊乱已极，种种不安状态，随在呈露，其直接危害社会程度最烈，历史最长而迄今犹方兴未艾者，厥为匪祸。无论贫富老幼，妇人孺幼与语盗匪，莫不谈虎色变而相惊伯有者（指无缘无故自相惊扰），人祸之极，固无逾于斯矣！"英国学者贝飞思在分析中国近代特别是民国时期匪患成因时认为，造成这一现象的原因主要是国家分裂、政局动荡、自然灾荒、官吏腐败、军阀混战以及外国势力的侵入等社会不良因素。有人初步估算，1930年全国土匪、绿林人数在2000万左右。如以当时中国4亿人口总数算，从匪的人口比例为20:1。虽然这个数据有夸大的嫌疑，但当时每省每县的确存在匪患。从规模看，匪群在上万人、数千人乃至几人的情况无处不在。从武器装备看，能量大的匪首能搞到当时最先进的武器，能力弱的则是一般的刀枪。从活动范围看，除了在当地周边活动外，匪徒们在较为偏僻、边境及被称为"三不管"的地区更为猖獗。从波及面看，民国时期不受匪祸的村庄少有；从持续时间看，匪祸一直与军阀统治和国民党统治相始终。

当然，清末民初，湘西也不能幸免。周植斋写了三首《溪州竹枝词》，对当时兵荒马乱、兵匪洗劫的情况做了描述：如"老幼惊魂走险中，一村庐舍半成空"，"十室九空叹洗劫，豺狼吮血正磨牙"，"栖草既愁餐硕鼠，营巢更恐饱饥鸢"。词中记载了当时的荒凉、恐怖和残酷，字里行间充满了对匪徒的痛恨和对百姓的同情。

民国时期，盗匪滋生的原因是多方面的：

一是社会动乱。匪的滋生是一种非正常的社会现象，民国特殊的社会大环境决定了土匪群体的蜂起和肆虐，这与民国独特的政治、经济、文化、军事等环境是密不可分的。民国土匪产生的真正根源是国家不统一，"乱世英雄起四方，有枪便是草头王"，军阀割据，各自为政，相互不服，造成战乱频仍。加上吏制腐败，阶级矛盾突出，社会失控，导致民间枪支泛滥，兵匪滋生。历史证明，在一个国家社会处于动荡、政权分崩离析的时候，便也是滋生真正意义上土匪的时候。

二是社会落后和统治阶级的残酷剥削与压迫。鸦片战争后，清廷逐渐衰落，帝国主义连续不断地侵略，激起人民的起义和强烈反抗。由于帝国主义和清廷对人民反抗的镇压，加剧了民族的分裂，加剧了阶级的分化，加上自然灾害导致农村家庭破产，民不聊生，大批劳动者流离失所，走投无路。"饥寒生盗心"，一些人于是铤而走险，走进绿林。1927年，一位姓刘的佃农，因收成很差，交不起租，按照合约，他因此来年不能种那片地了。秋收后，刘离家当了匪。到了来春，他交齐了租金并继续租佃。第二年年成又不好，刘又去干了一番。刘因此被疑为匪，于是他索性加入了匪群。广东中山的林瓜四，原卖咸鱼为生。一次在澳门买咸鱼挑回家，在途中被匪抢劫。林痛苦地感叹道，他人敢劫我，难道我不能劫他人？于是聚众为匪，自当头目，号称"海上天子"。（余和宝：《二十世纪上半叶中山兵匪见闻录》，政协广东省中山市委员会文史资料委员会2004年，第4页。）

三是溃败或被遣散的士兵变为匪。马君武先生在20世纪20年代指出"今中国遍地皆匪，遍地皆兵矣。人民何以乐以为匪为兵？因贫困矣。"在晚清时，由于当时军饷和给养时常短缺，常怀抱怨之心的士兵往往会萌生当匪之念。清朝官方承认"至于练勇一项，若同时鼓噪溃散，彼时即将管带兵勇之官重处，亦属无补于事。更难免溃勇并入土匪，别滋他虑"。《孙中山全集》讲道，甲午战争结束之后，"广州军队之被政府遣散者约居四分之三，此等军队多散而为流民、为盗贼"。（孙中山：《孙中山全集》第一卷，中华书局1981年版，第52页。）据从临城劫案中逃出的一个被掳的洋人说："一匪首云，我辈皆某军军人，数年枪林弹雨，劳苦功高。一旦被裁，遽变乞丐，实不甘心。因不得已与群杆（指土匪）联络，若仍招安编为正军，则养生有路，何必作此犯罪生涯云云。"（陈无我：《临城劫案纪事》，岳麓书社1987年版，第60页。）

四是乱世给一些铤而走险为匪的人提供了人生的转机。土匪头目愿意接受招安首先和他们"当官做军阀"的理想有极大的关系。当时有"养儿要当官，先当匪来后招安"的说法。大部分匪徒多因生活所迫想改变命运，当机会合适，便归顺当局走上"正道"，取得"合法"身份。匪徒们接受招安后，有的被封了官，有了钱财，名声变好还光宗耀祖。从历史上看，匪徒们如不接受招安，结局是面临当权者的剿灭。因此，明智的匪首时刻寻找机会投奔官府或其他强权。接受招安，对土匪而言是"浪子回头"，然而回头未必是"岸"。从晚清到民国，接受招安后而被官府骗杀者大有人在。

由于匪的性质和所在地域环境的差异，在民国时期的"匪类"很多，可分为不同的类型。

从土匪的性质来划分，可分为义匪、积匪、兵匪等。首先说义匪。义匪又称仁义匪，也就是常说的那种劫富济贫、伸张正义的侠盗。他们有一定的文化素养，有胆识，讲仁义，在某种程度上仗义疏财，伸张正义。还有人把那些被迫"入伙"，但又不愿杀人越货的称为"雅匪"。其次来说积匪。积匪就是专门从事抢劫、烧杀、绑架和勒赎活动的惯匪。他们所到之处，不管青红皂白，无论贫富良莠，大肆洗劫，被抢掠者陷于极端悲惨的境地。这帮人长期处于社会最底层，文化水平很低，原始破坏欲望和反社会倾向极端强烈，思想言行表现出放荡不羁的野性，为社会所不容。第三是兵匪。兵匪大多来自被裁撤和溃败的军队，还有哗变逃跑的士兵。大小军阀之间一旦兵戎相见，彼此胜算难料。而溃败的士兵生活受困，往往沦落为匪。兵匪们会使兵器并有作战经验，往往成为匪中主要骨干或头目。一些作风顽劣、行为卑鄙的士兵被人贬称为"兵痞"。民国时期，一些人自愿当兵的原因，是士兵的收入远远优于普通农民。数据显示，1917 年全国士兵月平均收入在 6—7.5 元之间。以士兵月收入 7 元计，相当于四川耕种100 亩地的五口之家的收入。

从参与的组织或职业情况看，可分为会匪、教匪、枭匪等。会匪、教匪就是从事土匪活动的帮会成员和组织；枭匪是专门从事私盐贩运活动的匪帮；烟匪则是专门从事鸦片毒品走私贩运的匪帮。从土匪的活动地域来划分，土匪可分为山匪、海盗、湖匪等。湘西的匪类因其活动在山高林密的地方，也就是所谓的山匪了。

匪首拥有特权：一是分配大权；二是获得和享受权威。但成为匪首需要有"胆识"和"才干"才能够服众。匪首在匪队中可以发号施令、耀武扬威，享受着"土皇帝"的虚荣感。有一名叫善成的匪首回忆说："我们每次抢来的钱财，绝大部分是总舵把子、总管事分了，下面的兄弟分得无几，如抢得 1000 元，兄弟们最多总共只分到 200 元。我们抢得 20 挑银子翘宝那次，分到每个兄弟伙名下，一人只得了一个银子。"（见"一个土匪的自述"，《近代中国土匪实录》上卷，河北人民出版社 1993 年版，第 595 页。）虽然有这些特权，但匪首的隐忧更多。一是害怕政府军的围剿，一旦遭到灭顶之灾，队伍鸟兽散，自己性命堪忧。二是首要分子往往作恶多端，臭名昭著，血债很多，相对于普通匪徒，他们害怕失去队伍后易遭到仇家报复和官府缉拿追究。

匪徒中人员成分较为复杂，有打家劫舍者、士兵、地方团练以及求自保的民众。不少人还接受过良好的教育，有的上过教会学校，曾是政府官员、军官、乡村小学校长，甚至还留过学或在大学和军事院校深造过。土匪有自己的语言和暗号，以保证其行动的诡秘性，避免破坏活动的失败和遭受围剿而陷于灭顶之灾。土匪的"隐语"是他们在活动中自然形成的一套习惯用语。

一般说来，多数土匪队伍内部是有约束的，有的土匪队伍的纪律还相当严厉。匪帮中有制度和纪律，包括入伙与退伙仪式、赏罚等。各地匪帮纪律有一定差异，但有些纪律有共性。在生活能自保时，还往往讲点"义气"，注意点"公德"，争取点民心。有些纪律看似很"高尚"，讲点伦理道德，如龙山匪首瞿伯阶对下属约法三章：（1）不要得罪没钱的人；（2）不能强奸妇女；（3）不要牵别人的耕牛。1942年4月，湘西彭春荣部与瞿伯阶部首次合股时，曾在所流窜地区遍贴以"抗兵、抗粮、抗税"为口号的宣传标语，获取了当地民众的拥护。同时以保护当地正常生活生产为由，收取一定的保护费，相当于"黑势力"。他们对当地人比较友善，这样即使被打散，仍能有"眼线"通风报信，以便藏身或重新集结。他们认为："只要老百姓不跟我们作对，那我们到那里都可以走得通。"彭春荣匪部曾在一段时间被人誉为"有纪律的匪"。为控制匪军，收买民心，他曾于1945年4月贴出一张整饬匪纪的布告，内容如下：

"查本军起义以来，历经各省边区数载，被黑暗贪官污吏逼迫之有志青年，组织团体，意在拥护中央政府，歼灭倭寇，保护湘西，使人民安居乐业。怎奈数载以来，我政府受贪官蒙蔽，时派大军入境掠扰，使境内人民大受危害，惶恐万分。并三五成群，借本部名义，在各境拦路抢劫，牵牛捉人，私筹捐款，人民怨恨，无可申诉。本部亦痛入骨髓，转令各区部切实考察，如有上项事情，将该枪支提了，首人枪击，仰切实遵照为要。等因，奉此，除分令外，合行布告，仰友军及本队各部，切实遵照毋违。如有发生，各地人民须执证来部举发，绝对按律惩办。"

从布告来看，彭春荣标榜自己队伍深明国家和民族大义，是受其他人栽赃的"匪徒"。

3．"蛮"与"匪"有别

与全国一样，民国时期湘西肯定是存在土匪的，但不是传说和想象的那么多。从民国早期资料看，湘西的有关土匪活动记载甚少。湘西的土匪到底产生于哪个年代？是以什么方式出现的呢？

湘西地处云贵高原的东部边缘，少数民族居住地偏僻落后，山高水远，交通闭塞，历史上长期被视为"蛮夷"地区。"蛮"是封建统治阶级对少数民族的一种蔑称，有粗野、凶恶、不通情理的意思。先秦时期，史书称"南蛮"，称濮人为"濮夷"。《尔雅·释地》有"九夷、八狄、七戎、六蛮谓之四海。"《书·禹贡》中有"三百里蛮"。《诗·小雅·采芑》有"蛮荆来威"的诗句。《国语·周语》写道："蛮夷要服。"《史记·五帝本纪》提到舜"放罐兜于崇山，以变南蛮"（即把罐兜流放于崇山，以改变南蛮的风俗）的记述。汉代有了湘西"蛮"的记载："桓帝元嘉元年秋，武陵蛮詹山等四千余人反叛，拘执县令，屯结深山，遣窦应明讨之，筑城守御。"（《后汉书·南蛮传》）从东汉到唐代，史书不乏"武陵蛮""澧中蛮""娄中蛮""零阳蛮""天门蛮""慈利蛮"和"澧州蛮"等说法。如唐代杜甫的《闷》诗中写道："瘴疠浮三蜀，风云暗百蛮。"唐代的征蛮战争唐诗中多有描述，如高适的《李云南征蛮》诗中写道："……鼓行天海外，转战蛮夷中。梯巇近高鸟，穿林经毒虫。鬼门无归客，北户多南风。蜂虿隔万里，云雷随九攻。长风大浪破，急击群山空。饷道忽已远，悬军垂欲穷。精诚动白日，愤薄连苍穹。野食掘田鼠，晡餐兼桀僮。收兵列亭堠，拓地弥西东。……"诗中描绘了"征蛮"途中的所见所闻：蛮夷之地山高路陡，行走艰难，穿行于瘴疠的山林之中，常常会遭遇毒虫的袭击，这样的征战是十分艰苦的。在"南蛮"之地，将士只能靠吃老鼠度饥荒，甚至于将"蛮夷"之人拿来充饥，就是在这样艰苦的环境下，朝廷的军队平定了南蛮的叛乱。戎昱《哭黔中薛大夫》："亚相何年镇百蛮，生涯万事瘴云间。夜郎城外谁人哭，昨日空馀旌节还。"诗中透露出了"征蛮"的艰辛甚至捐躯

图 2-3 曾被誉为"飞山蛮"首领的杨再思石像

的情况。南北朝时称为"板盾蛮"。五代时，有载："周行逢据湖南，蛮僚数出寇边，逼辰、永二州，杀掠民畜无宁岁。""六年，辰州溪峒都指挥使魏进武率山瑶数百人数寇城寨。""仁宗天圣初，下溪州蛮彭仕汉自西京逃归，诱群蛮为乱，寇辰州，杀巡检王文庆。"（《宋史·诸蛮传》）至明代，类似记载多不胜数。"十八年，竿子坪乌牌寨苗龙母叟聚众攻劫，得禾冲等二十一寨。镇溪亚西寨苗头龙求儿，纠铜平苗劫油蓬、平头等寨。"《宋史》《元史》《明史》和《明实录》等正史中，充斥着"峒蛮""飞山蛮""九溪蛮""蛮贼""蛮官""蛮酋"之类的字眼。清代道光版《永定县志·古迹》记载，曾有一"安福桥"，桥碑刻有明代朱元璋军师刘伯温的一首诗，第一句为"久反蛮夷在此间"。市域地名中亦不乏"蛮王城""蛮儿峪""蛮子溪"等称谓。

汉代以后，随着湘西的边缘化，政治的落后开始导致经济文化上的落后，加上其后历代王朝疏于管理，唐以后又施行羁縻制度，湘西逐渐步入中国的不发达之地。官逼民反，反抗事件时有发生，史料中不乏记载。如宋代禧宗乾符六年（879年），"石门蛮"向环，攻陷澧州；又如广明元年（880年），湖南大饥，"武陵蛮"雷满攻占朗州，自置刺史；而同年，辰州"苗酋"宋邺、昌师益等亦起兵造反。南宋朱辅的《溪蛮丛笑》谈到了五溪流域的抢劫者叫"坐草"："山猫潜出省地，茅苇中射弩夺物，机不虚发，名坐草。"

明代洪武年间，覃垕（hòu）联合桑植、永顺、鹤峰等"十八洞蛮"揭竿起义，被称为"蛮贼"。起义失败后，被朱元璋凌迟处死，后留下了"覃垕晒皮"的土家节日的传说。覃垕的大本营原名茅岗寨，清代《同治直隶澧州志》曾载："慈利县西北有茅岗洞，土著覃姓者世为之长。洞多佳山水，有地曰槟榔。"后因覃垕王从陈友谅起义到明初抗击明军失败，历时7年，故改名七年寨。另一种说法，湘西的土匪产生于明末，主要是小股作乱。

到了清代，乾隆版《永顺府志·风俗》有匪的说法："（贵州）松桃苗匪，涌入秀山县境，将村庄汛池烧毁抢掠等语，是逆苗已延及川境。"20世纪80年代，湖南省党史委组织编写出版的《湘西剿匪》一书中写道："明朝末年，沅水和澧水一带，有人脸上涂锅底黑灰，或者蒙着面纱，抢夺民间财物。被老百姓称作'强盗'和'抢犯'。"在清朝嘉庆版的《龙山县志》上，有一段文字写道："邑与川省接壤，红钱黑钱诸匪时亦窜入，黑钱者换包设骗局，行踪诡秘。红钱则拜把结党。绺窥市尘，兵役获其伙犯，中途拦截，名曰打炮火。边徼地方不可不严密缉拿，至于本境匪徒，生长峪峒，越山跋岭，矫捷若猿，夜穴壁偷窥，昼则闲游村市，暗藏利刃，名曰'黄鳝尾'。小而锐，追捕紧急，挺持格斗，或于无人烟处，劫取孤客财物，不与则露刃相向，甚至砍伤臂足，又或伏悬崖丛中，伺行旅经过，突出不意，推巨石堕。行旅惊走，弛负担于她，从而攫之。总总凶掠不一而足。若过于姑息容忍，不能除害，则良善无从安堵。"

与湘西接壤的湖北来凤县，其清代同治年间刊印的《来凤县志》对境内土匪活动也有类似的描述和分析："邑与川南接，红钱、黑钱诸匪，往往窜入境中。黑钱者换包设骗，行踪诡秘；红钱则白昼劫夺，横行街市，即喞噜也。初祇扰害乡场，后则公然挟刀入城，其党每据深广不测之地为巢穴，啸聚常数十百人，越山缘壁，皆矫捷若猿，或抢食孤店酒饭，或恶讨单村钱财，或踞悬岩堕石惊走行旅，乘其颠踬攫物以走，甚至斫伤孤客，强劫妇女，种种不法。一经差掣，则露刃格斗，偶获火伴，则中途截抢（曰打炮火）此风肇于嘉庆，炽于道光。自军兴以来，此类不多见矣，非有所畏而不为也，盖有所归也。"

这两段话的表述虽有些类似，但可以看到，当时湘西的边境地区除了流窜的红钱、黑钱外，有地方匪徒，他们的作案手段、活动规律对社会的危害都很清楚。到了清代，称为匪的情况多了起来。如乾隆时期对乾嘉起义的苗民称为"苗匪"；嘉庆时对湘鄂白莲教起义军称为"教匪"等。清代民族矛盾加大，各民族反压迫、反掠夺、反征服的起义达 30 多起，都被清王朝称之为"匪""贼""寇"。显然，称为匪是在明末清初。

"蛮"指少数民族，而那些起兵造反的"蛮夷"，在朝廷看来就是匪了。这显然是从政治上对立来定义的。把"蛮夷"看作匪，其原因有以下几种说法：

第一种说法是民众反叛说。湘西古谓蛮地，民众对朝廷多有反抗活动，当起义斗争遭到血腥镇压后，一部分起义人士躲进了山中，这些反抗的"蛮"被叫做"匪"了。

第二种说法源于早期的土司制度。湘西早在五代时（初为羁縻制度），朝廷在这里设立了与酋长制度相似的土司制度。封建朝廷设立土司制度，对当时社会稳定起到了一定的积极作用。由于湘西多地设有土司，土司之间难免有摩擦和征战，失败者便躲进山林，占山为王，成了匪。在实施"改土归流"制度后，一部分土司及其下属虽失去了权势，但仍利用原来的影响，在原所辖区域搞"独立王国"。

第三种是兵变匪说。到了清朝后期，由于战乱频繁，一些退伍官兵和散兵游勇，成为匪盗。如湘军中不少湘西人在镇压太平天国起义后被下令全部遣返，这些人过惯了军营生活，解散回家后，心理落差大，不愿从事田园劳作，又不愿接受管束，于是另立山头，形成了所谓的"匪"。民国以后，政局多变，军阀割据和相互征战，造成士兵溃散，有的便落草为生，一旦生活紧张，便干起抢劫的营生，沦落为匪。

第四种说法是把地方势力或武装看成匪。湘西社会是传统的乡土社会，有守望互助的传统。守望援助，就是指邻里之间、村寨之间，为了对付来犯的敌人或意外的灾祸，人们互相警戒，互相援助，敢于向匪徒及邪恶势力斗争，共同抗击敌人，战胜灾祸。据民国时期的《沅陵县志》记载，明代崇祯时廪生冯思进，值明末社会动乱，放弃考举人的想法，联络附近村寨组成联防队伍，保卫家乡安全。同时他善于用人，"北人名祥甫者，勇健绝伦，流落沅湘间。思进收之御寇，屡有功。"这种社会动荡之际的守望相助，保护家乡父老的群体并不是匪，是值得提倡的一种行为。

4．民国时期湘西"匪"的形成

前面谈到，由于清末和民国时期的社会动乱，全国各地都出现大量的匪类。从湘西来看，民国时期形成"匪"大约经历了三个时期。

第一个时期是 1916 年前后。袁世凯称帝时，爆发了讨袁护国运动。护国军在湘西进行了一场'湘西之役'，造成大批枪支流落湘西，持枪自恃者便啸聚山林为匪。民国六年（1917 年），龙山县守城营官田义卿，将该县护国联军首领黄振铎杀害，迫使这支 2000 余人的民军分股拖队上山。各县都有数不清的小股游杂武装，盘踞各乡各寨。

第二个时期是 1925 年前后。一是建国联军前敌总司令熊克武假道湘西北伐，陈渠珍被迫拒敌，双方混战丢失大量枪支，为地方所得，其中一部分官兵蜕变为匪，形成了有武器装备的地方势力。二是抗战时期，随着华北、上海的沦陷，一大批逃亡者和打散的军人来到湘西。由于生活没有着落，这些散兵游勇便入山为匪，形成了打着各种旗号的地方游杂武装。这些武装各自为政，扰乱地方。抗战期间，经过民国政府的整治和招抚，加上湘西有大量驻军，基本被梳理干净。

第三是 1949 年前后。国民党战败后，一批打散的士兵、匪特流落湘西，利用国民党在抗战期间对湘西的经营和影响，与地方的武装势力勾结，挟裹部分不明真相的百姓，在解放军大军压境后，钻进崇山峻岭之中，被视为"土匪了"。这些匪实际上是散兵游勇和地方武装。此外，由于民国社会极度动乱，湘西大部分村寨的农民群众组织起来自保，有些村寨是以家族为主体，甚至同性同族，形成了庞大的自保体系（民团），他们也被视为了"土匪"。因此可以说，民国末期湘西的"土匪"实际上是被国民党收编组成的"反共抗粮救国军""雪峰山区反共游击队""铲共义勇大队"等一类反动匪特组织。

李震一在 1947 年游历湘西时论及土匪产生的原因时曾总结道："大批的枪支，散布到湘西民间，要远溯到民国初年，护国军驱逐北兵之役。那时好几团的北方军队在这里被地方武力解决下来，于是枪散民间，普遍地播下了乱的种子。三十年来，继续的收缴，又继续在散布，时至今日，湘西的县长们，谈到登记民枪，每县少有在千位数字以内的，而匪枪还在不计。武力散布到民间，加之以地理、经济、政治、教育、军事的种种原因，乱之形成，便如刺之在喉，蛆之附骨。"（李震一：《湖南的西北角》，长沙宇宙书局 1947 年版，第 13 页）

国民党张治中将军说过："湖南有一个特殊现象，当时在湘西、湘南领导土匪的人物，都是所谓在乡军人，是许多退伍的军人。时局每一次的变化，军队每一次的编遣，总有一些军官被编余了。有队伍的就拖几杆枪上山去；没有队伍的或者没有路可走的，也可以去找绿林豪杰。野心小一点的相信时势可以造英雄，野心大一点的就相信英雄造时势，所以作匪不但成了一条退路，而且还成为一条出路。"（张治中：《张治中回忆录》，中国文史出版社 1993 年版，第 152 页）可以说，湘西的主要土匪来源是由兵转换而来。

流落在湘西的一些士兵沦为匪，其中多数人是无奈之举。辛亥革命元勋柏文蔚（字烈武），曾与熊克武在川东、鄂西、湘西北组织过川鄂靖国军，在抗战时任国民党中央执委、国民政府委员。1939 年春，柏文蔚乘小车经川湘公路到重庆开会。当行至距茶峒不远的中寨，被兵匪探子发现。这些探子认为有车的人肯定是大官或富商，欲劫为人质来勒索钱财。他们在公路上放大石头进行拦截。汽车开到拦截处，司机一看路上的大石头，就知道遭遇了抢劫，便想掉头返回。柏文蔚行伍出身，见状毫不畏惧，他叫司机停车，开门出来大声说："我是柏烈武，10多年前，你们这里的人都晓得我。我现在到重庆去有公事。国难当头，你们不去前方抗战，却在这里拦路抢劫，国法难容。"匪首原是柏文蔚川鄂靖国军中的一个排长，一听"柏烈武"三字惊呆了，立即命众喽啰把石头搬开放行。匪首对部下说："当年柏烈武在这里带兵，不动老百姓一草一木，老将军人很好，今天我又看到老长官了。"于是，他把部下叫到公路上跪下。他痛哭流涕地对柏文蔚说："老将军，我是你的老部下呀！您走后，我们的队伍不久就散了，我没办法就落草为寇了。"柏文蔚见此情景，心中百感交集地说："大家都起来吧！回去后各人都收拾收拾，我通知乾城师管区马上来收编你们。现在国难当头，你们应该为国分忧，参加抗日队伍上前线去英勇杀敌。"众匪徒又一齐跪下说："我们听柏老将军吩咐！"柏文蔚到重庆后，要军委会军训部的人通知乾城师管区立即收编这股匪徒。后来，这支队伍编入苗民师，经过严格训练后，开赴前线，在战斗中英勇杀敌，受到赞誉。

随着解放战争的开始，社会出现暂时的不稳定状态，一些地方势力蠢蠢欲动，新的匪患开始出现。据1946年8月湖南省第八行政督察区专员公署资料记载："匪之来不过劫掠一处，为害一时；兵来之则辄驻扎数月，明夺暗掳，巨细不遗，粮绝财尽后去。而土匪则乘军队之弊，收买人心，打富济贫，施以小惠，是故人民宁与匪相勾结，不与军队通声息。匪来则亲近，军来则走避。败军来则民报匪，匪来则民不报军，以故土匪耳目灵通，军队则情报滞涩，甚者每有军警非但见匪不剿，反暗以械弹售于土匪，换取匪之鸦片辗转图利，是以匪越剿越多，匪势越剿越大。"实际上，这些匪大多是地方上的团练，在当地有"群众基础"，再加上割舍不断的宗族血缘关系，亦兵亦匪，亦民亦匪，也许就是民国时期湘西匪徒的显著特点。

5．湘西土匪并不多

民国时期，土匪在中国社会普遍存在。从统计数据来看，在全国范围内，湘西真正称得上的"土匪"人数并不多。从造成的危害来看，与一些省区比算是微不足道了。因此可以说，民国时期认为湘西无匪那不客观，说湘西土匪多则是讹传。从新中国成立之初的剿灭土匪的数据来看，整个湘西地区所辖的 3 个行政专署 21 个县，剿灭的匪徒 9 万多人，而毗邻的贵州铜仁地区 8 县剿匪 6.4 万人。

湘西著名作家沈丛文写下了不少有关湘西的散文，在他的笔下，有不少关于土匪的描述。由于沈丛文离开家乡很早，很多文章大多写的是 20 世纪二三十年代的湘西。对湘西的土匪，他看到的现象和理解很耐人寻味。

在《沅陵的人》一文中，他认为土匪有两种来源，一种是：男子大部分都当兵去了。因兵役法的缺陷和执行兵役法的中间层保甲制度人选不完善，逃避兵役的也多。这些壮丁抛下他们的耕牛，向山中走，就去当匪。匪多的原因，外来官吏苛索实为主因。乡下人照例都愿意好好活下去，官吏的老式方法居多是不让他们那么好好活下去。

沈从文这样道出湘西产生匪的社会原因。湘西人充过兵役的，被贪官污吏坏保甲逼到无可奈何时，容易入山作匪，并非乐于为匪。这样的匪本是勤苦、俭朴的人，但由于官吏的苛捐杂税和敲诈勒索被逼无奈而走进大山。

第二种是："湘西地方固然另外还有一种以匪为职业的游民，这种分子来源复杂，不尽是湘西人，尤其不是安土重迁的善良的苗民。大多数是边境上的四川人、贵州人、湖北人，以及少数湘西人。这可说是几十年来中国内战的产物。"

沈从文指出的第二种匪的来源成分复杂，不是湘西人，而是游荡于湘西的几个相邻省份的游民，在此打劫，造成湘西负有匪区的名分。在《怀化大事记》中，对民国时期湘西受到黔匪、川匪的滋扰多有记载。由于民国时期的湘西处于一种由封闭落后的自然经济向近代商品经济转化的过程中，从而使社会呈现出一种极不稳定的状况，加上山高林密，易于隐藏，成为各地土匪在此落户的温床。加上当时处于乱世，国民党政权无暇顾及对湘西的管辖，社会边缘尤其是社会下层在混乱中求得生存的唯一办法就是建立自己所需的社会秩序。

沈从文在《沅陵的人》中，指出湘西的匪情难得一见。他写道："由常德到沅陵，一个旅行者在车上的感触，可以想象得到，第一是公路上并无苗人，第二是公路上很少听说发现土匪。""许多人说湘西有匪，许多人在湘西虽遇匪，却从不曾遭遇过一次抢劫，就是这个原因。"

显然在沈从文笔下，20世纪30年代湘西的土匪是不多见的，远没有其他地方报道的多。由于近几十年媒体，特别是一些影视剧的虚化渲染作用，湘西却成了"土匪"繁盛的地方。至今，有些人来湘西也唯恐遇上土匪，甚至还误把个性耿直、重情意的湘西人看成是土匪的后代或化身。实际上，他们对真实的湘西和勤劳淳朴、重情重义的湘西人了解不够。

国民党在抗战时期也对湘西匪徒曾进行过清剿。1940年，国民党中将高级参谋、派驻鄂湘川黔边区绥靖主任公署督察成光耀写了一份名为《鄂湘川黔边区绥靖工作视察报告书》的报告书。报告的内容是1939年国民党对湘西第三清剿区的一些地方势力和匪徒的清剿情况，报告记载了该区所辖的芷江、晃县、辰溪、黔阳、会同等5县的清剿经过。这5县与贵州接壤，交通不便，匪徒主要抢劫过路的商旅运输队伍，当政府军清剿时便分散藏于山林，很难一网打尽。报告分析其原因：一是地方武装就地驻防，个别人明军暗匪；二是驻军与民众关系复杂，有些人暗中予以帮助并暗中通风报信。在1939年的清剿中，击毙了姚继虞、熊桂清、朱淑涛等头目，而朱淑涛原籍江苏，不是本地人，匪徒中大多是被打散的士兵。报告还提出了11条政策建议。抗战初期的清剿，使得湘西社会逐渐安定。这是国民党组织清剿湘西一带不听管束的地方武装势力活动的第一手文献。

"湘西剿匪"真正开始是1951年，实际上一场肃清国民党匪特、彻底解放湘西的战斗。其时国民党政府在湘西经营多年，群众受其长期麻痹、欺骗教育，对中共中央的政策认识不清，对解放军强大的力量认识不足。由于解放军进军时多沿交通要道，多驻城市，在一些偏僻的乡村信息蔽塞，所以群众易受匪特误导和蒙蔽。特别是当解放大军主力向西南挺进，湘西驻军突然减少，蒋介石的散兵游勇误判形势，认为有机可乘，于是游说和胁迫群众，对新生政权进行破坏活动。在解放湘西的时候，土匪的形成原因和人员组成大致情况如下：

一是国民党势力在湘西根深蒂固。抗战时期，湘西成了阻挡日寇进攻的第二大防线。由于抗战的特需，国民党在湘西大量驻军，集结与此的部队达数十万人。在长达近8年的时间中，国民党在湘西有了一定的根基，与地方势力建立了一种互信关系，而民众对国民党势力的欺骗性又缺乏辨识力。如龙山县，1947年武汉行辕主任程潜招安了瞿伯阶，先封其为纵队司令，后封其为师长，其部属封以团、营、连长的达数十人。新中国成立初，龙山县敌对势力达两万以上，数量之多，规模空前。（龙山县修志办公室：《龙山县志》，第602页）

二是国民党有计划地部署。"三大战役"特别是人民解放军渡江战役后，敲响了蒋家王朝的丧钟。国民党幻想挽救其命运，一面乞求美援，一面有计划地布置特务和地方武装，在湘西勾结农村地主、恶霸和封建势力。这些人中大多受过国民党的教育，对国民党仍抱有幻想，妄图负隅顽抗，通过实施各种恐怖和破坏活动，妄图摧毁新生的人民政权，东山再起。

三是大批散兵游勇积聚湘西。解放军向南挺进，接连击溃国民党的残余主力，散兵游勇四散逃命。由于当时对俘虏的处理没有很妥善的安置机制，散兵没有得到很好的收容，后方秩序未能建立，群众尚未发动，国民党特务利用这一弱点，收容大批的散兵和回乡的残匪，许以官职，形成抵抗势力，进行捣乱活动；一些惯匪、地痞、流氓也形成附庸，从中作乱。

四是自从晚清开始，全国均处于动乱中，湘西的很多村寨为自保，形成了自己的力量，来应对来自各方的暴力或抢劫。这些人贫穷，文化素质普遍不高。石启贵在对湘西苗区进行实地调查后写道："在各村落中，为自卫计，家家户户，都制武器。非有武器，不足以谋生存。甚有边区之苗族，平日晚间，男妇均携刀矛随身，所置地点，仅距咫尺。一闻犬吠，武夫趄趄，如临阵然，习以为常。"由于受到国民党的蒙蔽或挟持，他们被迫加入地方武装。这些当地民众中的一部分人，在"剿匪"和"镇反"中被视为了"土匪"。

可见湘西"匪类"来源有三种：一是国民党溃败的官兵；二是地方团练；三是被蒙骗或被挟持的民众。除了少数真正的职业"匪徒"，大多数是"兼职"者。他们有事则拿起枪跟随团伙行动，通常不会骚扰地方；入伙的原因，多为自保，并非乐意为匪。在人民解放军摧枯拉朽的攻势下，这些

"匪"被击溃后，在城市甚至在村寨中没法立足，遂钻入湘西的深山老林，生活无着落，衣食又匮乏，同时承受被追剿的压力。时间一久，粮饷补给全无，只有下山偷抢，甚至胁迫民众，破坏新生的人民政权，带有明显的政治色彩，正好印证了"土匪"的特征，成了名副其实的"土匪"。

新中国成立之初，国民党残余势力影响较大，解放湘西的任务复杂繁重。如果不出以重拳，会牵扯大部南征的兵力，也影响战后湖南建设，于是开始了清除国民党匪特和地方武装的"剿匪"行动。

1965 年 3 月 24 日，躲藏了 10 多年被誉为中国大陆最后一个土匪的覃国卿，被部队击毙在洞穴中。同年，反映湘西"剿匪"的小说《武陵山下》出版。1987 年，电视剧《乌龙山剿匪记》上演。可以说，这一本小说和一部电视剧对形成"湘西土匪多"这一印象影响较大。特别是电视剧《乌龙山剿匪记》上演时间在改革开放后不久，国内影视作品很少，旅游业不发达，很多人没去过湘西，对湘西了解甚少。当"田大榜"以凶残的土匪形象出现在公众面前时，一些观众便很自然得出了"湘西土匪泛滥"的印象，并不断地对这一印象进行放大。作家出名了，演员出名了，"湘西土匪"更是名声在外。

比如《乌龙山剿匪记》中的匪首"田大榜"，原型为姚大榜，是湘西有名的"匪首"之一。关于他作恶多端的劣迹很多，因此传说很多。在当地一些老人看来，作品与他本人的所作所为是有很大出入的，而且主观臆断进行编造的成分过多。如有作者写到匪首姚大榜时，说他出生于 24 代为匪的家庭，从小耳濡目染，受家庭影响而精通为匪之道。试想，如果平均一代人为 20 年时间，那么姚大榜家族的第一代匪应在明朝，可那时还没有土匪一说呢？实际上，姚大榜的父亲是一位为人厚道的农民。湖南一位记者刘建勇在为中国作家协会会员蒲钰的长篇小说《脑袋开花》作的序中，谈到他 2006 年 9 月到 12 月在湘西的怀化、湘西自治州、张家界三个地市采访，作 1949 年前后"湘西匪事"系列报道。他首先到湘西最西部的新晃县方家屯，对《乌龙山剿匪记》里"田大榜"的原型姚大榜的老家群众进行采访。他有这么一段叙述：

　　姚大榜所在的村叫方家屯。方家屯现在还有不少老人记得当年传说跑得比狗还快的姚大榜。这些老人说起姚大榜的时候，都还是照小时候的，尊称他为姚伯，而不是榜爷。在这些老人对姚大榜的回忆中，姚并不坏，不仅不坏，甚至做了很多好事，包括在他们村建了个全新晃最好的小学，请的老师都是全新晃能找到的最好的老师，而且，小学课程的设置，竟和现在差不多。当然，姚大榜也干收保护费的事情，毕竟他手下那些人马还是要吃要喝的。有一个当年曾在姚大榜办的小学读过书的老人，他是姚大榜所在村的老支书。老支书说他想写一写姚大榜，但写着就把他写成好人了，所以写到万把字就不敢写下去了。姚大榜怎么会是好人呢？他可是已经定了性的土匪啊！老人家不敢写了。新晃县史志办的胡爱国主任，是当年南下干部的后人。他在全面了解姚大榜后，称姚大榜不是一般的杀人越货的土匪。他说，换个说法，姚大榜是新晃的土诸侯，他对谁都有抵制心理。所以，当1949年国家政府正式成立的时候，他出于对自己势力范围的保护，只能选择抵制乃至反抗新政权的道路，所以，他成为我们所说的"土匪"其实是很必然的，他只能选择成为和政府对抗的"土匪"。

　　《乌龙山剿匪记》的作者水运宪谈到创作经验时说，在湘西，真正的土匪屈指可数！"湘西没有乌龙山，湘西也没有土匪！田大榜、四丫头都是我虚构的""我写的也不是历史，只是一种历史的精神，'一种打脱牙齿往肚里落，连同血水一起吞'的湘西精神"。后来他又补充说道，"这种精神就是沈从文'要不战死沙场，要么回到家乡'那种性格。这种精神是全体湘西人的"。这种说法，也许是对自己作品播出后造成湘西"土匪"多印象的道歉，给湘西人民的刚直血性一个正面的诠释和赞誉。所以有人说，没有《乌龙山剿匪记》这部影视作品的热播，很多人可能不知道湘西有"土匪"。

　　作为小说和电影，是可以虚构的。但读者和观众更多关注的是情节的悬念、构思的离奇、人物的新奇和个性、历史背景等等。一旦那些爱恨情仇、人物个性写得别有意蕴，读者就自然会形成条件反射，这种印象便根深蒂固了。

我查阅资料时曾看到 1949 年、1950 年、1951 年湘西战士们的合影照片，上面标记的"庆祝某某县解放群众大会主席团合影留念""某某师某某团功臣合影"等，根本没有"剿匪胜利"的字样。显然，"剿匪""湘西土匪"这些词是其后演变出来。然而，有人会提出两个问题：一是解放军清剿的是国民党残余武装，为何把这些武装称为"匪"呢？因为历史上往往是正面战场结束后，胜利的一方对失败一方的彻底清除称为"剿匪"。二是湘西解放时与国民党残余势力进行了两个回合的较量，第一个回合是湖南和平解放，解放军清剿的负隅顽抗的国民党军队；第二个回合是解放军挺进西南后，湘西暂时兵力不足，国民党匪特沉渣泛起，大军返回进行彻底剿灭，认为是"剿匪"。显然，湘西土匪被剿灭的主要是国民党的残匪，而不是真正意义上的土匪。因此可以说，流窜到湘西的国民党匪特不少，而湘西的土匪并不多。

6．剿"匪"是铲除国民党残余势力

新中国成立前，蒋介石妄图凭借湘西的地理、历史和社会条件，使之成为"反共游击基地"。白崇禧等国民党军政要人大肆收买游散的土匪武装，并化兵为匪，在湘西留下大批反革命武装，伺机复辟，致使湘西土匪甚嚣尘上。在国民党政府溃退大陆之际，蒋介石匆忙任命湘西散兵游勇和原来的地方武装为各种部队，企图让散落在五溪大山中的残余势力，拿起刀枪与解放军血战到底。

当时，湖南宣布和平解放，湘西国民党残余势力各自为政，且称为股匪、散匪、惯匪等几种情况，没有纠结成团。人数最多的是永绥保靖一带的聂鹏升和陈渠珍股，龙山瞿伯阶股，三股土匪人数均超过万人；古丈的张平、晃县的姚大榜、泸溪的徐汉章、麻阳的张玉琳、辰溪的石玉湘、芷江的杨永清、怀化的彭玉清和曾庆明、沅陵的覃子美，保靖的田伯聊，大庸的宋占元，慈利的张绍武等各自拥有兵力数千人。此外，还有数不清的几十人、上百人一股的散兵游勇，他们往往以散匪出现。这些反共反社会的浊流，危害不小。加之湘西周边的县市和流窜于湘西的国民党的残余势力，这些残余匪特势力加起来有 10 万人左右。

蒋介石看重湘西的作用和地位，欲将湘西变成国民党苟延残喘的反共基地，于是委派国民党一级陆军上将白崇禧负责在湘西网络纠集反共势力。白崇禧认为，湘西不仅地位重要，而且国民党的社会基础广泛深厚，特别是抗战期间在这里苦心经营，天时地利人和。若用好这些资源，建成"反共基地"，可与中共长期周旋，使之成为中共政权的一个"盲肠"。

1949 年 7 月中旬，白崇禧到了衡阳，立即通知召集湘西各派实力人物到衡阳开会，研究"保卫湘西"的对策。为把工作落实到位，在蒋介石的授意下，白崇禧于 8 月初由衡阳乘飞机赶到芷江，召开有湘西军、政、匪、霸等反动头目 400 余人参加的"军政联席会议"，部署所谓"千里人防长城"，制定"湘西战役"方案，妄图阻止解放军西进。

白崇禧在湘西芷江县城大礼堂接见湘西地方民团，陪同出席接见仪式的有湖南省政府主席黄杰、湘西绥靖公署主任刘嘉树、湘西行署主任陈渠珍、一〇〇军长杜鼎、一二二军长张绍勋、暂编二军军长张中宁、湖南八区保安司令陈越飞、九区专员陈士、十区专员杨镇南、保安第五师师长严梧、宪兵副司令毛秉文等。

白崇禧的到来，给湘西散兵游勇打了一剂强心针。晚上，芷江的双龙头大爷、"国大代表"杨永清在"复兴楚汉宫"举行盛大的欢迎宴会。在欢迎会上，白崇禧给匪徒们打气鼓劲，封官许愿。他说，"战局的暂时失利并不要紧，要紧的是大家精诚团结，同舟共济。只要我们坚定意志，认真总结经验，顽强坚持斗争，就一定能够变被动为主动，取得最终的胜利"。

白崇禧讲完大道理，便开始陈明厉害。他强调说："在座的都与共产党打过交道，有不共戴天之仇。如果共党得逞，消灭私有，共产共妻，不但国无宁日，亡党亡国，就是诸位的身家性命也恐难保。到那时，便谁也救不了谁。"他希望与会者率部血拼到底。

图 2-4　被称为"湘西十大匪首"的杨永清任职芷江警备司令时与国民党匪特合影

白崇禧在赞赏杨永清是"革命宿将",是"拼命保命""破家保家"的主帅,要他配合蒋委员长的反攻,并委任他为湘西纵队司令兼芷江警备司令,许以第十二兵团副司令之职。"今天请来诸位,就是要和大家共商剿共大计,希望各路武装拼命保命破家保家,配合国军在芷(江)、怀(化)、安(江)、洪(江)一线筑成巩固的'千里人防长城',防止共军入川。"他要求各路人马完成以下任务:

(1)疏散百姓,隐藏物资,实行空室清野;

(2)破路炸桥,毁坏交通,使共军的大炮、军车迟滞难进;

(3)捣毁路旁 15 里以内的全部水井和石碓,叫共军水米无着;

(4)发挥各自的长处,上山打游击,等待国军的反攻;

(5)不成功便成仁,保持气节,绝不当共军的俘虏。

分配任务后,白崇禧临走前,对湘西及周边地区的乌合之众发了一批委任状,晋升或授予官职:唐镇之为"反共救国军司令";杨永清为"芷江警备司令";周燮卿为"湘川联防纵队司令";陈士为"湘西北青年军司令"等等。在任命的鼓掌和欢呼声音中,白崇禧痛快地与这些"兄弟"畅饮,歃血为盟,拜把兄弟,以收买人心。

白崇禧从精神上把湘西的残余势力捆绑在国民党的战车上后，又送杨永清1万发子弹、3000块光洋、一部电台，以阻止人民解放军挺进大西南。

到1949年9月初，据不完全统计，扯起国民党旗帜的湘西武装及其活动地域是：

暂编第一军，军长陈子贤，下辖5个暂编师：

暂一师：师长田载龙，副师长朱际凯，下辖3个旅，约1.2万人，活动在桑植、慈利一带；

暂三师：师长陈子贤兼，副师长何沛霖，参谋长邓德让，辖3个旅6个团，6000余人枪，活动在桃源、沅陵两县之间；

暂四师：师长罗文杰，副师长向明岐、梁仰元，参谋长方天印，下辖3个旅，8000余人，活动在桃源县；

暂十一师：师长张平。该师辖手枪队、特务队、直属大队、游击支队、6个常备队和8个后备队，共2800多人，活动在古丈、泸溪、阮陵一带；

暂十二师：师长师兴周，下辖4个团，9000余人枪，活动在龙山县。

暂编第二军，军长张中宁，副军长张玉琳，下辖4个暂编师：

暂六师：师长米家珊，副师长刘华峰，参谋长刘自芬，下辖3个团，3000余人枪，活动在怀化、辰溪、麻阳县一带；

暂七师：师长石玉湘，副师长雷振远，参谋长傅菊生，辖3个团和4个直属连，2000余人，活动在溆浦县大小江口及辰溪火麻冲、长田湾、锄头岩一带；

暂八师：师长胡震，副师长胡振华，下辖3个团，2000余人枪，活动在辰溪、麻阳之间；

暂九师：师长张剑初，副师长徐汉章，参谋长陈靖熊，下辖6个团，2000余人枪，活动在泸溪县境内。

暂编第三军，军长田植，下辖3个暂编师：

暂二师：师长周燮卿，副师长陈布龙，参谋长杨希烈，2000余人枪，活动在乾城、水绥（今花垣县）一带；

暂五师：师长汪援华，副师长曹振亚，参谋长冯泉，下辖3个旅9个团，9000余人，活动在常德；

暂十师：师长瞿波平，副师长杨树臣，参谋长侯振汉，下辖3个团和4个补充团，6000余人枪，活动在湘鄂边界地区。

"湘鄂川边区人民反共救国自卫军司令部"，总司令龙膏如，副总司令杨和清，前敌总指挥唐汉云，前敌副总指挥龙恩铭、李样云、龙恩光，参谋长陈靖熊，拥有人枪3000多，盘踞在凤凰县总兵营一带。

"麻阳人民义壮军第3团"，团长聂焕章，800余人枪，活动在上麻阳、芷江一带。

"湘桂黔边区反共游击纵队"，司令杨永清，副司令姚大榜，总指挥杨德庄、副总指挥杨明英，下辖7个支队，活动在晃县、天柱交界处。

"中国人民反共救国军"，司令陈光中，下辖3个支队，有2000余人枪，活动在隆回、武冈等地。

"湘鄂川黔反共救国军第六纵队"，司令徐雅南，副司令杨树臣，政治部主任王炽元，下设8个支队，1300余人枪，活动在保靖、泸溪两县。

"中国国民党反共游击总指挥部第三纵队"，司令张嗣基，副司令张秀古，2600余人枪，活动在芷江北及西北部。

"中国国民党湘鄂川黔边区剿共游击指挥部"，总指挥杨佐臣，司令杨永栋，副司令蒲昌晶、张儒荣，1394人，活动在芷江西南及晃县、天柱一带。

在国民党反共游击战争的地图上，湘西成了一个极其重要的堡垒，尔后进行的湘西剿匪斗争艰难困苦，险境重重。

据王中杰1989年出版的《湘西剿匪》一书的统计数据，解放初期湘西的匪徒分布大致如下：有土匪和反动武装200余股，其中永顺地区23股，4.6万人左右；沅陵35股，3.6万人左右；会同35股，2万人左右。

7. 湘西剿匪概略

1949年，解放军从南北两路进军湘西。南路从泸溪县进来，经吉首、花垣、直入川境，追击宋希濂部解放大西南，在湘西地区未发生战火。从石门、慈利进入湘西北部的解放军四十七军一四一师配合一四〇师、一三九师合击大庸守敌123军，俘敌张绍勋军长以下5000余人。打开湘西北大门以后，湘西境内各路国民党武装化整为零逃散隐匿，与解放军没发生大的战斗，湘西各县相继解放。随后，解放军留下三个团在湘西留守，主力入川配合其他部队解放大西南。解放军大部队走后，兵员不足，国民党残余势力认为时机已到，纠集地方武装，开始兴风作浪，开展各种破坏活动，进行反攻倒算。

为保证人民生产、生活的安定，巩固新生的人民民主政权，中共湖南省委根据中央指示，开始了对全省境内匪特武装的军事围剿。1950年1月9日，解放军大部队回师湘西，四十七军、四十六军一三六师、三十八军一一四师等主力部队奉命进入湘西剿匪。

剿匪时，湘西有多大呢？时任解放军四十七军军长的曹里怀将军负责湘西剿匪行动，他说，解放初期，湘西所辖沅陵、会同、永顺3个专区，共有22个县，310多万人口，有10多个县与鄂、渝、黔、桂4省交界，境内沟壑纵横，溪河密布，峰峦起伏，洞穴连绵，环境复杂。

当时湘西将近有10万国民党的武装势力，是残兵败将和地方武装和被挟持的群众的组合体。他们一是在装备上比较先进，有一定的作战经验；二是那些受蛊惑、被挟持的群众熟悉地形，关系众多，信息灵通；三是湘西山高林密，地形复杂。因此解放军面临的剿匪斗争十分艰难，险境重重。

遵照"收缩兵力，重点

图2-5 湘西剿匪时解放军四十七军驻沅陵军部旧址

进剿"的方针，确立了"争取多数，打击少数，利用矛盾，各个击破"的剿匪指导原则，采取"首恶必办，胁从不问，立功受奖"的政策。1950年4月至10月中旬，解放军集中兵力，重点清剿了大庸、永顺以南，凤凰、芷江以东的沅陵、怀化、黔阳等14县的中心区；10月中旬至1951年2月，对北起湖北的来凤，南至湖南的绥宁400余千米的湘、鄂、川、黔、桂5省边缘地区的龙山、桑植、靖县、通道等8县进行了会剿。剿匪部队跋山涉水，风餐露宿，不怕牺牲，英勇歼敌。同时发动群众，组织群众，形成军民联合剿匪的巨大力量。比如龙山剿匪，当时匪首瞿波平有人枪6000余，活动在龙山县北部，匪首师兴周有人枪9000余，活动于龙山县南部。两匪对立几十年，被国民党暂一军军长陈子贤力说捐弃前嫌，合作反共。1950年元月，一四一师合围八面山重创师兴周部，其后的全面进剿中又沉重打击了瞿波平股匪。1950年2月，黔阳匪首潘壮飞在崇仁寨缴械投降。同年10月，解放军进行湘西边缘区围剿，瞿部余匪5000余人仍在湘鄂渝边境各县流窜骚扰，瞿波平率直属支队500人活动于招头寨，贾家坝一带被一四一师四二一团追歼，瞿躲进深山，在解放军宣传攻势和程潜来信劝说下投诚。师兴周余部2000人及贾奇才匪1600余人盘踞八面山内夕棚一带，被四二二团及恩施军分区独立营合围，师匪化整为零进行抵抗。在四川、湖北友军配合下，解放军对其进行梳篦式搜剿，历时20天，歼灭师匪部众，走投无路的师兴周于11月10日向我军缴械投降。1950年12月6日，湘黔边界各县人民政府，分别下达了解放雪洞（贵州三穗县的一个集镇）、凉伞（湘西新晃的乡镇）的紧急通知，随即动员民兵和农协会员在雪凉周围

图2-6　解放军战士接旗出征剿匪

300 里的山区、路边、山腰安排岗哨日夜防守，严格盘查过往行人，河流中的船只一律封锁。湘黔两省参战部队八个团，有 20 个连和地方武装及民兵 3000 余人，紧紧包围"雪凉"地区土匪，然后重点出击，各直指土匪巢穴，雪洞、凉伞土匪老巢被捣毁，土匪被迫到处流窜。"雪凉合围"历时 20 多天，在军民密切配合下，歼匪 5877 名，先后抓获了杨永清、杨德庄、吴子清、邹志权、魏德茂、黄九仪和龙湘池等匪首。1950 年 12 月 25 日，姚大榜率残部 500 余人准备逃往贵州六龙山，当日午夜时从新晃兴隆乡十家坪渡河，被解放军设伏打得措手不及，68 岁的姚大榜乘坐的木船被打翻落水，时值寒冬，身上棉衣被寒冷的河水浸透，姚大榜淹死。

湘西剿匪是与国民党残余势力和地方武装一场艰难的血战。经上百次大小战斗，到 1950 年底，基本清除国民党残余匪徒。在剿匪过程中，全湘西直接参加的民众有几十万人，民兵达 5 万余人，军民协同作战，做到"无山不上，无林不搜，无洞不进""人人开口，处处宣传，标语上山，传单入洞"。至 1951 年 2 月四十七军赴朝参战为止，打死打伤和俘虏匪徒 92081 人，缴获大量枪炮弹药。胜利得之不易，广大军民为之付出了重大代价。据《中国共产党湖南历史》载，仅解放军第四十七军就牺牲了上千名战士。湘西剿匪战斗中，涌现出许多英雄集体和战斗功臣，如打退 1000

图 2-7 在政策感召下匪徒下山投降

多名土匪进攻的"老溪寨英雄排";月行750余千米,终于将敌歼灭的"长追千里连";连续7次爆破土匪巢穴的英雄丛士林;单身夺机枪,一次歼匪70余名后壮烈牺牲的赵启英等。湘西剿匪的胜利,使湘西的22个县完全彻底得到解放,从此湘西海晏河清,居住在这里的350万人民结束了动乱不安的生活,为湘西的发展带来了机遇和良好环境,解放军剿匪部队的功绩永远铭记史册。

表2-1 (大)湘西各县解放时间表

县名	解放时间	解放部队	备注
沅陵县	1949年9月18日	中国人民解放军38军第113师	今沅陵市
溆浦县	1949年9月19日	中国人民解放军38军第113师	
泸溪县	1949年9月21日	中国人民解放军38军第112师	
辰溪县	1949年9月21日	中国人民解放军38军第112师	
麻阳县	1949年9月29日	中国人民解放军38军第112师	
怀化县	1949年10月2日	中国人民解放军38军第113师	今怀化市
芷江县	1949年10月2日	中国人民解放军38军第112师	
黔阳县	1949年10月3日	中国人民解放军38军第113师	今洪江市
会同县	1949年10月4日	中国人民解放军38军第112师	
靖县	1949年10月5日	中国人民解放军38军第112师	今靖州
大庸县	1949年10月16日	中国人民解放军四十七军第139师、140师	今属张家界市
桑植县	1949年10月16日	中国人民解放军四十七军第141师第423团	
永顺县	1949年10月19日	中国人民解放军四十七军第141师	
通道县	1949年10月20日	和平解放	
乾城县	1949年11月5日	中国人民解放军12军第35师第103团	今吉首市
永绥县	1949年11月4日	中国人民解放军12军第36师第108团	今花垣县
晃县	1949年11月7日	中国人民解放军四十七军	今新晃县
保靖县	1949年11月7日	中国人民解放军四十七军第141师	
凤凰县	1949年11月7日	和平解放	
龙山县	1949年11月11日	中国人民解放军11军第31师	
古丈县	1950年3月3日	中国人民解放军四十七军第141师	
绥宁县	1950年10月20日	中国人民解放军四十七军第139师	今属邵阳市

资料来源:辰溪"湘西剿匪史迹陈列"馆。

8．湘西匪首的各种脸谱

到了解放初期，湘西形成了新的"土匪"势力，声名显赫的匪首龙云飞，桑植县的陈策勋，大庸县的张绍勋，龙山县的瞿伯阶、瞿波平、师兴周，永顺县的汪援华、罗文杰、曹振亚、李兰初、曹子西，古丈县的张平，泸溪县的徐汉章，保靖县的聂鹏升，沅陵县的陈子贤，辰溪县的张玉琳，芷江县的杨永清和彭玉清，怀化市的曾庆元，黔阳县（现为中方县）的潘壮飞，新晃县姚大榜等，其中有人把杨永清、彭玉清、姚大榜、曾庆元以及常德的彭春荣称为"湘西六大匪首"。

这些匪首中，有的在解放湘西过程中立了功，被安排了公职，一般不再作为反面人物宣传。如保靖县的聂鹏升，曾任北伐军排、连、营长，国民党军上校团长、少将参谋长，1949年任湖南省第八行政区（永顺）专员兼保安司令，被宋希濂任命为绥靖守备司令。1949年11月，率其军政人员投诚，后被任湖南省参事。龙山县的瞿波平1949年6月被宋希濂任命为暂十师长。解放军进军湘西后，瞿波平在湖南省省长程潜的指令下向解放军缴械投诚。后被安置在武汉市参事室任参事。又如凤凰县的陈渠珍，民国时期曾任护法军第一陆军参谋长、司令，曾主政湘西，被誉为"湘西王"。

1949年，国民党委任为"湘鄂边区绥靖副司令"和沅陵行署主任。1950年10月率部起义，后任湖南省人民委员会（政府）委员。

有些死心塌地为失去政权的国民党招魂，最后沦为阶下囚或被处以极刑。永顺县的曹振亚，曾任国民党暂五师师长，1950年被解放军"清剿"中击毙。龙山县的师兴周，曾任抗日自卫团长，湖南省第八区保安副司令，解放初期被国民党任命为暂六师师长。因率部负隅顽抗，1950年解放军攻破其

图 2-8 "湘西王"陈渠珍

巢穴八面山燕子洞后被击毙。

下面来看看这些"匪首"们的脸谱。

张家界桑植县的覃国卿。覃国卿与1918年出生于桑植县青安坪。覃国卿自小得父娇宠，因小时就学会了抽大烟

图2-9 被捕的匪首及匪徒

和喝酒，长大后鼻如鹰嘴，面目寡瘦，加之出过天花，当地人叫他"勋杆子""勋麻子"。据说，覃国卿自小就有些惊人的本领：一是眼力好，千米之外能辨人耳目；二是听力敏锐，隔山隔岭能听见有人走动的声音。其父覃新斋平日作恶多端，在红军打土豪分田地中被就地枪决。16岁的覃国卿一下子从小少爷沦为二流子。1935年秋，红军撤离张家界，覃国卿便投靠当地民团团长石寿丰当兵。由于覃国卿练得一身好功夫，枪法极准，奔跑时可抓住前面的狗尾巴，从委任为班长到提升为中队长。后覃国卿返回青安坪自封队长，扩充势力。1948年3月，覃国卿在桑植县路遇一户人家迎娶新娘，见新娘漂亮，便强掳而去。这位18岁的姑娘叫田玉莲，被抢后在覃国卿的调教下，渐渐地成了覃国卿的帮凶，队伍迅速扩大到300多人，后被国民党暂编五师收编为第六团，覃被任命为团长，不久被封为暂编师师长，手下达3000多人，覃国卿自称司令，田玉莲为副司令。解放军挺进湘西后，覃国卿的大部被解放军歼灭，他俩侥幸逃脱。覃国卿二人躲进了湘西北山区的地下洞穴九天洞的子洞缸钵洞里，白天不生烟火，夜间潜入附近乡村去偷米、盐油等。在洞中生活了15个年头。1965年3月24日，两人踪迹被发现并被部队击毙在洞穴中。当天，中央军委宣布：中国大陆最后一个土匪覃国卿被歼灭！

桑植县的陈策勋。陈策勋，1900年11月25日生于桑植县，白族。陈策勋读完高小后不久，即加入贺龙部下，当了一名军需。1928年，陈策勋脱离贺龙部队，当上了桑植县民团指挥。1929年，陈策勋被任命为陆军新

三十一师补充团长。九一八事变后，他在家乡创办了桑植县初级中学，并任校长。1932年被任命为桑植县县长，1934年入陆军军官学校军官高级教育班第三期学习，毕业后回湘任第二区保安副司令，1938年又出任湘黔护路司令。1939年初，他卸职回到故乡着手创办了一所生药厂，生产治疗刀枪伤的生药以支持抗日前线。其所生产的产品主要有治疗枪伤和疮毒的"一天膏"、治疗疟疾的"救驾星"、治疗痔疮的"痔疮粉"和强精补脑的"百根冰"药酒等。由于生产的药品效果不错，又无偿捐献过大量成药给抗战将士，陈策勋受到广泛的赞誉。蒋介石写了"平战必备，起死回生"的题词相赠，不久他受聘担任了国际医药研究委员会的委员。1945年，他放弃制药担任了国民党桑植县党部书记长要职。1948年，他被任命当上了常澧警备司令部参谋长。1949年10月被任命为陆军暂编第二师师长。1949年10月16日，中国人民解放军第四野战军进入桑植后，他潜逃到竹叶坪的橙子界后，在岳丈家附近躲藏了起来。三个多月后，陈策勋被捕，1950年公审后宣判了死刑。

永顺县的罗文杰。罗文杰1893年生于永顺县，土家族，原名余华，号润身。1923年任湖南泸溪县警备队长，1925年任辰沅清乡指挥部第一团团副，1932年任永顺保安团团长。1936年，罗文杰任湖南省第四区保安司令部上校参议。全面抗战爆发后任湘西行署清乡委员会委员，1938年任第三十一集团军补充团团长，1940年任常德军警稽查处处长，后任军统局湘西情报站站长，1949年3月任湘西军政委员会副主任，4月任暂编第一军暂编四师少将师长。1949年10月，率部起义投诚后，积极参与解放军对各部武装的"规劝"投诚工作。1950年"镇反"时因害怕而吞鸦片自尽。

龙山县的师兴周。师兴周，1901年出生于龙山县的大达乡内溪棚村。其兄师兴吾20岁时，曾以乡试第一名的成绩夺魁，取得了清朝的秀才。1920年，师兴吾被陈渠珍任命为"陆军中校湘西巡防军营长"。在冯登庸建议下，师办起了自己的兵工厂，实力不断壮大。1931年，师的人马已达1600多人。作为弟弟的师兴周却不同，读书不多，性情暴躁，刚愎自用，很喜欢打架斗狠。师兴吾在招头寨设了公馆以后，自己不太愿意出去，外面的事就基本上由师兴周代理了。1934年冬天，师兴吾得病而亡。师兴周设计掌管了兵权，不久被陈渠珍委任为龙山县的保安团长。因劣迹太多，许多人纷纷上书声讨。1940 年，国民党"江防独立总队"的人逮捕了师兴周，并在陆军监狱服刑 4 年。后被保释出狱，以"湖南省政府清乡督察专员"的身份回到了龙山。不久，他担任县自卫队的副总队长，1948 年任湖南省第八区保安司令部副司令，1949 年 8 月任暂编第二军暂编六师少将师长。1949 年 11 月，龙山解放，师兴周逃到了湘川边境大山——八面山，抢修工事，储藏物资，妄图凭借天险负隅顽抗。1950 年 1 月中旬，解放军攻上了八面山，师兴周部队如鸟兽散。他化装成一个邋遢老头，逃往一匪徒家中躲着。同年 11 月，师兴周出山投降，后被镇压。

　　古丈县的县长张平。张平，又名张大治，古丈李家洞张家坨人，1906 年生于一个财主家庭。因家境丰裕，在私塾念书时，不听先生管教，随后辍学。长大后加入团防局，不久当上团防局长。全面抗战爆发后，湘西暂四师改为三十四师，调往浙江抗日，后又改为一二八师，师长是凤凰的顾家齐。张平也跟着去浙江抗日。他得知与日本人作战，中方武器差距很大，于是到沅陵等地招了 300 多人，并建议这些人马设立一个"团部直属通讯连"，他当连长。1937 年 10 月，日军从上海乘船进入浙江张平的防卫区。张平主张隐蔽，等日军冲上来，近距离再开火。日军对着海岸炮轰三天后，见无人还击，就开始上岸。憋足了气的湘西士兵对日本陆战队一阵猛打，打死打伤日军 500 多人。1938 年 11 月，驻守浙江嘉善的湘西一二八师接到上峰命令，死守嘉善 4 天，以保证淞沪战场我军的撤退。战斗异常残酷，张平的"团部直属通讯连"几乎全部牺牲，只剩下张平和沅陵桐木溪的李疤子（大名是李丁庸）。在与鬼子拼刺刀的过程中，他俩面对七八个鬼子，以少胜多，打跑了鬼子，成功返回了驻地。打完此仗，张平和李疤子悄悄返回了古丈。1943 年，张平加入了国民党，他集官、匪、霸于一身，强取豪夺，1949 年家中已占有田地 1960 亩，金银财宝不计其数。1949 年 8 月中旬，张平被蒋介石任命为湘西暂编十一师少将师长。1950 年 3 月 3 日，四十七军采取分进合击战术，围剿张平的老巢李家洞。张平等人逃进深山老林。1950 年 7 月 10 日，饥饿难忍的张平冒险潜回李家洞，部队得知前往搜索，将仓皇逃跑的张平击毙。

凤凰县的龙云飞。1886年11月出生在湘西凤凰木里乡打谷岩寨，又名腾汉、红麟。龙云飞从小舞刀弄棒，学习苗拳，练就了一副强健的体魄。他读过两年私塾，初通文墨。辛亥革命爆发后，他参加了凤凰苗民光复军，第一个叼着刀爬上了凤凰城墙。之后参加了湘西镇守使田应诏的讨袁护法军，任团长。陈渠珍执掌湘西，龙云飞深受重用，先后当过永顺、保靖的驻军统帅，凤凰、麻阳、辰溪、泸溪的警备司令。1937年秋，在总兵营成立"湘西革屯抗日救国军"，龙自任总指挥。1938年，龙任改编后的暂编第六师师长，率部开赴抗日前线。在第一次长沙会战中，龙云飞带领暂编六师一个团的兵力牵制东下日军，奋勇血战，最后全团只剩下16个人，受到嘉奖。解放军挺进湘西，龙云飞错估形势，于1950年7月成立"湘鄂川黔四省边区救国自卫军"，拥有3000多人，失败后，逃进深山。1951年1月，龙云飞被凤凰县组织的军民万人大搜山围困，深感无望，朝自己的腹部连开6枪，结束了他65岁的一生。

泸溪县的徐汉章。徐汉章，又名徐助圣，字明文，生于1904年，泸溪县石榴坪人。1923年，徐汉章到湘西巡防军第一营当兵。1927年，湘西巡防军改编为国民党独立十九师，徐为该师警卫旅排长。1936年，徐经泸溪县县长刘民英委派为"铲共"义勇队队长。1937年，徐汉章独立办起了兵工厂。1937年8月，徐汉章将他的部队整编为"泸溪县有枪壮丁大队"，任大队长。1943年10月，徐联络旧部再次扩大地方武装，徐汉章自称民团司令。1948年，第十七绥靖公署成立后，徐又混到绥署谍报处第三组当少校谍报参谋。1949年5月，徐汉章担任国民党暂九师副师长。1950年3月，在解放军围剿之下，徐汉章带残匪10余人流窜于凤、乾、泸边界。6月初，徐汉章假装"牛贩子"，又窜到新晃县装扮成"瓦匠"试图逃过追捕。1952年元月，徐汉章被缉拿归案。1952年4月被依法公审并被处决。

保靖县的聂鹏升。聂鹏升，又名远举，湖南保靖人，汉族。1905年生于保靖县水银乡的官吏家庭，后迁居迁陵镇。聂在湘西十县联合中学毕业后，考入黄埔军校第六期步兵科。参加北伐时，在俞济时、王耀武部充当排、连、营长。抗战时期，任五十三军默庵部上校团长和师政治部主任，在鄂西襄樊一带对日作战。1949年3月，调任湖南第七行政区任督察专员兼保安司令，后又投靠宋希濂，任绥保守备司令。1949 年 11 月 7 日，率其军政人员投诚解放军，永绥和平解放。新中国成立后被聘为湖南省人民政府参事室参事，派驻黔阳专署森工局工作。1957 年被错划为右派分子，1958 年在洪江自杀，时年 53 岁。党的十一届三中全会后，聂被平反。

芷江县的杨永清。杨永清，字伯轩，芷江土桥乡冷水铺人。20 来岁时，组成了"义勇军"，并认识湖南暂编陆军第一师的营长杨毓菜，他被任命为连长。杨毓菜当旅长后，提升他为团长。1924 年杨毓菜病死，把手下人马交付给杨永清。1926 年，杨永清带部队参加北伐，后当过南京下关警备司令。回来后，杨永清带部队在永顺、大庸、常德等地活动，把势力扩张到了湘西的 10 余个县，仅次于"湘西王"陈渠珍。抗战期间，杨永清在第三战区第十集团军司令刘建绪下任暂编第十三旅旅长，陆军少将军衔，负责江浙一带防务。不久后，杨永清辞官回芷江后买田置产。1947 年 8 月，杨永清竞选上"国大代表"，被戏称为"湘西座山雕"。1949 年 8 月初，国民党华中军政长官白崇禧委任他为湘西纵队司令兼芷江警备司令，许以第十二兵团副司令之职。芷江县城新中国成立后，杨永清企图反扑，结果在麻阳地区被解放军 4 个团包围。激战中，杨永清和他的干女儿黄玉姣侥幸逃脱，后在新晃被活捉。几个月后在芷江县召开的公判大会上被判处死刑。

晃县（今新晃县）的姚大榜。姚大榜，字必卯，号占彪，出生于新晃侗族自治县方家屯乡姚家坳，姚家坳与贵州玉屏接壤。他幼年上过私塾，后毕业于贵州铜仁讲武学堂。姚大榜因他的两只膀子长得又粗又圆，长辈便称他为"大膀"，"膀"与"榜"谐音，于是名为"大榜"。他的父亲姚德钦，是一位忠厚的农民，母亲杨氏出生于一户农家，敦厚慈祥。有些书上说他家是 24 代为匪，纯属编造。据传，为防遭暗算，睡觉前他习惯将香插放在手指或脚趾上，香燃完时被烫醒便更换地方。他还有一习惯，常蹲着吃饭，一只手伸进衣服口袋握着枪，眼睛注视四方，以备不测。1949 年，姚大榜刺杀了晃县地方武装头目张本清，成立晃县保安第二团，自任团长兼治安委员会主任、警备第十大队大队长。白崇禧到湘西芷江时，委任姚大榜为"湘、桂、黔边区人民反共救国军"副司令。1950 年 12 月 25 日，姚大榜率残部 500 余人准备逃往贵州六龙山，在新晃兴隆乡十家坪渡河，解放军设伏打得残匪措手不及，姚乘坐的木船被打翻，落水后被寒冷的河水淹死，时年68岁。20世纪80年代拍摄的电影《乌龙山剿匪记》的匪首"田大榜"就是以姚大榜为原型拍摄的，当年该片成为收视率较高的电视剧之一，结果"湘西土匪多"的印象也就不胫而走，深入人心。

辰溪县的张玉林。张玉林为辰溪茶田垄村大水田乡人。成人后，他加入了当地武装，因骁勇善战，不几年就崭露头角，成为一方头目，统领几千人马，被称为湘西一霸。在"湘西会战"中，因日军打到邻县溆浦龙潭镇，张玉林作为当地武装奉命参加了战斗。蒋介石把当地武装改编为暂编新六军，张玉林被委任为军长。国民党政府溃败后，湖南省政府流亡到芷江，随时准备逃窜。1949年10月1日，张玉林乘飞机逃往台湾。到了20世纪80年代末，海峡两岸可以互相联系往来了，张玉林从台湾来信寻找老婆和儿子的音讯，终于联系上。1998年，张玉林病逝于香港寓所。1999年，张玉林夫人病逝于龙门溪的古镇花桥。

麻阳县的龙汉魁。龙汉魁生于1901年，原名龙宏杰，字汉魁，麻阳县晴云乡人（今大桥江乡杨柳坡村）。1924年在长沙兑泽私立中学读书期间加入了中国共产党。1925年，龙汉魁兑泽中学结业后，被组织派回麻阳，开展农民运动。1927长沙发生"马日事变"，龙脱险逃到贵州省三穗县龙姓家族处隐藏，与共产党组织失去联系。1930年，龙汉魁返回家乡，担任过区长、乡长等职。1948年8月，龙汉魁加入芷江杨永清"复兴楚汉宫"，任副寨主。1949年7月，张玉琳为掌控麻阳政局，任命龙汉魁为麻阳县长兼自卫总队长。1950年2月，龙汉魁率自卫总队及警察局400多人向解放军缴械投诚。1950年6月，龙汉魁参加湘西军区在沅陵举办的团以上投诚人员学习班。12月19日，在沅陵被镇压。1983年6月10日，湖南省高级人民法院发出平反通知书，按投诚人员对待。

芷江县的彭玉清。彭玉清是芷江公坪桐树溪毛栗坡人，外号"灵鸡公"。长大后，彭便拉拢一帮人，组织起了队伍。抗战后，彭玉清回到家乡，当上了罗坪乡的治安队长。1950年5月，解放军四十七军的四一九团主力对匪徒们实施清剿。5月2日，部队进驻彭匪盘踞之地。1950年8月中旬的一天，彭玉清在逃窜途中被解放军包围，随着剿匪部队的包围圈越小越紧，"灵鸡公"感到了日暮途穷，只好出山投诚，后被执行枪决。20世纪80年代，落实党的政策，其家人获得了一定的经济补偿。

怀化市的曾庆元。曾庆元为怀化中方县人，19岁时混进怀化中方煤矿，并当了护矿队的一个头目。不久便将护矿队部分人枪拉出去，成立了自己的队伍。1949年3月，曾庆元被杨永清委任为"长沙绥靖公署直属清剿第三纵队"第一支队第三大队大队长。此后，曾庆元又组织"国民党人民自卫救国军9路军"，自称"九路军"十五旅旅长。不久，又自称"芷怀黔十二游击区总指挥部"指挥长，下辖4个中队和1个特务中队，匪徒达400多人。1950年4月下旬，四十七军主力完成入川作战任务返回湘西，四二〇团一营奉命进驻曾庆元股匪盘踞的三角地带进行清剿。在短短的20天中，解放军先后出击40多次，俘匪百余人。6月底，曾庆元的部下先后携枪向部队投诚。7月24日，曾庆元向解放军投诚。投诚后，被送到沅陵学习，镇反时被处决。"文革"后，曾庆元被平反，定为投诚人员。

黔阳县的潘壮飞。潘壮飞1898年生于黔阳，苗族，又名少武，贵州陆军讲武堂和中央军校高教班毕业。早年在湘军湘西军阀田应诏部任职，1912年到1916年由班长、排长、连长，晋升到副营长。其后在陈渠珍部担任营长、支队长，参与护国战争、护法战争。抗战全面爆发后，曾任第三战区江防军总司令部少将高参，并兼任江浙抗日第二防线副司令，11月任南京卫戍司令长官部少将高参兼特种部队指挥官，参加南京保卫战。1943年担任雪峰山苗瑶抗日支队司令，1944年担任第六战区少将高参。1948年当选国民大会代表，1949年2月加入芷江县杨永清"楚汉宫"帮会，1949年5月任长沙绥靖公署清剿第

图2-10 剿匪得到当地群众的支持（蜡像）

三纵队副司令兼芷江警备司令部副司令，10 月 14 日在湖南湘西新晃投诚。1950 年被处决，1980 年予以平反，恢复投诚人员名誉。

从上面匪首的身份看，他们都是国民党军队中师团级以上军官，个别甚至是少将。他们是国民党在新中国成立前夕在湘西设置反共基地的军、警、特、政骨干，其中大部分是行伍出身，有一定的文化水平和军事素质。可以说，他们是国民党苟延残喘的替身，并不是以"抢劫为生"的"土匪"。

9．"土匪"们最后的归属

8 年全面抗战期间，湘西属于抗战的前线，国民党政府在此大量驻军，在湘西培植了一批势力，加上国难当头和国民政府的欺骗，很多善良的湘西人对国民党心存幻想甚至是善念。由于国民党反动势力的挟裹，很多当地朴实无知的农民成了所谓的炮灰或者"匪徒"。

人民解放军挺进湘西后，国民党军队中一些级别较高的将领随蒋介石去了台湾或境外其他地方。如洪江托口的曹永湘随蒋到台湾后，1952 年升任"国防部"第五厅中将厅长，1957 年升任"陆军参谋次长"，1968 年调任"总统府"战略顾问，最后去了美国；辰溪的张玉琳去了台湾，后定居香港。一些留念故土，或者没办法逃离的只好留在老家，被国民党匪特拉入反共队伍，躲进大山，自然而然成了"土匪"。

从湘西解放，到 1951 年元月 15 日止，湘西大约有 6 万名地方武装人员和被挟持的农民（土匪），经集训教育后遣返农村。他们回家后，很快融入原来熟悉的村寨，在其他农民群众的教育和监督下，逐渐解决好生活问题，安心于生产，后由农会评议，摘掉其"土匪"的帽子，还其农民的身份。在当时湘西的沅陵、会同和永顺 3 个专区，还关押着 3 万余名被俘、投诚的"土匪"。其中有 2 万多名敌特分子陆续被处决。剩下的 1 万多"罪恶较轻"或有"立功表现""积极悔过"的土匪，被集中关押"学习改造"。

抗美援朝战争爆发后，经审查，剩下的 1 万余名土匪中大部分出身好、罪行轻，并有悔过表现者参加了志愿军，从湘西直接派往朝鲜战场。有的进入战斗部队，有的参加了运输等后勤部队。在湘西10余县中，仅沅陵就曾送出370余人奔赴朝鲜战场。当时的永顺军分区还将当地"土匪"编了一个补充团。在朝鲜战场上，这些湘西的"土匪"勇猛灵活，带着湘西人的血性与刚烈，建功绩于硝烟之中，洒热血于异国土地，在朝鲜的3000里江山留下了很多感人至深的故事。

图 2-11 湘西剿匪胜利纪念塔（怀化沅陵市）

沅陵寺溪口的姜长禄，进入朝鲜后，作战勇敢无畏，屡立战功。在著名的上甘岭战斗中，他的一个连坚守阵地半个月，打死敌人近2000人，姜长禄4次负伤，荣立三等功。又如桑植县的张福祥，入朝作战后，表现十分突出。在老头山战斗中，4位坚守阵地的战士，最后只剩下他一个人仍坚持战斗，打退敌人多次反扑，立下了大功。泸溪苗族汉子符胜虎在朝鲜战场上英勇作战，先后立了大功1次、小功3次，并提升为志愿军连长。

辰溪县长田湾的龚某，在抗美援朝战斗中所在的连队受命攻打美军占领的一个山头，屡攻不下，死伤无数。他杀红了眼，一怒之下，独自端一挺轻机枪，犹如一条钻山豹，腾挪飞跃，丝毫无损地冲上山头的美军阵地。他的事迹一时名扬天下，在朝鲜受到金日成的接见表彰，被授予朝鲜独立勋章。回国后，作为特级战斗英雄，周恩来为他颁发纪念勋章。但荣誉过后，归于平淡。他回到原籍故里，成了一名安分守己的乡村农民，结婚生

图 2-12 湘西保靖县政府赠送剿匪模范代表的锦旗

图 2-13 湘西剿匪胜利纪念章

子，耕田种地，养家糊口。1984 年 4 月金日成访问中国，事先提出想见见当年被授予朝鲜独立勋章的老英雄们。于是，龚应邀到北京，受到金日成的接见。他的故事再次被传为佳话，事迹被人们敬佩。从湘西到朝鲜，从"土匪"到英雄，从青年到老年，多么不寻常的经历，多么传奇的一生，他是血色湘西的一个背影。

感人的还有张家界籍的抗美援朝老兵金珍彪，志愿军总部曾授予他一等功臣、二级战斗英雄称号，荣获金日成授予的国际勋章。解放军原总政治部编辑出版的《红旗飘飘》刊登了他的事迹，少儿出版社发行连环画《让红旗飘扬在上甘岭的机枪手》说的就是他，他的名字曾影响了一代人的成长。金珍彪回忆，部队过鸭绿江后就急行军 7 个通宵，终于在 9 月中旬赶到朝鲜的南洋里，全力抢修被美军炸毁的机场。抢修机场时，他们遇到一颗陷入地下 2 米深、35 公斤重的炸弹，定时器还发出咔嚓咔嚓的声音，随时会爆炸，他心里直发怵。随部队在朝鲜作战 3 年，金珍彪参加了惨烈的老秃山攻坚战。老秃山原名上浦防东山，是通往汉城（今首尔）的要塞，战略位置至为险要。自 1952 年 6 月起，中美部队在朝鲜中部反复拉锯，志愿军曾先后 5 次攻下该高地，但均被美韩军反扑夺回。多次血战后，这座山上草木皆无、一片焦土，从此有了"老秃山"这个别名。在经历了大小数十场战斗后，他成了一名机枪手。1953 年 3 月 23 日，志愿军以四十七军第一四一师四二三团再次攻击老秃山，4 分钟炮火轰击后，志愿军发起了冲击。冲锋中，金珍彪端着机枪与战友连掏美军 17 个暗堡，护着旗手把红旗插上了老秃山主峰。敌军接着全力反攻，金珍彪和营长郝中云背靠背抱着机枪扫射，打死不少敌军，自己右腿也中了弹。等他从战壕爬出来时，包括红旗手、弹药手等都已经牺牲了。刚喘口气，迎面就冲上来 10 多个敌人，金珍彪立马举起机枪一通扫射。很快美军投下了燃烧弹，阵地顷刻变成一片火海。金珍彪抱着

图 2-14　抗美援朝证章

机枪，就势滚下一道深沟，衣服烧没了，背部、臀部都被烧伤。直到天黑，浑身是伤的金珍彪才被战友们发现，第三天转移到山下，送回了后方战地医院。金珍彪因军功显赫，归国时在丹东受到了 10 万市民的夹道欢迎，其英雄事迹刊登在《红旗飘飘》刊物上。回国后，他担任广西某部三连连长，1955 年 10 月，被调往桂林步校任军事教官。1962 年 8 月，金珍彪回到湘西张家界武陵源区的故乡。20 世纪 80 年代，他曾去参观了中国军事博物馆，在三楼的"抗美援朝展馆"，他看到了自己熟悉的机枪，"从左手边进去，第一挺机枪就是我的"，因为那挺他使用过的"机枪规格、型号以及有枪托上摔裂的痕迹"永远留在了他的脑海中。站在曾伴着自己在血火中穿行的机枪面前，金珍彪沉默良久后，突然情绪激动，蹲在地上哭成了泪人。

沅陵明溪口镇的谢根生，15 岁时当土匪头目的叔叔给他弄了一支枪，而他不愿上山入伙，便把枪拿回了家，于是被定为"土匪"身份。1950 年，他向政府上交了那支枪，回家务农。一年后，谢根生接到填写"自愿入朝"申请表，他毫不犹豫地填了表。谢根生说："当时政府告诉我们，美帝侵略朝鲜，接下来恐怕还要侵略中国。"这个此前从来没有出过湘西的少年，因能为国征战而心神激荡许久。作为朝鲜战场上的志愿军后勤兵，谢根生多次奋不顾身跳上树杈，用高射机枪与低空飞行的敌军战机对射，在手背上留下了一道永久伤痕的同时，也收获了一枚三等军功章。

古丈县孙家怀，曾是匪首张平手下的副大队长。剿匪时，他带了五六十条枪和若干人马投诚。一天，关押所的领导问他"朝鲜打仗了，你

图2-15 辰溪县（湘西剿匪）胜利公园

愿不愿意去"时，他第一个报了名。沅陵县乌宿乡的向明清，也是张平匪部的机枪手，按照政策，属于"枪毙之列"。当年任职沅陵县公安局杨先树负责选送"土匪"入朝一事的负责人。筛选中，他发现向明清的犯罪材料上介绍他"枪法神准、打点射面百发百中"，觉得向明清是个"难得的人才"，便请示上级留人。上级考虑几天后，最终建议改送朝鲜。怀着感恩之心走上战场的向明清，在朝鲜战场上非常勇敢，立了战功。

原四十七军军长曹里怀将军在《湘西剿匪史稿》定稿座谈会上说，湘西土匪大多是贫苦农民，他们是被逼的。你们想象不到他们在朝鲜打仗有多勇敢。他们打出了国威。他们中的大多数人都战死了，很壮烈，我常在梦中念着他们……原四十七军一三九师政委袁福生曾感慨地说，在部队减员较大的情况下，专门到湘西招了一批"上过山"的"土匪"入朝补充到正规部队中去，这些湘西"土匪"在战斗中英勇顽强，可以总结为"枪法准，能吃苦，特别能打仗"。在著名作家魏巍《谁是最可爱的人》一文中写到的十分惨烈的松骨峰战斗中，牺牲的烈士中，就有近一半是湘西去的"土匪"。从湘西山林到朝鲜战场，一万多名湘西"土匪"通过艰苦卓绝的战斗，甚至付出生命的代价，走上了自我救赎之路，灵魂得到洗礼。特殊的时代背景，湘西大山的历练，敢打敢拼的勇敢素质，成就了一群在朝鲜战场上智勇善战的战斗英雄。

第三章　神奇的抗战第二棱线

　　在抗日战争中，湘西因其特殊的地理位置发挥了十分重要的作用，湘西各族人民为中华民族的独立和解放，为战胜日本法西斯的侵略做出了重要贡献！同时，大量外来人口的迁入和战时的需求成为推动湘西快速发展的两大动力，推进了湘西的经济市场化和工业化，促进了湘西教育显著进步，提高了湘西各族人民的素质，加速了湘西的现代化进程。但是，随着抗战的胜利，原有丰富的外来资源瞬间撤离而消失，使刚起步于现代化路上的湘西承受着巨大的落差而无法跟上前进的步伐。

因其特殊的地理位置和战略需要，湘西成了抗日战争时期的前沿阵地和堡垒。1934 年，著名科学家钱学森的岳父蒋百里先生认为："中国的大本营宜设于芷江、洪江一带。这一带有森林、有矿产，而且有沅水流贯其间，是天然的国防地带。""湘南湘西固若金汤，配以强悍的民俗，宜于对敌进行广泛的消耗战。"蒋百里曾留学日本和德国，1937 年全面抗战爆发后，他在撰写的《国防论》中又提出，抗日必须以国民为本，以空间换时间，打持久战，通过时间消耗拖垮日本。具体做法是将日军拖入中国地理第二棱线，即湖南、四川交界处，与日军进行相持。

湘西地形险峻，山峦起伏，尤以绵延 300 多千米呈东北至西南走向的雪峰山脉，为湘西崇山峻岭的第一道脊梁。同时，湘西除了沅江、澧水这两条大江之外，还有沅江上游的五溪纵横，对中方军队防守极为有利。同时，湘西与川、黔、桂、鄂等省接壤，是进出黔、川，威逼贵阳、柳州，迂回重庆的军事要冲地带，是大后方的前哨。湘西若失，贵阳危急，重庆将陷于不保。

正如蒋百里的预想一样，湘西这道天然屏障，成为抗击日军的重要阻击线。特别在大敌当前、民族危难之时，为了祖国尊严和世界和平，湘西各族人民置生死于不顾，效命疆场，谱写了一曲曲抗战爱国的壮歌。日本帝国主义的军队逼近湘西雪峰山后，被这道铜墙铁壁碰得头破血流，再也难以前进。1945 年春夏之季的雪峰山战役，正式敲响了日本侵略者的丧钟。1945 年 8 月，日本洽降这一历史性事件就选择在湘西的芷江。

1. 承接容纳沦陷区机构和各界人士

很多人认识湘西，可能始于 20 世纪二三十年代沈从文先生的笔下。大家从沈从文先生的文中体验了湘西美丽的同时，或许也感受到了湘西的神秘和落后。实际上，从清朝末年开始，湘西已经觉醒，一部分青年开始到外地求索。他们东渡日本，学习西方政治、经济和科学技术。据不完全统计，在辛亥革命以前，仅凤凰、龙山、桑植等10县，前往日本留学的就达30多人。其中一些人在日本和国内陆续加入了同盟会，不少人参加了辛亥革命和反对袁世凯复辟帝制的斗争。

1937年7月卢沟桥事变发生后，国民政府迁都重庆。当年11月，张治中接任湖南省主席一职。1937年12月，张治中恢复设置湘西绥靖处。1938年3月，湖南省政府设立沅陵行署，其下辖3个行政督察区，包括沅陵、大庸、溆浦、桑植、永顺、泸溪、辰溪、乾城、龙山、保靖、古丈、永绥、凤凰、麻阳、黔阳、绥宁、会同、芷江、靖县、通道、晃县等21县，实际上管辖的就是地域上的大湘西。

由于战乱，沦陷区无数人颠沛流离，辗转来到湘西、重庆、四川、贵州等大后方。曾任国民政府铁道部部长、交通部长的张公权认为，"到1940年，沿海各省逃往大后方的人民，从一亿八千万增加到二亿三千万，以致全国人口总数之一半定居于中国后方"。与其他地区一样，湘西以它博大的胸怀接纳了自己的亲人，人数达百万之多，为抗日部队提供了后勤保障，为饱受战乱颠沛流离的群众抚平了伤痛。

抗战之初迁来湘西的主要为中国及同盟国军队、军事机构。以战时湘西的芷江为例，从1937年7月至1945年9月，驻扎在芷江的各种军队及军事机构多达220个，包括国民政府的陆军总部、方面军司令部及军政部、军令部所属单位，甚至高炮连队、防空哨卡。从兵种看，有陆军、空军、海军陆战队及宪兵等多个兵种。此外，还有中、美、苏

图3-1 抗战时期逃难来湘西的民众

图 3-2　抗战时期驻扎在芷江的军队

的空军，仅地勤、空勤人员最多时达 6000 余人。当时在竹坪铺、七里桥等处的低冈、田垄里建起了鱼鳞板似的黑色营房、仓库和商店，相互连成一片，小区内车水马龙，人流如织，形成了繁盛的"美国街"。而原只有 2 万多人的芷江县城，也骤增至 10 余万人，成了重兵云集的抗日前沿阵地，被人们称为"小南京"。

除了军队和相关机构外，一些军工厂、企业、政府机构、学校、社团也相继搬迁至湘西，大批难民也陆续涌入湘西。1937 年，国民政府陆军机械化学校迁来洪江萝卜湾，并开办机械厂，生产联合机床，对湘西工业设备制造业的发展起了助推作用。1938 年 6 月，兵工署第十一兵工厂从武汉迁至辰溪孝坪；汉阳兵工厂机器、动力、枪弹、手榴弹、火药、机枪等分厂奉令迁至辰溪南庄坪。1940 年，两家部分合并统称兵工署第十一兵工厂。该厂建有 10 个制造所，机器设备超过 2000 台，主要生产 7.9 毫米枪弹，并能制造轻重机枪等武器。厂里职工最多时超过 1 万人，可见规模之大。1938 年，西南公路局在晃县城设汽车修理厂；1939 年，国民政府交通部联运处在沅陵设汽车修理厂，有柴油机、车床等，修理工具齐全。1943 年，沅陵县城办起泰山缝纫机修理厂，专为军政部沅陵被服厂生产缝纫机和缝纫机针头。靖县荣军生产处机械厂生产 20 匹马力单机水泵、汽车手摇鼓风机、纺织机配件……同时沦陷区的一些大学、中学也纷纷迁到湘西的乾城、沅陵、辰溪、溆浦和芷江等地。迁芷江的有"国立中央政治大学"，办学一年多后，迁往四川重庆；迁至辰溪县大路口的有"国立湖南大学"，学校设文学院、理学院、工学院；迁至溆浦县城郊西花园的有"国立师范学院"，该院院长由著名教育家廖世承首任；迁至溆浦大潭的有"北平私立民国大学"，著名史学家翦伯赞、著名作家张天翼曾在此执教；迁入沅陵的有"国立艺术专科学校""国立商学院计政合作专修科""湖南省立商业专科学校""浙江银行专科学校"等；迁入乾城县的有"江苏省银行专科学校"，后改为"国立商学院"。同时，一些中学也迁入湘西，较著名的有"国立八中"和"国立二十中"。"国立八中"原为"国立安徽中学"，本部设乾城县，学校有教师380余人、学生近4000人，成为当时湘西中等教育的一艘航母。"国立二十中"迁入芷江，开办后招收战区失学青年，学生全部享受公费待遇。此外，迁入的中学还有"长沙雅礼中学"（迁沅陵县）、"长沙兑泽中学"（迁大庸县）、"衡阳私立成章中学"（迁洪江）等数10所。在大量学校迁入湘西的同时，很多湘西籍精英人才也回迁湘西。他们大都具备较高的文化素养，而且见多识广。回湘西后，他们大多数从事教育工作，从而大大提升了湘西地区教师的教学水平。这些迁入的工厂、学校，在服务于战事的同时，提升了湘西的教育水平和工业化水平，开拓了当地人的视野，直接刺激了湘西工农业的发展。此外，湘西各县尽可能接纳来自沦陷区的各类群众，每个县市几乎都有难民收容所。据统计，到1942年6月，仅乾城、泸溪、凤凰、永绥、永顺、保靖、古丈等县设立的难民收容所中，就收容难民近万人。同时还建有战时儿童教养院、失学工读服务团等。

图 3-3　抗战时期迁往辰溪的湖南大学旧址

2．英勇善战的湘西人

湘西人英勇善战是有据可查的。在清代，曾国藩组建湘军时，湘西的竿子兵颇受重视。湘西凤凰籍的将士素有"竿军"的称号，据说在与太平军作战期间，历200余次战斗皆胜，杀得太平军望风而逃。故被曾国藩誉之"虎威常胜军"，后便有了"无湘不成军，无竿不成湘"之说。

"洞庭湘水堪磨剑，倭寇头颅好试刀。"从1931年九一八事变后，湘西人民积极参加抗战，不少人屡立战功。武陵山下、雪峰山麓、五溪河畔、大江南北、黄河岸边，都留下了湘西人英勇抗战的身影。除了人们熟知的土家族人贺龙元帅、廖汉生中将、彭飞少将、范子瑜少将、王时中将、向敏思中将、汪之斌中将、田仲达少将、向凤武少将、田君健少将、田耕之少将、向阳少将、覃子斌少将，侗族人粟裕大将、曹玉清少将、杨伯涛少将、梁直平少将，苗族人滕代远将军、黄忠诚少将、陈俊少将，陈渠珍中将、隆子雍少将、吴恒良少将、蒋维中少将，汉族人向仲华中将等各族指战员参加了抗日战争外，还有无数的湘西人在抗日战争中驰骋疆场，奏响了血与火的交响曲。

1932年1月，日军进攻上海并预谋偷袭杭州笕桥航空学校，乾城县的苗族人石邦藩率领中央航空队拦截。在左臂严重受伤的情况下，他忍着剧痛，与日机开展殊死战斗，成功保住了笕桥航空学校与乔司空军基地。他负伤住院，左臂被锯掉，受到了嘉奖，被人们称为"断臂将军"。后来上海一家烟草公司特以优质烟叶精制"邦藩牌"香烟，风行上海，行销全国各大城市。1932年，大庸县籍的张国勋营长在长城要塞南天门的守卫战中英勇牺牲，年仅24岁。北平群众为他举行了追悼会，有1000多人送葬，沿路学生还唱起了"张营长为抗日，殉国把躯捐"的哀悼歌曲。

作于1937年的《抗日三字经》，讲述了湘西人段云青的英勇事迹："段云青，一等兵，身体健，国术精。遇敌舟，跃身上，一挡三，是猛将，左一拳，右扫腿，两倭寇，齐落水，余一寇，逃船尾，刺刀下，立见鬼。"段云青出生于怀化麻阳县段家脑村，苗族人，他从小习武，机智灵活，臂力过人，常与街坊同辈举石锁、练刀枪，被人称为石礅。段云清1936年被征入伍，在嘉兴前线任班长。1937年晚秋的一天，段云清领班执勤，发觉日艇偷袭。他率先跃上敌艇，与日寇搏杀，毙敌多人，日艇匆匆逃离。当年冬天，段云清牺牲于浙东，年32岁。他英勇杀敌事迹很快在部队传颂，被编入《抗日三字经》。

在1937年的淞沪会战中，浙江嘉善阻止战尤为惨烈，而参战的一二八师士兵中以湘西人的骁勇善战而受到赞赏。一二八师的士兵中多为凤凰苗族青年，他们坚韧耐劳，擅长近战厮杀，以弱势之兵力坚守了浙江嘉善7日。当时，日军扬言要在3天内攻占上海，3个月内灭亡中国。1937年11月，淞沪会战进入最后一个阶段，为防止上海沦陷，一二八师6000名湘西将士在嘉善境内浴血奋战，重创日军18师团。从11月10日开始到11月16日的7天阻击战中，由于下雨，泥泞路滑，为便于行军打仗，士兵们全部换上草鞋。在腹背受敌的情况下，一二八师将士抱着"弹尽人尽"的必死决心，与敌浴血奋战。军中凤凰苗族青年很多人从小习武，他们每人佩戴一把家乡马刀（柄约两掌宽长，刃比一般马刀稍短，但刃口宽约3寸），深夜奔袭敌营，令日军胆战心惊。在泥泞中与日军白刃肉搏时，日本兵军靴笨重，行动迟缓，被这些英勇的战士斩杀无数。11月16日夜，一二八师利用黑夜掩护，剩下的官兵顺利通过67号桥，随后将桥炸毁，连夜撤往临平。

在七天七夜的战斗中，装备精良的日军仅仅向前推进了11千米。由于力量悬殊，武器装备差，阻击战中一二八师共计伤亡官兵2653人。当时凤凰县城内城外，几乎每户都有人为国捐躯，阵亡的将士家门前都悬挂起白幡哀祭亲人。嘉善阻击战创下了淞沪大撤退时的阻击战之最，在抗战史上写下了辉煌而悲壮的一页，大大鼓舞了全国人民抗日的斗志。凤凰县教师田名瑜参加嘉善抗战后在其《倭奴》诗中写道："倭奴喷血满江山，马革沙场恨愤间。弹雨枪林存性命，当时不意可生还。"

桑植白族人谷师墨在抗战时一直负责物资运输调度，忠于职守。其弟谷师孟1940年赴缅作战，任新一军少校营长，在密支那攻坚战中与日军血战两昼夜，终于攻克据点，受到盟军英方联队长卡尔上校的赞誉，并荣获中国远征军司令官罗卓英授予的勋章。

抗战中，湘西的各族儿女以不同的战斗方式来对付日寇。1943年，进攻常德的一小股日军偷偷进入武陵腹地。一位叫鲍乐的土家族青年计用马蜂来惩治日寇。当地有种马蜂做窝七层，当地称七楼蜂，这种马蜂毒性非常大，无论人兽，一旦被蜇伤，很难治愈。当年仲夏的一天，鲍乐发现日军小分队抢占了一个祠堂，驻扎其内。当夜，他提着装蜂的布袋躲过岗哨，悄悄靠近祠堂后墙，爬上墙顶，接近鬼子集体寝卧处，迅速把布袋的锁口打开，用力将袋子抛入。顿时，屋内惨叫连天。这次，马蜂共杀死敌人80余人。此外，鲍乐还用当地的毒虫制成毒药来杀鬼子。他捕到一只山羊，给它喂了拌有毒药的饲料后，将其宰杀，设法送给日军。日军担心肉里有毒，非留他一起食用不可。鲍乐料到敌人会有这一手，事先服了解药。此后不久，食山羊肉的日本兵几乎同时发病毙命。后来连日军的特务机关调查很久，也搞不清是什么奇毒要了这些鬼子的命。

在湘西溆浦和洞口的交界处，有一片海拔1000多米的崇山峻岭，世代为瑶族同胞的聚居地，当年这里曾活跃着一支神秘的瑶族民间抗日武装——嗅枪队。所谓嗅枪，其实就是湘西民间打猎用的鸟铳。嗅枪队一共36人，队长叫兰春达，最初只有两支长枪、一支短枪，其余的都是嗅枪。在这个世代以打猎为生的村子里，至今还保留着与当年一样的嗅枪。当年日军不知道鸟铳是什么枪，只要被击中，满身是弹，剥又剥不掉，扒又扒不出来，以为是什么新式武器。他们向长官报告说，那些射击的人把枪往鼻子上一"嗅"立即就"轰"的一声喷出一团烟雾，所以日军把它叫"嗅枪"，将瑶民自卫队称为

图3-4　抗战时期溆浦阳雀坡古村寨

"嗅枪队"。湘西会战期间，像嗅枪队这样的民间武装力量还有很多，他们采取巧妙的战术，到处袭扰打击日军，成为抗战末期湘西民间抗战组织中一枝奇葩。

3．湘西的抗日宣传活动

精神和意志是战争中最重要的问题之一。抗战伊始，地处抗日后方的湘西人民，与前方的军民一样，心系国家和民族的存亡，每个山乡村寨都迸发出抗日救亡怒吼。他们自发地组织起来，举行反日游行，办起抗日的专题报刊，宣传抗日，为抗战出人出资出力，留下了无数可歌可泣的故事。

为鼓励青年当兵上战场，湘西各地打出了"好男才当兵，好铁才打钉"等鼓励青年人参军抗战的标语。1937 年 9 月 2 日上午，大庸县组成的抗日敢死队出征，欢送队伍连绵数里。只有 13 万人口的大庸县，在抗战期间就有上万名少数民族儿女奔赴战场。1938 年初，湘西苗民革屯军以抗战大局为重，经过谈判和作家沈从文的斡旋，接受改编为新六军暂五师和暂六师，8000 名苗族将士开赴抗日前线，在湘北一带与日军血战，为著名的湘北大捷做出了贡献。

1938 年 9 月 6 日，会同县举行八百壮士自动入营抗日欢送会。家长代表慷慨表态："子弟奏凯归来，故为父母所喜欢，即使杀身成仁，亦是父母之光荣。"战士代表表决心："不杀敌人，誓不归来，不能成功，亦愿成仁。"1939 年 9 月中旬，靖县举行欢送"靖县抗日自动兵团"开赴前线大会。在这些出征会上，"打倒日本帝国主义""还我河山""为死难同胞报仇"的口号与锣鼓声、鞭炮声交织一起，展示了湘西各族人民为国担当、抗战到底的决心。一座座曾经古朴而宁静的山城，动员抗战成了工作的主旋律，抗日烽火熊熊燃烧。

湘西的文人墨客，在抗战中慨然提笔，痛斥倭寇，宣传抗战精神，鼓舞民众士气。永顺县土家族人彭施涤曾是举人，在外办学多年，担任过《湖南通志》副总编纂。他抗战期间回到故里，在县城新修的建翼南楼上，题写了"破虏溯当年，浙海东南传伟绩；鼙鼓思壮士，大乡西北有高楼"的对联，爱国仇敌的凛然正气跃然联上。在乾州的德丰酱园中，当地名人题写春联"朝于斯夕于斯老当益壮，胜也罢败也罢决不讲和"，横批为"抗战到底"。晃县的姚茂勋（子杰）先生在《哀东北》中写道："一路降旆竖沈阳，七七事变更可伤。南国君臣不抵抗，北方傀儡又登场。大仇未报增奇耻，家破那堪任国亡。亘古以来天此祸，可怜兄弟尚阋墙。"诗中痛陈九一八事变以来国民政府不抵抗、伪满洲国卖国求荣可耻行径，表达了"家破那堪任国亡"的抗战决心。古丈县的向远宜（肖离）1942年从塞北回到故乡宣传抗日。他作了《不要皱着眉头》的歌曲，号召人们奋起抗日；他还和岳飞的《满江红》词，其中写道："失地耻，犹未雪，吾侪恨，何时灭？驾长车，踏破富士山缺。壮志饥餐胡虏肉，笑谈渴饮倭奴血，待从头，收拾旧山河，报祖国。"他的歌和词在湘西群众中广为传唱。1943年3月1日，古丈县立初级中学正式成立并开学上课。学生吟唱的《校歌》表达了抗日建国的重任，歌词写道："武陵之巅，洞庭之源，五溪十万云山，莘莘学子，无虑万千，纳于大麓，尽我俊贤。唯我教育，方开瘴雨蛮烟，抗战建国，重责何辞双肩。努力向前！努力向前！重责何辞双肩。"

1944年，日军空袭麻阳马南，人们悲愤交加。当地苗族人莫百九创作了一首《送君抗战歌》，歌词写道："堂堂中华我男儿，四海为家；干戈纷起，白刃蹈舞，一场血杀；别君留痕不须悲，前赴沙场摘樱花！"沅陵人全孝用杂文、曲剧等形式宣传抗日，唤起民众。他撰写了《思郎十八拍》歌谣，激励青年入伍，奋勇杀敌。其中第一拍这样写道："日寇凶残施暴行，我郎为国誓忠贞。男儿大捷垂千古，留得勋名史册登。"第七拍写了妻子对丈夫的寄语和希望："万绪相思病断肠，随风寄语到前方；我郎一心杀顽敌，结发夫妻岁月长。"第十八拍则期待说："夜梦郎君对我言：歼灭倭寇在跟前，山河收发图奇耻，中华儿女纪轩辕。"

黔阳县蒋希清曾担任常德第二师范共青团书记，任中共常德党组织主办的《湘西民报》总编辑。抗战期间，他在家中的中堂作对联一副："国难方殷，哪有年过；倭奴未灭，何以为家。"时任《晃县民报》社长的侗族人舒幼恂出版了民国时期第一本侗族作家作品集《东山集》，常以诗歌来抒发抗战热情，希望前方将士英勇抗敌。他在《民报》发表的诗中写道："目睹中华尽创伤，男儿立志在疆场。渴时痛饮倭奴血，报国捐躯姓字香。"另一首为"湘江水，清又长，祖国沦陷变屠场。南京杀人几十万，血海深仇谁能忘。有志男儿疆场死，誓斩倭奴保家邦。前仆后继不回顾，战地埋骨永流芳。"麻阳县苗族人黄大受曾任营长，1941年在浙江抗战时，曾写下"雄心几欲填沧海，热血还堪洗汉天，愿斩倭皇申敌忾，笑看顽石当嫣然"的诗句。

图 3-5　抗战时期飞虎队用的空投传单

会同县的侗族人贺琼是中共湘西工委洪江地下党支部的核心成员，是会同和洪江抗日救亡运动的积极参与者和重要组织者，是抗日战争时期湘西地区杰出的妇女代表之一。1940年12月被国民党会同当局杀害，年仅26岁。贺琼1938年加入中国共产党，1937—1940年先后在洪江、长沙和江西上饶、吉安、浙江金华等从事抗日救亡活动。贺琼曾以"曼石""金缨""卞识"等笔名在《洪江晚报》挥毫写出抨击蒋介石集团腐败现象的短评、杂文及进行抗日救亡、唤起民众的多篇文稿。96岁高龄的抗战老兵、曾是粟裕哥哥粟沛女婿的文振亚回忆贺琼时脱口吟诵了她的一首七绝诗："缧绁（léi xiè，捆绑犯人的黑绳索。借指监狱、囚禁）徒悲志未成，忧国忧民不忧身。此身愿为山河碎，一寸丹心共月明。"表明贺琼被国民党抓后在狱中对革命忠贞不渝、视死如归的坚强意志。他还唱起了当年与贺琼一起在洪江做群众工作时，教妇女群众唱的一首抗战歌曲："上前线！上前线！拿着我们的针，上前线！上前线！带着我们的线，为前敌将士缝衣千万件。使他们身上穿得温暖。冲锋杀敌争向前！"

湘西人民还以各种形式来表达抗战必胜的情怀。永顺县土家族人汪援华给其大儿子取名"克东"，小儿子取名"平瀛"，两名连称是"克平东

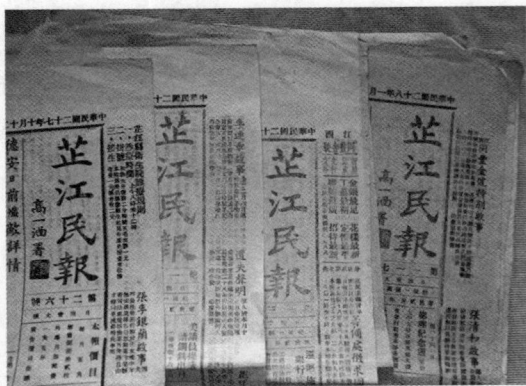

图 3-6　抗战时期发行的《芷江民报》

瀛"。泸溪县苗族青年杨元丞毅然投笔从戎，被杭州笕桥航校录取。他为女儿取名"安里"，希望故里平安。

作为抗日的前沿阵地的芷江，抗战时期的报刊很丰富。较著名的有《芷江民报》和《中央日报》的副刊《新路》等。不管是官方的媒体，还是普通的文化人，他们在湘西乃至全国开展的抗日宣传，对唤起民众、鼓励前方将士发挥了极其重要的作用。

4．抗战中湘西的两大重要工程

为保证抗战的后勤和军需，湘西作为第二战线，当时搞了很多建设工程。其中最有名的要算"芷江机场"和湘川公路穿越湘西的"矮寨路段"。

先说说芷江机场。该机场距芷江县城 7000 米，始建于 1936 年 10 月。当时在湘西选择机场时，选址有几处，包括晃县的大树湾。抗战全面爆发后，国民政府加强了湘西设防，决定将芷江机场扩建为大型军用机场。扩修工程十分浩大，包括跑道、停机坪、排水道、机窝及隐蔽药库等，机场跑道由原来的 800 米扩长为 1200 米。1937 年 12 月，征调湘西芷江、麻阳、沅陵、溆浦、会同、靖县、泸溪、凤凰、黔阳、晃县、辰溪等 11 个县的民工 19000 余名，参与扩建工程。1938 年 1 月，机场扩建正式开工。按施工规划，占用良田、道路、村舍面积为 1034.77 亩，撤毁机场东端著名的雁塔及城中的钟鼓楼古建筑，搬迁民房 20 余处，计建筑面积 7755.35 平方米；搬迁坟墓 24000 余座，同时为盟军修建 6000 人的兵营。

当时的条件非常艰苦，施工设备落后，生活卫生条件极差。各县民工分住在县城的庵堂寺庙、宗祠会馆及居民的院落里。1938 年 7 月，霍乱流行，修机场的民工几乎每天都有人倒地不起。在这极其艰难的情况下，湘西各县的民工们锄挖肩挑，依靠人力把一个个山丘整平为面积 270 公顷（4000 亩左右），当时远东盟军的第二大机场。同年 10 月，机坪跑道扩修完成，导航台、指挥塔、掩体、疏散道等设施投入使用。随即，地勤、维修人员。中、美、苏空军的部分飞机相继进驻芷江，芷江机场一跃而成为抗日后方最重要的空军基地。

1940 年，芷江机场再次扩修，修建了一条长 1100 米、宽 15 米、深 0.3 米卵石垫底的副跑道，可供轰炸日本本土的远程飞机起降。1943 年，陈纳德的美军第十四航空队由昆明驻芷，飞虎队飞行员 120 人，技师 420 人。1944 年至 1945 年，美军驻芷江官员达 590 人，兵员达 2215 人，分驻于七里桥、大垅坪、竹坪铺，美国驻中国后勤司令部设在竹坪铺。从而芷江机场与昆明、重庆后方机场构成了空中走廊，担负起对敌的战略攻击和对日占区军事目标实施轰炸的任务。

抗日战争后期，中、美、苏三国在芷江机场屯集了战斗、轰炸、运输、侦察等各种类型的飞机 300 多架，有 N15 式歼击机、N16 "短剑式" 歼击机、P40 式 "鲨鱼式" 战斗机、P51 "野马式" 战斗机、B61 "黑寡妇" 侦察战斗机、B24 "解放者式" 重型轰炸机、C46 型大型运输机等。美中联军在陈纳德将军的率领下，以精湛的战技、辉煌的战绩很快取得了中国本土的制空权，为反法西斯斗争的最后胜利作出了重要贡献。

利用芷江机场，盟军飞机除与日机进行空战外，还担负着轰炸和切断华北、华中日军驻地后勤补给线，封锁长江、湘江及京广铁路运输线，阻止日军进攻大西南的重要任务，在战斗中取得了骄人的战绩。比如，1944 年 7 月 9 日，第五大队队长向冠生率 20 余架 "鲨鱼式" 机超低空贴洞庭湖面飞行，突临白螺矶机场，对机场旁 3 个大型机库实施轮番攻击，共击毁日机 110 余架，创抗战期间中方空军击毁日机的日最高纪录。1945 年 1 月 3 日，中美空军混合团第一大队在美空军上校贝纳特的率领下，攻击日军汉口机场，击毁日机 49 架。3 月 29 日，中美空军混合团第五大队派出两个编队 17 架 "野马式"（P5l 式）战斗机，沿长江东飞 1060 余千米，远征在日

图3-7 抗战时期繁忙的芷江机场

军占领下的南京三大机场，仅20分钟时间，胜利完成对明故宫机场、大教场机场及新修之运输机场的攻击，摧毁地面日机15架，中方无一伤亡，全部安全返航。

在袭击日军机场的同时，中美空军从芷江机场起飞对日军的地面部队、车船、仓库等目标实施了打击，使其防不胜防。据有关史料的不完全统计：从1944年12月初至1945年3月底的4个月时间里，仅驻芷江基地的第五大队就出动P40式和P51式战斗机88批，784架次，对郑州、长沙、衡阳、独山、汉口、南京等地日军实施了攻击，给日军以沉重打击，共摧毁日军仓库、住房582栋，炮阵地10个，击毁日机25架，卡车320辆，

图3-8 飞虎队员合影

运输船只 410 艘，火车 6 列、车厢 208 节，击毙敌步骑兵 3037 人、战马 745 匹。侵华日军在失败前不由得哀叹："在中国战场上，过去一直是我们掌握绝对制空权作战，现在则经受了完全新的体验。"

在遭受沉重的空中打击后，日军对来自湘西莽莽大山里的神秘机群恼羞成怒，芷江机场成了他们的心腹之患。为了摧毁芷

图 3-9 飞虎队员雕塑

江机场，日方派特务搞破坏，找机会空袭芷江。据芷江县对日军空袭损失的不完全统计，自 1938 年以来至 1945 年 2 月 21 日止，日机轰炸芷江达 38 次，出动飞机 513 架次，投弹 4731 枚，炸毁房屋 3756 栋，损失粮食 30 万担，损失总值 163.169 亿元（法币）。其中攻击机场达 23 次，在机场上投掷的炸弹多达 3109 枚。尽管遭受日军的轰炸和破坏，但芷江机场浴火重生，战力不断增强。在那最艰难、最危险的日子，各机关、团体和居民自动修建防空洞达 2276 个。每当机场遭受日机轰炸后，成百上千的民众带上锄头畚箕，填补弹坑，抢修跑道，确保了作战飞机的正常起飞降落。心灵手巧的人们用木头和竹子编制成形形色色的飞机，然后蒙上外套。日机以为是真飞机，狂轰滥炸一气后，觉得大功告成，殊不知上了当，结果反遭中美空军的重创。有一次，日本轰炸机到了芷江后，看见一个东西在公路上奔跑，以为是吉普车，跟随轰炸，可怜的是一头大水牛被炸得血肉横飞。

除了芷江机场，国民政府还组织上万民众在湘西修建了泸溪浦市皂角坪等机场，龙山县人民还协助修建了邻县湖北的来凤飞机场。每个机场修建时几乎都有数千民工死亡，但湘西人民咬紧牙关做出了巨大牺牲。为了基地后勤保障，辎重汽车十九团的 2000 余名官兵驾车日夜奔驰在芷江至昆明的崎岖公路上。在最紧张的日子里，从镇远到芷江段舞水河上水运民船，也被征用为运输弹药的"军船"。

再看看雄奇险峻的矮寨公路。该段公路以其地势险要、工程设计之妙曾被称为中国公路之冠。

矮寨公路是湘川公路中的一段。湘川公路（319 国道）全程 1256 千米，始于福建厦门，终于四川成都。中段横贯湘西全境，路面在崇山峻岭中上下盘旋，其惊险程度让人难以想象。该公路始建于 1935 年初，抗日开始后，由于机构和人员迁徙、战略物资运输的亟需，必须打通粤汉、湘桂线路通向西南大后方的通道，于是湘川公路的选线和修建成了当时重中之重的工程。

矮寨公路段位于湘西吉首市西 15 千米，因公路经过的地方叫作矮寨而得名。矮寨是一个风景美丽、古朴的苗乡集镇，这段经过矮寨的公路长约 6000 米，修筑于水平距离不足 100 米，垂直高度 440 米，坡度为 70—90 度的大小斜面上。在修建矮寨路段时，2000 多民工栉风沐雨整整奋战了 7 个月有余，其中死亡 200 多人，小伤小残的不计其数。为了追怀死难者的功绩，当时曾在路中天桥附近竖立一尊"开路先锋"的铜像以志纪念，后来铜像毁于战乱。1987 年湖南省政府拨款，按原型重塑铜像，移置在矮寨天桥上方山崖上。那个手握铁锤钢钎的威武铜像，高 5.7 米，重 0.9 吨，展现了当年筑路民工奋勇不屈的风貌和精神，以慰先辈，勉励后人。在山顶"公路奇观"的终点，还建有一座湘川公路死难员工纪念塔。

由于地形独特，这段公路左右移动，转折 13 道锐角急弯，形成 26 截几乎平行、上下重叠的路面。不管是第一次乘车攀爬或者从山顶往下走矮寨这一段公路的人，在惊心动魄之时，难免会赞叹那"路上桥，桥上路"的伟大创举。为保证车辆安全，在每个回头弯处曾经日夜有交警值守。

图 3-10　湘西吉首—矮寨公路大桥

湘川公路修成后，在抗战中成为连接大后方与东部抗日战场的咽喉要道。日军至战败也从来没有切断过这条重要的运输大动脉。新中国成立后，湘川公路定名为 319 国道，至今依然发挥着它的战略作用。它是一段中华民族抗击日寇时的不屈不挠的凯歌！

今天，在矮寨公路上方已经建起了一座世人赞叹的铁索拉链大桥——矮寨悬索桥。矮寨悬索桥 2012 年 3 月 31 日正式通车，从位于山谷底的矮寨镇上空横跨而过。该桥跨径 1188 米，跨高达 330 米，主梁全长 1022 米，桥面净宽 23.6 米，钢桁加劲梁全宽 27 米。采用两根主索，主索中心距为 27 米，全桥采用 67 对吊索，吊索标准间距为 14.6 米，主跨梁高（主桁中心线处）7.5 米。两个主塔分别立于矮寨峡谷两侧悬崖上部较为稳定的山体上，桥梁两端分别与索道连接。悬索桥的建成，又在矮寨增添了一处公路奇观，令人叹为观止。

5. 磨难中的坚强

虽然抗战初期湘西远离前线，但日本战机时时到湘西各县进行轰炸。沅陵、芷江、辰溪、泸溪、龙山等地多次被日军投放炸弹，严重威胁了湘西人民生命和财产安全。芷江县城自 1938 年 11 月 8 日起，就遭受侵华日机的多次轰炸。据统计，破坏严重的就有 38 次。日军出动飞机 513 架次，投弹 4731 枚，炸死 445 人，伤 393 人，伤亡人数占芷江城当时总人口的 12%（不包括沦陷区来芷暂住的人数），炸毁、焚烧房屋 3756 栋。1939 年 4 月 11 日，9 架意大利式银灰色重型轰炸机飞临辰溪县城上空投弹和扫射。事后统计，这次轰炸共烧毁房屋 200 多栋，炸死、烧伤 500 余人。1940 年 4 月 4 日，辰溪再次遭到轰炸，日机狂轰滥炸和猛烈扫射，长达一小时之久。这次轰炸以后，山塘、北门阁、柳树湾一带最为惨重。全城被炸毁房屋数百栋，死伤 1000 余人，机关瘫痪，工商停业，学校停课。

日机的轰炸使湘西的经济、文化、教育、体育、卫生事业的现代化受到极大限制。迁往湘西的各大工厂成为日机的轰炸目标，严重影响了它们的生产。战时，湘阴人朱镇凯在辰溪上南门又开设一家元泰长南条糕点店。1939 年，该店被日机炸毁停业。1939 年 4 月，日机轰炸了辰溪县文庙，该庙于北宋时修建，殿宇宏伟，占地极广，从县城南依地势高低分 12 层台而直达城北，被炸后仅存配殿及正殿残架。1937 年 11 月创刊的《晨钟日报》是湘西规模较大的一家报刊，有编辑、记者、发行、勤杂计 30 人，日发行 1600 张。1939 年 8 月 18 日，日机空袭沅陵，报馆遭炸，难以恢复。《沅涛日报》也于同日被炸，报馆中弹着火，铅字、印刷机被毁无力恢复，报馆倒闭。1940 年，日本飞机炸毁了由安化商人邹长云于 1939 年在湘西开办的年产数千口铁锅的大同锅厂。1940 年 9 月，日本飞机轰炸泸溪县城，将 1936 年由泸溪县县长刘民英发起编撰的 17 卷共 20 多万字的《泸溪县续志》并木版刻印 10 套的资料炸毁，4 年多的努力及印版尽毁。体育、卫生事业的发展亦遭到同样的命运。1939 年起，侵华日机轰炸芷江，城区中小学陆续迁往乡里，体育教学受场地限制有所放松。战时，芷江县因空袭频繁，大型运动会极少召开。在芷江开展了 10 余年的足球活动也被迫停止。1937 年，麻阳县第三届运动会在县城举行，原计划 3 天，但因抗日和经费困难，仅进行 2 天便鸣锣收场。1944 年 9 月，因遭日机轰炸，芷江卫生院迁西城墙脚 19 号，搬迁时，原本简陋的仪器设备流失更使卫生事业的发展受到打击。1945 年 4 月，日军进犯湘西，湖南第一纺织厂也曾因此停工两月。各大中学校也屡遭轰炸，严重干扰了其正常的教学。文化建设也大受影响。

战争的爆发也严重影响了湘西物流和经济发展。桐油战前是湘西的主要出口产品。当长江中下游被日军占领，特别是常德失陷后，湘西的桐油贸易大受打击。当时，由于交通受阻，大庸桐油价格急剧下跌，每担由 75 元下降到 30 元，甚至最低的仅 10 元一担。抗战前，1 斤桐油可换白细布 6 尺、换食盐 3.5 斤，到 1941 年，1 斤桐油只能换得白细布 5 寸、换食盐 2.5 两，这时油商严重受挫，垮台倒闭者不少。1943 年到 1944 年俩年间，里耶的桐油价格下跌到两三块银圆一担。其他土特产品，各商户不敢收购。商户思想波动，部分外来者迁离里耶。常德在里耶设的集泰恒、震泰源、裕康等商号，也因货物无法进出而停止了营业。本镇商户，有的也弃商归农，例如万胜源、张和兴、德裕仁等大户，以经商之余利，大置田园。很多商户，虽开门营业，维持经营状态，但门庭十分冷落。龙山县桐油业老商号胡元兴仅在洗车河下街留下"天成升号"4个空字，公茂号也是门庭冷落车马稀了。在怀化，随着全面抗战爆发，湘西桐油贸易的大本营洪江大受影响，运输受阻。江汉沦陷后，桐油几乎完全停运，成品全部积压，一些大商号也相继停产。1947年，洪江输出桐油不过6万担左右，洪江桐油商号只存张积昌、徐荣昌、刘同庆、杨桓源、庆元丰、刘万恒、乾太源7家，资本总额5万元。而辰溪在屡遭日机轰炸后，各油号、商店损失甚巨，加之通货膨胀，货币贬值，市场日益缩小，桐油业极为萧条，桐林大多荒芜，只剩下十之二三，一蹶不振。

尽管如此，湘西各族人民在爱国热情感召下，尽自己的微薄力量，慷慨解囊，支持抗战，为同胞解难。1939年，湖南保育院500多名难民由石门迁来大庸，住在大悲庵，也得到了当地人的经济援助。抗战中，中华民族认同感和凝聚力空前加强，形成了新式的民族关系，这种关系可谓"四海之内是一家"的新民族关系。

图3-11 抗战时期芷江的救济孤儿院的孤儿

抗战期间，湘西民众积极协助运送军粮和军用物资。当时在大庸与桑植之间没有公路，运输全赖人力肩挑。运送军粮分两站转运，每小麻袋装

30斤，每站路一人运60斤为一工。当时青年劳力，大部分出征抗日，挑运军粮的几乎全是60岁上下的男人和和壮年妇女。由于住地不一，较远的民工早起晚归，有时还饿着肚子。很多妇女白日运粮，夜理家务。湘西会战时，溆浦县龙潭人民同仇敌忾，自愿当民夫、当向导、提供军粮。为了使部队弹齐粮足，轻装消灭日本侵略者，成千上万的男女老少，无怨无悔，忘我劳动，挑运粮食和弹药，在最艰苦环境中，为抗日战争的胜利留下了血汗，做出了贡献。

6. 湘西工商业在抗战中发展

民国时期，湘西是我国桐油的主要产区，占全国总产量的23%，常年产量在40万担左右，总值2000万元（银圆）以上。抗战以前，由于桐油受到国际市场的青睐，畅销海外，当时湘西的桐油价格，平均在5担大米换1担桐油，1936年有段时期还达到10担大米换1担桐油的高价。全面抗战开始时，受油价高的刺激，种植桐树面积较大，引起油价开始下降；加之江运中断，影响了输出，致价格陡降至2.5担大米换1担桐油。据1939年国立商专学校调查统计，当时湘西21县植桐面积约有27万余亩，桐油产量达到34万担左右，已低于战前长年产量。若以湘西桐油常年产量的40万担计算，在价格最高的年份，可以换400万担大米，以一人一天吃1斤大米计，可够全湘西（按360万人计）人近4个月之需；即使按战前的常年价格，也可换200万担大米，够全湘西人口近2个月的食粮。因此，湘西人民的生活受桐油产销状况的影响很大。战时桐油产销下滑，给湘西各族人民带来了经济困难，甚至是生存问题。

湘西的竹木和土特产输出也因战争受到严重影响。竹木很早就以西湖木的名号著称于世，其木优秀干直、经久耐用，价值较高。湘西南部的会同、绥宁一带是湖南省两大林区之一，木材蓄积量占全省三分之一；沅水上游清水江流域木材产量占沅江水系五分之二；巫水流域木材产量约占四分之一；南部地区所产木材质量上佳，俗称苗木或红木，以洪江为中心转口外输，约值 1000 万元。北部则集中在酉水流域和澧水上游地区，产量亦很丰富。战前湘西的竹木收入，每年价值约在 2500 万元以上。其他的农林副产如五倍子、茶油、茶叶、白蜡、生漆、青麻、柑橘等，在湘西经济社会发展中也非常重要。（见胡兆量：《湖南省经济地理》，湖南人民出版社1956 年版，第 142、147 页）战争的到来，打乱了湘西这个以农业经济为主的地区的经济秩序，经济发展陷入低谷。

虽然战争给湘西当地农林产品销售带来极大困难，造成经济严重下滑，但同时随着抗战期间大量人口内迁湘西，为保证大西南人民的生活和抗战物资的供应，国民政府日益重视湘西经济建设，推动了湘西经济现代化进程。

1939—1940 年间，国民政府经常德迁往湘西沅陵、辰溪等地的工厂达57 家，这种局面的形成，结束了湘西地区无近代工业的历史，并在湖南和湘西偏僻地区形成了若干近代工业新的生长点，同时也极大地促进了商贸、金融、电信等行业在湘西的发展。1940 年，湖南第八行政督察区公署从湘西实际出发，对农业生产提出了五项任务：（1）推广优良品种；（2）开垦荒山荒地；（3）防治兽疫虫害；（4）推广改良农具；（5）奖励农民冬种。汞（水银）是当时重要的战略物资，湘西古称辰州，是辰（朱）砂的主要产地，而辰砂是冶炼汞的唯一矿产。当时全国最大的汞矿在湘西的凤凰猴子坪和晃县的酒店塘。新晃汞矿颇具规模，有酒店塘矿区和茶田矿区两个矿区。1939 年 5 月，湖南省政府在晃县设立汞业管理处。1943 年时职工达 500多人，产汞 2691 公斤。由于那时汞的开采安全环境较差，很多人因汞中毒身残甚至失去了性命，但为了抗战，他们义无反顾。

值得一提的是怀化的洪江市。洪江位于沅江上游，水路交通方便，早在道光、咸丰之间（1840—1851 年），清政府大开烟禁，云贵鸦片大量输入洪江，转销粤、桂、浙、赣各省，居然与油木鼎立，成为晚清洪江经济的第三大支柱产业。洪江也相继出现了 20 多家药行，以及铁铺、称铺、钱铺、油行、粮行、山货行、机坊、染坊、布铺、盐铺等多个行业和多家油号。至清光绪宣统年间已有"五府十八帮"商人来此经营各类行业。至光绪十三年（1887 年），洪江在册的居民已有 22290 人，到宣统年间已近 5 万

图 3-12　洪江古商城

人口，全国 10 多个省市的商贾游客聚居洪江，修建的各省同乡会馆近 20 个，建筑上形成了"十大会馆"鼎立的局面。有人赞美洪江，"当是之时，列肆如云，川楚之丹砂、白蜡，洪白之胶油、木材之坚美，乘流东下，达洞庭、接长江而济吴越……连屋层楼，栉比而居，俨然西南一都会"。民国初年，西南地区所需工业品大多以此转销。到了 1934 年，洪江市场现金流通量为 58 万元（银圆），仅次于长沙，居湖南省第二位。洪江当时可谓西南地区的一个经济中心。卢沟桥事变后，随着南京、武汉、长沙、邵阳等地相继陷落，内地的机关、学校、企业、商民纷纷迁入，使得洪江的人口由清末民初的 5 万余人骤增至 10 余万人。人口的流动带来了转迁的机械及针织、造纸、陶瓷、卷烟、日用化工等工业，规模稍大的企业有洪江造纸厂，资本 10 余万元，生产土报纸、贡川纸、书面纸，日产 50 刀，大部分销往重庆；合群酒精厂，资本 10 余万元，日产酒精 100 加仑，由军事机关购用。全国有 20 多个省市的商人在此开设各种庄号、饭馆、商行、作坊，1940 年，全市共有大小商店千余家；同时，爱怜医院、中正堂、耀武馆、洪江科学馆、数十所中小学校和近 20 家报馆等一大批文化设施和机构相继兴起，一时熙熙攘攘百业兴起。到抗日战争后期，洪江已发展成为湘西的政治、军事和文化中心，其作为西南地区经济中心地位得到进一步巩固和加强，有"小上海""小南京"之誉。

湘西辰溪也发生了巨大改变。据民国三十年（1941 年）统计，辰溪县内拥有纺织、机械、刀具、卷烟、打米、水泥、发电、煤炭、化工、玻璃、制革等企业 170 余家，工业从业总人数 7820 人，其中机械厂 39 家、卷烟厂（店）10 余家、煤矿 40 家，可以说是湘西沅水中游的工业重心。据《大公报》载："自抗日以来，前方工厂相继迁辰……，目前工厂林业，纵横 10 余里，每值华灯初上……，恍如武汉三镇夜景。"商业服务业也发展兴旺起来，设立金银首饰、烟酒、绸布、油品、餐饮等数百家。1939 年，名为"米茂盛"的粉馆开业，经营猪肉和牛肉粉，因味道极佳深受欢迎。迁来此地的湖南大学一教授慕名来吃，随后写下风趣的留言："久闻其名，名不虚传，当真当真，果然果然。"工商业的发展，促使金融业也迅速发展，官办的中央银行、中国银行、交通银行、农民银行 4 家银行均在辰溪设有分理处，还拥有 10 余家钱庄。

可见，内地人口的大量涌入，使湘西对粮食、布匹、陶瓷等生产生活物品需求激增，而内迁人口的商业性生产和经营活动，又使湘西的经济发展和市场化程度明显提高。在工业上，内迁的机械半机械的企业到了湘西后，促进了湘西生产设备的更新换代，极大地提高了湘西经济市场化和工业化的水平，而湘西的交通邮电设施也得到了大幅度的改善。这些举措的实施，使湘西工业化进程明显加速。由于粮食供应的短缺，国民政府重视湘西农业建设，一些新技术新品种得以应用，如湘西行署主任陈渠珍聘请外地技术员办沼气池，利用沼气点灯照明，烧水煮饭，无疑为新技术的应用起到了示范作用；迁移到湘西的一些现代金融设施并新建的一些金融机构，基本统一了湘西货币，使湘西地区内外经济联系得到了加强。

7. 抗战中湘西教育的进步

清代雍正以前，由于实行土司自治，湘西各族人民承受着沉重的民族压迫和民族歧视，教育落后，很多少数民族集中的居住地是"化外之地"。"改土归流"后，情况虽有所改善，但民族聚居区教育发展缓慢，设施不足。据湘西土家族苗族自治州《教育志》载，民国十一年（1922 年），自治州 10 个县有高等小学校 26 所，47 个班，学生仅 1357 人。国民学校 225 所，375 个班，学生 7808 人。女生很少，所有学校的女生加起来才 594 人。民国十三年（1924 年），保靖有完全小学 7 所，初小 96 所，学生 2000 多人；民国十四年（1925年），古丈县模范小学1所，小学6所，短期学校10所，学生共698人，教员37人。教学设备奇缺，有的国民学校仅有黑板、课桌，甚至以焚香代钟计时，有的学校未订购一份书报（李云杭《湘西教育之曙光》和地方资料统计）。凤凰县的一所国民学校，仅有黑板，无桌无凳，均由学生自备。学校校舍大都借用民房，或以旧庙宇宗祠作教室。教师更是紧俏，任教者多为清末举人、贡生、廪生、增生、附生等生员，或高小毕业、肄业生，讲授的课程仅修身、国文、算术而已，范围狭窄，教学质量极低。

民国九年（1920年），"湘西王"陈渠珍任湘西巡防军统领。他认为，湘西落后，主要是人的素质不够。提高素质，须从儿童教育始，养成"风气开通"，使人文蔚起。他派人到长沙，聘来小学教育专家李云杭，帮助制定湘西民族地区教育发展规划，开始推进湘西教育。1936年，凤凰县苗族名绅龙缉伍、龙达三，乾城县苗族文化人士石启贵，永绥县苗族富绅、第三行政督察专员公署秘书石宏规及凤凰教育界人士刘佛林，联名向湖南省政府递交《湘西苗族文化经济建设方案》，要求"增设苗乡短期小学及民众班"，以发展当地小学教育，使边区"特种部族"和"土著民族"能受到教育，边区得到开发。考虑到民族地区的稳定和政权巩固，国民党湖南省政府常委会第693次会议上，通过了《湘西苗民文化经济建设方案》，对湘西特区土著民族实施国防教育和边区特种教育。但直到全面抗战爆发时，湘西地区小学教育依然落后，中学教育几近没有。教育发展的迟滞，带来了人才匮乏、民智不启、族际纷争、贫困加剧等一系列的恶性循环。

全面抗战爆发后，战火逐渐西移，省内外大批中小学和教育机构迁入湘西。1938年8月，安徽省立历史悠久的颍州中学、颍州女中、颍州师范组成的国立第八中学内迁乾城。这是内迁湘西规模最大的中学，初来时有学生4000多人。同年，宁乡县私立中华中学迁入芷江，1944年迁到凤凰。1939年，学生达5299人，设有男、女高中部、女初中部、师范部和初一到初五共9个部。同年，江苏旅湘临时中学由湖南桃源迁至湘西乾城所里镇；辰郡联合中学（现沅陵一中的前身）因沅陵遭日机轰炸而于1938年迁往溆浦桥底，第二年再迁往泸溪浦。1939年秋，省立常德中学由常德迁泸溪，省立高级农业学校由长沙迁泸溪，私立贞信女子初级中学由岳阳迁永绥。1940年7月，长沙私立兑泽中学于辗转迁入大庸县。1942年，国立第九战时中学由邵阳迁泸溪浦市。除学校外，迁入湘西的一些教育机构与教育社团有第九战区中小学教师服务团、教育部社教工作团第九施教队、中华平民教育促进会、江苏失学青年工读服务团、湖南省图书馆等。

特别是一些高校的迁入，填补了湘西高等教育的空白。1938年8月，湖南大学在辰溪开始选筹新校址。12月，湖南大学师生们坐船经湘江、洞庭湖、沅水，唱着救亡歌，风餐露宿，千里迢迢来到湘西辰溪，在龙头垴正式开课。湖大在辰溪期间，皮宗石、胡庶华、李毓尧先后任校长，其中胡庶华三次担任校长。西迁时湖大有教授46人、讲师17人、助教19人、体育军训教师5人、学生535人，加上职员、工人及家属，学校总人数超过1000人。也在当年8月，江苏省农民银行和江苏省银行开办的江苏省立银行专科学校由常德迁至乾城县所里镇，1939年2月更名为江苏省立商业专科学校，1942年8月更名为国立商学院。高校的迁入，开创了湘西高等教育的新纪元，在湘西8年间，为湘西培养了大批科技、文化、金融和商业人才，很多人留在湘西，新中国成立后大都担任科技、金融、商业部门的专业技术干部，为湘西的发展做出了贡献。1946年，国立商学院并入湖南大学，迁往长沙。此外，一些外来人才在湘西创立了不少学校，如1939年省立高级农业学校教师赵石虹在泸溪浦创办建湘补习中学（后更名为"兴华中学"）。由于外来教师激增，长期缺少师资的湘西竟然开始教师过剩，出现了不少中学教师改教小学，大学教师改教中学的情况。如凤凰县还动员县立5所完全小学本县籍教师到乡小去任教，以安排战教九团的教师，借此提高教学质量。

这样，抗战期间湘西的学前教育、初等教育、中等教育和高等教育逐步形成一个完整的体系，教学质量大幅提高。1940年，国民政府开始实施《新县制》，颁布《中国国民党抗战建国纲领及战时各级教育实施方案纲要》《国民教育实施纲要》《乡镇中心学校实施要则》《保国民学校实施要则》等文件，规定每一保设国民学校1所，每一乡镇设中心国民小学1所。6月，湖南省政府据此制定《湖南省实施国民教育五年计划纲要》，采取了发展小学教育的措施：（1）改办原有的公私立高级小学及完全小学为乡镇中心学校或代用中心学校，并调整其设立地点。原则上乡镇设中心小学校1所，也暂可联乡合办。（2）改办原有的公私立初级小学为保国民学校或代用保国民学校，原则上每保设国民学校1所，也暂可联保合办。（3）有计划地增设乡镇中心学校及国民学校，选择好中心校址，筹集建校经费。（4）乡（镇）保内其他公私立小学仍继续办理，不得合并和减少。

从小学教育来看，全面抗日战争期间湘西小学教育不仅数量增加，而且教学质量提高。各县城乡基本上都设有小学，部分私塾被小学取代，加之迁入湘西的冀、鲁、苏、浙、皖等省的一些难童机构和小学，数量上比较可观：短期义小1512所，国民小学1054所，分校87所，分国民中心小学113所，分校7所，私立小学10所。量多的同时，质量也极大提高，如湖南省立第九师范、第八师范、国立茶峒师范的3所附属小学设备齐全，师资优良，教学质量尤佳。

在中等教育方面，全面抗战时期发展最快。急剧增加的内迁中等学校，激发了湘西自办中等教育的热情，学校数量较战前增长近20倍。如凤凰县内外贤达120多人联合发出创办凤凰县立初级中学"劝募书"，指出教育为"百年大计，望热心志士、积善人家，旅外华人，慷慨援助，解囊相助"。凤凰、永绥、桑植、古丈、保靖、大庸等县均成立了本县中学的筹办机构，积极筹募资金，力谋向省府、教育厅申报立案。自1941年起，湖南省每个行政专区设省立中学、师范、职业学校各1所。湘西少数民族民族地区各县又陆续开办了县中和简师。仅吉首自治州有普通中学、师范学校和职业学校共20所：普通中学有湖南省立第八中学、湖南省立第十三中学，永绥、龙山、保靖、古丈、永顺、凤凰县立初级中学，永顺联立初级中学，永顺私立溪州初级中学。师范学校有国立茶峒师范

图3-13 抗战时期露天课堂

学校、省立永顺简易乡村师范，省立乾城简易乡村师范，省立第九师范学校，凤凰县、泸溪县、永顺县立简易初级师范。职校有省立第八职业学校、凤凰私立衡英女子职业学校、乾城私立毓贤女子职业学校。

除了教育体系比较完备，布局也较合理。江苏省立银行专科学校的迁入使湘西有了工商金融类的高等教育学校，湖南大学到辰溪对湘西地区高等教育起到了推动作用。在教学内容上，除了科学文化知识外，明显特征是适应战时形势、为抗战服务。因此，该时期各类教育的中心内容之一便是贯彻爱国主义思想教育和抗日教育。在课程设置上，专门增开了中国近代史、抗战常识讲座、中国地理、日本侵华史等课程，激发了学生的爱国热情。中等教育和高等教育针对时势，培养战时所需人才，有的甚至服务于前线。广大教师、学生利用课余和假期，举起"国家兴亡，匹夫有责"的旗帜，走向社会，以多种形式宣传抗日救国。如国立八中的抗日剧团、歌咏团、凤凰县中学的抗日晨呼队、乾城学生的街头剧团等，他们深入民众，号召民众起来抗日救国。可以说，湘西教育的进步，使先进的理念和进步思想极大地冲击了传统的封建观念和习俗，抗日救国宣传深入城乡民众。

图3-14　抗战时期花垣县的"国立茶师范"音乐堂（1941年修建）

　　抗战期间湘西教育的发展，应该归功于三个方面：一是外来的推动力。外地学校纷纷搬迁湘西，给湘西教育带来了新的教育理念，增添了教育活力，提供了包括师资、设备、管理经验等在内的充足的教育发展资源，极大地推动了湘西教育的发展。江苏、浙江、安徽等省沦陷区的学校和一些全国性的教育机构、社团纷纷迁来，分布大半个湘西；加上湖南本省长沙、常德等地城市的学校和文教机构的大举西迁，会聚了大批教授、教育专家、学者和名师，学科分布合理，师资充力量强大。他们除在本校任教外，还纷纷到湘西的地方中小学任教，甚至还创办学校和教育机构，如中华平民教育促进会的先驱朱其慧、晏阳初在泸溪举办平民教育；战地教师服务团的 200 名大中小学教师都下到湘西各县城乡中小学任教。他们带来了新的教学内容和先进思想，带来了抗日的爱国热情，使湘西的教育面貌焕然一新。二是民国政府对湘西教育也给予了重视和扶持。省教育厅在湘西增设土著特区义务小学，从实行短期义务教育入手，以提高土著民族文化。规定凡属土著特区（少数民族）各县，开办短期义务特区小学，全省总计开办了 100 多个班。民族地区短期义务小学所需经费，全部由省款开支。从1941 年至 1945 年，湖南省政府先后从紧张的教育经费中拨出专门款项给湘西使用，在湘西设立了省立第八中学、省立第十三中学、省立第八师范、省立第九师范及省立第八职业技术学校，湘西民族地区教育出现了历史性飞跃。三是湘西人民自身对发展教育的渴求和不懈努力。这些外在环境和内在需求，有力地促进了湘西教育的迅速发展，使湘西教育于抗战时期出现了繁荣局面。

　　全面抗战爆发后，湘西人民认为自身的文化教育，难以适应救亡图存的需要；许多开赴前线的士兵，深感自己科技文化与军事素质较低，难适应战事需要，希望兴盛教育；学成回乡的知识分子，也热衷办教育。这不能不说是湘西教育史上的一大幸事。抗战期间，大批优秀人才成为后来社会主义建设的有生力量。如我国著名经济学家厉以宁，13 岁时（1943 年）随父母从南京避难迁到湖南沅陵，就读于从长沙迁来沅陵的湖南名校雅礼中学，在沅陵生活了 7 年，后考上北京大学经济系，曾担任北京大学教授兼光华管理学院院长、全国人大常委委员会、全国人大财经委员会副主任委员。

8. 湘西会战大挫日军

1945 年，日本在太平洋战场上节节败退，中国驻印军取得了缅北战场的胜利，打通了滇缅公路，援华物资源源不断地通过这条公路运往中国。同时，国际上的战况对我们也极为有利。美超级空中堡垒飞机已多次轰炸东京、名古屋和九州等地，这些城市的部分街区已夷成平地。为保本土安全，日本在华空军的主力已被调回。在此形势下，日军一方面将在华的兵力进行战略收缩，但又贼心不死，妄图攻占湘西地区，逼近重庆。

向湘西地区进攻，原是冈村宁次提出进攻四川作战方案的第一步，其方案被大本营否决后，他内心却始终不肯放弃进攻四川的念头，一直在窥测时机。在其积极争取下，大本营同意他进行芷江作战，但批准的主要目的是摧毁芷江的空军基地。

在 1944 年的日军"1 号作战"中，中美空军在衡阳、零陵、宝庆、桂

图 3-15　洪江战时指挥部旧址

林、柳州、丹竹、南宁等地的 7 个空军基地和 30 余个飞机场，相继被日军占领或捣毁。这样，芷江机场就成了美国战略空军在华的唯一的前方机场。从这里起飞的美重型轰炸机不仅沉重地打击了在华的日军战略目标，也直接威胁着台湾一带的日军设施，日军下决心要拔除这颗钉子。于是，日军孤注一掷，策划进行"芷江攻略战"或"第 20 号作战"。但没有想到的是，这次战役为日本帝国主义敲响了丧钟。

1945 年 4 月 9 日到 6 月 7 日，中日双方近 30 万大军在湖南雪峰山地区 200 余千米的战线上展开了激战，这就是中方常说的湘西会战，最终以日军彻底溃败而告终。这次会战，因主要战场在雪峰山地区，所以也称"雪峰山会战"。

湘西雪峰山地处中华腹地，也是中华五千年"人文腹地"。据史料记载，雪峰山应为当年大禹治水所涉及的会稽山，溆浦、辰溪边境尚存"禹王碑"遗迹。楚武王之玺（王印）就是在溆浦龙潭发现的。

日本投入雪峰战役的兵力是由第二十军司令官坂西一郎中将任前线指挥官的 4 个半师团，共 8 万余人。有第一一六师团、第四十七师团、第三十四师团、第六十四师团、关根支队等。中国军队投入了 9 个军共 26 个师的兵力，有第四方面军、第二十七集团军、第十集团军等。其中第十八、第七十三、第七十四、第九十四、新编第六军等 5 个军共 15 个师，系由美军教官训练、美军顾问指导、全部美械装备的部队。与日军参战兵力相比，中国军队已占有绝对优势。不仅正面力量对比不利于日军，就是整个后备力量中方也开始占据优势。

战役前，冈村命第三十四师团集结于广西全线；关根支队集结于湖南东安；第一一六 师团、第四十七师团一部和独立混成第八十六旅团集结于邵阳以南地区；第四十七师团重广支队集结于黑田铺地区；第六十四师团集结于沅江、宁乡附近。第二十军司令官坂西一良的指挥位置规定在邵阳南郊。作战部署是：第一一六师团由岩永汪中将率领担任主攻，从邵阳出发，沿邵榆公路西进，预定将此线重庆军之主力围歼于洞口、武冈以北、沅江以东地区；然后突进安江，攻占芷江。为确保此战斗计划之实现，同时令第四十七师团之主力向新化、辰溪溆浦方向进攻，从右翼策应；令第六十八师团之关根支队汇合第十一军之三十四师团一部，分别攻占新宁、武冈县城和绥宁县交通要道长铺子，然后再沿巫水攻洪江，直取安江，或沿武阳至瓦屋塘，经水口扑洪江，随之协攻安江、芷江。另遣第六十四师团及六十八师团一部，分别向宁乡、益阳攻击，目的是牵制驻湘北的中国军队南下增援。

中国军队是怎样对付日军的呢？1944年日军占领宝庆（即邵阳）后，中国军民就开始做防御准备：一是破坏交通线，使日军行进受阻；二是在广大雪峰山地区挖掘工事，在要冲驻防；三是进行了整体防御规划。中方的第四方面军，七十四军、十八军、一〇〇军、七十三军等久经沙场，曾屡次重创日军的主力，令日军胆战。七十四军防守洞口为中心，部署在溆浦龙潭、绥宁北部、武冈、新宁一线；一〇〇军防守以隆回为中心的新邵、洞口公路部分地方、新化南部、溆浦等地区；七十三军防守新化、安化、新邵地区，其一九三师则拨与七十四军守卫绥宁。第三集团军二十六军守卫湘西南的绥宁南部及以西地方协助第四方面军防守。中方军队利用雪峰山优越的地形，前松后紧，诱敌深入，以空间换时间，不断消耗敌人，在抵抗中寻找敌人的主攻方向和弱点，调整兵力，最后阻住敌人和消灭敌人。

湘西战役开始后，中国军队利用天时地利，英勇抗击日军。芷江有一位侗族将领叫杨伯涛，率国民党嫡系十八军十一师在战役中出奇制胜，重创日军，名声大振。新中国成立后，杨伯涛出任全国政协文史专员、全国政协委员，著述有《学习毛主席军事著作：记解放战争蒋军的覆灭》《杜聿明将军》《杨伯涛回忆录》等。据洞口县一位老人回忆："从5月1日到7日，中国军队和日军在江口、青岩一带激烈交战，连续七天七夜都是战火纷飞，炮声隆隆，空气中都是硝烟的味道。当地老百姓都自发上前线，主动为中国军队搬运炮弹、装备。"

各路日军出师不利，相继受挫。日军第一一六师团长岩永注和第四十七师团长渡边洋急忙联合发电报给南京的冈村宁次，要求终止芷江作战，他们认为此次战役中国军队准备充分，掌握制空权，日军只要一动，就遭到飞机轰炸。因此，必须中止芷江作战。其理由是：

（1）日军在没有任何空中保障的情况下，只能是美机的靶子；

（2）中国最精锐的新六军已陆续从印度空运到芷江，即使打到芷江城下，已成强弩之末的攻击部队也无法击败这个军；

（3）若继续作战，请冈村总司令官增加2—3个师团兵力。

此外，"失败情绪"已在湘西会战中明显地表露出来。日军官兵中出现了"装病的多、夜间开小差的多、写反战标语的多、自杀的多、士兵公开枪杀军官后自杀的多"的5多现象，甚至有五名联队长（相当于团级指挥官）提出了辞职返乡的请求。山崩地裂，江河日下，冈村此时感觉到日本已有气无力了。他本想以湘西会战的胜利来进军重庆，牵制盟国力量，但没料到事与愿违，战局悲惨。5月9日，冈部接到了中止芷江作战的命令。

至6月中旬，参加雪峰山战役的日军各部队损兵折将，溃退回到原来的出发地。历时两月的湘西会战结束。据中方公布的战况，共击毙日军12498人，击伤日军23307人，马1286匹，毁汽车292辆。同时有7737名中国军人为取得会战胜利付出了宝贵的生命，另有12483名中国军人负伤。会战中，日军中出现了1000多名官兵自杀、小股日军跪在地上乞求投降的事，这是抗战爆发以来少有的现象。湘西会战在中国战史上还有"雪峰山会战""芷江保卫战"等称谓。

湘西的雪峰山战役是1944年以来中国正面战场上打得较好的一仗。美国《纽约日报》评论说："1937年亚洲战争发生以来，华军首次以其与敌同等武器在国内与日军作战，在空军密切配合下，具有优势装备之华军，现已粉碎日军进犯重庆东南250英里芷江美军基地之企图，此一佳音，可视为中日战争转折点之暗示。"的确，湘西会战是日军在中国战场上的一次完败，连日本历史学家也承认是一场灾难。

图 3-16　抗战时期溆浦龙潭野战医院旧址

这场战役中，最惨烈的是其中的"龙潭战役"。

1945 年 4 月，日军 109 联队穿过我军布防的间隙，偷袭龙潭并占据鹰形山（战后易名英雄山）高地。国民党七十四军五十一师，挥师龙潭，以"一寸国土一寸血"英勇卫国精神，先后展开鹰形山争夺战、松山高地肉搏战、大小黄沙围歼战、马颈骨歼

图 3-17 雪峰山脉最高峰——苏宝顶

灭战等激烈战斗，历时 28 昼夜，歼敌 2000 余众，中国军队阵亡将士 700 余人，这场气吞山河的反侵略战争，是何等悲壮！在龙潭激战中，不少地方组织了自己武装，配合部队作战。特别被日军称为"嗅枪队"的兰春达自卫队，让日军吃尽了苦头。龙潭人民还对日军进行反宣传，当日军打到"大黄沙""小黄沙"，群众告知说："大王杀""小王杀"，意即大王在杀（日寇），小王也在杀（日寇），使日军心理恐惧，不敢贸然行进，这样为国民党军队调动赢得了时间。战后，在溆浦英雄山南端的弓形山，建造抗日阵亡烈士陵园，安葬了捐躯将士，并立碑纪念，记载了当年参战部队的功绩和阵亡将士的英名。其碑铭上刻有"……国殇雄鬼，化为长庚，千秋万岁，仰莫与京……"以示后人，警钟长鸣，不忘国耻。

9．芷江的洽降仪式

　　1945 年 8 月 15 日，日本裕仁天皇向全国发表广播演说，宣布接受《波茨坦公告》，无条件投降。中方最初打算在江西玉山机场举行受降仪式，后改为湘西的芷江。

　　为何改变受降地点呢？当时有人把受降地点放在玉山提出了异议，认为放在玉山不利于受降，因为玉山处于敌占领区，大部分日军还很顽固、

图 3-18 芷江日本受降旧址照片

傲慢，不服输。如果在日军占领的范围区内进行受降，不利于受降安全、顺利地进行；也不利于在心理上给降使造成压力。再者，玉山远离后方，通信、交通十分不便，不便于部队机动，也不利于受降的进行。此外，有人还建议把受降地点放在江西上饶。

8月17日，驻华美军中国战区参谋长魏德迈建议把陆军总部从昆明搬到湖南芷江，在芷江进行受降。理由有两点：一是芷江是当时西南后方的军事前沿重镇，仅团以上驻军就有近百个，全部美械装备的新六军也驻在芷江，而且有盟军在远东的第二大机场，空中实力雄厚，此外还有便利的陆地运输线，便于警卫和部队的机动。二是在湘西会战中，日军伤亡3万多人，惨遭失败，是一次胜利的会战，芷江就是胜利的象征。把受降地点改在芷江，既可挫刹日军的傲慢，又可在心理上对日本的降使产生一定的压力，使其有所戒惧。这个建议得到了大部分人的认可，当即被采纳。

8月20日，何应钦率中国陆军参谋长萧毅肃等随员及其他人员，由重庆飞抵芷江。洽降签字的地点选在芷江的七里桥，中美空军第一、第二大队就驻扎在这里，并设有几个招待所。中美空军第一招所，是由三栋呈凹字形的美式鱼鳞型木板房组成的庭院，临时改成了受降大院。

听说8月21日日本降使将来芷江洽降，芷江人民奔走相告，全城沸腾。据老人们回忆，当时人人脸上洋溢兴奋之情，互相庆贺祝愿；家家户户门前悬挂起节日的彩灯，大街小巷贴满了"庆祝胜利，巩固世界和平""中国抗战胜利万岁"等红红绿绿的标语和横幅；在通往县城的各主要路口，搭起了一座座用狮子草、松枝、翠柏装饰的牌楼、凯旋门；县城中心，用狮子草和松柏扎了一座高高的五级宝塔；在横跨潕水河、建于明代万历年间的龙津桥的两头分别搭起了一座用狮子草和松柏扎成的牌坊，东边牌楼的上边写着"公理大道"，西边牌楼的上边写着"和平桥梁"，每个字都有一米见方大；桥两边的栏杆上均缀着比人还高大的红色"V"字，"V"字的周围也用狮子草加以点缀。一位老教师写的"庆五千年未有之胜利，开亿万世永久之和平"的对联粘贴在县城通往机场的东门口两旁，赢得了过路群众驻足观看，拍手叫绝。

日本的受降仪式，使芷江成了全国乃至世界注目的地方，除了云集芷江的中外记者外，各界人士以及周边的人也纷纷赶往芷江。芷江城区城郊的大小旅店爆满。除了住七里桥空军第一招待所的外国记者外，仅中国的新闻记者就住满了城南汽车站附近的东亚旅馆，大家都在庆幸赶上了参加这次千载难逢的盛典。

由于来人甚多，为保证"日本投降签字典礼"的顺利进行和确保安全，筹备处用红、粉红、黄三种颜色的布料印制了"日本投降签字典礼出入证"，严格按照规定发给有资格参加典礼的代表、中外记者和办事人员。这种"出入证"长 3 寸宽 2 寸，上端印有一个"V"字，"V"字下方分两排横写着"日本投降签字典礼"8 个字，再下边便是直写的"出入证"3 个较大点的字。参加典礼的代表的"出入证"为粉红色，记者为红色，办事员为黄色。由于有"日本投降签字典礼出入证"不仅可以方便地出入机场、受降会场等要地，而且有特殊的纪念意义，因而有证者皆引以为豪。除了"出入证"外，当时印制的写有"日本投降签字典礼"字样的信笺、信封、请柬等也很吃香。这种具有纪念意义的证件、信笺和信封，很多人如获至宝，作为永久珍藏品。

8 月 21 日，秋高气爽、晴空万里。上午 11 时 15 分左右，一架天蓝色的日本飞机降落在芷江机场。日本在中国派遣军总参谋副长的今井武夫一行从机场口走出，前往受降地点。

图 3-19 日本受降飞机降落芷江机场

受降大厅面积约 70 平方米的长方形会议室。两扇木门从中间打开，进门右面正中的板壁上悬挂着孙中山的半身像，像的两边分别写着"革命尚未成功""同志仍须努力"的孙中山遗训。

受降仪式在当日下午 3 点半左右开始，由中国陆军总参谋部总参谋长萧毅肃中将主持。

受降仪式历时 1 个多小时。下午 4 时 50 分左右，今井武夫与随员们走出了受降会场。人们不禁欢呼雀跃起来，这是胜利受降的吉兆啊！人们乐了，醉了，他们为来之不易的胜利与和平而乐而醉。

芷江受降这一重大历史事件，世界瞩目，震古烁今，当时国内各大报纸均作为头条新闻予以报道。重庆《中华日报》在社论中说："半世纪的愤怒。五十年的屈辱（从 1895 年第一次中日战争签订《马关条约》算起），在今天这一天宣泄清刷了……中国人民昂首站在法西斯侵略者面前，接受了他们的无条件投降，这是怎样的一个日子啊！"事后，许多人还主张以各种形式对其作永久性的纪念。1946 年曾有人提议，要以芷江为中心划出相邻的 31 县设和平省。

湘西各族人民为抗战的胜利做出了重要贡献，抗战也重塑了湘西。抗战时期，湘西的政治、社会乱象得以整治，各族人民空前团结，齐心抗日。

在外力推动和外来文化的影响下，湘西人民的民主意识、参政意识明显增强。值得一提的是，人口大量内迁和对湘西经济建设的重视成为湘西经济现代化的两大动力，极大地推动了湘西经济的市场化和工业化。此外，战时湘西教育大众化趋势明显加强，各级各类学校逐渐建立和完善，学生和教师数量明显增多。教育教学内容和方法也具有了现代化的特点，

图3-20　芷江抗日战争胜利纪念坊

教学管理也逐步规范。凡此种种因素，加速了湘西的现代化进程。但是，随着抗战的胜利，原有丰富的外来资源很快撤离消失，也使刚起步于现代化路上的湘西承受着巨大的落差而无法跟上前进的步伐。

湘西抗战，凝聚了各民族的热血，矗立了一座历史丰碑！

第四章　湘西人的品格

在中国历史上，湘西曾涌现出许多有影响的人物。如东汉勇于抗争的"武陵精夫"单相程、宋代治理有方的"飞山蛮"杨再思、明代宰相满朝荐等；同时有一些被贬谪到湘西的名人，如唐代的王昌龄、宋代的王庭跬，他们带来了开放的理念和技术，也用诗文滋润了湘西的山川。近代以来，更是名人辈出，有的成为军政部门和社会各界的翘楚。正是一代代的湘西人，他们创造了湘西的历史，守护了湘西优美的自然环境，保存和发展了湘西特有的文化和习俗。那些在历史画卷上泼墨染翰的湘西人，成为展示湘西、把湘西带入世界的名片。

湘西这块土地上，史书记载的各种人才不少，从宰相、皇妃、将领到文人墨客、能工巧匠等，他们对中国社会的发展进步，对促进民族地区与外界的交流，对保护和发展民族文化发挥了极其重要的作用。

近代史上，湘西出现了不少时代的担当者，甚至是弄潮儿，还有科技文化方面的大师级人物。如中国早期的革命家向警予、元帅贺龙、第六至七届全国人大常委会副委员长廖汉生、大将粟裕、将军滕代远、民国第一任总理熊希龄、文学家沈从文、画家黄永玉、"两弹一星"功勋科学家陈能宽、地质学家田奇隽等等。这些享誉华夏的现代名人，媒体已经进行了长期和多视角的宣传，佳作妙文甚多，因此本章主要谈谈人们了解不多但有一定影响的湘西人物。

1．传说中的贤才

湘西各民族中流传着许多风流人物，他们不仅是英雄，也是祖先的崇拜对象。在苗族最受人崇拜的要数蚩尤了。蚩尤不仅是苗族先贤，也是中华民族中上古的能人。他创建了很多史无前例的功绩，如发现铜、冶炼铜、制造铜质器具、创立刑法等等。

那么蚩尤又是什么模样呢？固然是一个神话的形象。宋代《太平御览》说"蚩尤兽身"，形象大大异于人类；《归藏》说蚩尤"疏首"，就是长着分叉的脑袋；《山海经·大荒北经》说"蚩尤铜头"；《述异记》说蚩尤"铜头铁额"，四只眼睛头上有角，有六只手牛蹄。而蚩尤的本领，更是非一般人所为。《玄女兵法》说蚩尤能"征风召雨，吹烟喷雾"；《述异记》说"蚩尤能作云雾"；《太平御览》说"黄帝与蚩尤战于涿鹿之野，蚩尤作大雾，弥三日，军人皆惑""黄帝与蚩尤九战九不胜，黄帝归泰山，三日三夜雾冥"。其所作雾气之大，竟能笼罩泰山三日三夜不散。

蚩尤不仅能作大雾，而且能够"呼风唤雨"，操纵气象变化。在上古时代部落的征战中，不仅炎帝不是蚩尤的对手，黄帝也同样经历了各种艰险。黄帝与蚩尤的战争可谓旷日持久、艰难曲折，古书上说是"九战九不胜"，黄帝之臣风后在北斗星座的启示下，发明了指南车，在大雾中辨清了方向，并祈求九天玄女的帮助，才最终战胜蚩尤。从黄帝战胜蚩尤的方法上看，说明蚩尤是战神。

图4-1　蚩尤石刻画像

《太平御览》记叙了黄帝这一情形：有一妇人，人首鸟形，黄帝稽首再拜，伏不敢起。妇人曰："吾玄女也，子欲何问？"黄帝曰："小子欲万战万胜。"遂得战法焉。九天玄女教给黄帝的"战法"有三种：一是赐给他一种"符"，二是赐给他"夔牛鼓"，三是教他用号角吹出"龙吟"的声音。黄帝制作了80面夔皮鼓，夔是东海中的神兽，"状如牛，苍身而无角"，"入水则必风雨，其光如日月，其声如雷"，黄帝用夔皮蒙鼓，用雷兽之骨作鼓槌，"声闻五百里，以威天下"。黄帝与蚩尤最后决战于冀州之野，《山海经·大荒北经》记述了一个传说，"蚩尤作兵伐黄帝，黄帝乃令应龙攻之冀州之野。应龙畜水，蚩尤请风伯雨师，纵大风雨。黄帝乃下天女曰魃，雨止，遂杀蚩尤。魃不得复上，所居不雨"。蚩尤死后，三苗部落往南和东北方迁移。上古传说是蚩尤不敌黄帝退守其地，三苗原在洞庭鄱阳之滨。

相传神农时候的雨师赤松子，在张家界天门山辟谷养生，修炼长生不老之道，现在保存有丹灶峰、赤松山、赤松坪、赤松村、赤松桥、赤松亭等遗迹。赤松子又名赤诵子，相传能入火自焚而无损伤，随风雨而上下运动，教神农氏祛病延年。他常常去神仙居住的昆仑山，住在西王母的石头宫殿里。炎帝的小女儿追随他学习道法，也成了神仙中人，与他一起隐遁出世。黄帝曾问他说："人一生的寿命应当是多少岁？"赤松子回答说："人从落地出生，上天赐给的寿命是四万三千八百天，总共为一百二十岁，一年由一个岁星掌管，所以人禀受的寿命都应为一百二十岁，因为犯了天地的禁忌，被夺算纪，才会（提前）命终。"看来那时赤松子对人的预期寿命的推断与今天极其相似。到了高辛氏统治时，他又出来从当雨师布雨，现在天上管布雨的神仙仍是赤松子。有人认为赤松子是湘西养生文化的鼻祖。

善卷是一位非常有学问的儒雅之士，相传4000多年前隐居在沅水河东枉渚河口的常德德山。《善卷祠记》有"德山苍苍，德流汤汤（音读shāng），先生之名，善德积彰之语"，"常德德山山有德"之美誉也由此而来。唐尧非常佩服善卷的学问和为人，曾上山拜问善卷先生，探讨治理天下之大事。善卷的建议，令尧非常感动，遂拜善卷为师。唐尧年衰时，将位让于舜，舜知善卷为尧的老师，想把位禅让于善卷，善卷婉拒，并经桃源、沅陵到辰溪，隐居大酉山。尧帝在位时曾说：善卷是得道的人，我的德行智谋不及善卷，所以向他行弟子拜师的大礼。从此，善卷以"帝者师"的美称名闻天下。舜继位后，在南巡的途中专程到枉人山拜会了善卷。交谈后，很佩服善卷，又提出禅让之意。善卷先生兰心蕙质，潜心修炼，清高几近不食人间烟火。有人认为善卷的理念和文化为"德文化"，常德德山就以善卷而得名。辰溪大酉山，是善卷归隐和安葬之地，当然不会亚于常德德山，它也是中华民族文化坐标的道德之山。《辰州府志》载："善卷先生墓在大酉山九峰岭，宋祥符间，敕禁樵采。相传有人窃发其冢，铁厚尺许，天气昏晦，雷雨交作，遂莫敢犯。"宋真守后来禅封大酉山，是有来头的。辰溪大酉山存有善卷祠墓，途径辰溪的官员和文人，都要登大酉山，朝拜善卷这位隐君子。据说屈原曾登大酉山，参拜善卷，《离骚》中的一些句段，反映了他参拜事实。相传三国时期，诸葛亮到五溪平蛮，为师驻山，主修善卷祠。唐代诗人刘禹锡，被贬郎州（今湖南常德）司马。他赴任时专程登大酉山，拜善卷墓和善卷祠。刘禹锡登大酉山，见如此美景，思绪万千，有感而发："先生见尧心，相与去九有。斯民从已治，我亦安林薮。道为自然福，名是无穷寿。仙缘在此山，赞者常回首。"史志记载，当时的辰溪儿童瞿柏庭，曾在善卷祠修道，后来登仙，其登仙处建有柏庭观。

2．湘西贤达之士

　　湘西人中，有不少贤达之士。他们虽偏居一隅，却心怀天下；虽开门见山，却不为一叶障目。他们用自己的智慧，建功业于社会，成事业于人生，实现了自己青少年时代的梦想。如南宋咸淳元年（1256 年），黔阳县的舒梦桂参加科举，高中进士，取得历史性突破；明代永乐三年（1405 年），辰溪县的向以箴、傅晔考上进士，这在湘西少有。这里我谈谈几位不为大家熟知的人物。

　　明代有一宰相叫满朝荐，明万历嘉靖四十年（1560 年）生于湘西麻阳县（现属于怀化市）通府乡滥泥坪一个苗族农民家庭。7 岁入私塾，17 岁中秀才，25 岁中举人，后"七上公车"，于万历三十二年（1604 年）中进士。他出生的年代，正逢大明江山社稷处于风雨飘摇之中。满朝荐自幼聪颖，酷爱读书，少年时就萌发了忧国忧民的思想，并立下了"报效国家""彼丈夫兮我丈夫"的远大志向。他在《自励》诗中写道："三尺龙泉万卷书，苍天生我意如何？山东宰相山西将，彼丈夫兮我丈夫。"人虽小，诗却气势磅礴，字里行间掩藏着不同凡响的浩然之气。满朝荐历经明朝神宗、光宗、熹宗、思宗四朝，历任尚宝寺丞、卿，太仆寺卿，总摄太子，太保等职，官至从一品。他是明末一位大臣，幽默而传奇式人物，著名的清官和进步思想家、教育家。

　　满朝荐科考历程十分坎坷，他先后六次参加进士科考试。考中进士以后，满朝荐急切希望为国家建功立业。在莅任咸宁县令途中，他写有《临治公署观月》一诗："邮馆晴霞散步行，朗吟漫忆许飞琼。神怡万顷一轮碧，光彻孤亭千里明。孟德高调乌鹊远，东坡词丽斗牛横。等闲飞入清虚府，仙子铮铮响珮声。"满朝荐在莅任途中追忆两位先哲，除了凸显自己对他们的无限景仰外，还隐喻自己治才学曹操、文采效苏轼的价值期许。满朝荐不仅有自己的人生目标，而且也积极为实现理想抱负躬身力行。他以"孟德""东坡"自喻，全诗充满了喜迎"一轮碧""千里明""响珮声"的雄心壮志。

《明史》说满朝荐"有廉能声"。满朝荐任咸宁知县时，当时有税监梁永纵容吏役抢劫儒生财物，受到满朝荐的惩处。梁永上表反诬满朝荐擅对收税人员行刑，抢劫贡物，皇帝信以为真，误将他收监。后得到朝廷内外百余人上疏营救才被释放。明光宗即位，将满朝荐提升为南京刑部郎中，后又调任尚宝卿。天启二年（1622年），辽东地区失陷，形势危急，满朝荐向皇帝上疏，痛陈时弊，不久调任太仆寺少卿。后因向皇帝上疏，论及朝廷纲纪已坏，阉党专政，忠奸不分，被朝廷削职为民。不久被魏忠贤诬陷为东林党人，遂不复用。崇祯二年（1629年），满朝荐官复原职，但未上任就因病去世。他从政24

图4-2 满朝荐塑像

年，在野19年，刚直不阿，敢说真话，却导致了一生坎坷；同时他智慧超人，诙谐幽默，留下了很多传奇故事。

有人把满朝荐看成是明朝的阿凡提，称为明朝的怪臣。机智、聪慧、忠贞、廉能，是百姓喜爱的有智慧讲正义爱百姓的好官。他身后留下了打昏君、湖广免秋粮、惩贪吏、除恶蟒、破疑案、斗梁永、战华阴、入虎穴、退竿兵，修路桥、办书院，奖农耕、赈灾民等故事，几百年来在官场和民间流传很广，人们津津乐道，品味无穷。也许有些牵强附会，但反映了百姓对他的崇敬和喜爱。下面说两则故事，来看看满朝荐的正直、智慧和幽默。

第一个故事叫"湖广免秋粮"。明朝天启初年（1621年），朝廷赋税极重，加之天灾频繁，百姓生活苦不堪言，满朝荐深为担忧。初秋的一天，赴京上任途中的满朝荐住在武昌黄鹤楼附近，听当地百姓说熹宗皇帝明日驾临黄鹤楼游览。满朝荐思忖良久，心生一计。他买了些蜂蜜，掺水搅匀，连夜赶往黄鹤楼，在门口的围墙上用蜜汁写了"湖广免秋粮"五个大字。不一会儿，吸引了成千上万只蚂蚁，组成了醒目的五个字。第二天上午，在文武官员和太监宫女的前呼后拥下，年轻的熹宗皇帝向黄鹤楼走来。他见围墙上的蚂蚁大字，不禁好奇地念道："湖广免秋粮。"满朝荐和随同的湖广官员立即上前跪拜："谢主隆恩！"宦官头目魏忠贤急忙解释道："这是蚂蚁字，皇上说着玩的。"满朝荐即刻上前跪拜辩解："自古以来，君无戏言。"皇帝见状便问："你是何人？""太仆寺卿满朝荐。"皇帝"噢"了一声，说："满爱卿，你言之有理，君无戏言。"就这样，湖广地区便免除了当年的秋季皇粮了。

第二个故事叫"让皇帝清醒"。传说熹宗皇帝好色，常常通宵达旦与嫔妃宫女们作乐，因此上朝总是迟到，坐上龙椅便昏昏欲睡。大臣们奏禀公务，他无精打采，一会儿就鼾声大作。正直胆大的满朝荐决定找机会让皇帝清醒。一天上朝时，满朝荐事先准备一只吸饱血的蚊子，放在右手手指缝之间。到了金銮殿上，轮到满朝荐奏本，他只用口述奏报公务，说着说着，皇上就打起呼噜来了。满朝荐走上前去，对准皇帝脸上啪的一声打了一个轻轻耳光。皇帝一下惊醒站了起来，暴跳如雷，喝令把朝荐推出去斩了。满朝荐跪在皇帝面前，伸出打皇帝的那只手说："万岁，请您来看，蚊子吸君血，下臣由不得，伸手将它打，皇上莫惊怕。"皇帝抓起满朝荐的手一看，果然手板上一只蚊子被打烂，还沾有新鲜血迹。这时皇帝怒气全消了，说："满爱卿，金銮殿有蚊子这还了得？看来这金銮殿还得安排几个打蚊子的。"可以说，满朝荐是明代时湘西人中智慧的代表。

清代时，湘西人才多出。黔阳的易良俶（chù，开始），嘉庆十五年（1801 年）湖南乡试第一名，翌年进士及第。道光七年（1827）任河南邓州知州，继任直隶光州。道光十三年（1833 年），辞官回乡，受聘龙标书院讲学，慕名求教者甚多。他的书法苍劲遒健，著述有《春秋撮要》《大学中庸讲义》《三礼考》《中州风俗说》的数本。道光年间，辰溪的学子米同登的书法名冠沅湘，"每下笔，挥洒自如，离奇夭娇"，很有文人风骨。据传当时沅州知府为请他写"南天镇钥"四字，每天美酒佳肴款待，派学童磨墨，他却始终不动笔。一天酒醉后想家，走到江边登上渡船，突然想起字还未写，便下船返回，挥毫下笔。有人形容其字"字字如秋风铁马，气势磅礴"。他在辰溪的沅江边石壁上写下的"山水苍泱"更为后人所推崇。清朝末年，一部分先进的湘西青年开始走出湘西，到外地求学。他们去了长沙、京城，学习和接受新知识、新思想；有的甚至漂洋过海，学习西方政治、经济和科学技术。据不完全统计，东渡日本的湘西青年数十人：1901年，泸溪人黄尊三留学日本，随后又有龚德柏、廖名缙等。1903年，有凤凰的田应诏、田应全，龙山的黄振铎、方士蕖、朱继承、黄玉蟹、贾文连、何静轩。此后，又有龙山的瞿方书，永顺的彭施涤、向乃祺，古丈的田锡畴，桑植的陈图南等。这些人思想上进，有的在日本加入了同盟会。同时，陈渠珍、陈伯陶、罗剑仇等一些湘西青年在国内加入同盟会。凤凰是当时湘西的政治、经济中心，也成为湘西革命党人的聚居地。据不完全统计，当时湖南有同盟会员157人，而凤凰就有15人之多。黔城人危道丰，1902年赴日本留学，初在弘文学院，后入振武学校，1906年毕业后回国，清代宣统二年（1910年）在京考试军事，获工兵科举人。辛亥革命后，与他人创办《军国民日报》，任袁世凯总统府恣议。后回到家乡办实业，任洪江电灯公司经理。这些回国人才，他们用自己的智慧服务于政治和社会的各个领域。

　　熊希龄是民国时期湘西最为突出的代表人物之一，曾任民国第一任总理兼财政总长。熊希龄1870年7月23日（清同治九年庚午六月二十五日）出生于湘西凤凰县一个三代从军的军人家庭。清末的凤凰，苗汉杂居，教育落后。熊希龄的父亲熊兆祥从军之时，正值太平天国与清廷对抗，曾国藩在湖南创建了湘军，提倡文人治军，以理学管治人心，在湖南讲教重学蔚然成风。熊兆祥觉得自己一介武夫，应加强自己的修养，同时应注重培养孩子。熊希龄在幼年时便接受严格的家教，他记忆超群，《三字经》只用几天便背得滚瓜烂熟。因为禀赋出众、勤奋好学，少年时的熊希龄便名传三湘，被誉为

图4-3　中年熊希龄像

"湖南神童"。7 岁时，他随父亲回到芷江县熊公馆祖父那里继续就读。1884年，刚 14 岁的熊希龄中了秀才，在当时的湘西是凤毛麟角。他父母决意要让熊希龄走科举之路，把他送往芷江县的秀水书院继续深造。1888 年，江苏宝山人朱其懿担任沅州太守，他曾在湖南多地担任知府，注重教育。第二年，朱其懿创办了"沅水校经堂"。学校一反当时盛行的科举教育模式，而以"实学课士"为宗旨。课程以经史为治学之根本，同时施教辞章、舆地、农政、河渠、兵谋等课程，并聘请国内名师为主讲。由于师资雄厚，熊希龄欣然投考就学。学校要求学生必须德才兼修，除必修课程外，还可"选择一种自己所喜好的学问"。1890 年，湖南学政在沅州抽考，熊希龄名列第一，被选调到长沙"湘水校经书院"继续深造。1891 年，他参加湖南省乡试，排名第 19，卷面评语为"边楚蛮荒，前无古人，才华之高，乃三湘有为之士"，一时誉满三湘，被人称为"熊凤凰"。1892 年，22 岁的他参加进士考试，会试得中，但由于殿试要求馆阁体，而熊希龄此类书法不佳，于是决定暂不参加殿试，先回去练字，等待下一次殿试。1894 年，终于高中二甲进士，光绪帝评他的科考卷："气行全球，笔憾五岳，横扫七大洲，杰作也！"并钦点他为翰林院庶吉士，成为不折不扣的湘西凤凰。1895年，朱其懿介绍同父异母的妹妹朱其慧为熊希龄之妻，促成了这桩美好姻缘。1895 年甲午中日战争爆发，清政府以签订丧权辱国的《马关条约》而告终。惨痛的教训让熊希龄看到国家危在旦夕，只有政治改革才有出路。1896 年，熊希龄与洋务派首领、两湖总督张之洞上书，强烈要求变法维新。随后他投笔从戎，被张之洞委为两湖营务处总办。当总办期间，他看到当时军队的各种积弊，撰写了《军制篇》，文中要求改革军制，增强军队战斗力。他的著作被认为是"中国改革新军的嚆矢"，遗憾的是他的建议未被重视。这年，湖南展开了维新运动。1897 年，他与谭嗣同等在长沙创办时务学堂，任总理；又参与创设南学会，创《湘报》，以推动变法维新。戊戌变法失败，熊遭革职并交地方官严加管束。赵尔巽任湖南巡抚后，很看重熊希龄，对他倍加提携。赵升任东三省总督后，委任熊为屯垦局总办。清政府派大臣出洋考察宪政时，熊希龄经赵尔巽推荐出任参赞，返国后任东三省农工商局总办、奉天盐法道、东三省财政监理官等职，被誉为理财能手。

1911 年，辛亥革命成功。12 月，熊由沈阳到上海，拥护共和并加入中华民国联合会。1912 年 4 月，熊希龄任唐绍仪内阁财政部长，7 月辞职，接着任热河都统，次年被举为进步党名誉理事。袁世凯镇压二次革命后拉拢进步党人组阁，熊任北洋"第一流人才内阁"总理兼财政总长。在袁的独裁统治下，"人才内阁"很难有所作为。1914 年 2 月，袁策动新闻界重提热河行宫盗宝案，熊以涉嫌被迫辞职，旋受命筹办全国煤油矿事宜。此后，熊离开政界，转向慈善和教育事业。1917 年夏末秋初，河北境内大雨连绵，山洪暴涨，京畿一带受灾县达 103 个，灾民超过 600 万人。他被特派督办京畿一带水灾河工善后事宜，赈济灾民，创办慈幼局，收养难童。他利用自己的影响力，向各省发出请赈通电，并以身作则，捐银圆 500 元，又叫家中女眷缝纫棉衣 100 套，捐给难民。1918 年，他在北京香山静宜园成立香山慈幼院，培育人才。1928 年，熊任国民政府全国赈济委员会委员。1931年九一八事变后，他动员家人和香山慈幼院的师生投身救国抗日活动。1937年，八一三淞沪战起，熊在上海与红十字会的同仁合力设立伤兵医院和难民收容所，收容伤兵，救济难民。京沪沦陷后，熊赴香港为难民、伤兵募捐。1937 年 12 月 25 日，因脑出血在香港逝世，享年 68 岁，当时国民政府为他举行了国葬仪式。香山慈幼院从 1920 年正式开园到 1949 年结束，历时 30 年，先后培养学生 6000 多人，大部分都成为国家和社会的有用人才。1992 年 5 月 17 日，熊希龄遗骨从香港移葬北京。在移葬仪式上，雷洁琼副委员长代表中央作了讲话，他说："熊希龄先生是中国近代史上著名的教育家、社会活动家和慈善家，也是一位杰出的爱国主义者。他在旧中国奋斗了半个世纪。他的一生是忠于慈善教育事业的一生，是追求光明与进步的一生。"充分肯定了熊希龄在中国近代史上的历史功绩。

3．崇尚文化的湘西

湘西虽然偏远，但湘西人对文化的崇尚和追求是积极的。像藏书洞、文峰塔、文笔峰这样的名字在湘西不少，反映了古代湘西人对科举及文化的推崇。2016 年 9 月我到了保靖县城，早上在一家小餐馆吃米粉期间闲聊，热心的朋友谈到了当地景点——"天开文运"，问我是否去看看，我当然求之不得。此四个大字刻在保靖县城酉水老码头（俗称中码头）对岸天堂坡绝壁上，为颜体，距原来河面 30 余米，阴文，每字面积 4.5 平方米左右，浑厚遒劲；左有"光绪十七年孟夏月刊"九字，每字约 40 平方厘米，楷书，阴文。问及这四字的来由，有一则感人的故事：说是清光绪十七年（1891 年），该县的罗芳成、罗芳尧俩兄弟赴省乡试前，其父请人预测儿子乡试结果。算命先生站在码头上看了一番，然后说，你俩儿子文理通达，考试难不倒他们，但此地大山阻隔，恐文运不开。破解之法是在县城北的酉水码头对岸崖壁上刻"天开文运"四字，祈求文曲星保佑。罗父听后，遂请书法家写这几字，初选何绍基字体，但字显清瘦，于是选用唐代颜真卿字体，三放石壁上，请工匠刻凿祈愿。经 60 余天，四大字醒目地挂在了石壁。这年罗氏兄弟果然同科中举，一时传为佳话。此后，"天开文运"四字不仅成了酉水上的一道风景，更是湘西地区难得一见的艺术珍品，也成了很多求学者膜拜的圣地！不管这个佳话是否真实，但湘西人对文化文明、对美好愿景的追求可见一斑。特别是"改土归流"后，为了提高民族地区民众的文化素养，当地的仁人志士兴办了各种学校，家长与少年儿童积极向学，读书学习蔚然成风，饶赞的《溪州竹枝词》——"保甲联名举社仓，相期风化纪循良。稻花临水柴门静，时有书声出柳堂"，便是当时社会的生动写照。

值得一提的是，湘西保靖人袁吉六曾当过毛泽东的国文老师。袁吉六又名袁仲谦，清同治七年（1868 年）农历四月初十生于保靖县葫芦镇袁家坪。3 岁丧母，靠父亲串乡跑寨卖豆腐维生。7 岁时启蒙，在一罗姓的私塾读书 4 年，13 岁随父漂迹苗乡。其后得父好友、苗族举人石明山和秀才石文岚救助，在石明山家中教读。他聪颖好学，1 年时间内就初步掌握了写作和诗歌词赋要领，不久石明山将袁吉六荐送到古丈县许光治开办的学堂就读。袁吉六读书刻苦，晚上用松树油作灯，学至深夜甚至通宵达旦。清光绪九年（1883 年），15 岁的袁吉六应试中秀才。到永顺府考试时，因家中贫寒无钱粮可带，只随身带了点锅巴和苞谷粉作干粮，被戏称为"锅巴秀才"。功夫不负有心人，他用自己的勤奋和才学获得举人功名。后在保靖、古丈、永绥、乾城办学执教。1913 年春，袁吉六被调到湖南省立第四师范学校任国文教员。同年春，毛泽东考入该校，编入袁吉六所教的预科一班。1914 年，第四师范合并到湖南省第一师范，袁吉六又是毛泽东所在的本科一部第八班的国文教员，直到 1918 年暑假毛泽东毕业，任教毛泽东国文达五年半时间。袁吉六任教期间，发现毛泽东壮志凌云，对毛泽东特别器重，倾力助他学业大成。1932 年农历四月，袁吉六病逝于湖南省隆回县。1952 年，毛泽东亲笔为其墓碑题写"袁吉六先生之墓"，这是毛泽东唯一的墓碑题字。

在文学方面，大家熟知的莫过于饮誉全球的现代文学大师沈从文了。他 1902 年出生于湘西凤凰，原名岳焕，小学毕业，14 岁从军。后被"湘西王"陈渠珍聘为书记，其间有机会博览群书。1923 年孤身一人闯北京，开始文学创作，成名后任中国公学、武汉大学、北京大学、西南联大等校教授，并主编过《大公报》《益世报》的文艺副刊。沈从文是多产和高产作家，一生作品 600 多篇，著述 70 多种，出版了 10 多种文集。代表作有《边城》《长河》《从文自传》《八骏图》《湘西散记》等。沈从文的作品中影响最大的是乡土小说，他参军后在湘西所历见的诸多故事和生命传奇，渲染着他心灵及记忆底色上的浪漫幻想，山水相依、充满原始意境的故乡为他的写作提供了神秘、质朴的最佳背景，即他生命底层记忆的湘西，直接为他注入了文学思维萌芽的意象。沈从文带着湘西的"原始"气息走进北京，把"过去的印象"展现给现代的人们。这样，不只是沈从文本人，也包括大量的读者跨越了几千里的空间距离，跨越了数千年的历史，进入一个色彩斑斓的世界。沈从文倾心自然化的湘西，赞美湘西人在自然中的淳朴厚道、顽强诚恳的天性，将湘西人的生活生存与自然合成一幅和谐的风景画。他把湘西的人和事、原始与质朴写得有滋有味，入木三分。他作品中记录的真实的湘西世界，塑造的一个个独特鲜活具有灵肉的形象，让人们在喧闹的城市中看到了恬淡静谧、充满活力和野性的湘西少数民族生命形式的美丽，得到了人们的理解和赞赏。作品反映的湘西的文化和历史，影响了一代代读者。沈从文是多产作家，又是文体实验作家，这两点足以让他在中国文学史上有一席地位。

沈从文爱国并富有正义感，1937年10月他回到湘西，用自己的文学影响力宣传鼓动各方力量抗日。由于他在文学创作上的影响力，这位没有学历的教授后被受聘于西南联大。在那里，他讲授了四门课——《白话文写作》（必修）、《创作实习》（选修）、《现代中国文学史》（选修）和《中国小说史》（选修），这在西南联大史无前例。由于他不擅长上课，声音小而且有浓重的湘西口音，与闻一多相比，他的课

图4-4 沈从文中年照

并不生动感人。选他课的学生不多，据说第一堂课，沈从文因紧张支支吾吾半天说不出话来。但他的为人永远是那么纯朴和诚恳，改作文改得特别好，他批注的文字比学生的作文还长，字又漂亮，所以很多学生都把习作珍藏了几十年。他的学生汪曾祺说：他在昆明时期发表的作品，全是在不知情的情况下，被沈先生推荐出去的，还有李广田、九月诗人等学生都是在他的鼓励下走上文学道路的。新中国成立后，沈从文在中国历史博物馆、故宫博物院等单位从事历史文物研究，出版了填补学界空白的《中国古代服饰史研究》。20世纪80年代初期，反映湘西题材的影视作品热播，在此兴起一股"沈从文热"，对他的研究逐步深入，作品被重印，有的被搬上了银幕。通过那些几十年前的作品，人们看到了那个时代湘西美丽纯朴的影子。

在民国初年那个社会动乱、尚武弃文的年代，沈从文却反其道而行之，扛着枪杆子走出湘西，弃武从文，将手中的枪杆子变成笔杆子，把湘西的所见所闻、感悟变成文学作品，传遍大江南北，在文学的绢帛上写下了精彩动人的篇章。在凤凰沈从文墓地前的碑上，留下了他表侄黄永玉的墨迹："一个士兵要不战死沙场，便是回到故乡。"这代表着家乡凤凰人对沈从文的崇敬和思念之情。

在湘西民族学研究方面，湘西吉首乾州人石启贵（1896—1959年）颇有造诣。他出身于苗家，毕业于长沙湖南群治法政大学。其后回家乡从事教育工作，并于1926年开始调查、搜集苗族文化资料，引进外面先进生产技术，力求发展民族经济，探索苗族发展之路。1933年5月，当国立中央研

究院的凌纯声、芮逸夫来湘西苗区调查时，石启贵担任调查组的咨询员，协助凌纯声、芮逸夫在苗区调查。因石启贵是个"苗族通"，且汉文知识也相当不错，所以三个月后在凌纯声、芮逸夫调查完毕离开湘西时，邀请他代为继续调查，并请中央研究院聘他为湘西苗族补充调查员，从此，石启贵正式走上了苗族研究工作的道路。经过多年的走访调查，石启贵于 1940 年完成《湘西苗族实地调查报告》文稿。石启贵本人是苗族，从小生活在苗区，耳濡目染苗族人的生活境况，因而他在报告中提出，弘扬苗族优秀文化是很必要的，但不能忽视发展苗区经济，要尽力帮助苗族人摆脱贫困等。全书分 12 章，即地理概貌、历史纪略、经济梗概、生活习俗、婚姻家庭、政治司法、教育卫体、文化娱乐、诗赋辞章、宗教信仰、语言文字、苗疆建设。与《苗族调查报告》《湘西苗族调查报告》相比，这部由苗族知识分子撰写的涵盖苗族历史、语言、政治等多方面的《湘西苗族实地调查报告》，内容更加丰富，增加了前两书未记载的内容，并强烈呼吁反对民族歧视，反映了当时苗族大众的心声。因此，石启贵被认为是苗学研究的先驱之一。

湘西在文化教育方面有影响力的人不少。芷江县侗族人杨风笙曾任《清史稿》编修；永顺县土家族彭施涤早年留学日本，回国后在常德创办沅澧中学，任董事长，后又兼任校长，为湘西培养了大量人才；辰溪县人向绍轩早年毕业于北京京师大学堂，后公费留学英国，回国后历任汉口明德大学副校长、教授、江苏省教育科科长等职，抗战时期担任湖南省立桃源女中校长；辰溪人马公武 1918 年入北京大学预科，后在日本东京庆应大学学经济，接着在陆军士官学校炮科学习，1938 年 10 月返回辰溪办学，创办"楚屏中学"；等等。

今天，湘西在科技与文学艺术方面人才辈出，为人们认识湘西，促进湘西的发展做出了重要贡献，有的甚至在国内外具有很大的影响力。

4．忠勇的湘西人

翻开湘西尘封的历史，可以发现无数的英雄豪杰，在湘西这块被认为充满了神奇和野性的土地上，敢于反抗封建社会的腐朽统治，献身于国家和民族的利益。宋代诗人王庭珪在诗词中展示了湘西人剽悍蛮劲的一面，如"诸洞带刀迎马首，叹无征鼓动邮垂"（《朱致一来守辰州先致启书余以病未及答而致一压境以诗迎之》）；清代乾隆年间的进士毕沅在其《竹枝词》中写道："立寨分曹各自雄，随身到处夹刀弓。一般积习成风俗，长带缠腰照眼红。"描述了湘西少数民族人们外出时喜带刀弓的习惯及比较剽悍的性格。近代的贺龙元帅，率领湘西人民反抗封建反动统治，并带领 3000 湘西子弟兵打响了南昌八一起义的第一枪；抗战初期，数万湘西儿女开赴抗战前线，在战场上英勇杀敌，立下了赫赫战功。

湘西人的勇，反映在湘西各民族勇于反抗封建朝廷的压迫上。在历史长河中，有记载的起义斗争多达上百起。新莽天凤三年（16 年），五溪酋长田疆，拒受王莽铜印，并命三个儿子田鲁、田玉、田仓率部 5 万余人在沅陵县东设防抗击王莽的军队。汉光武帝建武二十三年（47 年）十二月，武陵少数民族首领（精夫）相单程率众起事，攻打郡县。汉王朝派刘尚率兵万余，沿沅水入武陵向义军进攻，起义军凭险要予以抗击，全歼刘尚军队。第二年，光武帝派李嵩与中山太守马成进行镇压，没有取得进展。接着派马援等率领大军 4 万余人进攻五溪地区，结果马援病死壶头山。齐高帝建元年间（479—482 年），武陵酉溪蛮田思飘率众反抗朝廷，内史王文和进行镇压，带兵深入民族地区。田思飘从后面切断其粮食供给，使王文和陷入困境。唐代宪宗元和六年（811 年）黔州大水，州城被毁。观察使窦群发动溪洞少数民族修治州城，因督役太急，人民不堪虐待，于是辰、叙二州瑶族首领张伯靖聚众反抗。高祖天福四年（939 年）八月，黔南巡内溪州刺史彭士愁率领奖州、锦州的少数民族万余人攻打辰、澧二州，后和解。楚王马希范上表彭士愁为溪州刺史，刘勍为锦州刺史，并以铜五千斤铸成铜柱，高一丈二尺，人地六尺，铭誓词于其上，立于下溪州的会溪坪。元世祖至元二十年（1283 年）六月，辰、沅等州少数民族起义反元，朝廷派四川行省参政曲里吉思、宣慰使李忽兰吉率军镇压；元世祖至元二十九年（1292 年）十二月，辰州少数民族起来反抗，湖广行省枢密院副使刘国杰、签书院事唆木兰领兵进行镇压，未能奏效。元顺帝至正九年（1349

年），沅、靖、柳、桂等路少数民族不断爆发反元斗争，朝廷以溪洞险阻、镇压无功，下诏诏谕之。明太祖洪武十一年（1378年）六月，侗族人民在吴勉领导下起事，杀靖州指挥过兴父子，朝廷震惊，忙派辰州指挥杨仲名为总兵官率兵镇压。明代宗景泰元年（1450年），湘西、黔东的苗民爆发大规模反抗朝廷的斗争，参加的苗族等民族群众不下20万人，使得湖广总兵官兵疲于奔命，先后历时六七年，几易主帅。清代康熙二十四年（1685年）永顺、古丈洞苗酋长吴老缆聚众起事，入沅陵境内乌宿、明溪口一带。沅陵城守备徐进朝率兵镇压，被苗军包围。清廷随派左都督郭忠孝、分巡道王舜年、辰州知府刘应中率兵征剿。清高宗乾隆五年（1740年）五月初八，通道木瓜八寨，侗苗瑶族聚数千人起事。清高宗乾隆六十年（1795年）正月，凤凰苗族首领吴八月发动起事，二、三月间攻占麻阳岩门、烂泥和辰溪铜山、桥头、潭湾一带，当地民众纷纷响应，并转战于永绥，全歼镇竿总兵明安图部1400余人。清廷震惊，派云贵总督福康安、四川总督和琳为统帅，调集川、湘、黔、鄂等7省兵力进行镇压。1795年，乾嘉起义爆发，麻阳苗民龙老大、龙老亥为首率苗众参加吴八月领导的苗民起事，杀清军守备赵福力、外委张一贵。次年（1796年）五月燕子岩一役，又大败清军，坚持斗争达12年之久。道光二十七年（1847年）一月六日，沅陵及乾州（今自治州吉首市）、凤凰、永绥（今自治州花垣县）4县苗民数千人合款（杀牲集众议约）抗租。咸丰四年（1854年甲寅）正月，贵州铜仁徐廷杰为首的苗民入麻阳县境，二月攻克县城。第二年（1855年）十二月，苗军再入麻阳县城，杀官吏和恶绅27人。同年，晃州贡溪侗族农民姜芝灵起事，以玉龙山为根据地，率众5000余人占据中寨、扶罗等地，随后与贵州天柱侗民姜映芳义军会合，攻占天柱县城，迁回于湘黔边界地区与清军作战。清光绪十二年（1886年）五月，沅州府举行岁试，因知府录取不公，激起芷江童生聚众闹考，打伤知府邓天符，虽遭到清廷镇压，但事后，沅州教谕刘士光以"徇私祖庇"被革职，押解回籍管束；御史金寿松为无辜受害的考生说了几句公道话，竟遭到清廷斥责。清光绪二十五年（1899年）十一月，沅陵、辰溪、溆浦因春旱严重，民众遭受饥饿，不少人饿死。李白眉毛、李申卿、杨昆山等在芷江碧涌与贵州天柱交界处率领农民起事反清，众推李白眉毛为"西大王"，建"大成雷音"年号，拟进攻沅州，建立政权，后遭到清廷镇压，起义失败。虽然湘西少数民族的反抗屡遭失败，但在很大程度上打击了封建朝廷。

湘西人的勇，也反映在民族大义上。当国家和民族处于危难之时，湘西人挺身而出，勇于攻坚克难，洒热血甚至付出生命。土家族绝大部分土司都有被明廷征调的记载，其中尤以永顺、保靖、容美、石砫土司为多。《明史·湖广土司传》载"惯熟战阵，节制甚严，每战必捷"，所以朝廷"每有征伐，辄荷戈相向，国家倚之为重"。据粗略统计，湘西的柿溪宣抚司共袭 14 世，有 4 位土司奉旨调征；桑植宣慰司共袭 22 世，有 11 位土司奉旨调征；麻寮宣抚司共袭 17 世，有 4 位土司奉旨调征；山羊安抚司共袭 13 世，有 5 位土司奉旨调征；等等。无论是奉旨平息国内叛乱与动乱，还是奉旨抵抗外侮，湘西的少数民族英勇善战，屡建奇功。这表明在施行土司自治时，土司和民众能以大局为重，忠于和听信于朝廷政权的指挥。更可贵的是，在抵御外寇或平息内乱的战事中，土司的士兵自带军粮，自备武装，不花国家军饷，不用国家武器装备。如明嘉靖年间，桑植、上峒、中峒、下峒土司们接到朝廷命令，到上海一带作战，为了不误军机，相约提前一天过年，吃完团圆饭，几个土司的土兵们快速集结，与麻寮司、容美司的土兵会合。茅岗土司覃尧之、覃承坤父子双双出征，万余人的队伍浩浩荡荡开赴战场。麻寮土司唐仁先后调征浙江海寇和杭州海贼，立下奇功，皇帝命建忠臣祠以示褒奖，并赐"海上知名"匾额。明朝大臣王守仁撰写祭文悼念战死的土家族士兵，叹其"三年之间，两次调发"，表彰为国捐躯的英勇行为。

清代道光年间，一位姓彭的永定人，在张家界金鞭岩对面的石壁上凿刻了一很大的"忠"字，表达了当地人精忠报国的一种朴素情怀。张家界永定籍刘明灯、王正道曾先后任台湾总兵，为守卫台湾，他们陆续从家乡招募数千士兵，为捍卫祖国领土宝岛台湾写下了光辉的一页。王正道在 1894 年的甲午海战中为国捐躯。光绪十年（1884 年），慈利籍提督孙开华率部与入侵法舰激战，歼敌 2000 多名，开创了打败西方海军的赫赫战绩；光绪二十一年（1895 年）"马关条约"签订，日本占领台湾，孙开华长子

图4-5 罗荣光照（中）

孙道元与其妻张秀容在与日本占领军的战斗中壮烈牺牲。湘西乾城县（今吉首）鸦溪村的罗荣光，清光绪二年（1876年）驻守天津，升大沽协副将，赐号"果勇巴图鲁"。清光绪十四年（1888年），清政府醇亲王检阅直隶省北洋军时，称赞大沽口炮台为"天下第一海防"。罗荣光因教练布防得力，晋升为直隶天津镇总兵，驻守大沽口。清光绪二十六年（1900年），八国联军侵略中国，67岁高龄的罗荣光身先士卒，率领3000兵勇保卫大沽口炮台。后因兵力悬殊，弹尽援绝，壮烈殉国，体现了崇高的民族气节。

凤凰古称镇竿，这里有一支军队称为竿军。竿军英勇善战，由此赢得"无湘不成军，无竿不成湘"的声誉。清咸丰年间，在曾国藩的湘军中，竿军部队叫"虎威营"，在首领田兴恕率领下，转战十几省，历200余战皆胜，所向披靡，被曾国藩命名为"虎威常胜军"。沈从文在其1947年的作品《一个传奇的本事》中谈到了民国湘西军人文化形成的源头，认为曾国藩组织的湘军中，竿军占了一定数量，他们长于挨饿耐寒、爬山越岭。竿军兵勇喜在左臂刺上"虎威常胜军"的字，攻城格斗时，常赤裸左臂，挥刀跃马，互相呼应，敌方见之丧胆。在攻打太平天国都城天京时，田兴恕与张文德等带头爬上城墙充当攻城尖兵，取得大胜。"天平天国"的军队被打得分崩离析后，因功受赏的竿军将领不计其数，庆功领赏时，凤凰官兵2人升为提督，6人升作总兵，另有副将9人，参将11人。其中最有名的是24岁被提拔为贵州总督的省部大员田兴恕，他由割马草的穷小子在短时间内成为一省总督，似乎成了凤凰人的光辉榜样。他们头顶荣获的官职，带上赏赐的黄金白银、绫罗绸缎凯旋，光宗耀祖甚是高兴。

溆浦县卢峰镇人荆植新，毕业于日本京都帝国大学经济系。在日本读书时即加入同盟会，同黄兴、孙中山交往甚密。辛亥革命期间，荆植新凭借勇气和智谋，不费一枪一弹，光复了湘西泸溪、古丈、吉首、花垣、保靖、永顺、桑植等7个县。荆植新在日本期间，与李大钊、林伯渠等人结拜兄弟，积极从事革命活动，热情资助李大钊办报。先后担任湖南一师的董事和毛泽东创办的湖南自修大学英文教员，曾两次解救毛泽东。为了反对蒋介石，荆植新投奔桂系李宗仁，成了李宗仁的心腹和顾问。抗日战争爆发后，荆植新奉李宗仁指派，前往香港，先后创办《珠江日报》和《公民日报》，宣传抗日。同时，成立荃兴地产公司。1949年，荆植新前往南京，与代总统李宗仁单独密谈。当他从老师章士钊口中得知解放军即将渡过长江，便瞒着李宗仁，不辞而别，飞回长沙，旋即赶到湘西，得到解放军第四十七军军长曹里怀的保护。新中国成立后，在毛泽东的亲自关怀下，荆植新被安排到原黔阳地委（现怀化市委）统战部工作，并兼任湖南省文史馆馆员。

在抗日战争中，国民革命军陆军中将、凤凰县沱江镇人顾家齐（1894—1949年）率领一二八师（士兵多为湘西籍），参加淞沪抗敌。1937年11月5日，日军从全公亭、金山卫强行登陆袭击沪杭路中心，以威胁淞沪前线。顾奉令奔赴嘉善狙击日军。日军在飞机、火炮和坦克掩护下轮番进攻。顾家齐发挥山区士兵勇于夜战、近战、白刃战优势，与敌人展开肉搏战。顾家齐喋血苦战7昼夜，伤亡过半，依然坚守嘉善，成功掩护了其他部队的转移。花垣县隆子雍，苗族人，湘鄂川黔四省边区革屯运动发起人，革屯运动领导人，曾任永绥抗屯自卫军总指挥、湘西苗民抗日革屯军副总指挥等职，为湘西人民的生存权利做出了重要贡献。后调七十九军暂编六师新一旅任少将旅长，在抗日战争中率军英勇杀敌，1942年病逝于湘潭。

吉首的苗族青年石邦藩，是广为传颂的空战英雄的英勇之一。石邦藩1921年在国民革命军教导团毕业后入保定航空学校学习，后任国民革命军总司令部航空处第二队副队长，后任队长。1933年，石率第二队"容克"47式歼击机7架驻杭州。2月26日，在杭州湾的日军"能登吕号"航空母舰上出动6架轰炸机、9架战斗机偷袭笕桥航空学校。石立刻架"容克"7号机与中央航空兵六队分队长赵普明所驾的"可塞"机同时腾空截击敌机。

图4-6　抗日英雄石邦藩

图4-7　杜心武像

石在被包围的情况下沉着应战，先击落1架敌机。由于敌众我寡，他的飞机中弹68发，左臂被"达姆"弹击伤，仍强忍剧痛，连续向敌机射击，击毁敌机3架，其余敌机逃窜。战斗结束后，石左臂因伤被截除，被誉为"断臂将军"。当时上海的一家烟草公司精制"邦藩牌"香烟以示纪念。

湘西人的勇，也从一些武术大师身上得以体现。民国有名的大侠杜心五是湘西慈利县人。杜心五，又名星武，字慎媿，号儒侠，道号"斗米观"居士。他自幼文武双修，9岁拜师习文练武，后又习少林拳械、鹰爪拳、梅花桩以及运气站桩等，13岁时已小有名气。接着从四川峨眉异人徐霞客（又称徐矮子）习自然门武艺8年。自然门技击拳艺实用价值强，杜心五功夫快速精进，以腿功见长，尤精轻功与速行术。在走镖期间，行侠仗义，有"南北大侠"称誉。19世纪末东渡扶桑，考入日本东京帝国大学农科。其间结识宋教仁，并由其介绍参加了由孙中山领导的同盟会，为孙中山和同盟会做保卫工作。回国后，参加了辛亥革命武昌起义，历任北京农业传习所气象学教授、北京西郊农场技正、民国政府农林部（亦说农矿部）金事。第二次国内革命战争失败后，杜心五在家装疯，闭门谢客，潜心武学道法。1939年应邀复出，在重庆任全国人民动员会主任，赴各地发展党、会组织，与日伪军特周旋。他的弟子甚众，多怀绝技。名徒有万籁声、郭凤岐、陶良鹤、李丽久、胡亚夫等。1949年中华人民共和国成立后，定居长沙，任湖南省军政委员会顾问、省人民政府参事、省政协委员。晚年练辟谷功，并继续传授武术，德高望重，饮誉武林，1953 年因病逝世。后继名气较大的武术家有赵继书。赵是张家界永定区官黎坪人，1933 年生，从小就跟随族长练功习武，是赵氏家族武术气功第八代传人，后又得武术气功名师郑点宝的指点，武功与气功大进。1979 年，46 岁的他先后参加全省和全国武术比赛，均获一等奖。同年作为中国武术代表团成员，两度随同国家领导人出访欧洲意大利等国，表演硬气功，其卧刀碎石、头顶开石、双风贯耳、头碰石柱、叉尖推磨等节目，引起轰动，好评如潮。卢森堡国王主动登台与赵继书热情拥抱，连连称赞"国际气功大师真是了不起"，并将自己珍藏的一枚开国纪念章相赠。一些国家的元首赠送他金牌、银牌。

湘西还有很多不知名的民族英雄，在不同的历史时期做出了惊人的壮举。他们像一株株五颜六色的山花，孕育在崇山峻岭间，开放在风雨烟尘中，飘零在历史画卷里，有的淡雅芬芳，有的平静谢幕，有的悲怆凄婉。

5．勤劳善良的湘西人

湘西人有吃苦耐劳、任劳任怨的传统基因。宋代诗人王庭珪在《寄湖北总领彭子从郎中》一诗中写道："六路藩臣供馈饷，五溪蛮子乐耕锄。"元代的《张图南学记》记载："邑里椎结相先然后，人多善良。以儒称者，未尝不谈经训，知古今事。"明代《辰州府志》记载："沅州男子勤乎耕学，妇女慎乎闺门，蔼然中土之风。"称颂了湘西人的好学与勤劳。

湘西是山区，水是何等的重要！为了解决灌溉的问题，早在明宗长兴三年（932 年）马希范的部将向元和统军领工于沅陵莲花池（今沅陵县乌宿乡莲花村）带领当地少数民族开浚蓄水塘一口，取名"莲花塘"，这是当地有文字记载的最早的水利工程。随着时代的发展，一大批农田水利工程在湘西建成。明朝朱元璋在位期间，洪武元年至三十一年（1368—1398 年）沅州开浚建成的笙竹塘、南溪塘、莫家村塘、清水塘、石门塘等，灌田都在 1000 亩以上。《辰溪县志》记载，明代万历二十四年（1596 年），开发了"扯河洞，灌田四千余亩"；清代雍正年间，辰溪田湾镇年过花甲的农民向正玉，用目测勘测设计，组织当地农民修建两条 5000 米长、0.6 米宽的名叫"羊坝"的引水渠；其时辰溪的陂塘水坝达到了 654 座。《黔阳县志》记载：明初当地的乡绅蒋之阳主修大陇圳，引水灌田 2000 余亩。溆浦县在明代新修水利的记载很多，史载举人李克从率众修建了举人塘，面积达 30 余亩，灌田 700 亩；李楮文、朱世洪主修的杉木塘、岩口塘，二塘并连，水面 40 余亩，灌田 800 余亩；而舒克义、李良四、向贵山联合众人修筑的杜家坝，引四都河水，可灌田面积达 3700 亩，为明代当地水利工程之最。在当时的靖州，普遍建坝蓄水，修筑的蒋家、龙潭、桥头、水洞、丁洞等堰坝，灌田面积均在 300 亩以上。明代麻阳县知县蔡心一看到县内山多石多，稻田缺水，于是和农民一起寻找水源，组织修渠筑堰，在万历二十四年（1596）离任时的 13 年间，先后开凿较大蓄水池 4 个、水塘 5 口，筑堰 133 处，人民深受其惠。清代乾隆二十一年（1756 年），溆浦知县陶金谐力主修复思蒙水坝，灌田 600 余亩。他离任后，百姓缅怀其功德，立碑记述他的劳绩，并改坝名为"陶公坝"。

修建水利工程的同时，湘西民众加强家乡建设，引进先进技术，推动当地经济建设，如新建桥梁等。据《沅州志》记载：明成化十八年（1482 年），沅州人为解决渡河之难，始用木舟编连，铺上木板，用两股粗大的竹缆贯穿两岸牢栓固定浮于河上。这就是最早出现于沅州的舞水河西关渡上的一座便行浮桥。到了明代万历十九年（1591 年），沅州僧宽云四乡募捐，得银万余两，粮食千担，始修龙津桥（即今芷江大桥），不仅方便了交通出行，而且成为当地避暑纳凉的好去处。崇祯六年（1633 年），驻沅州的云南都司金书阮呈麟，集资修茸龙津桥，建桥墩 15 个，桥上建有房屋供行人避风雨，历时 6 年竣工，该桥现依然是芷江县的一道风景。辰溪道光年间，各式桥梁达到了 83 座。明代泰昌元年（1620 年）麻阳引进吕宋（今菲律宾）草烟良种，在县城的板栗树乡种植成功，后推广到全县，清乾隆二十八年（1763 年）被列为朝廷贡烟（今称晒红烟）。

清康熙年初，黔阳县知县张扶翼劝农种桐，使油桐由自然繁殖转变为人工栽植，提高了产量，其后在各县推广，成为出口大宗商品。康熙四年（1665 年），湘西洪江建成福建会馆，这是湖南最早的具有民族地方特色的会馆建筑。清代嘉庆十一年（1806 年），靖州木洞嫁接杨梅成功，后来成为著名的"木洞杨梅"。清仁宗嘉庆二十三年（1818 年），由于奖励垦荒，湘西的耕地面积有所扩大。据调查资料显示，辰州新垦田 5599 亩，沅州新垦田 5999 亩，靖州新垦田 23739 亩。由于技术进步，粮食单产也有所提高：上田亩产谷 5 石，中田 4 石，下田 3 石。清咸丰年间，沅陵县兰溪、怡溪冶铁业十分繁荣，兰溪有炼铁土高炉 56 座，怡溪有炼铁土高炉 30 座。

到了清光绪年间，由于洋务运动的影响，湘西人引入外来技术，勤奋学习外来技艺，开展商业贸易，促进经济发展，改变了自身面貌。1875 年，刘桓隆、覃金魁等分别在黔阳县龙船塘、龙口江、竹马田等地开设造纸作坊，用竹造纸。1876 年，沅陵、洪江出现专营桐油的商行，收购桐油等外销，开始进入国际市场。清光绪三年（1877 年）麻阳开办兔垒山铅矿，辰州设官矿分局，收购商民所采矿砂。光绪五年（1879 年）洪江商界集资兴办"医药局"。清光绪十年（1884 年），沅陵柳林汉采金业兴旺，采金者至数万人。清光绪二十四年（1898 年）四月，芷江县署动员全县大规模种植桐、茶、杉、冬青等树，并规定奖惩办法：富户植树万株、贫户植树 3000 株者，奖匾额一块；富户植树 5000 株以上、贫户植树 1000 株以上者，奖给花红；违者罚款或惩办。清光绪二十八年（1902 年）九月七日，辰州府沅陵县正式成立邮政支局，开办邮政业务。十一月初八，辰州"哥老会"散布揭贴，号召群众反抗外国侵略，揭露官吏媚外罪行。是年，黔阳黄忠浩与甘肃候补知府俞光容等集股成立沅丰公司，在黔阳开采黄金，后因利微停办。是年，开济公司博济、紫云号两艘小蒸汽轮在沅陵开业营运，此为沅陵汽船航运之始，但由于水浅滩险，几经停业。1903 年，溆浦钟梁勋创办宝德公司，在该县浆溪垄等处开采锑矿（清光绪三十三年批准立案）。清光绪三十二年（1906 年），钟梁勋又创办昂记公司，在后溪垄等处开采锰矿。光绪年间，该县除开采锑、锰外，还有由民间开采的磺矿和铁矿。清廷在县城设立矿务局，低庄设分局，管理矿务。清帝宣统元年（1909 年）五月，获清邮传部批准，从湘西洪江经沅州府、晃州到达贵州玉屏、镇远，再至贵阳，架设电话线路，并部署施工，不久架成。清宣统

图 4-8　勤劳的湘西人

图 4-9　朴实的苗族妇女

图 4-10　赶集回村的侗族妇女

图 4-11　美丽的苗族姑娘

二年（1910 年），省电报局开设沅州至凤凰电报线路，增设沅州、凤凰电报机构。

　　湘西人的勤劳在清代彭勇行的竹枝词中得以体现："食罢晨餐执犁柯，直从小径上高坡。归来不畏生柴重，压倒眉头犹唱歌。"说的是土家人吃过早餐后，就肩背犁头、斧头，从小路走上高坡上的田地耕种，到了傍晚归家时，还挑着沉重的生柴（刚砍下来的木材），虽被压得皱起眉头，但仍乐观高唱山歌。词中反映出湘西人吃苦耐劳、乐观向上的意志品质。

　　湘西人不但勤劳、勤奋，而且质朴好客。宋代王庭珪在《答刘乔卿书》中说："迨至贬所，未敢遽入城，而城中士大夫多出城见访相劳苦，州民惊喜，如异人至其邦。"写出了湘西人对见到外来陌生人的惊奇喜悦的神态。他在另一首词中记载了湘西朋友给他送去了蒲席："正忧坐客寒无席，遗我新蒲入突药。"

6. 坦荡淳朴的湘西人

湘西是美丽的，湘西的各族人民是善良和纯朴的。谈到湘西人的敦厚质朴，可以从历史文献中窥其一斑。民国以前的湘西，由于相对贫穷和开发较晚，人们的穿着相对陈旧破烂，但这些并不能遮盖他们的美丽以及内在的善与美。湘西虽然远离京畿，地处偏僻，但"山大民风淳"。理想化的湘西形象的描写，无论是关于村落、城郭，还是民风、山水，在清代文人作品中确实不少。

清代改土归流以前，湘西的很多地方是相对落后的，这在明清时的州府县志可以找到有关描述。《永顺府志·风俗卷》载："土民散处山谷间，男女短衣跣足，以布裹头，服斑斓之衣，重耕农，男女合作，尚巫信鬼，语言侏离（指民族乐舞），不识文字。"同时，"喜垂耳圈，两耳累累然。又有项圈、手圈。性耐寒，虽隆冬，止单布衣。居，必择高峻，履险陟岭，捷如飞。然朴拙畏官府，耕织外不事商贾，无奢华之习"。可以看出，清中期土家人的民族个性非常鲜明，衣服喜彩色，重视务农，但同时崇信巫术鬼神。在保靖，"古直朴素，殊有古风。好恶崇尚，率多陋俗，渐摩之方，不可缓也"。在桑植，"民素淳朴，有垂老不见长吏者"。毕沅（清乾隆进士，曾任湖南总督）在竹枝词中描写了乾隆年间晚期的沅陵少数民族村寨的风俗。其中一首写道："项圈碧钏烂生光，推髻银簪径尺长。不是连环衔两耳，雌雄何处辨鸳鸯。"少数民族妇女戴着银光闪闪的项圈，头上发髻插着尺长的银簪，双耳垂挂双环耳坠，不是这样，还分辨不出来男女呢．另一首词则写道少数民族妇女去赶集的情景："相约来朝往趁圩，大家夜半起妆梳。成群笑语出村去，犹是前山月落初。"

清代雍正年间实施"改土归流"政策后，落后的状况大为改观。随着原土司管辖地区与汉族居住地区的交流融合，少数民族地区读书人多了，民间出现了一些才华超群的"秀民"。而且，人们的精神面貌也充满了阳光，一派欣欣向荣的景象。王者瑞的《苗疆竹枝词》描述苗家姑娘："队队银圈戴满肩，谁家娇女正蹁跹。乍听山外歌声起，天上飞来赤脚仙。"那些佩戴银饰的少数民族姑娘，在翩翩起舞；那从山外传来的山歌，好像光脚的神仙翩然而至。他在描写乾州厅鸦溪村的苗寨景色时，也很有情调："风和烟淡日斜时，牧笛鱼竿一任持。野竹溪边鸦自舞，土人竞赛竹王祠。"这首《鸦溪观赛神者》会让你在脑海中浮现出一副古朴美丽的景象：和风习习，夕阳西下，掩映于绿荫中的民居升起袅袅炊烟；在牧笛声声中，劳累的牛群在悠然地吃草，溪畔渔翁们在愉快地垂钓；竹林中，一群群飞鸟正翩跹起舞，好像在配合当地苗族民众赛神的阵阵锣鼓声。苗族的村寨涂上了一层静谧的诗意。如"春雨初过后，人来绿野耕。云收千顷湿，风送菜花馨。""陌头春水泛，犊背夕阳明。似洒恩膏意，壅满苗歌声。"虽然耕耘劳累，但那种乐观向上的情绪，非常感人。

这些对乡村日常生产生活的描写，让我们从中清晰地感受到了湘西人的淳朴与善良，品味出了那时湘西社会民风的动人之美。（张应和等选注：《苗族历代诗选》，岳麓书社 1990 年版，第 28 页）

在这"水有险滩，陆有竣坂"的神奇秀美的山水中，清代文人作品对湘西形象理想化的描写，无论是关于村落、城郭，还是民风、山水，可以说是色彩纷呈，处处锦绣。如梁际世的《烟霞浣翠》："微雨夜分过，晓山青翠多。岚光余峭壁，黛色上烟萝。点染村村画，登临处处歌。天然无限致，芳树绿婆娑。"这是对湘西山村景色发自内心的感叹。那翠绿的群山，涟漪微皱的绿水，加之霞光夕照，远村炊烟，渔歌互答，牧笛声声，令人陶醉于此美景之中。朱益浚写湘西一个叫茶卑的地方时说："云中雁语看无影，墙外香来觉有花。人正愁对我偏笑，山邨到处好桑麻。"笔下的湘西就像世外桃源，云中的雁语，墙外的香气，山村的桑麻……要多美有多美！

在古丈流行的采茶曲中，也可看到湘西少数民族男女的乐观风貌：

界亭种子植东坡，垦地培林产利多。今日开荒人不少。千家园里唱茶歌。（其一）

登山遥望碧云天，男女提筐两岸前。雨后兴歌桃水涨，武陵风景自春研。（其二）

灵草春来袅翠烟，欣然高唱入云边。采茶男女知多少，一曲清风众欲仙。（其三）

而生长在湘西的少数民族妇女，她们美丽纯朴，同时也承受着更大的社会生活的压力。在古代，她们要相夫教子，还要从事纺织及农业劳动。她们质朴实在，在湘西大山之中，如山上小小的山花不起眼，劳动和顺应自然是她们生存的本能。清代道光年间的《辰溪县志》说："女工蚕桑纺织，身任其劳，以资生计。"彭勇行的《竹枝词》对土家族妇女勤劳细心、心灵手巧进行了赞美："溪州女儿最聪明，锦被丝挑脚手灵。四十八勾不算巧，八团芍药花盈盈。"说的是溪州的姑娘聪明过人，做织锦是绝活，锦被上的挑花和四十八勾的图案对她们来说不算巧妙，而织成的八团芍药花图案盈盈逼真。在《五溪蛮图志》中，有几首诗也反映了这种情况。如《纺丝》："煮茧如何取得丝，缫车频转最为宜。看来蛮夷人多慧，手挽乾坤自动移。"又如《染颜色》："共羡苗家

图 4-12　土家族姑娘

图 4-13　苗族妇女在做女红

图 4-14　花瑶妇女

织锦衾，谁知五色染丝深。慧心浓浓依时样，展览公评播好音。"今天，在湘西的不少村寨和景区，仍可见到少数民族妇女纺织、绣花的情景。她们的生活环境更多地体现为对自然的依存。她们穿着民族服饰，在外人面前羞涩、肃静，甚至不言语，但在熟识的群体里她们可以纵情放歌，放肆地撒欢。她们经得起风吹、日晒、雨淋，承受得起生活的重担和各种艰难困苦。她们行走在湘西的山道，把路走宽了；她们也摆渡于绿波清流间，连接起山与水的灵性和通道……这群具有强大劳动本能的自信女人，从她们身上能捕捉到原生气息，感受到她们生命的持重、庄严与纯美。

7. 重情义的湘西人

在古代，人们把居住在湘西这大山之中的少数民族统称为"五溪蛮"。五溪蛮地，便使得外人滋生了湘西神秘之感。自古这里便有"三里不同音，十里不同俗"的说法。加之辰沅是屈原行经歌吟之地，端午祭祀屈原大人的仪式更为真挚神圣，阳刚威武而神秘。虽然习俗、口音差异较大，但重情义是共有的特征。彭勇行的一首《溪州竹枝词》——"高望界上离恨多，飞云如盖月如梭。郎行未到马蹄铺，妾泪已流牛路河。"用自然意象表达了夫妻别离后即将重逢的思念、悲喜之情以及对爱情婚姻的忠贞。

湘西清代的县志中有关这方面的记载较多。比如，龙山县的张朝奇，乐善好施，当地的麂皮坝渡与湖北来凤接壤，一遇水涨，渡船艄公便要索取较高的摆渡费。张朝奇捐出千金，置田数十亩，用于义渡长期费用。而且每到年末，他就带着钱财到村庄集市，分给贫苦人，并且施棺木、棉衣等。乾隆年间的《永顺府志》记载："王佐，保靖县人，家颇富，好义。土民彭有富、王正纲、向长寿等为土司抄卖，佐代纳银，俱获全。长寿元妻，复令之娶。市有瞽者冻馁甚，佐养之于家。凡有借贷未偿，佐悉焚其券。"这段文字翻译成白话文，就是说王佐在乡亲们遇到困难时，总是伸出援助之手。他替本村被土司抄卖的数人花钱赎身、出钱资助别人的婚姻大事、寒冷季节街市上有一盲人他带回家照顾、乡邻中向他借贷后而无力偿还者不追讨且还当众焚烧契券……其义举感人。还有该县的监生萧正椿,"慷慨好义。邑有负债鬻妻者,椿为赠赀全之。生平矜孤恤寡,助赀完娶之事甚夥,一方称为善人云"。在邻县保靖,清代有位叫贾连璧的人,"性慷慨,知大义,捐修学宫

图4-15 湘西五溪上的摆渡船

东西庑。己酉岁饥,璧出谷平粜,赖活者甚众。邑人公赠'乡邻感义'匾额"。桑植县葫芦壳人王家武,自清代嘉庆元年(1796年)起,雇石工百余名,历时14年,在澧水南岸的悬崖绝壁上凿成一条宽1米多、长20千米的悬崖栈道,保证了行人安全,同时减少了跋涉之苦,使原来路程(南岔至陈家河)缩短30千米,而王家武的资产也被耗尽,被永顺知府赐予"和善之家"匾额。黔阳县的金荣卿,清代末年人,青少年时期靠拾荒为生,虽家贫未上过学,但机敏过人,精于口数心算,后开杂货店致富。致富后,捐出稻田400亩,创办义学,架桥修路,购置义渡船,为乡邻人赠送棉衣,灾年施粥,抚育弃婴,其慈善佳话广为流传。(《永顺府志》卷八)

在《辰州府志》中,也记载了不少这样的事例。乾隆年间溆浦一位叫杨连的人在桃溪以耕田为生,家境困难。一天,他在路上捡到银子20两,铜钱数百枚,于是将钱放在一个隐蔽处,然后在此等待丢钱的人。不一会儿,见一人神色慌张沿途寻找而来,于是问他为何,那人说丢了钱财,杨连询问并核实其数量后,将银两钱币全部退还此人。丢钱人拿出一半作为酬谢,杨婉言谢绝了,此事当时传为佳话。据民国《慈利县志》记载,有一叫宋光俭的人,为人直爽,酒量惊人。年60岁时,挑担子去买小商品,脚下被一包裹拌了下,俯身捡起一看,为一重达10斤左右的钱包。知为他人丢失,他便把钱放在怀中,就地而坐等待。不一会儿,丢失者找包来了。宋光俭将包退还,失者感谢再三,并以一半作为酬谢。他说,如果我看中

钱的话，我就不再卖小商品了，随即离去。

在湘西，除了那些被人称颂的人物外，邻里、村寨之间还有互助的习俗。一些村寨设立互助会，其方式是由村里有影响的人联络各家人入会，每人交纳一定数额的钱，这些钱集中一起放贷取利息，或存于钱庄获利。入会的成员，若遭遇天灾人祸，则可用这笔钱来救济。被救济者渡过难关后，再返还这笔钱，用作其他救济。有的以抽签的形式，中签者可享受这一年的救济金，等到来年大家再出资做本，再抽签决定给谁，如此循环。通过互助互济，解决了有临时性困难家庭的不时之需。

在重情义方面，不妨看看"湘西王"陈渠珍与藏族妻子西原以及董禹麓的感人至深的故事。1909 年春天，27 岁的陈渠珍奉命率军入藏，抗英平叛，经历无数次恶战，平定了恩达、工布、山南、翠南及波密等地区。在驻工布期间，他与藏族姑娘西原相恋并结婚。西原是当地头人的侄女，人长得美且懂些武术，在西藏长大的她能忍饥耐寒，熟悉环境。辛亥革命胜利的消息传到西藏，主张革命的一派，推举陈渠珍为西藏革命总指挥，统领组织军政府。陈分析形势，感到势孤力单，决意出藏返回内地参加革命。

1912 年冬，陈与西原率湘西籍及周边地区官兵 115 人，从江达出发，经过哈喇乌苏、羌塘、酱通大荒漠，过通天河、柴达木盆地，再走青盐海、日月山到达西宁，历时 223 天，行程 11000 多里，其艰辛可知，100 多人到达西宁时，只剩下 7 人。其余几人看破红尘，在当地入寺为僧。陈与西原辗转来到西安。这时，盘缠花光，举目无亲，只得写信到老家凤凰寄盘缠来，以便回家。在西安居住的日子，陈渠珍结识了湘西永顺的老乡董禹麓。董时任某中学校长，又兼督府一等副官。其先祖居住沅陵，后溯酉水而上，搬迁至酉水的永顺一带居住，是当地的望族。董比陈大 6 岁，湖北自强学堂（武备学堂）毕业，懂些武术和轻功。1909 年，到西安高等学堂担任体操教习，并任同盟会陕西总干事。陈渠珍与董禹麓熟识后，成了无话不说的朋友。

11 月初，陈渠珍还未接到家信和盘缠，只得变卖随身携带的军用望远镜等艰难度日。不幸的是，西原突然患上天花，全身水肿。陈渠珍马上请医师，看病护理，好言宽慰。第二天凌晨，西原因抢救无效病逝。陈渠珍见爱妻病逝，悲痛欲绝。想为西原操办丧事，但囊中空空，不禁伤心大哭起来。天明后，百般无奈的陈渠珍只好求助于董禹麓。董禹麓知道后，面色悲戚。沉思良久，起身入内取出一包银子，对陈说，这里有二三十两银子，可以拿去作丧葬费用，又安排一亲戚协助陈渠珍去料理后事。途中，董的亲戚告诉陈渠珍，刚才所赠的银圆，是他的族弟贩羊寄存在他家中的。陈渠珍闻言，更觉得董禹麓的重情重义。他们将西原灵柩暂寄西安雁塔寺，以待日后归葬故乡。

　　一个月后，陈渠珍终于接到家信和汇款，并得知先母邵太夫人去世。他匆匆向董禹麓辞别，说道："回家后，如有发达之日，绝不忘兄长的相助之恩。"1913年农历正月底，陈渠珍回到故乡凤凰。此时，其同乡、同学和好友田应诏任湘西镇守使，陈很快得到重用。接着，陈凭着自己才能，一路升迁。到1919年，他担任湘西剿匪总指挥，湘西巡防军统领等职，成为名副其实的"湘西王"。从回家起到担任"湘西王"后，他不忘在西安解囊相助的恩人董禹麓，也时刻惦记着寄放于西安雁塔寺的爱姬西原的遗骸。通过联系约定，1921年董禹麓护送着西原的遗骸回到湘西，陈渠珍将其安葬在凤凰城郊大坡脑山上，并写下感人肺腑的祭文，立碑纪念。董禹麓与陈会面时，介绍了阎锡山的山西自治成就。这时的陈渠珍正醉心于湘西自治，大力推行保境安民政策，发展地方经济，对董的介绍极感兴趣，派遣考察团去山西考察。在陈的治理下，湘西出现了一度的繁荣。1924年，董禹麓的老家列夕被附近匪徒洗劫，其父亲董光辅被残酷杀害。董禹麓在西安闻讯后，星夜兼程，回归故里。他找到陈渠珍，诉说父亲被杀经过。陈得知深表同情，出资料理后事，并派精兵强将，协助董缉捕凶手。经过几个月的追捕，主犯黄包臣、彭南桥等人均被缉捕处死，消灭了匪徒。陈渠珍与西原的爱情，对董禹麓的友情，曾在湘西流传很久。

　　淳朴可爱的湘西人！他们勤劳智慧、质朴率真、重情重义、直爽美丽！他们保留了优秀的传统的民族文化，同时善于接受和学习新的科技文化潮流。古老的湘西，在他们的精心雕琢下必将变得更加美丽，更加繁荣。

8. 流放湘西的名士达人

楚骚幽怨地，沅水多逐臣。从战国时代起，因各种原因来到大湘西这块"五溪蛮地"的各类历史名人，达上百位。他们其中很多人把自己的情感、诗文融于了湘西。著名的有屈原、鬼谷子、伏胜、陶渊明，唐代有刘景先、王昌龄、张镐、戎昱、畅璀、郑炼师，五代后唐有豆庐革，宋代有邵宏渊、王庭硅、程子山、万俟离，南宋有魏了翁。明代这里仍是逐臣之所，有宋昌裔、王襄毅、汪汝成、沈朝焕、邵元善等。有的是为了遁世修隐，有的则遭贬流放。由于这些人大多是当时社会的名流，既有社会责任感，又胸怀远大，虽历尽人世沧桑、身处逆境，但仍然保持着积极向上的心态，所写的诗文再现了当时的自然和社会场景，反映了处在逆境中那种不屈不挠、乐观向上的精神力量。正如宋代李纲所说："湖湘间多古骚人逐客，才士之所居，故其景物凄凉，气俗感慨。有古之遗风。"

那时湘西南也是流放犯人的地方。屈原曾经流放到溆浦一带，并且在这里写出了《离骚》和《九歌》，屈原在这些不朽的名作中，写到了辰阳、

图4-16 屈原画像

溆浦、沅水、兰花、芷草、橘子等怀化山区的许多地名、河名、花草名和水果名，让世人在很早的时候就认识了这里的山山水水和丰富物产。唐朝的著名诗人王昌龄也被贬到龙标，当了8年的龙标尉。大诗人李白为此事写下了《闻王昌龄左迁龙标遥有此寄》的著名诗篇："杨花落尽子规啼，闻道龙标过五溪。我寄愁心与明月，随风直到夜郎西。"龙标县就是后来的黔阳县，黔城还建有纪念王昌龄的芙蓉楼。

鬼谷子是春秋战国人，是创立纵横捭阖之术的大谋略家。相传天门山西北部悬

崖上有鬼谷洞，今有探险者于洞中发现石桌、石凳、石床、石灶，并拍下酷似鬼谷子面壁修炼的显影图像。因此鬼谷子被认为是湘西有名有姓的神秘文化始祖。汉代时，相传汉留侯张良曾来到这里。汉高祖刘邦平定天下后，滥杀功臣。留侯张良想到淮阴侯韩信死前讲的那句话："狡兔死，走狗烹；飞鸟尽，良弓藏；敌国破，谋臣亡。"不禁心生寒意，便想效法当年越国范蠡，隐匿江湖。可是到哪里去好呢？他思来想去，最后想到了赤松子的养生处天门山。昔日屈原被流放时，曾留下了"沅有芷兮澧有兰，思公子兮未敢言""广开兮天门！纷吾乘兮玄云"的美丽诗句，于是张良便循着赤松子的足迹，上了天门山。以后，又辗转登上了青岩山。这里别有天地，正是张良要寻求的"世外仙境"！从此，他便在这里隐居下来，修行学道，并留下了一脉张氏子孙。据说，张良为了让青岩山水更美，曾在青岩山南侧植了七棵银杏树。这七棵银杏树长得又高又大，就像七把巨伞，撑在半山腰。

唐代较早贬到辰州的官员是刘景先。刘景先反对穷兵黩武，处事干练，有治国之才，于弘道元年（683年）位及宰相。然而，由于他支持裴炎反对武则天专权，于光宅元年（684年）先被贬普州刺史，后来再贬辰州刺史。他也是初唐时期有史料记载的被贬辰州的历史人物。戎昱为荆南人，唐肃宗至德年间登进士第，《唐才子传》说戎昱"至德中（公元756—758年）以罪谪为辰州刺史"，"至德"是唐肃宗年号。他在《辰州建中四年多怀》写道："荒微辰阳远，穷秋瘴雨深。主恩堪洒血，边宦更何心。海上红旗满，生前白发侵。竹寒宁改节，隼静早因禽。务退门多掩，愁来酒独斟。天涯忧国泪，无日不沾襟。"从此诗记载看，建中四年（784年）戎昱仍在辰州未归，此时是唐德宗在位，则他被贬辰州的时间长达20多年！被贬辰州的还有郑炼师，戎昱的《寄郑炼师》写道："平生金石友，沦落向辰州。已是二年客，那堪终日愁。尺书浑不寄。两鬓计应秋。今夜相思月，情人南海头。"

被贬大臣中，王昌龄所留的诗文最为丰富，他还在黔城建立了龙标书院。湘西历来被认为是荒芜、偏远之地，在很多人眼里充满陌生、怪诞之感，当诗人踏上湘西，即为湘西美丽独特的自然、人文景观所折服。王昌龄在贬谪龙标7年的时间里，创作了不少赞美湘西风光的优美诗句，如

图4-17 王昌龄画像

《龙标野宴》："沅溪夏晚足凉风……青山明月不曾空。"诗人沉醉于山水的喜悦之情跃然纸上，让我们感受到的不仅是迁客骚人的雅韵情怀，也充满了他们与命运抗争的意气和希望。当然，遭贬谪的多舛命运、愤懑抑郁之情也充斥于不少诗作中。如《留别武陵袁丞》："皇恩暂迁谪……忠贞抱生死。"这里诗人巧借马援蒙馋的故事为自己因流言被贬而感到不平的呐喊和愤怒。在《箜篌引》中，诗人借一迁客月夜弹奏箜篌，悲叹地叙述了因遭谗受贬，但依旧心忧社稷。在《送吴十九往沅陵》一诗中，可看出诗人虽远谪龙标，归期缈缈，但仍对未来深抱希望。

宋代陆游曾发过感叹："挥毫要得江山助，不到潇湘岂有诗。"贬谪对古代文人个人来说，应是人生极大的不幸，但对其创作及文学发展来说，则又是一件幸运的事。因为在古代交通不便的情况下，贬谪的经历会极大地丰富被贬者的社会及人生阅历，激发其创作灵感，贬谪者会创作出许多优秀的作品，甚至有些作品达到创作高峰名闻天下。王昌龄就是其中的代表性人物。贬谪过程中，王昌龄创作了许多光照千秋的诗歌。清道光十九年（1839年），湖南黔阳县令龙光甸及其子龙启瑞（道光二十一年状元，曾任江西布政使）为了"匡存一邑之风骚，更助千秋之凭吊"，以《全唐诗》为依据选编了王昌龄贬谪龙标及其在湖南境内创作的诗歌作品共29题31首，并定名为《王少伯宦楚诗》。

这些诗词中，《龙标野宴》所表达的更是一种胸怀豁达、积极向上的精神。王昌龄在与友人野宴时吟道："沅溪夏晚足凉风，春酒相携就竹丛。莫道弦歌愁远谪，青山明月不曾空。"在《留别司马太守》一诗中："辰阳太守念王孙，远谪沅溪何无论。黄鹤青云当一举，明珠吐著报君恩。"他以"王孙"自诩，叙写因卢溪司马太守等朋友对自己关心，即使被贬谪中，也处变不惊，从容自若。而《送吴十九往沅陵》所选择的又是另外一种色调的意象："沅江流水到辰阳，溪口逢君驿路长。远谪谁知望雷雨，明年春水共还乡。"诗人内心要表达的是对同遭厄运朋友的安慰和共勉，希望与朋友一起振作精神，耐心等待东山再起的那一天。在湖湘贬谪诗中，王昌龄使用频率较高的是"孤舟"，如《留别武陵袁丞》"从此武陵溪，孤舟二千里"；《巴陵别刘处士》"袅袅清夜猿，孤舟坐如此"；《送任五之桂林》"楚客醉孤舟，越水将引棹"。"孤舟"意象隐含的是诗人对人生的看法和感受。"舟"之孤实乃人孤、心孤，亦为诗人自己正处境孤危的真实写照。当然，被贬期间，王昌龄最看重的是朋友之间的情谊和牵挂之情。他在《送柴侍御》诗词中写道："沅水通波接武冈，送君不觉有离伤。青山一道同云雨，明月何曾是两乡。"自古以来，"黯然销魂者，惟别而已矣"，王昌龄虽然感觉有离别的伤感，但青山延绵共同承接着风雨，明月一轮照耀同一大地，没有分隔两地的感觉啊！

宋代王庭珪被贬湘西时，年已七十，他在《谪辰州》一诗中说："吾衰任飘泊，朝夕渡沅湘。"王庭珪在辰州期间，当地官员接到秦桧旨意，视他为因犯。但他意志坚强，精神不衰。来偏远的湘西之前，他心里充满恐惧，脑袋一片空白。但踏上辰州后，便被湘西美丽独特的自然、人文景观吸引，常赋诗作文加以赞赏。除了描述湘西优美的自然风光，他还记录并赞赏了当地的民风民俗。如在《辰州立春清首座送生菜饼》一诗中，他写道："闻道春风今日回，走寻消息傍寒梅。恨无纤手挑生菜，也有青丝满饤来。"诗中写的是湘西立春日送生菜饼习俗。在《窜居夜郎雪中杜门数日不出忽郡中送春牛来始知今日立春》一诗中写了立春日的感受："东风来从几万里，雪拥江梅未放花。忽见土牛惊换岁，始知春色到天涯。"他在雪天中数日不出门，当州郡送来"春牛"年画的习俗时，他才知晓今日立春了。秦桧死的消息传来后，官员张燕叫他去官邸一叙，他感到惊讶不敢去，接二连三催促后，不得已去了。张告诉他秦桧已死，你可以自由回家了。他回到家中在墙上作诗一首："辰州更在武陵西。每望长安信息稀。二十年兴缙绅祸，一终朝失相公威。外人初说哥奴病，远道俄闻逐客归。当日弄权谁敢指，如今忆得姓依稀。"以表达自己的欣喜之情。在湘西，王庭珪乐观不信命，从诗中可窥一斑。如在《赠日者张谷》一诗中写道："夜坐吟诗窜夜郎，君将何术考休祥。近来偷得西华法，不敢烦君算短长。"在《答刘乔卿书》中，对他人卜其尚有 16 年寿时，他回答说："所谓十六年，亦非不多，但子之术所能知者，天年之寿耳。若十六年之外，在我而不在天，则非子之术可得而知。"湘西虽美，但毕竟是被逐放而来的，孤独无援，心情沮丧，一旦离开此地，其心境可以理解。王庭珪在离开辰州时写下《离辰州二首》，其一："逐客休嗟行路难，归鸿心在杳冥间。初惊草尾千重浪，险渡湖头十八滩。"其二写离开湘西时感受："行尽黄茅白苇丛，举头忽见两三峰。青青尽出湘天景，如觉身离蛮蜒中。"

魏了翁（1178—1237 年）是南宋后期著名思想家、学者、诗人，官至礼部尚书兼直学士院。他心忧国事，敢说真话。宋理宗初，由于得罪了时相史弥远等人，遭到忌恨，被劾欺世盗名，49 岁时被贬靖州。南宋时的靖州属边远荒蛮之地，水陆交通艰难。他从四川到湖南，走了整整半年，风餐露宿，路上靠野果充饥。但魏了翁来到靖州后，觉得情况却比他想象的好。一是感到民风淳朴，物价便宜。在《鹤山集》中，他写道："士风不恶。民俗亦淳。时和岁丰，则物贱如土，颇便于羁旅之人。况山深日永，自应酬书问之外，尽有余力，可以读书。肩吾相处，久益有味。"不久他就将寄留在长沙的家眷接到了靖州。他在与友人的信中多次言及在靖州的安乐："唯八九钱一升白米，八九十一斤猪羊肉，他物称是，此则吾蜀所无。"二是觉得这里设州已有 100 余年，仍城小人稀，文化教育落后。"余以罪戾徙靖，始亦陋其士，夷其民；徐即之而不然。盖民不知有纷华之悦，故寡欲易足；士不知有科举之利，故质实近本。"他认为："甘受和，白受采，使因其去本未远，而有以开导扶植焉，视他邦不既易易乎？"（《黔阳县学记》）于是，为广传义理之学，使百姓懂得理学意义，他在渠阳鹤山创办鹤山书院，每天读《易》《诗》《礼》，教学言训偏旁，益知义理无穷。由于魏了翁的影响，湖湘以及江浙的学子不远千里负笈从学，不久渠阳一度成为理学重镇，誉满中原，士人学风为之一变，形成了理学中的"鹤山学派"。不久有士子考中科名，送出了第一批贡士，这是以往未有之事。魏了翁特举办了鹿鸣宴以示奖赏，作诗以贺："何处何时不产贤，黔中故地夜郎天。虽云地脉元无间，欲破天荒未有先。万蚁场中春锁棘，九宾庭下晓鸣鞭。便将正学昭群聩，留取魁名万口传。"贡士是指州府科举考试中试者，万蚁指科举士子。考试在春天举行，所以又称春闱。贡院周围有棘篱，考试时门上锁防作弊，故有"春锁棘"之语。一旦考中，前程似锦，"九宾庭下晓鸣鞭"，有机会获得皇帝的恩宠，夺魁的名声还能在社会上传颂。被贬期间，魏了翁还写了不少诗文，歌咏靖州的山川景色、风土民情，表达了自己被贬后的寂寞凄苦之情，其笔下湘西别有一番风采，在《张永平辖作亭于渠河之右予请名以观而通守江》一诗中，他写道："渠河有水清且涟，弄丸之暇游其间。风轻沙暖鸥忘机，天开日烜鱼逃筌。山中不知岁月改，春洲六度听绵蛮。闻人昔游不到此，岸容山色如有冤……"诗中借写靖州的美景，表达自己的冤情，到这里听"绵蛮"已经6年了。《次韵知常德袁尊固监丞送别四诗》写他离开湘西到了常德，"归来已恨十年晚，老去空嗟两鬓华"等诗句便是写照。诗人建功立业的理想落空，年华逝去，而功成未就的无助、落寞之情展露得淋漓尽致。如《再赋》："淘金乱川绿……吾欲问黄熊。"靖州虽地方偏远，但自然条件得天独厚，诗人爱土之情溢于言表。虽遭贬谪，但寄情山水、与民同乐的愉悦无处不在，表达了诗人对政治清平理想的追求。魏了翁在《鹤山集》中还说道：靖为州，南距广西，东障湖南，北抵沅辰，西极夜郎。四竟之外，降自灵均，代有显人，播之诗骚。靖以晚出，未尝有显来。他认为程子山是因为得罪了秦桧，才谪居靖州。由于程子山尝游此山，山因此得名"鹤山"。此外，宋代的王超、程敦厚等也因得罪了秦桧被贬谪来靖州，秦桧死后才得以生还。

很有意思的是，宝庆元年（1225年），福建人饶敏学来到邻近的黔阳县，以学为政，建校兴学，以改变这一地区文化落后的局面。30多年后（南宋咸淳元年，即公元1256年），黔阳县考中了第一位进士，其名为舒梦桂，"时捧乡书南宫者二人，而舒梦桂果奏凯捷，遂为龙标破荒"。

明代，王守仁被贬贵州龙场驿，在湘西的沅陵、辰溪、黔阳、沅州等地留下了足迹，后在沅陵建立了"虎溪书院"；曾做过国子祭酒的马元吉在芷江建立了"明山书院"。

除了被流放的官员外，一些来湘西上任的官员也为湘西的文化发展和社会进步做出了贡献。明宣德三年（1428年），山西人薛瑄受命为湖广道监察御史并监督沅州银场之职，管辖湘西12县银矿。薛瑄就任后，在住所墙壁上题诗明志："有雪松还劲，无鱼水自清。沅州银似海，岂敢忘清贫。"以表明自己防腐拒贪、贫不移志的决心。据《薛文清公年谱》载："（薛瑄）在沅凡三年余，所至多惠政。首黜贪墨，正风俗，罢采金宿蠹，沅民大悦。"三年多的时间里，薛瑄为政清廉、惩治贪官，为民办实事，得到当地百姓爱戴德，家中挂薛瑄像，为他祈福。期满离任时，百姓们感其恩惠，在虎溪山为他建祠供奉。正如薛瑄自己所写："莫言白笔南征久，赢得归囊一物空。"（注：古时七品以上官吏都以白色毛笔代发簪，此处代称自己。）

湘西为那些流放或到湘西任职的名人提供了施展才智的舞台，他们以湘西的自然和人文为素材，著述很多，有的名篇流传千载，有的故事至今仍让人津津乐道。他们在湘西留下的传说和诗文，记载和宣传了湘西，使湘西呈现出中国历史上特有的文化现象。他们建立的学院之类的教育和研究机构，融合了内地先进文化与湘西的文化习俗，丰富和繁荣了湘西的教育文化。

第五章　神秘现象释疑

　　湘西的奇山异水和旖旎风光吸引了世人的目光，但人们对湘西感兴趣和关注的也许是湘西的神秘文化现象，包括赶尸、放蛊、再生人、蒙汗药、踩铧犁、吞赤炭、吃竹签、上刀梯、吐火等。这些传说和现象使湘西蒙上了一层神秘诡异的色彩。本章介绍其中一部分神秘现象，并试图从不同的视角来简析这些现象背后的本质。

在湘西居住的少数民族主要有苗族、土家族、瑶族、侗族、白族等，他们在这里繁衍生息已有悠久的历史。湘西处于云贵高原边界，与贵州、四川、重庆、湖北和广西接壤，当不同的民族文化、传统习俗和地方资源在这里汇集、碰撞和融合，逐渐形成了当地独有的风俗文化和社会现象，产生了具有多神信仰特征的原始宗教信仰体系。尤其是赶尸、放蛊、再生人、蒙汗药等传说和现象，不仅影响湘西，而且远播全国各地，使湘西蒙上了一种神秘的色彩。这些具有神秘色彩的活动，一些仍在湘西继续存在，一些已成为人们记忆里的传说，成为舞台上的艺术以及人们茶余饭后的谈资。

1．远古的神秘崇拜

中国少数民族先民们大多信奉原始宗教，崇拜多神，神灵体系是相当庞杂的，有自然崇拜、灵魂崇拜、祖先崇拜。无论是动物、天地、山川河流、古树巨石、桥梁、水井等，他们都视其为有神灵之物，都是崇拜的对象。但多以原始宗教中的祖先崇拜为中心，多神崇拜是他们原始宗教信仰的主要特征。

在湘西的苗族、土家族、瑶族、侗族、白族这几个主要的少数民族中，有自己的神秘崇拜，特别是不同的图腾崇拜。图腾崇拜内容是远古时期的民族英雄、祖先或动物，虽然崇拜的内容不少缺乏文字记载，但从各民族的口口相传中沉淀了历史，透射出遥远的往事。

这里，我们来大致了解一下湘西这几大少数民族早期的主要（原始）崇拜。

苗族在湘西分布较广，是一个历史悠久的古老民族，其先祖是很早以前居住在华北平原的九黎部落。他们把盘瓠（hù）看作自己的图腾。盘瓠是中国古代神话中的人物。传说远古高辛帝时，"时帝有畜狗，其毛五采，名曰盘瓠"。因戎吴将军作乱，高辛答应谁能斩下吴将军之首级，就能封邑赏金，把公主嫁给他。盘瓠咬下吴将军首级而归。后高辛不得已，履行了自己的承诺，把公主嫁给了盘瓠。盘瓠死后，"其后滋蔓，号曰蛮

图5-1 湘西少数民族地区的图腾柱

夷"，成为一个较大的民族，大家都遵奉他们共同的祖先。这个故事在我国南方瑶、苗、黎族民族中也广为流传，人们都非常虔诚地祭祀盘王。盘瓠神话影响深远，在《风俗通义》《搜神记》等诸多古籍中有完整的记载，至今在南方的苗、瑶、畲等民族中也广泛流传，被认为是他们的始祖或图腾崇拜。很有意思的是，《后汉书·南蛮西南夷列传》、清《一统志》、《辰州府志》、《泸溪县志》等均记载着盘瓠文化的发祥地为吉首自治州的泸溪县。清《一统志》记载，辛女岩在泸溪县南30里，奇峰绝壁，高峻插天，壁立水中，有石屹立如人，相传高辛氏之女化石于此，旁有石林。泸溪县境内至今仍有很多的盘瓠文化遗迹，盘瓠与辛女的神话传说几乎家喻户晓。在县内沅水流域地段除了有辛女岩、辛女祠、辛女溪、辛女桥、辛女滩、辛女潭、辛女坪、以辛女命名的辛女村外，还有盘瓠洞、盘瓠山（又名狗岩山）盘瓠墓、盘瓠庙等等。《武陵记》有载："武山高可万仞，山半有盘瓠石室，可容数万人。中有石床，盘瓠行迹。今按石窟前有石羊、石兽，古迹奇异尤多。望石窟大如三间屋。遥见一石，仍似狗形。蛮俗相传云，是

盘瓠象也。"今吉首市境内有武山，其情状与书中记述大体相同。那半山腰上的洞口，当地苗胞称为"祖先的大门"。宋代王存的《元丰九域志》曾记述："辰州古迹，盘瓠神庙。"在其后的明、清古籍中对湘西的盘瓠庙及祭祀活动，亦多有记载。1986年，在怀化的麻阳县境内，竟发现了18座盘瓠庙，其中的漫水、新营、茅坪、袁郊、陈家坡5座仍保存完好。在麻阳聚居的苗族人，称盘瓠为"龙王""龙犬"，并虔诚供奉。可见在湘西苗族中，对盘瓠图腾的崇拜，表现在崇尚犬的习俗上。老一辈的苗族人，是不吃狗肉的。此外，在民间还有不少有关盘瓠的神话，因盘瓠崇拜而产生的歌谣、舞绘、绘画、雕刻、服饰、工艺等等。

除了盘瓠崇拜外，苗族人认为蚩尤是始祖，他们是其后裔。上古时期的涿鹿之战，苗族首领蚩尤被黄帝擒杀，残部南移长江中游一带组建苗蛮部落（又称三苗部落）。这支部落中的最大的一支，历经艰险抵达湘西的吕洞山，在此繁衍生息。每年农历九月初九，在吕洞山祭拜台上，周围十里百乡的苗族人会聚于此，跳起古老的绺旗舞、芦笙舞和盾牌舞，敲起声震山岳的撼山鼓，一起祭奠蚩尤，祭祀祖山。

据传蚩尤为黄帝的相国（现有考证说是黄帝的儿子），《管子·四时篇》认为，黄帝得蚩尤而明于天道，遂置以为六相之首。又说：蚩尤明于天道，故使为当时。知天时之所当也。则蚩尤又尝为黄帝相矣。《韩非子·十过篇》及王充《论衡》也说道：黄帝合鬼神于泰山，毕方并辖，蚩尤居前。到后来，蚩尤反叛，被黄帝所杀。这在司马迁的《史记·黄帝本纪》中有记载：蚩尤作乱，不用帝命，帝乃与战于涿鹿之野，遂擒杀蚩尤。蚩尤是一位善于军事和武器制作的能人，"蚩尤受卢山之金，而作五兵"（《管子》），这五种兵器为戈、矛、戟、酋矛和夷矛。

蚩尤的长相如何呢？传说中也是一个完全神化了的形象。《归藏·启筮》说蚩尤的身形是"人身牛首，长于姜水"。苗族民俗文化中，椎牛仪式源于对蚩尤的崇拜，他们认为牛是蚩尤的精灵。今湘西苗族女性头饰所载的水牛角银冠，把水牛角高挂在堂屋的中柱上祭祀，表明了炎帝的"人身牛首"、蚩尤的"人身牛蹄"和当今苗族对水牛角的顶礼膜拜的关系，足以证明三者的族源联系与文化史是一脉相承的。此外，有专家从湘西麻阳红苗对天王庙的祭祀,考证出天王庙即竹王庙;有专家还认为,湘西还存在白帝天王信仰。

湘西土家族的"梯玛神歌",是土家族梯玛活动中一种用土家语演唱的古歌。古歌内涵丰富,是一种吟唱式的长篇史诗,包括土家族的历史和迁徙、天文地理、宗教信仰、神话禁忌、生产劳作、生活习俗等,作为国家级非物质文化遗产,被誉为"研究土家族方方面面的百科全书"。"梯玛"在土家语中是指土家族的一种原始宗教仪式,也是土家人对巫师的称呼,即"敬神的人"。土家族有关宇宙万物和人类起源的神话,产生于野蛮时代,是远古人类的口头创造,反映了远古人类的生存经验和民族精神,在土家族人中世代口口相传,并被记载于《摆手歌》《中国民间故事集成湖南卷》《土家族文学史》等文献中。土家族开天辟地创世神话至少有以下几个传说:一是竹木撑天地说。远古的巴人由大巴山经巫山到武陵山,看到山中多竹木,立地而参天,自然认为是竹木撑起了天地。这则神话中有大鹰、大猫、树木等动植物。二是盘古和女娲开天辟地说。盘古女娲开天辟地说明显带有汉文化的色彩。说的是远古时,天和地像鸡蛋里的蛋清和蛋黄紧紧连在一起(与汉代的宣夜说相似),世界混混沌沌的。盘古见天地相连,神仙和人分不清,天地之事搅合一团,不成体统,于是用大斧头在天地之间使劲地砍了起来。玉皇大帝怕水涨到天上去,就命女娲娘娘补天。女娲娘娘炼出一种又软又绵的五彩云才把天上的孔洞补住。三是张古老和李古老制天地说。此说见于土家族史诗《摆手歌》中:张古老用功造天,造地的李古老却因偷懒睡觉,直到张古老将天造好了,李古老才醒来。李古老因时间匆忙和心里慌张而将大地造得高低不平,坑坑洼洼。

土家族人崇拜的对象多,其主要崇拜图腾是白虎。大多数学者认为其源于古代巴人的廪君神话。《后汉书·南蛮西南夷列传》载:"巴郡南郡蛮本有五姓:巴氏、樊氏、覃氏、相氏、郑氏,皆出于武落钟离山。"《水经注·夷水》《世本》《晋书》等文献史籍中的有关记载都说明廪君是巴人部落联盟的创始人,他有超人的能力和智慧,廪君死后成为巴人族神。由于廪君活动区域在清江夷水流域,即今湖北恩施、长阳一带,毗邻湘西张家界,白虎崇拜于是在清江流域与湘西土家族居住区传承至今。土家族为何信仰白虎图腾呢？传说八部大神是喝虎奶长大的，其先祖是虎。"虎"又是英雄形象，相传白帝天王三兄弟被皇帝毒死后，变成三只白虎，坐在金殿宝座上。皇帝惊恐万状，只好封他三兄弟为白帝大王，并立庙祭祀，三只白虎才离开。白虎图腾崇拜包含两大内容：一为"人虎互化"，即人死后变虎，虎也可变人。先人将白虎视为本部族的祖先，自己为白虎后代，认为人与白虎可以相互转化。关于"人虎互化"的传说，自秦汉至唐宋期间文献中不乏记载。二是认为白虎若得饮人血，将强大无比，为本部族的生存繁衍提供神力。血祭是原始宗教仪式或说是古代宗教的核心部分。在古代图腾崇拜中，用动物来表达对神灵的虔诚是常见的形式。湘西土家族居住地有不少白虎庙，有的家里还供有白虎神位，敬祭白虎，以求保佑平安。白虎崇拜以"坐堂白虎"为神虎，几乎每户都有一白虎坐堂，家家都要设坛祭神虎。在与湘西毗邻的重庆酉阳、秀山，湖北的长阳、巴东、建始、五峰的土家人，同样有很多与白虎相关的习俗，如在跳舞祭祀时，有白虎家神的唱段。

　　不仅如此，湘西土家人亦有驱赶白虎的信仰习俗。土家族认为白虎还有邪恶神——过堂白虎，"白虎当过堂，无灾必有祸"，因此有"赶白虎""射白虎"等仪式。有学者认为，"赶白虎"习俗与乌蛮古俗有关。龙山土家族传说，过堂白虎生前原是土王的小妾，遭抛弃后，投水溺亡而化成白虎。为报复土司，它到处杀土司后裔的小孩，造成人丁不旺。后演化成夫妇不生育是因为白虎作祟，于是产生了"秋后赶白虎求子"的习俗。"赶白虎"的仪式，在湘西、黔东北和鄂西苗族村寨中也有，如果小孩生病，必驱白虎以治。湘西的杨、田二姓土家族，把惊蛰这天定为射虎日，即射过堂白虎，家家户户用石灰在木楼堂屋中画弓箭避邪。因此，土家族的白虎图腾崇拜蕴含着祖

图 5-2　张家界土司城的白虎石雕

先崇拜的情感内容。白虎崇拜与白帝天王崇拜之间有着密切联系，但随着时间推移，白虎图腾崇拜中白虎神形象逐渐脱离群体，化为单一超然的白帝天王，使白虎图腾崇拜达到了顶峰。

除了白虎崇拜之外，土家族世代有雨神等崇拜。在农耕社会，生产粮食和种植经济作物都与风雨阳光密切相关，特别是对居住山区靠天吃饭的人来说，雨水尤为重要，因此，雨神崇拜在农耕民族中较为广泛。土家族也称雨神为龙神，认为龙神是降雨和生水之神。雨神祭祀仪式主要以巫术形式为主，"鞭石求雨""斗龙求雨"的遗风至清代仍有流传，"大旱或召巫祷于洞神，巫戴杨枝于首，执凫吹角，跳跃而往，众鸣钲击鼓随之，名曰'打洞'。""五六月间，雨旸不时……农人共延僧道，设坛诵经，编草为龙，从以金鼓，遍舞田间以禳之。"土家族求雨与有关龙王的神话，与汉文化联系密切，也有的是本民族流传下来的习俗。如龙山县土家族把一种称"婆婆树"的树看作是"龙神"与"树神"结合的化身。一遇上天旱，求雨的方式就是到靛房乡桥底下挖一根柳树，说是龙王的化身，它深埋地底，挖见了就会下雨。里耶地区的人常去拖一篼深陷泥沼的所谓"婆婆树"，拖几下就会下雨。

瑶族最早崇祀的是盘古，把他当作开天辟地的神和人类的始祖神来颂扬，再就是盘瓠（盘王）。很多瑶族人认为盘瓠是瑶族的始祖，将其当作始祖神加以崇拜、祭祀与供奉。当然，作为民族始祖神崇拜，盘古与盘瓠在神性上是有区别的。盘古的传说比盘瓠早，许多地方的瑶族，不会将盘古与盘瓠相混淆，也可能是初期的盘瓠信仰变质为盘古信仰。不管怎样，瑶族尊盘古为人类远祖则是事实。盘古作为一个开天辟地的神话人物在瑶族等民族中被传颂，反映的是人们对远古洪荒时代的朦胧回忆。

对"盘古王"的崇拜，体现在瑶族每隔3—5年举行一次全部落性的"游神"大典，俗称"耍歌堂"。瑶族把农历十月十六日定为"盘王节"，活动一般要举办3天。跳盘王保留有图腾崇拜的痕迹，又包含祖先崇拜的重要内容。同时，瑶族与苗族一样，崇拜盘瓠，祭祀般瓠。瑶族的先民每逢迁徙，必携带祖先偶像，每到一处，必先立盘王庙，以进行祭祀。祭祀分为大祭和小祭。大祭每隔三四年或数十年进行一次，规模宏大，以宗族或

图 5-3　明代王圻绘的盘古像

连村的方式进行，祭期为3—5天，要进行隆重的祭祀仪式。唱盘王歌，击黄泥鼓，以歌颂祖宗的丰功伟绩，以祈祷和欢庆来年五谷丰收。除集体仪式外，各家各户还要杀鸡宰猪，宾朋好友会聚一堂。小祭是以户为单位进行的，每年或每两年进行一次，主要的活动是本户的男女老少一起拜祭盘王供像，祈求全家人平安，来年粮食丰收。同时，由于瑶族人相信人死亡后有鬼魂存在，为了表示对死者的怀念和对先辈的尊敬，在死者的墓中放置器具和食物，以求得到祖先神的庇护。此外，随着社会的发展和文化的交流，宋、元以后，道教和佛教相继传入瑶区。道教的传入对瑶区影响颇大，瑶人的丧葬祭祀仪式，开始按照道教的法旨进行，同时使得瑶区的祭祀仪式变得多样性和复杂性。道教与瑶族原始宗教完全融合在一起，形成瑶族特有的宗教信仰。

在侗族信奉的原始宗教中，主要是对萨岁的崇拜，这实际上也是祖先崇拜。萨岁意为始祖母，是最高的保护神，因此"祭萨"是侗族最重要的宗教信仰。长期以来，在侗族民间形成了一整套萨文化，包括有关萨的传说故事、歌谣、踩歌堂、吹芦笙以及各种敬萨祀萨活动等。侗族人认为，萨岁神通广大，主宰人间一切，既能影响风雨雷电，也能保境安民和镇宅驱鬼。每年春节或重大节日，人们都要举行隆重的"祭萨"活动，即使遇到天灾人祸或重大灾难，"祭萨"活动也照样进行。在湘西和贵州的侗寨里一般都建有萨坛，萨坛盖在寨子中间比较清静的地方，一般都是露天坛，一个圆形或半圆形的土堆，四周砌石块。萨坛往往有专人看守，守坛者或世袭，或由卜测产生。由于萨是寨子的最大保护神，建寨时建萨坛是寨子的一件大事，称为安殿。萨坛建成后，要举行安殿仪式。全寨男女身穿盛装，在萨坛前踩歌堂，吟唱《萨之歌》，歌颂萨的功德，希冀得到萨的保佑。侗族人对萨最为虔诚，初一、初十要烧香敬茶，特别把每年的新春作为祭萨的日子，届时全寨男女在萨坛集合，年轻妇女们手牵手或手搭肩围着坛前石坪边唱边舞，祈求萨在新的一年降福消灾，保寨安民，风调雨顺。

祭毕，众人围坐萨坛就餐，表示与萨共进午餐。这时，鸣锣燃炮，男的吹笙前导，女的随后又边歌边舞。春节期间，寨里的歌队、戏班或芦笙队要去其他村寨交流表演时，也先到萨坛前祭祀，以求出行顺利。古代，侗寨人出师抵御外敌时，更要祭萨坛，祈求萨保佑他们刀枪不入，胜利回村。关于萨岁这位始祖母的身世，据传是一位为维护侗族先民利益

图 5-4　湘西通道：坪阳村萨岁祭坛

而牺牲的女英雄，她集自然神、祖先神、英雄神为一体，是侗族民间信仰中至高无上的女保护神。

在湘西的靖州，曾有一位侗族人，被史书记载为"飞山蛮"的杨再思，为唐末五代靖州"飞山"酋长，号令十峒首领，对后世影响很大，人也称"飞山太公"，死后被敬奉为神。在湘西南、黔东南、桂西北以及鄂西广大地区都建有"飞山庙"，在每年农历六月初六杨的生辰、十月二十六杨的忌日，各地侗族同胞纷纷前往祭奠，千百年来香火不断，经久不衰。此外，侗族人的崇拜还有卵、蛇、牛等。在侗族传说中有卵生人，卵可判断人生祸福，其与人的生命、生产、生活联系在一起，故于民间盛行"卵卜""鸡卜""草卜""米卜"等，以此测定吉凶。

图腾崇拜可以说是原始宗教的前身，并逐渐演化为鬼神信仰这一民俗民风，并渗透在湘西少数民族的艺术、文化、生产以及生活的各个领域中，成为湘西少数民族中生活中非常重要的组成部分。由于湘西少数民族没有自己的民族文字，在生活中也没有诸如画像、字符以及门神等辟邪作用的民间器物，所以对善鬼以及善神的依赖很多都体现在了服饰和佩饰中。服饰图案中的鬼神，有天地祖先，也有日月星辰、花草树木、飞禽走兽以及山川河流等，它们都是具备灵魂的。这些鬼神都具有超人的意念力量，能

够随意地依附在任一事物上。这成为湘西少数民族服饰图案中非常重要的一个组成部分。

总之，湘西少数民族的神秘崇拜是从图腾崇拜，也就是从自然崇拜、动植物崇拜、鬼神崇拜以及祖先崇拜的相互融合的一种崇拜形式开始的，这里只对长期居住在湘西的几个少数民族远古的图腾崇拜做了一个初步的不完整的介绍。后来，随着各种宗教的传入，其崇拜的内容发生了一些细微变化，其神秘性的影响依然不减，并衍生出许多神秘的传说和现象。

2．放蛊与巫术

湘西少数民族中，巫蛊术曾经长期存在，尤其在苗族中更为明显。巫术历史悠久、幻象颇多。巫术的特征是：巫术与神话具有混融性，在祭祖、招魂、接龙、冲傩等巫祭活动中常常与神话混杂融合。巫术看似邪乎，但它是生活在湘西的祖先们在偏远的大山深处与自然抗争而积累的生存手段。彭学明所著的《我所知道和理解的湘西放蛊》中认为，蛊"是一种具有科学含量的巫术，是一种集自然科学、社会科学于一体的神秘文化和神秘文明，只是我们看不懂而已"。说巫术具有科学含量我不敢认同，但在一些治病过程中，要画符、要杀公鸡、要收药渣，其实都是一些看起来显得神秘的过场，起作用的还是祖先们在难以计数的试验中传下来的草药的独特功效；而在葬礼上的五花八门的仪式，无非是对逝者的一种传统尊重。尽管有些我们无法知晓蕴藏其中的究竟是什么，但不能像一些人解释不了金字塔的构造而就归结于外星人所为一样去理解湘西的巫蛊。

巫蛊术在我国大部分地区早已消亡。但在近代的湘西，巫蛊作祟的传言仍在流行。有人说，若到湘西，不能随便与陌生人讲话，不喝陌生人的水，以免中蛊毒。甚至还有人说，蛊婆藏蛊毒在指甲里，只要悄悄弹入杯中，喝下者便中了招。那么，在湘西民族地区有没有蛊毒呢？

蛊，从字形上看，就是将许多虫子放在一个容器里。据说是将蚂蟥、蜈蚣、毒蛇等毒虫放入器皿中盖上，让毒虫自相残杀，过段时间后打开盖

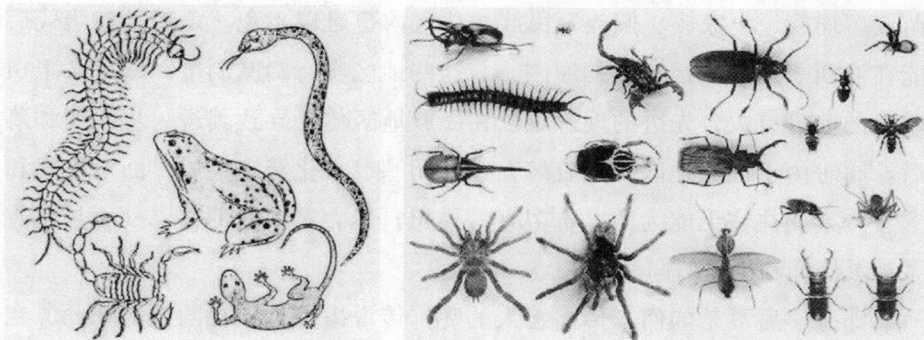

图 5-5　传言中的蛊虫

子，剩下那个毒虫就是蛊。什么是蛊毒呢？唐代经学家孔颖达解释说："以毒药药人，令人不自知者，令律谓之蛊毒。"就是说，用毒药施用于人，而人不知，这叫蛊毒。梁朝陶弘景则认为"蛊毒"为大病之一，谓"疗蛊毒以毒药"。明代李时珍在《本草纲目·虫部四》记载："取百虫入瓮中，经年开之，必有一虫尽食诸虫，即此名为蛊。"然后将蛊虫焙干制成细末，用来惩治对手。湘西的一些方志中也有类似的说法，这便是古人对蛊的认识和理解。

据史料记载，巫蛊在上古时期就有了。商代的甲骨文已有蛊字和蛊事的记载。蛊，甲骨文写为 ⚇⚇（蟲，大量虫蛇）＋𝗨（皿，食物盛器）。《小屯·殷墟文字乙编》中记载："有疾齿，唯蛊虐。"从先秦到汉代，巫蛊流行于宫廷的记载屡见不鲜。《周礼·秋官·剪氏》说："剪氏掌除毒物，以攻禜（yíng，古代祈求神灵消除灾祸的一种形式）攻之，以莽草熏之，凡庶蛊之事。""剪氏"即防治蛊疾的官员。《史记·秦本记》记载："（德公）二年，初伏，以狗御蛊。"西汉时，巫蛊已经盛行于宫廷。汉武帝时期著名的"巫蛊之祸"，导致数千人的死亡。此后封建王朝对巫蛊术严加禁止，并防止其流传。隋唐时期，巫蛊之说在宫廷已少有报道，原因与中原地区文化先进和对巫蛊的揭露有关，同时律法对施行蛊术有严格的惩戒措施。如《唐律疏议》规定："诸造蓄蛊毒及教令者，绞。"但不幸的是，巫蛊术在南方的一些民族地区仍然比较流行。宋代，巫蛊术在福建沿海各省流行，但影响不大。明清时期，西南省区的少数民族地区巫蛊较为流行，与之毗邻的湘西苗族、瑶族、土家族、侗族等民族居住区内也难以幸免。巫蛊术在唐代后能在湘西等民族地区流传的原因，与这些地区实行羁縻制度，即后来土司制度的前身有关，先进的理念难以在民族地区传播导致其进一步封闭和落后。同时由于湘西地区峰峦叠嶂，交通闭塞，文化经济落后，面对疾病和灾害，人们往往无能为力，希望有一种超自然力量来救助自己，于是便有了神灵信仰和巫蛊信仰。

那么，蛊毒是如何来传播害人的呢？传说蛊毒是一种阴性的东西，在药力之外，还有神灵的力量，只有女人使用才灵验。因此施行巫蛊的人多为女性，湘西民间把蛊婆叫"草鬼婆"，苗语叫"帕欺"。"帕"即妇女，"欺"即蛊，意为放蛊的女性。在湘西少数民族聚居地区，尤其是苗区，人们认为蛊婆是施巫作邪、半神半鬼的老妇，不仅对她们畏而远之，甚至还有敌意情绪，害怕接近她们而招来病痛和灾难。从史料记载来看，"蛊婆"多为贫寒人家的老妇，富贵人家的妇女从未被称为"蛊婆"。"蛊婆"被称"草鬼婆"，其原因是草低贱不值钱，鬼又遭人厌恶，用以说明蛊婆是像野草一样不值钱的穷鬼。在文史资料里不乏有关湘西巫蛊情况的记载。康熙年间的陆次云在《峒溪纤志·卷上》记载道："其人能咒诅变幻报仇家，又善变犬马诸物，破其法，既不验。"《乾州厅志》说："苗妇能巫蛊杀人，名曰放草鬼，遇有仇怨嫌隙者放之。放于外则虫蛇食五体，放于内则食物五脏。被放之人或痛楚难堪，或形神萧索，或风鸣于皮肤，或气胀于胸腔，皆置人于死之术也。"这里对放蛊者的秘法、中蛊者的病痛表现均记载下来了。《永绥厅志·卷六》记载了鉴别真假蛊婆的方法："真蛊妇目如朱砂，肚腹脊背皆有红绿青黄纹，无者即假。真蛊妇家无有毫厘蛛丝网。每日又须置水一盆于堂屋，将所放之虫蛊吐出，入水盆食水，无者即假。真蛊妇平日又必在山中，或放竹篙在云中为龙斗，或放斗篷在天上做鸟舞，无者即假。真蛊妇害人百日必死，若病经年，即非受蛊。"这段话的意思是，真蛊婆的眼睛像红红的朱砂，肚腹臂背均有红绿青黄条纹，没有就是假的；真蛊婆家中没有丝毫蛛网，蛊婆每天在堂屋中间放一盆水，将蛊虫吐入盆中食水，否则就是假的；真蛊婆能在山里作法，或放竹篙在云为龙舞，或放斗篷在天作鸟飞，不能则是假的。受蛊毒害的人在100天内死亡，若病了一年多仍活着，则不是中蛊毒。民间传说，真蛊婆被杀之后，剖开其腹部必有蛊虫，若无就是假的。

图5-6 蛊婆绘像

施行巫蛊的目的是什么呢？有专家认为是一种心理防卫，用以预防他人、对付仇家或敌方的一种手段。对放蛊的人来说，一种可能是心理变态或者是对社会的不满，施行巫蛊来报复社会；其次是诅咒报复仇家；再就是收人钱财，帮助他人报复其对手。其中最具影响力的传说是为维护爱情和家庭。湘西在民国甚至清代以前，男人因从军、行船放排或商贸等离家去远方，可能会受外面的花花世界的诱惑，迟迟不归怎么办？于是女人传承了一绝活，就是在男人身上放蛊，根据外出时间长短决定蛊毒发作的时间，到时不回蛊毒就会发作，只有放蛊的人才有解药。传说湘西有些少数民族家中的老妇藏有蛊粉，为防止女婿移情别恋，在他外出前，便悄悄对他放蛊，若男变了心，不久蛊毒发作，若不返回求解药，病情加剧危及生命。"蛊"便是为保护年青的姑娘而采用的神秘的传女不传子的独门技艺。

施蛊方法多是放入在食物、药物、酒水等中。《赤雅》说："蛊成先置食中，味增百倍。"刘南的《苗荒小记》认为这是下乘方法，而放蛊上乘方法是："苗之蛊毒，至为可畏，其放蛊也，不必专用食物，凡嘘之以气，视之以目，皆能传其毒于人；用食物者，蛊之下乘者也。"即高超的放蛊者用吐气、眼睛看人就能放蛊，用食物作蛊药为低等手法。

如何证实人中了蛊毒呢？民国时期的刘锡蕃在《岭表纪蛮》一书中记载说："中蛊者，或咽喉肿胀，不能吞饮；或面目青黄，日就羸瘠；或胸有积物，咳嗽时作；或胸腹胀鼓，肢体麻木；或数日死，或数月死。"湘西自治州民族医药研究所彭芳胜先生对蛊毒进行过专题研究，他认为，蛊毒有金蚕蛊、蛤蟆蛊、泥鳅蛊、花草蛊、疖蛊、水蛊等。临床上根据病因和症状又分不同的症，经整理可分为虫蛊、情蛊、血蛊、巫蛊四大类。旧时蛊毒病的病因来源大多为蛊婆专制的蛊药，特意投放到某个人或某个区域而引起的疾病称药蛊；以巫师施法于水中，使该地饮用水之人而发病称水蛊、疳蛊等，至于情蛊、血蛊等与医学关系不密切。大多数人中蛊后会出现症状，因中蛊毒种类不同发病有早有迟，短者一日，长者数月，但有些阳刚之气旺盛的人只有轻度征兆甚至不发病，不治而愈。苗族"匠嘎"（乡土医生）认为患"蛊病"的人出现的主要症状是眼睛发黄、面色苍白、人体消瘦、小孩哭夜、经常发烧、四肢无力等。验证的方法很简单：令患者嚼生黄豆，无腥味则中蛊；或在嘴里含一块鸭蛋白，插银针于蛋白上，如果鸭蛋白和银针变黑，则中蛊。

关于治疗蛊毒，古籍中记载的药物有嘉草（嘉草也叫蘘荷或覆菹）等。《周礼·秋官》："庶氏掌除毒蛊，以嘉草攻之。"干宝的《搜神记》中记载："今世攻蛊，多用蘘荷根，往往验。蘘荷，或谓嘉草。"在过去湘西地区，据说预防和解蛊方法很多。如凡疑为养蛊之家，忌往来；就食前主人用筷子敲一敲杯碗再盛饭，疑为施蛊，可不食或道破；外出就食，随身携带大蒜，可防蛊；蛊入酒难治，在外不饮酒可防蛊。在治蛊方法上，分法术治疗与药物治疗的阴阳对立统一来进行。在古医书上有一些医蛊药物偏方，如服雄黄、大蒜、菖蒲煎水，或石榴根水，可泻毒；而用刺猬入药可治金蚕蛊。从文献资料和田野调研的资料分析，治蛊毒的药物多属于止血、止泻、利水、解毒类药物；而施法主要治灵魂之病，引起的病因是蛊婆放蛊、恶鬼作祟，这需要由苗族"匠嘎"或"巴代"（"巴代"是苗族祭祀仪式、习俗仪式以及各种社会活动仪式的主持者）来对付，采用所谓的阴炮法、阴箭法和咒语法，这实际上是心理和精神疗法。但苗族"匠嘎"治病时，开药与施法同时使用。实际上，是药物起了作用，但被所谓的"法术"作用掩盖了。

巫蛊是过去湘西少数民族特别是苗族最为神秘的文化之一。苗族的"匠嘎""巴代""蛊婆"具有一定的关联，以苗族"匠嘎"为代表的治蛊之人，总要夸大蛊的存在和危害，表明自己有法力，来扩大自己的影响；普通苗族群众听信谣言以为真，对养蛊和放蛊以讹传讹，以至于扩散深远。在湘西少数民族看来，认定蛊是法术，起作用的主要是毒咒和邪门手段，认定是毒药的人不多；在少数民族居住区之外的人，大多认为蛊是一种毒药，是无药可解的毒药。

这些关于"放蛊""蛊婆"等的描写，看起来活灵活现，真有其事吗？1933年，国民政府原中央研究院凌纯声、芮逸夫两位先生，受蔡元培委派来湘西实地考察，写就《湘西苗族调查报告》一书，书中对湘西蛊妇也有记载，但同时强调，没有实际所见，报告中所记，"只是询问得来的一些材料"。苗族多处偏僻地区，新中国成立前因医学落后，许多疾病得不到有效治疗，每遇诊治无效，动辄归咎于蛊。相传民国时期湘西一位有权势的汉族军官，他得了腹部膨胀的怪病，膨胀时觉得有虫物游走腹中，请了几位医生诊治后无效，便怀疑是邻居的苗妇对他施蛊。后又请巫师多次作法，仍无效果。一怒之下，把邻居苗妇捆绑吊打，百般辱骂，差点将其折磨而死。苗妇的丈夫慑于军官的权势，敢怒不敢言。后这位军官找到一位专业的医生诊治，认为不是中了蛊毒，而是得了某种鼓胀病。吃了一剂药后，很快恢复健康，这才使苗妇恢复了清誉。

巫蛊之说在湘西少数民族中得以流传，其原因主要有两个方面：一是巫蛊流行迎合苗族阴阳思想；二是苗族对超自然力量的认可。苗族中大部分人相信所谓的"神力"和绝招，如一些大师用喉咙顶抢、爬刀梯和踩火犁等表演来表现其法力强大；而高明的"匠嘎"也用"神力"来证明自己的医术，因为他们治病救人，"德行高尚"。实际上，在民国以前，苗族"匠嘎"因医学知识的局限性，把无法医治的一些疾病统称为"蛊病"，为自己开脱；同时对能用药物治愈的病说成是"蛊病"，以显示自己的"法力"，博取民众信任；甚至个别"匠嘎"为了谋取钱财，故意诊断为"蛊病"，这样"匠嘎"就需要与蛊婆"斗法"。他们向病者讲述自己法术如何高明，怎样战胜"蛊婆"的故事，以此证实"巫蛊"的存在，同时顺便带走"斗法"用的贡品如公鸡、布匹、钱财等。那些"斗法"故事经病人的渲染、加工和夸大，便增强了巫蛊的真实存在和神秘性。巫蛊故事于是在湘西少数民族中代代相传，蛊术也不断流行后世。

关于中蛊的例子，近几十年仍偶有传闻。有关此类的传闻，我在湘西侗族区域生活时听说过，但没有见到过真正的蛊婆。

在医学上，很多专家认为"蛊"是一种古病名，是人们对一些疾病无法诊断和有效药物治疗的认同和归类，这多属于心理性、地方性、难治性疾病的概括。彭芳胜医生认为，蛊毒是流传在湘西少数民族中的一种传统文化现象，在医学上是少数民族中的一种古病名，有其特有的临床表现和治疗方法。蛊产生于愚昧和无知，湘西少数民族聚居区内流传的所谓蛊术，从根本上说，是因为过去这些地区科学技术落后和对蛊毒危害的宣传力度不够所决定的。

近年有篇文章记述了一位中蛊的事例并对放蛊进行了解读。说的是十月农忙一天，湘西凤凰县某村的村民高某因胃痛和恶心提前回家。他的母亲从家中厨房端出了一碗黄豆让高某吃，因为从儿子表情看，她断定肯定是中了蛊。原来，当地人认为，正常人吃生黄豆，感觉有腥味难咽，但是中蛊者吃后，觉得无腥味而是香味。高某如中了蛊，那是谁下的蛊呢？高某回忆道，自己经过同村某户门口，与坐在门口择菜的妇女攀谈了两句，然后离开了。她母亲听后大惊失色，因为与和高某说话的女人是令全村人恐惧的放蛊妇人。她母亲立马实施了第二个措施：解蛊。其方法让人匪夷所思。高某吃黄豆后，母亲从厨房拿出菜刀和砧板，一边念念有词，一边用力地剁砧板。当地人认为蛊婆听到砧板声，就会害怕而收蛊。尽管剁砧板声不断，可蛊婆家似乎没有动静。而自己儿子的病情没有好转，且越来越重。情急之下，母亲请来能治蛊的女巫师。巫师拿一个鸡蛋放在高某的枕头底下，据说通过鸡蛋中不同的蛋黄形状来判断蛊的种类。一番折腾，确定高某军中的是蜈蚣蛊。巫师用一个盛满清水的碗，举行叫作"化水"的仪式。让高某将掺和着纸灰的水一饮而尽，喝了"神仙水"之后，高某病情更加恶化，最后神志不清。这时又来了一位"治蛊人"，实际是一位草药师。他细致地观察过高军的病情后，拿出自己祖传草药。喝了两天草药后，高军完全恢复了。草药师留下来的解蛊神药，被高某学医的表弟带回了家。他分析这些药物的组合后，发现是用来治疗木薯中毒的。在对病情的了解过程当中，草药师判断出来，高某是吃了没有蒸熟的木薯，当中的毒素吃下去之后会导致人出现昏迷、呕吐，甚至死亡的情况。但他为了体现自己的医术高明，没说出高某是木薯中毒这一真相。实际上，从来都没有人真正发现过蛊婆放蛊的证据，那些被指责成蛊婆的妇人，通常都过着一种孤苦的生活。蛊并不存在，充其量是毒药而已，而所谓的蛊婆才是蛊的受害者。

随着现代医学的发展，那些"匠嘎"们诊断的"蛊病"，基本上能够被现代医学治愈，"蛊病"的神奇也不攻自破。特别是随着义务教育的普及和现代医学科学知识的宣传力度加大，那些陈旧落后的传统观念逐渐被摒弃，"巫蛊术"也就自然而然地退出了历史舞台。

3．"赶尸"释谜

"赶尸"，听其来让人感觉阴森恐怖，毛骨悚然。我曾多次被问及在湘西有没有"赶尸"这一现象，我的答复是，从记载和传说来看，历史上似乎有过，而且不是湘西独有的现象，据说海地那边也有。不过，有点常识的人知道，不靠外力作用，尸体能够行走应是子虚乌有的事。

关于"赶尸"的起源，传说中在黄帝时期都有了。眷恋故土是人之常情，特别是人到老年此情更甚。对客死他乡的人，入葬到故乡祖坟是生前愿望。在古代湘西，地方贫瘠，交通不便。外出的湘西人，或来湘西的外乡人因战争等因素失去了生命，如果运尸还乡，除了耗费巨大财力之外，就是路途遥远，困难重重。如何用最经济的办法将死者运回家乡呢？于是便出现了一种神秘办法，叫"赶尸"。

"赶尸"现象主要发生在湘西的苗族居住区，部分土家族和瑶族居住区也有。历史记载表明，苗族是最早发明兵器、刑法、巫术的民族之一，而巫术有黑巫术和白巫术之分，"赶尸"则属于苗族的白巫术。"赶尸"是怎样形成的呢？我们先来解析这个"巫"字。中国字的魅力之一就是形与意的结合，"巫"字的形意是：上面一横代表天或者雾，下边一横则代表地，而中间的那一竖就表示"符节"了；竖的两边各有一个人字，意思是要两个人联合起来才能作巫术。

苗族认为，自己的祖先是蚩尤（苗语称为阿普，即公公），相传在黄帝时期，蚩尤率兵在黄河边与敌方对阵厮杀，激烈的战场上尸横遍野，血流成河。打仗结束后，蚩尤看着战死的士兵，对身边的军师说："这些死去的弟兄们，我们不能不管，可否用点法术让他们回归故里啊？"军师说："好吧。你我改换一下装扮，你拿'符节'在前面引路，我在后面督催。"于是，军师装扮成蚩尤的模样，站在战死士兵的中间，在一阵默念咒语、祷告神灵后，对着那些尸体大声呼喊："死难者们，你们的离去令人痛心疾首。但这里不是你们的葬身场所，故乡的亲人盼望你们能够回去，你们的魂魄无须彷徨，跟我走，急急如律令，起！"出乎意料的是，躺着的尸体一下子全站了起来，跟在蚩尤高擎的"符节"后面规规矩矩向南走。敌人的追兵来了，蚩尤和军师联手作法引来"大雾"，将敌人困在迷魂阵里，这些尸体才得以还乡。由于蚩尤所用的御敌方法是"雾术"，而"雾"笔画太多且难写，便用一个"巫"字取而代之。这样这"巫"字中的两个"人"字，右边代表蚩尤，左边代表军师。不管传说是否真实，"赶尸"的最初来由听来也很有意思。

最早的"医"字字形为"毉"，下面是个"巫"字。《山海经·大荒西经·灵山十巫》："有灵山，巫咸、巫即、巫盼、巫彭、巫姑、巫真、巫礼、巫抵、巫谢、巫罗十巫，从此升降，百药爰在。"说明早期的医术与巫术有关。按照古人的分类，"赶尸"属于古时"治病十三科"中的祝由科。"祝由"二字，最早见于汉代医书《素问》，说的是上古之人治病，不用打针服药，只要移易精神、变换气质，请人施展祝由之术，即可治愈。宋代王安石考证，战国时期的《周礼》一书中的"祝药劀（刮）杀"之"祝"，就是祝由。祝由之法，即用中草药，借符咒禁禳来治疗疾病的一种方法。"祝"者，咒也；"由"者，病的缘由也。祝由涵义很广，包括禁法、咒法、祝法、符法，以及暗示疗法、心理疗法、催眠疗法、音乐疗法等，并非仅仅祝其病由而愈其病。

通过"赶尸"方法使尸体行走起来，那真是怪哉，令人不可思议！那么如何来解释这种神秘的现象呢？多年来很多专家学者、各界人士都在破译这种神秘现象，大概有以下几种说法：

一种是"背尸说"。即认为所谓的"赶尸"，其实只是一个障眼法。"赶尸"者实际上是轮流背着尸体赶路，借着夜色和宽袍大袖的掩护，故弄玄虚。这种由两三个人轮流背着死者回家，而不用七八人抬沉重的棺材，不失为一种省力和经济的办法。但这的确是辛苦的体力劳动，路途遥远，山路崎岖，且必须胆大，不是一般人所能为。

二是"尸解说"。"赶尸"人将尸体分解，留下头颅和四肢，重量便大大减轻了。然后在残肢上喷特制药水，防止尸体的残肢腐烂。一个人背上残肢，套在既长且大的黑袍里，头戴大草帽，将整个头部覆盖无余，连面部的轮廓也难叫人看得清楚。另一个人扮成"赶尸术士"在前面扔黄纸，摇铃铛，给背尸人指引方向。两人还故意造出恐怖气氛使人不敢与之接近。如果路途遥远，两人的角色就不断变换。到达目的地前，事先通知死者家属，准备好衣物棺材，等"死者"一到，立刻将尸体的残肢拼起来，躯干用它物填充，再将寿衣帽寿鞋给死人穿戴齐备，装进棺材。这种入殓过程，全由"赶尸"者承担，不允许旁人观看评说。"赶尸"匠的说法是，在这些关键时刻，生人一接近尸体，便会有"惊尸"的危险。入殓过程选在三更半夜，待死者装殓完毕后，其家属才去认领。打开棺盖，家属一看到阴阳两隔的亲人，自然是伤心不已，泣不成声。"赶尸"者这时劝说亲属节哀，说死者经过长途中跋涉，急需安息，过于悲伤会使死者不安。并解释说死者生前积有功德，才能平安返回故土。家属虽然非常悲痛，但看到死者终于回归故土，心里感到踏实，加上"赶尸"者的花言巧语，谁还怀疑它的真实性呢？

三是物理解释。有一家台湾电子媒体做了一个清明特刊，用图解详细分析了赶尸与"僵尸"之间奥秘。他们分析说，人死后会立即僵硬，称之为"尸僵状态"，过48小时后，肌体就会恢复一些柔软，然后便重新发硬。但这时大的关节，例如髋关节，在外力作用下，还是能有小幅度（20度）的活动，这就是死人行走的物理条件之一。把两个尸体，排好队，伸直前臂与地面平行，然后用长而细的竹竿顺着手臂用绳索固定，这两个尸体就连成一个立体的架子，不会翻倒了（这就是为什么要两个死人的原因）。这时候如果拿一个绳子连在第一具尸体上，然后在另一头用手轻微用力一拉，尸体在外力的作用下，就像提线木偶一样歪歪斜斜地直腿走起来啦，事实上这样是"拖"着走的。而"赶尸"人选择的路线，都是少有人走的小路，如果遇上难走的山道，极有可能是将尸体一个个背着走的。这一解释有点牵强附会，似乎说不通。

据传，由于做赶尸匠的人不多，固然收徒也少，但对学徒要求很高。学徒必须具备胆大、体壮和长相差三个条件。因负重需要，徒弟须年满 16 岁，身高 1.7 米以上，体力好；方向感要强，能分辨东西南北；胆子要大，黑夜敢独自在深山中穿行。学徒期间，还得学会各种所谓神秘的功法。

也有人问，"赶尸"这种行业为什么只有湘西有而在外地没有听说呢？大致有如下 5 个方面的原因：首先，是其他地方没有给"赶尸"人歇脚的旅店。其次，夜行的路人不知道听见锣声就避开，如果拥上来看热闹的话，可能会被吓坏或者会看破其中的机巧。第三，很多乡村是不准外来尸体入村的，因此，"赶尸"匠只好选村外绕行。第四，沿路的居民不懂"赶尸"的情况，没办法请他们一听见锣声就把狗关起来，"赶尸"人和尸体可能会被狗咬伤咬坏。而在古时的湘西就没有这些问题和障碍。最后一点，就是"赶尸"需辅助法器和物质，其中最重要的是朱砂（辰砂）。湘西是辰砂的主要产地，而"赶尸"术，全称叫"辰州辰砂，神符法术"，简称为"辰州符"。

"赶尸"活动的消失，可能与以下三个方面的因素有关：

一是民国之后，随着科技发展和交通情况的变化，出现了现代公路和汽车，水路也有了汽船，运载尸体可由这些交通工具来完成。同时加上社会的进步，人们的乡土观念也逐渐淡化，尸体大多采取就地安葬的方式。

二是新中国成立后的一段时间，除了要大力破除迷信活动之外，还要防范和阻止利用"赶尸"来掩盖敌特活动和走私等不法行为。因此，对这类活动的查处和打击力度很大，久而久之便没有市场了。

三是"赶尸"这一行当是靠师徒关系传递下来的，随着业务减少到最后凋敝，便无人再学，这一行当必会断绝。

正如清代名医徐大椿在他的《医学源流论》中谈到祝由之法时说："（祝由）古法今已不传。近所传符咒之术，间有小效，而病之大者，全不见功。"沈从文是不信"赶尸"的，他在《沅陵的人》一文中谈到他曾回乡采访一个著名的巫师，探问"赶尸"口诀，其人回答说："不稀奇，不过是念文天祥的《正气歌》。"于是又请他随意表演，其人则推托，说："功夫不练就不灵，早丢下了。"沈从文对巫师的表现感到纳闷，不由自问："为了一种流行多年的、充满了好奇心来拜访一个熟透人生的人，问他死了的人用什么方法赶上路，在他饱经世故的眼中，你和疯子的行径有多少不同？"

的确，类似"赶尸"这类神秘活动，由于能看到的人不多，一经渲染，便产生了放大作用和传递效应，是真是假便不重要了，重要的是茶余饭后有了一个难忘的谈资，一个似乎值得去不断探究的谜。

4．神秘的巫傩文化

傩源于巫，是古人驱逐鬼疫、祈福禳灾、酬神还愿的祭祀活动。傩戏也称傩愿戏、傩堂戏、傩坛戏。是一种从原始傩祭活动中蜕变脱胎出来的戏剧形式，是宗教文化与戏剧文化相结合的产物，积淀了各个历史时期的宗教文化和民间艺术。实际上，随着时代发展，巫傩歌舞逐步溶入了杂技、巫术等内容，扮演因素、表演因素也增多了，并与其他地方戏剧种有所借鉴与交流，甚至出现了傩与戏杂陈的局面。

傩文化的源头可以追溯到远古时代，不同部落的图腾崇拜。形成了这种固定的驱鬼逐疫的祭祀仪式。到了商周时代叫作傩，傩祭奠中的舞蹈，后世逐渐发展成为娱乐性的民间舞蹈。中国傩文化有军傩、乡傩、宗教傩、宫廷傩之分。傩戏场面驱傩又有十二神兽，其装扮者亦戴兽头面具。从先秦到汉唐，傩祭发展为傩舞，由人戴木雕或布制面具演出。到了宋代，方相、十二神兽演变为将军、门神、判官、钟馗、小妹、土地、灶神以驱傩。

由于傩的一个主要特征是带着面目可怖、类似神鬼的面具，于是有的人常常把傩戏看作一种迷信活动，这显然是不确切的。傩文化是一种具有世界意义的文化现象，我国的傩文化至今仍存续于 10 多个民族之中。中原地区是我国傩文化的发源地，现仍广泛流行于安徽、江西、湖北、湖南、四川、贵州、陕西、河北等省。傩是一种介于湘西古老的原始戏剧与现代戏曲之间的原始戏剧形态，也是一种有着浓厚宗教色彩的地方戏剧，是戏剧进化时期遗存下来的"活化石"。可以说，傩戏是在民间祭祀仪式基础上吸取民间戏曲而形成的一种戏曲形式。

傩文化自中原汉族地区传入湘西地区后，即与侗、苗、瑶、土等民族的原始巫文化互相交融，形成了傩文化。同时，傩文化的发展在不断传承中深深烙上了道教的印记。湘西的鬼神文化作为民众的一种原始信仰，是通过有关的仪式和行为体现出来的，其中巫傩文化与鬼神文化联系紧密，共同存在于原始宗教文化现象中并难以分离。

傩是古代驱疫降福、祈福禳灾、消难纳吉的祭礼仪式。慢慢地，巫傩逐步溶入了杂技祈福、祭奠等内容，并与地方戏剧的内容融合，出现了傩、戏杂陈的局面。因此，也有人用傩文化来概括此现象。当傩文化发展到比较成熟的时期，傩戏就成为傩文化的主要载体，在很多民族中传播，流传深远，拥有更多的粉丝。

在巫傩文化中，既有单一的驱疫、禳灾、祈福的傩仪，也有驱疫祈福的祭奠仪式与傩戏融合一起的表演形式，后者居多。关于傩仪，早在20世纪二三十年代，沈从文就给予了深深的关注，他的一些文学作品中烙上了傩仪的印记。沈从文在小说《凤子》中的"神之再现"一章详尽地描述了一场谢土还愿的傩事经过。在《鸭窠围的夜》一文中，他写道："羊还固执地鸣着。远处不知什么地方有锣鼓声音，那一定是某个人家禳土酬神还愿巫师的锣鼓。声音所在处必有火燎与九品蜡照耀争辉。炫目火光下必有头包红布的老巫师独立作旋风舞，门上架上有黄钱，平地有装满了谷米的平斗。有新宰的猪羊伏在木架上，头上插着小小五色纸旗。有行将为巫师用口把头咬下的活生公鸡，缚了双脚与翼翅，在土坛边无可奈何地躺卧。主人锅灶边则热了满锅猪血稀粥，灶中正火光熊熊。"在《湘西》一文中，沈从文记述了当地草医用一碗"辰州符"的法水，医治了一位伤了腿要截肢的患者：巫师到后，首先确定作祟的鬼灵精怪，这叫"望鬼"。巫师在"阴间"把作怪的鬼搞清楚后，然后告诉通司。由通司报告病家。然后举行祭鬼仪式，才进行治疗。苗族居住区中对民事纠纷的处理调解无效，也交付神判。凡通过神明考验的，即宣布无罪；未通过考验的，则被视为理亏。现今湘西溆浦有一独特的傩仪，称为"和梅山"。比如某人害病，久治不愈，被认为是得罪了梅山

图 5-7　湘西侗族傩戏 "咚咚推"

神，就要请巫师到家中行 "和梅山" 傩仪。通过巫师行傩，与梅山神沟通，以求得和解。傩仪前，先在患者家附近的山野设立坛场。行傩时，除病患者和家人在场外，还要请来病患者的十位亲友作为 "担保"。敬梅山神的供品，是一条狗和一只公鸡。行傩时，要当场将狗和鸡杀死，用来供奉梅山神。同时，巫师还在婚丧事务、生育、迁坟、释梦、护理小孩、预测吉凶祸福等方面主持傩仪，对社会生活有着广泛深刻的影响。

　　傩戏主要适用于大型公共场所的活动，也称傩愿戏、傩堂戏、傩坛戏。在湘西五溪流域的傩戏按地域分为三类：一种流行于沅陵、溆浦、麻阳、湘西吉首等地，大致相当于酉溪、辰溪流域，接近沅水中游，这里流行的傩堂戏也称 "傩愿戏"；一种流行于新晃侗族自治县一带，相当于处于沅水流域中上游的舞水流域，这里流行的傩堂戏通常称为 "咚咚推"；还有一种流行于靖州、会同、黔阳一带，相当于处于沅水上游的朗溪、雄溪流域，又名 "杠菩萨"。按种类分为傩堂戏、地戏、阳戏三种。地戏是为祭祀祖先而演出的一种傩戏，没有民间生活戏和才子佳人戏，所演都是反映历史故事的武打戏。而阳戏则恰恰相反，它是端公法师在作完法事后演给活人看的，故以演出反映民间生活的小戏为主，所唱腔调亦多吸收自花鼓、花灯等民间小戏。

傩戏经历了傩、傩舞（巫舞）、傩仪（傩祭）、傩戏的发展轨迹。湘西傩戏起源于何时，难以定论。后汉王逸在《楚辞章句》中说："昔楚国南郢之邑，沅、湘之间，其俗信鬼而好祠。其祠，必作歌乐鼓舞以乐诸神，一无歌字。屈原放逐，窜伏其域，怀忧苦毒，愁思沸郁，出见俗人祭祀之礼，歌舞之乐，其词鄙陋，因为作《九歌》之曲。"春秋战国时期屈原被放逐，溯沅水而上，到达溆浦，即属五溪流域中的楠溪、雄溪合流后的沅水中游河畔，这一地区自古巫傩之风很盛，便写下了著名的《九歌》。但湘西的傩戏究竟起于何时，由于地缘偏僻，缺少文献记载，具体时间现已无从追溯。

古人通过各种祭祀活动、巫术手段和虔诚的祈祷来通神、祭神，献美食、为鬼神择偶、许愿等种种作法来讨好、拉拢、亲善鬼神，从而使鬼神心甘情愿地帮助人。而湘西傩戏以乡傩为手，掺和了宗教傩的神秘色彩，对大自然的敬畏和对鬼魅的惧怕造就了湘西民族傩戏面具造型色彩的最初雏形，湘西傩戏的面具原始粗犷，这是湘西的苗族、侗族、土家族、瑶族等少数民族大杂居小聚居的民族特色相互渗透，而形成湘西傩戏鲜明的文化特质。在湘西的苗族中，直至近代仍然"信鬼成俗，相沿至今"，有所谓"三十六神、七十二鬼"、祭祖先、还傩愿等祭祀仪式达 26 种之多。

由于湘西的几个主要少数民族有语言无文字，在无文字时代，任何活动都是靠口头故事流传后世的。傩事活动的神话、传说和故事等，反映了湘西傩戏的内容。神话主要是傩戏、傩仪的内容材料以及表现手段、解释性表演的依据。巫师在主持傩祭仪式时，往往讲述神话中的一部分，以增强仪式活动的可信性和神秘性。湘西傩戏的神话中，最为典型的是以洪水遗民兄妹结婚再造人类的神话。传说中雷公造成洪水滔天，将毁灭人类。只有一对兄妹事先受天神警示，在大洪水来临时逃脱，经过无数曲折结为夫妻，使人类再度繁衍。后人对神话中的洪灾幸存者、使人类起死回生的兄妹歌功颂德，用木头雕成傩神像世代供奉，希望他们护佑子孙。这兄妹二人便成为傩坛的最高神灵。清朝同治《龙山县志》记载："供傩戏男女二像于堂，荐牲畜祭祀。巫者穿戴纸面具，表演古事如优伶。"清同治《桑植县志》记载："以木雕一男一女半像，供于案上名曰低傩……巫者仗剑禹步，跳歌以降神，继而杂陈百戏。"

随着祭傩的发展，湘西傩戏与宗教和艺术形式结合，使带有原始宗教色彩的傩文化加入了宗教的各种内容。但傩戏表演在民间，于是在表现宗教的同时，试图讨好神（娱神）来借助神的力量为民众驱邪佑福，湘西傩戏属于典型的以"娱神"而"娱人"的宗教艺术。于是傩戏便逐渐演变为一个从"祭"到"戏"的过程，将戏剧文化和宗教文化融合在一体了。如桑植傩戏到清代时达到高峰，形成低（阳）傩、高（阴）傩和三元盘古傩几大门系，分别流行于白族聚居区和土家族聚居区，现被定为湖南省第二批非物质文化遗产。

傩戏大都存活在湘西的偏远地区，仍保留着原始傩祭向傩戏过渡的本来面目。如湘西土家族的毛古斯表演就带有原始宗教戏剧萌芽性质，表演者披裹茅草、头扎长辫、赤足而舞，内容有狩猎、挖土、扯草等情节，可看作是原始社会时期人们希望成功采集和狩猎以及繁衍后代的原始宗教艺术活动。而傩戏的前身是傩仪，由傩仪演变成傩戏过程使内容和形式充满了宗教色彩。通过巫师的表演与模仿行为，傩祭仪式中的某些法事内容程序进一步丰富，其中的神灵被赋予一定的性格特征，演绎出一些故事情节。到后期，湘西傩戏逐渐有了戏剧艺术的独立品格，吸收了民间神话故事、说唱和歌舞百戏，以及当地大戏剧种的戏曲文化，包括剧目、行当、音乐、舞蹈，形成了自己的艺术风格，增强了傩事活动的表演性。同时把儒家、道家、释家的各种文化因素融于其中，借助不同的艺术造型，通过歌舞或逗趣打诨，重现古代的劳动和生活场景。场面热烈活泼，喜闻乐见，表面上娱神，实际上娱人。娱人的通俗化表演取代了娱神的神圣仪式，最终孕育了并形成了民族戏剧艺术。与其他戏曲一样，傩戏也有开场、高潮和落幕，称为开坛、开洞、闭坛，开坛、闭坛分别为酬神、送神。

湘西古代巫风盛行及少数民族浓郁的原始习俗，是傩文化在这一地区的发展、兴盛的条件和根基。清康熙四十四年（1705 年）《沅陵县志》记载："辰俗巫作神戏，搬演孟姜女故事，以酬金多寡为全部半部之分，全者演至数日，荒诞不经，里中习以为常。"清朝乾隆十年《永顺县志.风俗志》记载："土人喜渔猎，信鬼物，病则无医，巫师打击古乐，卡竹以祭祀鬼。"书中还记载辰州傩戏的影响："永俗酬神，必延辰郡师巫唱演傩戏。至晚，演傩戏。敲锣击鼓，人各纸面一；有女装者，曰孟姜女；男扮者，曰范七郎"。清道光元年（1821 年）《辰溪县志》记述了当时巫傩之盛况："又有还傩愿者，至期备牲牢，延巫至家，具疏代祝，鸣金鼓，作法事，扮演《桃源洞神》《梁山土地》及《孟姜女》等剧，其名有三请愿、朝天愿、去霄愿、白花愿之属。"及至近代，每当岁暮年末，人们便装饰红衣傩神于家中正屋，捶大鼓如雷鸣，巫师穿着鲜红如血的衣服，吹镂银牛角，拿制刀，踊跃歌舞娱神，众人佩戴面具演出，增强了其神秘性。

在傩戏中，傩戏的面具、傩画等，是傩戏中最重要、最具色彩的组成部分，也是傩戏艺术有别于其他戏剧艺术的重要特征之一。

古时湘西傩戏面具大多为柳木、丁香木、白杨木制作。这类面具雕刻工艺复杂精细，色彩绚丽明亮，造型大胆夸张。傩戏面具制作工序为：一是截材，即把一棵树截为 40 厘米左右长的一段段圆木；二是剖半，即把一段圆木一剖为二，剥皮挖空，然后在剥皮一面居中竖弹墨线，以此线为基准，标出盔线、鼻线、嘴线，然后雕刻出面具雏形白面；三是成型，即在毛坯上进行精雕细刻、打磨，完成人物的基本造型；四是上彩，即用各种颜料绘出傩戏人物形象，最后装上胡须等装饰物。这样就制成了一张张栩栩如生的傩戏面具。

从湘西傩戏面具的造型来看，体现了这些原始工艺品的创造者的高超技艺和对傩文化的娴熟。湘西傩戏面具造型原始粗犷，这与湘西各民族的民俗与民族气息相融合的。如银饰挂件中有诸如刀、锤、镰、耙之类的生活生产用具，与傩戏面具中形态有很多相似之处。在面具造型时，首先以人或兽的造型来作为傩戏面具的基本构成要素；然后以生活用具的造型来作为傩戏面具的又一构成要素，如水瓢状、铲状造型。湘西的苗族、土家族、侗族、瑶族等少数民族村寨往往毗邻，甚至杂居，正是这种民族文化的融合交汇，造就了湘西傩戏面具造型色彩上的奇异，使得在傩戏面具的造型富于装饰美感的同时，也贴上民族情感的精神标签。

从傩戏面具的色彩看，也与湘西各个民族交流融合有关。苗族的靛蓝、朱红，土家族的红、黑、黄，侗族的黑色、靛蓝可以在面具上得到体现。这些颜色与湘西人早期的生活环境、生产方式关系极大，与他们对大自然的认识以及自然崇拜有着非常密切的联系。因为傩戏所演出的内容很多与部落民族的生死存亡息息相关，反映的是狩猎、采集、生殖等社会生活。通过傩戏面具，把不同的内容融

图 5-8　湘西的傩戏面具

合掺杂神化，把"通人"的生产工具转到"通神"的高度，通过"娱人"来展现出"娱神"的地位。傩戏面具形态朴实夸张、色彩艳丽、千姿百态、对比鲜明，具有强烈的装饰效果。虽然制作傩戏面具是为了"驱鬼逐疫"现实生活和精神需要，但其水瓢状造型、铲状造型则与生活生产的紧密相关。因此，傩戏面具应是湘西傩戏从"娱神"转向"娱人"的一个桥梁。

与其他宗教一样，湘西的傩戏面具制作完后，其神像也需要开光，在开光时还需要念不同的咒语，傩面也不例外。对做傩面具的人来说，开光是一件很严肃的事，那些辟邪驱魔的咒语，不仅决定着开光的面具是否具有灵性，也是傩面师安身立命的特殊本领，咒语名为《敕灵鸡咒》，其实是道家神像开光、民间安葬时必念的咒语。

傩戏现在湘西少数民族中仍然流传。在怀化会同县的高椅村，当地的侗族人还保留着世代口授身传下来的傩戏功底，村里的戏班子能表演 30 多个剧目，内容包括这个村落的历史文明，对祖先、神灵、先师的祈求和忠诚等。在一些特殊的日子，演出人员来到巫水畔、稻田边，戴着木雕面具，身着戏装，头戴法帽，肩搭五彩布条带，背插雉尾，在香雾缭绕的神坛前踏着步子用古语说唱。在沅陵县境内的七甲坪乡，仍传承着一种古老的傩戏叫辰州傩，主要传人仅存 10 余人。辰州傩分为"上河教"和"河南教"两大教派，共有 61 坛。据传法师在行傩时用的辰州符，能治病救人，化解人的心

理危机，具有酷暑尸体防腐等人类未知领域的神秘特征。20世纪90年代末，在沅湘傩戏傩文化研讨会期间，国内与来自日本、法国、德国、新加坡的专家学者来到沅陵七甲坪，观看了辰州傩戏和傩技表演，并给予了高度评价。辰州傩戏于2006年被列入我国第一批国家级非物质文化遗产保护名录。

可以说，傩是一种原始宗教，逐渐与民间艺术结合，具有原始宗教和民俗表演的兼容性特征。而从本质上看，傩戏的前身是一种巫文化。在科学昌明的今天，人们常常把巫文化当作封建迷信，但傩戏中有不少的原始遗风与合理内核，积淀着各民族最为原始，较为深邃的历史文化。傩文化与巫文化的区别在于：傩文化以傩舞、傩祭、傩戏为基本载体，傩戏中的鬼神内涵已所剩无几。而巫文化的载体有歌舞，也有各种不同方式的巫祀活动；傩祭规模大，而民间巫祀常由个体巫师在单家独户进行；傩祭中面具的使用占有特殊位置，无面具不成傩，而一般巫祀虽有很多道具，但不戴面具。音乐界普遍认为，湘西傩戏作为一种独特的音乐形式，具有特有的诱惑力和神秘性，它是中国音乐文化中不可缺少的一部分，对中国民族音乐的发展有着重大而深远的影响。

从文化角度来说，湘西傩戏是一笔宝贵的文化遗产。历史上，生活在峰峦叠嶂，森林密布的各少数民族人民由于受到历史、地域和环境等众多因素的影响，社会发展缓慢，经济相对贫困落后，但民族民间艺术却丰富繁荣。比如，湘西的苗歌、苗戏、苗族鼓舞；土家族的毕兹卡、打溜子、毛古斯舞等等，成为传承其历史和文明的重要载体，发挥着承前启后的重大作用。因此，在湘西看到的傩戏不过是湘西古老裸戏传承的一种表现，一种文化及文化内涵的扩展而已，从巫傩的还愿演化成一种民俗文化活动，迷信的成分已慢慢消失，甚至全无。

5．湘西的"蒙汗药"

何谓"蒙汗药"呢？关于"蒙汗药"的解释有多种。一种解释是"蒙是蒙昧，汗是汉的简借字，就是能使汉子昏迷的药物"。来自小说中"用药麻翻好汉"的情节。第二种解释是"蒙汗药之'蒙'与麻药之'麻'无论是在字的音、义以及动宾结构的词语中，用法意义完全一致"认为"迷香、迷药之'迷'，也是与'蒙''闷''麻'等音义相通之字"。此说法实际是将第一种观点变换了一种解释，并将"麻"字也纳入"蒙""闷"之中。第三种解释是"蒙汗药"中的"蒙汗"一词的含义，用古人对服食"蒙汗药"后出现的"汗蒙而不发"的生理现象来描述的，这种解释较为客观。人们通过临床试验例证说明服食"蒙汗药"（即曼陀罗花）后，会令人汗腺受到抑制、皮肤潮红、体温升高，即出现"汗蒙而不发"的现象，用现代生理学加以解释，是造成了"汗腺受抑制"。但古人那时极少知道蒙汗药的成分，也不清楚什么叫"汗腺抑制"，因此用"蒙汗"一词对因服食"蒙汗药"后人体出现的汗出不畅、体温升高这种生理现象进行解释，应视为古人最直观的表述了。一次，贺龙曾与毛泽东聊及到湘西，并谈到了"蒙汗药"。

在我国使用"蒙汗药"有很长的历史了。《列子·汤问》中说道："鲁公扈、赵齐婴二人有疾，同请扁鹊求治。……扁鹊遂饮二人毒酒，迷死三日，剖胸探心，易而置之，投以神药，既悟如初，二人辞归"。此处的"毒酒"即麻醉药物，是现在可见有关麻醉药物应用的最早记载。三国时期，华佗继承先秦用酒作止痛药的经验和用"毒酒"进行麻醉的传统，发明了麻沸散。据《后汉书·华佗传》记载："酒服麻沸散，既醉无知觉，因刳破腹背，抽割积聚，若在肠胃，则断肠湔洗，缝腹膏摩，四五日创瘥，一月之间皆平复。"麻沸散虽已失传，但后世医书中发现了类似的配方，晋代葛洪曾用"闹羊花、草乌"作为麻醉药的方子；唐代蔺道人著《仙授理伤续断方》中载有整骨用麻醉药。宋代窦材所撰《扁鹊心书》中载有"睡圣散"药方，其中提到的山茄花就是曼陀罗花，并强调了成人与儿童间的药量区别。宋代周去非的《岭外代答》中"曼陀罗花"条的记载是："广西曼陀罗花，偏生原野，大叶白花，结实如茄子，而偏生小刺，乃药人草也。盗贼采干而末之，以置人饮食，使之醉闷，则挈箧而趋。南人或用为小儿食药，去积甚峻。"宋代周密所著《癸辛杂识》也谈到了"土人以少许磨酒饮，即通身麻痹而死，加以刀斧亦不知"的名叫押不芦的药物（即曼陀罗花）。元代危

图 5-9 曼陀罗花

亦林在《世医得效方》中载有"草乌散"药方，特别谈到伤势过重患者的不同用量问题。元末明初朱橚主编的《普济方》卷二五一中的"诸毒门之解诸毒"提到解"蒙汗药"方子。李时珍在《本草纲目》中曾细致地描述了曼陀罗花的神奇之处："相传此花，笑采酿酒饮，令人笑；舞采酿酒饮，令人舞。予尝试此，饮须半酣，更令一人或笑或舞引之，乃验也。"

由此看来，曼陀罗（花）是"蒙汗药"的主要成分之一。曼陀罗又名风茄儿、山茄子、大颠茄、闷陀罗等。曼陀罗花名也叫洋金花、押不芦、山茄花、胡茄花、风茄花、天茄花、佛茄子等。曼陀罗原产于印度，曼陀罗是梵语的音译。曼陀罗的花、叶、果实各部分都含有生物碱，这一类碱可以阻断人的副交感神经，抑制中枢神经系统，从而使人的肌肉变松弛，汗腺分泌汗液受到抑制，这也是"蒙汗药"名字的来源。曼陀罗（花）所含生物碱的主要成分"东莨菪（dang）碱"，有显著的镇静作用，一般剂量可使人感觉疲倦、进入无梦之睡眠；还能解除情绪激动，产生"健忘"，现已广泛应用于中药麻醉。据有关临床资料，口服10%的曼陀罗酊剂10—40毫升就可使人在1小时左右出现迷睡，并维持2—3小时。更重要的是，曼陀罗（花）在麻醉期间可抑制汗腺分泌，出现"汗蒙而不发"的现象。

"蒙汗药"在两宋时期已出现，效果最神奇、成分最复杂。这种可用于医疗的麻醉药物被滥用于各种犯罪活动中，出现了蒙汗药、迷魂药、断魂香、迷魂香等不同种类。至明清，"蒙汗药"不但频见于史籍，而且对其成分、配制、药理作用和消解方法，都有较详细的描述。明代魏濬《岭南琐记》记载："予官农部河南司时，一日曹事毕，遣吏承印还寓，途遇一人，引去他处，饮以酒，吏即昏迷若醉，及觉，印为盗去矣。数日捕得盗若干，讯之，云是风茄为末，投酒中，饮之即睡去，须酒气尽乃寤。问何从得之，云此广西产，市之棋盘街鬻杂药者，土人谓之颠茄，风犹颠也，名闷陀罗（曼陀罗）。"明代方以智在《物理小识》卷十二谈到迷醉术："莨菪子、云实、防葵、赤商陆、曼陀罗他皆令人狂惑见鬼。安禄山以莨菪酒醉奚契丹，坑之。嘉靖中，妖僧武如香，至昌黎帐

图 5-10　蒙汗药

柱家，以红散入饭，举家昏迷，任其奸污。……杨循吉吴中故语言，许道上惑人，午日取即且蛇蝎等，置甕互哜，余者以其血和药，令求法者洗眼，则妄见眩乱。"李时珍记载了用曼陀罗花制作成麻醉药的方法。

　　据有关专家考证，仅就史料案例中涉及使用"蒙汗药"的成员籍贯统计，主要有北方的北京、山西、陕西，南方的江苏、浙江、安徽、江西、福建、广东、广西、云南等省区。有人曾分析过元明清文献中民间麻醉药的使用情况，发现"蒙汗药"的使用频率最高，计116次；迷魂药次之，计64次；"断魂香"和"迷魂香"使用率较低。

　　在中国的一些小说中，使用"蒙汗药"的情节多有描述。《水浒传》《三侠五义》等书中就多次提及"蒙汗药"。"蒙汗药"在施耐庵的笔下，成风化雨，引领了情节发展，塑造了人物的性格，使书中情节跌宕起伏，令人读来兴味盎然。《水浒传》中第一次出现"蒙汗药"，是在第十一回朱贵水亭施号箭，林冲雪夜上梁山。在第十六回吴用智取生辰纲中，武艺高强的杨志，在押运送给太师蔡京的寿礼"生辰纲"过程中，尽管一路上高度警惕，但还是着了"蒙汗药"的道，十万贯金珠宝贝全落入了好汉们的囊中。最典型的要数武都头十字坡遇张青，母夜叉孙二娘用"蒙汗药"麻翻了两名公差。当武松来后，母夜叉孙二娘在酒里下了"蒙汗药"，武松等她一转身，把酒泼在暗处。然后将计就计，制服孙二娘，会见张青。在《七侠五义》第一一一回写道："蒋爷就将当日劫掠黄金述说一番。因他是金头太岁甘豹的徒弟，惯用'蒙汗药'酒、五鼓鸡鸣断魂香。"

从古代野史及笔记小说中可以发现，被民间滥用的麻醉（蒙汗）药，其配方一般比较简单，虽然这类药物不敢公开叫卖于坊间街市的正规药铺，但在当时民间并不难觅，多半藏于一些游方郎中，以及打着和尚、道士幌子等专以邪术诈骗的歹人手中。主要以下几种情况：一是将"蒙汗药"混入香味中，香型剂的"蒙汗药"叫熏香"蒙汗药"；二是加入酒等液体中。"蒙汗药"若溶于酒水中，便被酒色和酒味掩盖了自身的颜色与味道。但下了药的酒往往颜色发浑，味道变苦，药性极强，人服用后迅速失去意识。三是与烟草拌和（明代后），人抽吸后达到麻醉效果。滥用"蒙汗药"，大多搞犯罪活动，轻则使人失去知觉，需要一段时间才能恢复神智，类似医学上麻醉药，重则危及性命，是具有消极或破坏性的。据说，一些武艺高强的老江湖是可以辨识出来而不会上当。

从解药来看，甘草豆汤等是中医学中常用的解毒催醒药。张仲景在《金匮要略》中介绍说口服甘草煮汁以解乌头毒，孙思邈在《备急千金要方》中记载了用草豆汤来解乌头、巴豆的毒，还提到"甘草解百药毒"。李时珍还说："果中有东莨菪，叶园而光，有毒，误食令人狂乱，状若中风，或吐血，以甘草煮汁服之，即解。"清人程衡在《水浒传注略》中介绍："急以浓甘草汁灌下，解之。"李时珍在研究曼陀罗花时，受大豆可以"解百药毒"的启发，曾进行过多次试验，最后发现大豆配上甘草可以解麻醉药。民间使用的解药很简单，一般等药性过去，或灌饮冷水促醒。清代广东合浦县发生的一宗案件：据案犯卢亚长招供，这迷药是由颠茄子、白米薯莨、青麻花3味草药配成。配制的方法是将这3种草药晒干，研成粉末，等分合在一起，用量是每次1分，和水或酒吞服。消解的办法是用碗水放些片糖搅匀喝下就醒，即使不去解救，昏迷几个时辰，药性一过，自然也会醒来，并不害人性命。根据一位被害人刘进喜的证供所提及："有当差人拿冷水给我喝，我才苏醒。"可见，一般等药性过去即可苏醒，或灌饮冷水促醒。

"蒙汗药"往往是"邪恶"的代名词，但在湘西滥用的情况很难找到记载。可能情况：一是在土司管理下，汉人居住地的习俗和新的东西难以入羁縻地区；二是宋代以来各朝各代管禁很严。如《大清律例》规定："凡用药人图财者。有首先传授药方与人，以致转传贻害者，虽未同行分赃，亦拟斩监候，永远监禁"；"若以药及一切邪术迷拐幼小子女，为首者立绞，为从应发宁古塔给穷披甲之人为奴者，照名例改遣之例问由"；又"若用毒药杀人者，斩（监候。或药而不死，依谋杀已伤律绞）。买而未用者，杖一百、徒三年。知情卖药者，与（犯人）同罪"。据考证，史料案例中涉及使用"蒙汗药"的成员籍贯统计，在地域上主要包括了北方的北京、直隶、山西、陕西，南方的江苏、浙江、安徽、江西、福广东、广西、云南等省区。古代麻醉药流传至民间以后，多与江湖文化紧密联系，同时，形成了浓厚的江湖文化氛围和侠客气息。

　　湘西是何时出现"蒙汗药"的呢？有据可查的最早记载是东汉时期，光武帝派遣伏波将军马援统兵4万征讨起义队伍，结果马援病死军中。后监军宋均（字权庠，东汉南阳人），恐军心浮动，乃假借皇帝诏令，任命司马吕种为"沅陵长"持"诏令"与相单程谈判议和。相单程考虑到五溪黎民征战连年，同意罢战，后被宋均设计诱杀，诱杀时使用了"蒙汗药"之类的东西。宋代司马光《涑水记闻》卷三中记载："杜杞字伟长，为湖南转运副使。五溪蛮反，杞以金帛、官爵诱出之．因为设宴，饮以曼陀罗酒，昏醉，尽杀之。"说的是宋代杜杞用曼陀罗酒麻醉五溪蛮（湘西起义民众），然后将他们全部杀掉。这两回事件，看来并不是湘西人有"蒙汗药"，而是湘西人饱受"蒙汗药"之害。湘西人把麻醉药用于战争或者害人坑人的报道，笔者并未在历史文献中发现。但也听过老人说，以往个别猎户为对付猛兽，曾用过"蒙汗药"之类的东西。

　　1972年，我国将人工合成的毒扁豆碱用于临床，为麻醉病人进行静脉注射，10分钟左右即可完全清醒。但像小说中描写的含水一喷即能使人苏醒的解药，迄今仍未被找到，可能是作者们赋予"蒙汗药"的神奇色彩吧！

6．"上刀梯下油锅"的诀窍

　　在湘西，绝技杂技表演实际上是傩技，主要有上刀梯、过火槽、踩犁头等。上刀梯，是傩坛中还"刀良愿"的一种法事，用12、24或36把锐利钢刀扎成两架刀梯，直立在傩堂前面场地中心高搭的"莲台"两边，傩法师赤脚沿刀梯登上莲台，上到梯顶后取下肩上的角号，朝天演奏以庆成功。其后又踩着刀刃回到地面而四肢无损伤。他们表演时配以各种衣饰面具，模拟与扮演神鬼的动作形神，同时遵循一定的仪程，包括整理袍冠、上香、吹牛角号请神、请师、敕水（念敕水咒、画敕水符）、封刀（将敕水喷于刀上，荡除刀上污秽），在赤脚上敕水，然后才赤脚踏上刀梯表演。古代称这些表演者为巫觋、祭师，是沟通神鬼与凡人的"通灵"者。

目前在湘西的苗族、土家族中居住的景区中经常能看到精彩的上刀梯、从沸腾的油锅取物的表演。在表演的庭院中，立着刀梯架，四根绳索系在刀梯架顶部，分别向对称的四方扎在地上，并派有专人守护。整个刀梯架的平衡就靠这四根绳索。

上刀梯的绝活的观念来自远古时代。那时，生产力低下，人们对风雨雷电、地震等带来的自然灾害无法抵抗，深感恐惧，只能请来巫师降神驱除疫鬼，保佑五谷丰登和人畜兴旺。巫师为了体现自己的法力，在做法事的过程中，以"上刀梯"这种独特的形式来展示胆识和本领。既然"刀山火海"就敢上能上，降神驱鬼就不在话下了。上刀梯绝活就在这种背景下产生演变而来的。

古代上刀梯表演，准备工作比较复杂而神秘，需要竹卦、令牌、牛角、钢刀、木杆、粗绳等作道具。刀梯器材是一根高6米或者12米的木杆，杆上凿开18或者36节孔眼，稳稳地安插上18把（或者36把）刀刃锋利的钢刀，钢刀长45厘米左右，刀刃向上，装成刀梯。表演前，先由大师做法事——拜五方（东西南北中），意在通过念咒语、敲锣打鼓、吹牛角等方式请五方神灵莅临压阵，不让外界的邪气破坏表演场地及器材，从而防止其他事故发生。通过法事，来增强上刀梯的神秘、恐怖和难度感。在封杀五邪后，在众人的齐力帮助下，用三根粗绳从顶端将刀梯分别从三个方向紧紧地系在固定物体上，将刀梯固定，以防摇动。粗绳上系多种颜色的彩布小旗，象征着希望和胜利。刀梯立起后，巫师还要做"造水""封刀"法事，并将所"造"之水装于净水瓶中，然后喷向刀梯，之后还要用所造之水涂抹脚掌。

随后表演者身穿民族服饰，赤着双脚，在有节奏的锣鼓声中，从第一级开始，脚踩刀刃一梯一梯往上爬至顶端，然后吹响牛角，以示成功。有时还在顶端表演倒挂金钩、大鹏展翅、观音坐莲、古树盘根等动作，施展全身本领后，一梯一梯地下来。此时，观众会以最热烈的掌声表示钦佩和祝贺。

表演刀梯者，必有胆识、技巧，整个过程充满神秘和紧张。对于神秘的上刀梯，据一位表演者说，在拜师学艺时熟悉了师傅讲的诀窍，自己在表演中不断总结经验，表演前一定要将三个方向的粗绳固定紧，且必须自己亲眼检查确定。表演时，步子要稳、准、狠，一脚踩稳，绝不能移动，否则就会被割伤。下来的时候最困难，因身体挡住视线，看不到钢刀，所以要用脚踩稳刀梯，然后慢慢下来。

上刀梯，我觉得这要归功于表演者久经磨炼的脚底板，如果稍加留意，上刀梯表演者都是壮年以上的。以前，很多贫穷地区的少数民族从小都不习惯穿鞋，脚板逐渐被磨得很坚硬，因此一般的刀都不会伤害他们，而且在上刀梯时他们一般都小心翼翼，所以难以被割破脚板。同时，表演者手

图 5-11　湘西龙山县的上刀梯表演

掌尽量不接触刀锋，二是靠五指捏紧刀两侧，靠其摩擦力承担部分身体重量，通过长期演练，便熟能生巧，到一定时候，就可出师卖艺了。

《南齐书》记载，湘西北土家先民的穿戴"蛮俗"是："衣布徒跣，或椎髻或剪发。"翻开清人魏祝亭的《荆南苗俗记》，曾有相关的描述：

> 荆南辰州与黔邻界毗所，重岗万叠，绵亘二百余里中悉为苗窟。苗系出盘瓠，宅俱卜悬岩上，凿石窍以栖。近间有编篁架木者。衣杂五彩，椎髻跣足。男生甫行，烧铁石烙足，搽以桐膏，频年如是，足渐厚成重茧，女亦如之。长，践巉石荆棘，如履平地。故五寨司狗扒岩诸峰石壁，蹭蹬仄径，人罕至，苗纵身上若飞，须臾蹠其巅。

造成脚底厚茧的原因，是苗族、土家族等民族制鞋历史较短，以往靠买鞋；而在山区的人比较封闭，习惯于在山区走路打赤脚。清《嘉庆龙山县志》卷七"风俗"载："向不知制履，市之肆中。近皆自制，与客妇等。"改土归流后，少数民族妇女学会了制鞋，便把衣裙中的挑花绣朵运用于鞋面，做出的鞋很美观。如女式花鞋有船头鞋、气筒鞋、鲇头鞋、圆口鞋、钉钉鞋等。

在采访中，我也听说过新中国成立前山区的一些男婴一生下地，做父亲的即按习俗，找一块与婴儿体重同等的毛铁，泡进药水里。3月后，父亲就开始用竹片蘸药水给孩婴烫脚；孩童从学走路起，不穿鞋，走刺蓬，一直练到脚板硬得似铁。

有些研究者还认为，表演者上刀梯前脚板是擦过保护药，这药有保护皮肤的功效。上时脚板尽量用后跟最硬部分斜踩刀口，之前用带子勒紧了腰，使大部分力量集中在反握利刃的双手上，脚部重量减轻，加上脚跟一踩在刀口上就不动，手脚就划不破了。上刀梯者明白这个道理，所以脚一踩在刀口上就不动，并尽量减轻脚的压力，再者脚板被药酒擦过，变得又硬又滑，更不容易划破皮肤了。

这种湘西少数民族的绝技长期以来传承不衰。近年来，湘西在上刀梯表演方面很有名气的要数花垣县苗族人龙光青。他身怀绝技，除了上刀梯外，还能够吞火炭，吃竹签，下油锅。2013年，他得知挪威平衡超人埃斯基尔在矮寨大桥进行了徒手倒立、滚筒平衡、叠凳子、平衡梯平衡等挑战而引发全球关注后，便立生想法，在自家后山400米高的悬崖边搭建了一个30米高的刀梯，在上面进行了徒手倒立、倒挂金钩、肚顶刀叉360度旋转等挑战，同时向矮寨大桥管理方提出申请，决定发起同样的挑战。艺高人胆大，胆大艺更高。2014年5月1日，在350米高的德夯大峡谷的矮寨大桥观光通道的边沿上，架起了由35把锋利无比的钢刀搭建而成的12米高的刀梯，刀梯伸出大桥3米之外，悬立在350米高空。当极限挑战表演开始后，龙光青不带任何保护，不穿鞋子，赤手空拳，毫不犹豫登上了锋利的刀梯。在刀梯顶部，他放开双手，双腿倒挂钢刀360度旋转，变换着各种动作，场面惊心动魄。最后，他在刀梯顶部，头顶钢叉倒立、腹卧钢叉360度旋转……他那超人胆识和优雅动作，赢得了经久不息的掌声，完成了终极挑战。

图 5-12　花垣县苗族人龙光青"上刀梯"表演

在湘西，你还可看到油锅中取物，或者用脚放入油锅的场景，但表演者却若无其事。那么下油锅的秘密是什么呢？

其实，用来表演的油锅中不只是植物油，在倒入植物油之前还向油锅中倒入了食醋。由于食醋的颜色和油接近，其密度每毫升为1.025—1.057克，植物油的密度每毫升为0.91—0.939克，食醋的密度比植物油的大，所以食醋会在油的下层。同时食醋的沸点在40℃—70℃之间，而植物油的沸

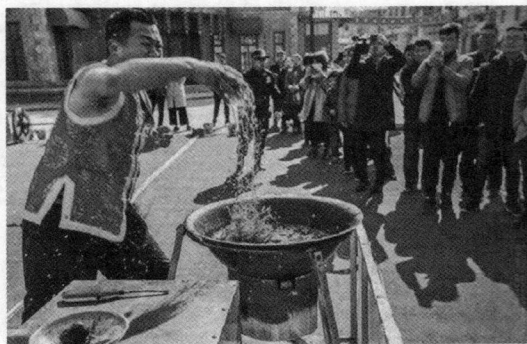

图 5-13　油锅取物表演

点在一般在220℃以上，所以在加热时，首先吸收热的是下面的食醋，再通过食醋将热量传给而上层植物油，当食醋开始沸腾时（70℃以下），上层植物油的温度也不会太高。当下层的食醋受热迅速汽化，气往上冒，就使植物油的表面形成沸腾状。

同时，有的表演者在手上涂有保护层，这时快速地把手插入沸腾的"油"中取物，手是不会被烫伤的。有时，表演者还向油锅中扔一块水垢，水垢的主要成分是碳酸钙（$CaCo_3$），水垢沉到锅底遇到食醋后，就会和食醋反应放出二氧化碳（CO_2）等气体，而气体会以气泡的形式往上冒出，使锅中"油"的沸腾更加逼真。

当然，做好"油锅取物"，还有一些要点：一是植物油和食醋的比例控制在3:1左右适宜。如食醋太少，很快被汽化蒸发，这时油的温度就会升高很快，难免造成烫伤；如食醋太多，则不容易被汽化，当大量食醋开始汽化时，食醋蒸汽的温度也是很高的，也会导致烫伤。二是注意观察油锅里冒出的白雾。白雾刚生成时，说明食醋开始被汽化，这时温度适宜，手伸进去不会烫伤；当有大量白雾冒出时，说明锅底的食醋已所剩无几，油的温度已开始升高，手应快进快出；当油锅里没有白雾冒出时，说明食醋已完全汽化，剩下的只是油了。随着油温度的升高，如果这时候把手插入油锅，就会造成严重烫伤。三是炉火不能太大，防止食醋过快汽化；火苗不能太高，保持在有醋的位置，防止火苗直接加热油层。

8．神奇的铜柱

在湘西的文物中，算得上国宝级的要算那根具有千年以上历史的溪州铜柱了。历史上关于铜柱的记载不多：一是东汉马援所立的铜柱。马援所立铜柱在林邑国，又叫临邑国，约在今越南南部顺化等处。《唐书·环王传》记载："本林邑地，海行三千里至其国，南有大浦，援所立五铜柱在焉。援留十户于其地，隋末孳衍至三百，皆姓马，俗号为马留人。此汉时所立铜柱在交趾者也。"二是《唐书·环王传》谈到马总为安南都护，建二铜柱于故处，有人也说唐时所立铜柱在交趾（越南北部红河三角洲地区）。三便是湘西溪州铜柱。《五代史》记载：马希范攻溪州蛮，降之，乃立铜柱为表，命学士李皋铭之。此五代时所立铜柱，在五溪者也。皆马氏故事。四是广西太平府镇南关外的铜柱。据《明史》记载说，"广西思明州土官黄广成上言：元设思明府，南以铜柱为界，元末交人越铜柱二百里，侵夺思明地，乞敕安南还侵地，仍以铜柱为界。此所谓铜柱，即今广西镇南关外之铜柱，与思明相近者也。"

汉代马援、唐代马总与明代思明州黄广成谈到的铜柱，其用途相对简单，主要标明疆土，作为国界用的。溪州铜柱的内涵则不同了。

《溪州铜柱铭文》为是唐末五代时李弘皋撰写，李是楚国十八学士之一，其学问非常渊博，他对国讳、公讳、家讳、私讳均是非常清楚的。因溪州铜柱是楚王马希范同溪州蛮方彭士愁所立，铭文内容肯定要涉及楚王、蛮方彭士愁、年号、圣人、祖宗、长辈等。所以李弘皋在《溪州铜柱铭文》中，出现诸多缺笔写、顶格写、空三格、同音字、同义字是理所当然的。《溪州铜柱铭文》中，古奥难字的出现主要是李弘皋"避讳"的结果。

溪州铜柱于后晋天福五年（940 年）立于古丈县会溪坪境内的酉水河滩上。铜柱高 1 丈 2 尺，入地 6 尺，重 5000 斤（含内实钜钱及所灌熔锡）。铜柱下为圆柱形，上为八棱形，刻有 2614 字，立盟誓，包括溪州对楚的从属关系，楚对溪州不征赋税，不强买，不兴兵侵害等条款。

为什么要采用立柱，而不是采用立碑、立坊、摩崖等其他形式来盟誓，并将其中的条款镌刻其上呢？据考证后，楚王马希范自诩伏波（马援将军）的后裔，显然是要效仿马援做法，在下溪州也立一根独特的铜柱。从铜柱铭文中可见其想法："我烈祖昭灵王，汉建武十八年（42 年）平征侧于龙编，树铜柱于象浦……溪之将佐，衔恩向化，请立柱以誓焉。"继而赞曰：

"昭灵铸柱垂英烈，手执干戈征百越；我王铸柱庇黔黎，指划风雷开五溪。"马援、马希范立柱会盟誓守，其历史文化背景应该源于古代少数民族特别是湘西少数民族立杆祭祀习俗（湘西及其他少数民族都有图腾柱）。溪州首领彭仕愁提出后，马希范顺应民意，尊重习俗，明智地选择了同意立竿（立铜柱）祭祀作法。这样，既满足了崇敬马援和自褒的心态，又尊重了少数民族的风俗习惯，使盟誓更具神圣性和权威性，内容与形式达到统一，从而得到当地少数民族的认可和拥护，可谓双赢。

这是历史上唯一保留下来的铜柱。随着时代前移，皇朝更迭，溪州铜柱原有的"铭德""计功""称伐"之类的内容已不具效力，铜柱也逐渐转变了身份，开始沾染上"神性"，具备了镇妖、辟邪、护佑等宗教功能。赋予了神性，铜柱的价值飙升，随后也遭到觊觎和几近毁灭性的破坏。

据《永顺县志》记载："溪州铜柱，八棱稍圆，中空，相传内实钜古钱，上覆铜顶，清中叶，有盗其顶者，运至江心，舟覆顶灭，土人以饴沾钱殆尽。"王村的一位老者说，儿时他也曾用饴糖黏铜柱空心内的古钱。说明晚清民国初铜柱内尚有铜钱。到了民国晚期，铜柱中空，内无一物，铜帽不在，成为一个空腹、无顶的文物。为保护这根独苗铜柱，1961年国务院公布溪州铜柱为全国第一批重点保护文物，成立了溪州铜柱文物保护小组，并建八角凉亭予以保护。

千百年来，当地的少数民族视铜柱为神物，崇拜赞美，爱护有加，并衍生出许多神话传说，现转述二则：

第一则是"铜帽被盗"。相传一府台乘船过会溪坪，见到铜柱，得知是九火铜，便心生邪念。所谓九火铜，按民间说法就是铜炼十次即成金，九火铜就是再炼一次即成为金子的好铜。当然这是民间误传，其实就是铜铸鎏金。府台有了盗心，但铜柱埋得深，又重达万斤，不是一下子几个人能搞走的。于是，他将铜帽铜钱偷上船。船刚走，便电闪雷鸣，暴雨倾泻，船剧烈晃动面临倾覆的危险。府台见势不妙，恐上天不容，忙将铜帽抛下河。铜帽沉入江底，化为一小岛，就是后来的双熔洲，铜钱化为洲上卵石。铜帽丢失后，当地土家人捐款请石匠做了个石帽，祷告后戴在铜柱上。巧的是，戴上后第二天竟掉了下来，大家推断，因为铜柱历经近千年，成了精，通人性，它要原来的铜帽。

第二则是"铜柱被损"。清末民初，军阀混战。驻扎在会溪坪有一支队伍。一炊事兵常过河上山砍柴，见铜柱金光闪烁，便用柴刀敲击，铜柱发出悦耳的声音。有人前来劝阻不要随意敲击，并告知他府台盗铜帽历险的事。炊事兵得知是"九火铜"后，便趁人不在，从铜柱上敲下一块，准备卖了发财。不久，这支队伍开赴辰州一带打仗，数月凯旋。当地人要找此人算账，一打听，那炊事兵遭了报应被枪击毙命，其他人均安全无恙。

传说未必是真，但至少反映了土家族人惩恶扬善的共同心理，对铜柱的热爱和尊重。这也向社会和后人传递这样一个信息：溪州铜柱是土家人心中的神，神圣不可冒犯。冒犯会遭到报应，敬重会得到护佑。宋代以后，铜柱所立条款已不具法律效力，但统治者为尊重当地民族的风俗习惯，团结少数民族，特颁诏书不许轻易移动铜柱。虽随岁月更迭铜柱也几经迁徙，但始终屹立于酉水河畔，并成为当地人了解历史的游玩景点，清代彭勇行的《溪州竹枝词》写道："儿女何关家国事，为看铜柱也来游。"

1971年，位于下游的沅陵凤滩水库大坝即将蓄水发电，铜柱原址将被淹没。会溪坪的20多名船工，不计报酬，小心翼翼地将铜柱挖出来，用草绳缠绕，16位青壮年将其抬上木船，运到距离10多千米外的上游王村镇。当时，会溪坪的土家人汇聚河岸，依依惜别。

溪州铜柱，是古代土家人民智慧的结晶。铜柱现保存在芙蓉镇（王村）中博物馆内，终于有了一个安全舒适的家。柱身能较为完整地保存至今，其上镌刻的铭文，成为研究土家历史、政治、民俗等价值连城的文物。

历代文人墨客赞颂溪州铜柱的诗文甚多，不乏佳作。如明朝周惠畴的《铜柱秋风》、清朝许鉴衡的《铜柱歌》、唐仁汇的《溪州铜柱二首》、彭勇行的《铜柱古风》等。周惠畴的《铜柱秋风》便是之一：

　　黄金铸就几千年，胜迹曾闻父老传。眼底诸峰皆委地，山中一柱独擎天。影横西涧龙惊蛰，光照南山鹤不眠。碧草白沙相对晚，凉飙两袖袭诗仙。

唐仁汇的竹枝词《铜柱》把历史与民俗融合一起：

　　千年铜柱壮边陲，旧姓流传十八司。相约新年同摆手，春风先到土王祠。

在土家族地区广为传颂的《铜柱谣》更有一番趣味：

　　铜柱立溪州，圣迹已千秋，风霜体不弯，烈日色不朽。铜柱身八棱，总重五千斤，优质熔九火，加一便成金。头上盖一顶，样如斗笠形，府台盗下运，雷电来追寻，行至铁匠溪，将顶投江心，变成一大州，河水两边分，土人制石顶，铜石不相称，白日往上盖，夜晚向下滚，虽然是神话，流传至如今。

9. "再生人"与其他神秘现象

　　"再生人"是指那些能够回忆起"前世"经历过的一些事的人，是神奇的文化现象之一。"再生人"现象在世界各地和我国的一些地方均有记载，这些人声称能说出所谓前世的生活状况，以及亲属关系甚至名字。

　　全球范围内，"再生人"现象主要反映在三类人群中：一种是转世修行者，俗称活佛；第二种是有一定的才能和本事，在当时社会甚至在历史上有一定影响的人；第三种人是普通人，多是尚未年老却意外死亡，且多生活在偏远农村，文化程度不高。

　　我国史料中有大量"轮回转世"的记载，如宋代李昉等人编撰的《太平广记》、清代纪晓岚的《阅微草堂笔记》等。

　　有不少专家学者和一些爱好者对"再生人"的问题进行过采访和探讨。多罗那他著的《印度佛教史》一书对"再生人"有过描述，说有人为了证明轮回存在，在国王等众人的监督下，在脸上盖上印记、口中留下证物，赴死。国外的一些资料表明，猝死的人，很容易在后世保留前世记忆。

　　我国许多地方也曾零星报道过"再生人"现象。新中国成立后，"再生人"等神秘现象被视为封建迷信，这种传闻几乎绝迹。20 世纪 60 年代初，湖南省民委和省文联组织民间文学调查搜集小组，到通道侗族自治县进行调查时，无意中发现"再生人"现象，但没有进行深入探访。湘西的通道侗族自治县，据称全县"再生人"有数百例之多，其中坪阳乡就聚集 100 多例。是不是炒作呢？改革开放之初，湖南省文联的李鸣高研究员，曾多次到通道坪阳乡进行调查，采访了一位叫石爽人的女性"再生人"，分析研究了她的"再生"情况。最近几年，通道侗族自治县再生人现象的报道越来越多，引起了科技专家、社会学者及公众的广泛关注。

　　笔者与几位专家曾于 2019 年 12 月上旬到通道坪阳乡进行实地调研，并与当地的民俗专家进行了座谈，对"再生人"现象有了一个大致的了解。

　　通道侗族自治县位于湘西南端的湘、贵、黔三省（区）交界处，东临湖南省的绥宁、城步，北接靖州，南毗广西三江、龙胜，西连贵州黎平。红军长征时，著名的"通道转兵"就发生在这里。通道侗族自治县成立于 1954 年 5 月，是一个以侗族为主体，侗、汉、苗、瑶等 14 个兄弟民族杂居的少数民族自治县，其中侗族人口占 78.3%。侗族人在侗语中把"再生人"叫"deil dingp"（读音为 dui ting）。"再生人"现象集中于坪阳乡，是至今发现的全国唯一的"再生人聚居区"，实属罕见。坪阳乡距县城 26 千米，全乡有 12 个行政村、72 个村民小组，总人口 7800 余人。该乡全境按海拔高度分为三级：最低一级是普头片，平均海拔 200 多米，最低处仅 168 米，为全县海拔最低处；第二级是都垒片，平均海拔 600 多米；最高一级是八斗坡一带，海拔 900 多米。整个地势是一个由 900 米不断下降到 168 米的峡谷，100 多例"再生人"就生活在这一峡谷中，且主要集中在第二级的都垒片。

　　采访的"再生人""前世"离世时的方式各种各样，有双双喝下农药自尽的，有突发急病走的，有被碎木卡喉死亡的，等等。而转世后，有女变男的，有猪变人的，有的能记住前世的藏物、小时的玩具等。

　　如何解释湘西通道坪阳乡"再生人"现象？众说纷纭，有民俗学解释的，有宗教学解释的，有民间说法的，还有说是杜撰出来的。

首先来看看民俗学解释。在侗族人的宗教观念里，每一种动物，死后都会转世再生。而人具有"三魂"：死后一居家里，一守墓地，一投生还阳。在侗语里称人的死亡叫"dah xinl"，直译为"过身"，意为人的身子过了这一世，但灵魂依然存在，它脱离了原来的躯壳，去寻找新的躯体投胎再生。

"再生人"能记住前世的情况，一般人为啥就不行呢？当地人认为是坪阳的风水所致。这里有一叫八斗坡的山，位于坪阳乡与陇城镇交界处，是长江流域与珠江流域的分水岭，在坡顶有一小水潭。这潭水很奇怪，天旱不干涸，下雨不溢出，侗族人认为这便是传说中人死后要去调换灵魂、投胎转世的"雁鹅湖"。对这个潭，普通人见到的就是一汪潭水，实际上它是一个既深又宽的湖。坪阳乡的马田、桐木等村，就坐落在八斗坡的山脚下。据民间传说：死者去雁鹅湖调换灵魂，要过一条清浊各半的河，河的源头在八斗坡。水源头是清流，往下流淌中，外界影响变大，水就变得混浊起来，喝了浊水多的人就记不清"前世"。而坪阳乡位于八斗坡山脚下，在河的上游，自然是清多浊少，人"转世再生"后能记清"前世"的人就相对多一些。实际上，这也是一种地域环境说。有专家认为，因为这是一个盆形山区，距城市较远，受各种干扰少，包括来自外界的电磁场信号容易被屏蔽掉，所以"再生人"能够记住"前世"的事。

此外，侗族有吃合拢晏的习惯。宴会开始，由主持人领唱，众人合唱敬酒歌。大家一手端酒杯，一手挽住右边人的手，先向右转走半圈，再向左转走半圈回到原位。这一习俗被认为是侗族人团结和睦的体现，也是侗族人对世间万物生生不息观念的反映。

与宗教相关的解释。坪阳乡坪阳村有一座形似莲花的莲花山，侗语叫"jenc wap liimc"，直译为"花莲山"，据传是侗族始祖神萨岁静坐练功的地方。她晚年经常梦游与阎王爷交谈，最后一次阎王爷告诉萨岁，你的功德即将圆满，将升仙界成神仙。为了让你的丰功伟绩世代传颂，你身边的弟子死后，我这里可以安排几位再生投胎还阳。萨岁认为坪阳是块风水宝地，她静坐练功的花莲山也需世代有人看护，于是她安排了身边的弟子在坪阳投胎再生。从此以后，坪阳这一带每一代人中就有数十例的"再生人"。

民间的解释。"再生人"中以非正常死亡者居多，据民间的说法有两种原因：一是死者生前还有太多的牵挂，如难产而亡者，十分牵挂嗷嗷待哺的婴儿；中年遇意外身亡，还牵挂着尚未成人的子女。阎王爷一时心软，在投胎转世时让这个魂魄避饮混浊的水而记住前世，去了却心愿，或再续前缘。二是对那些因生活辛苦或赌气而自杀者，阎王爷让其清楚转世，是为了警告死者，也警示他人，来生现世都不要再做这种糊涂的事。

无中生有（编造）说。即认为"再生人"现象是编造出来的。如果是为了炒作，提高当地的知名度而编造，这显然与科学精神是背离的，那么便失去了调查研究的意义。同时在实际生活中，大部分"再生人"的父母不希望子女能记住"前世"的情况，尤其是那些不愉快的事。所以，发现子女讲"前世"的一些情况，就会煮红鲤鱼汤给孩子吃。侗族人十分敬畏红鲤鱼，认为此鱼是侗族的神鱼。一般情况下，红鲤鱼只作为特别的祭典用品，如祭萨仪式要用红鲤鱼一只；安萨坛时，萨坛的下部埋一瓦缸，酿有水，藏三条红色鲤鱼，用石板覆盖，封地成坛。日常饮食和其他场合，红鲤鱼是禁止食用的，他们认为对食用者不利。而"再生人"食用它，则是想利用"不利"这个因素，食用后忘记了"前世"的事情。可见，侗族家庭中对造假出来的"再生人"是抵触的。

利用科学知识进行解释。有些人别出心裁，利用现代科技知识来解析，其一是"脑电波说"。脑电波是从人类大脑散发出去的一种波。死亡时，个人的意识随着脑电波散发到外面，在地球电离层下面来回反射。有的就慢慢消失其能量了，但有的脑电波还在来回反射。若刚刚碰到一个小孩的大脑，和这个脑电波的固有频率相耦合，两者就发生了共振，接收到这一信息。在这个小孩的意识中，被还原成了记忆。这其实不是"转世"，是一个脑波信号的还原。通过研究发现，脑电波会随着人体的逝去而消失，这个说法难以成立。二是量子信息说。按照量子信息理论，在量子信息的世界里，生命并没有真正的死亡，它跟宇宙的循环一样，都会一代代延续下去，这是一种能量信息。但生命与宇宙的不同之处，在于生命是有意识和灵魂的，这是一种信息能量。人类的大脑与电脑中的情况非常相似，储存着海量的信息。当人的身体不存在了，并不代表灵魂就消亡了，它还会继续存在。而一些人在特殊环境下，有可能会唤醒"前世"的一些记忆，这就出现了"再生人"现象。这些解释企图借科学之名来证实其真实性，但由于说不清楚反而陷入泥潭。

从科学的角度来看，"灵魂"或者说"意识"都是要寄托在生物体上的，生物体的生命一旦消失，灵魂也会跟着消失，根本就不存在人死之后意识还能独立存在的情况。中国科学院、社会科学院的专家曾前去进行过专题考察，他们也拿不出难以令人信服的解释，而正是这个未解之谜吸引着更多的人去考证和破解。

除上述神秘现象外，湘西还有很多待揭开的谜：

吕洞山奇事。湘西保靖县吕洞山镇境内有一吕洞山，因两个穿洞横贯山体呈一个半倒的"吕"字而得名。吕洞山因天然形成两口倒立，苗语称之"几绕"，虚读"吕"，实读为"日"。西南四省苗学会专家们认定，吕洞山及周边苗寨是中国苗族远古太阳历的推演和传承圣地，吕洞山就是中国苗族神圣的奥林匹亚山。据传，每遇天旱时节，苗族民众就会请有法力的长老到吕洞山下筑雨坛祈雨。在祈雨期间长老不能吃盐，只能用糖来替代，法事即使要延续十天半月也不能停，直到下雨为止。还有的传说是，邻县如吉首、泸溪、凤凰甚至沅陵遇到干旱时，就会派人到吕洞山来"拿龙"。所谓"拿龙"，就是悄悄到吕洞山下捉一个螃蟹、青蛙之类的小动物，然后带回当地，挖个小坑放入其中，用石板盖住。这样一来，雷公洞中的龙王怕它们渴死，就会赶到那里下一场大雨。

落花洞女。此现象沈从文先生有所记载，他曾写道："湘西女性在三种阶段的年龄中，产生蛊婆、女巫和落洞女子。穷而年老的，易成为蛊婆；三十岁左右的，易成为巫；十六岁到二十二三岁，美丽、内向而婚姻不遂的，易落洞致死。""落花洞女"亦称"落洞"，"落洞"在苗语里包含两层含义：一是从平地陷下去；二是指人的心灵进入另一个世界，意思是把魂掉到洞里去了。"落花洞女"是湘西民国以前少女一种特有的现象，指的是一些十六岁到二十多岁年龄的少女，心神被洞神收去，从此精神恍惚，她们盘坐到山洞前，几日不吃不喝而面色红润。家里人见自己的女儿如此模样，便认为与洞神婚配了，实际上是少女生了病。这种"病态"持续的时间不一，大致两年到五年。有专家认为，造成"落花洞女"现象是当事人正值花季，性格极为内向，在家中少与人交往，特别是封建伦理道德对她们的极端压制，情感得不到正常宣泄。她们一方面保守和矜持，一方面还得小心翼翼怕被伤害，久而久之，就会产生厌世幻觉，这时候，忧郁症就找上门来了，最后便认为是臆症发作而亡。专家认为，治疗"落花洞女"的方法是为她物色一个对象结婚，通过正常的婚姻，把她从郁郁寡欢中解脱出来。

看香。"看香"就是湘西的侗族、苗族等少数民族地方中有个别被称为半仙的男或女（西方称为灵媒），他们有沟通灵界的本事，点燃香火之后，他们口中喃喃细语，于是引来亡灵附身，亡灵便可借"看香"人的嘴，与活人进行交谈。这些人被称为"看香婆（公）"。同时，他们兼有给别人算命（预测吉凶祸福）、看阴阳风水、选黄道吉日等"本领"。平时，这些"看香婆（公）"一般待在家中，静待外人来找他们"看香"或出去"门诊"。遇到附近赶集，他们便去"摆摊设点"。"看香"是一种古老的巫术文化，在湘西传承了几千年，被看做是勾通人与神的一座桥。晋代葛洪在《抱朴子·论仙卷》说："或云见鬼者，在男为觋，在女为巫，当须自然，非可学而得。""看香"现象在湘西虽很普遍，但市场不大，因为很多人是不相信"香婆"的"鬼话"的。

"照水碗"与"祛骇"。"照水碗"是巫师用来定吉凶祸福的一种巫术。其做法是：巫师请当事人打来的一碗清水，然后施加咒语，再定睛观看水碗，从中查找到事主家的祸福及其原因，告知禳解办法。祛骇。是指小孩子在成长过程中受到了惊吓，便胆小怕事，脸色也不正常，于是请巫师将他的"骇"祛除。巫师祛骇的方法有多种，我见过两种：一种是用一根棉线绑一枚鸡蛋，悬在火苗上烧熟；或者用棉线捆住鸡蛋放进火灰中去烧熟。

图5-14　湘西少数民族祈祷孩童平安的彩条

在之前，巫师要焚香化纸请师傅。估计蛋熟后，取出鸡蛋。然后她把烧好的鸡蛋剥开，里面有个黑点，那就是"骇"，去掉蛋中"黑点"，被"骇"的小孩子把剩余的吃掉，骇就祛除了。另一法是用白米半斤左右，放入一布袋中，然后巫师焚香化纸请师傅，在她的喃喃低语中，大约十来分钟，"祛骇"仪式完成。打开米袋，其中出现几粒黑色的米，那就是"骇"，去掉黑米，剩余的米煮给小孩吃，骇就没了。实际上，祛骇主要还是利用了心理暗示。

刹红铧。刹红铧是巫术驱杀某些邪魔鬼怪的手段，巫师把妖魔鬼怪赶到已烧红了的铁铧上，进行刺杀，使它们永远不再能侵犯主人家。铧是牛耕作农田的铁犁，红铧则是用火烧红了的铁犁。巫术开始前，用木炭柴火烧数小时，直到将铁铧烧红达到白炽程度后将烧红的数个铁铧排放在傩堂中，巫师做完念咒换手法等法事后，打着赤脚从红彤彤的铁铧上踩过，当赤脚与烧红了的铁铧一接触时，赤脚下便冒出青烟，并像烙肉时发出"吱吱"的响声和一股油烟糊臭味，但巫师的赤脚安然无事。刹红铧也是傩堂戏中表演项目之一。

戴红锅。"戴红锅"是一种治疗危重病人的巫术活动。巫师认为这些病人之所以病危，是他们的魂魄被阴曹地府拿去了，只要从阴曹地府拿回，病人就会痊愈。巫师认为，戴上烧红的铁锅，一切邪魔鬼怪都不得挨身，便能顺利取回病人的魂魄，使病者得以康愈，这叫"红锅退病，阴间取魂"。"戴红锅"过程是：先将铁锅用柴火烧红，然后巫师将病人带在傩堂前跪下，开始念咒语，用几张钱纸画上符后盖在病人和自己头上，接着戴着红锅跪到傩堂中来。再把自己头上红锅取下来盖在病人头上达数秒钟，期间巫师念咒语，施手法，拳打脚踢做完这些法事后，即将病人头上红锅取下。据了解，有治愈的，也有病重不治而亡的，

"游船送瘟"。五溪地域民间所称的瘟疫，主要是指天花和麻疹。"游船送瘟"时，送瘟的纸船或草船，要挨家挨户游走，每户人家都要事先准备好一杯豆子和一缕苎麻（或一杯芝麻），豆子象征痘（即天花），苎麻或芝麻象征麻疹。人们将豆子和苎麻（或芝麻）投放到送瘟之船中。最后，巫师去到河边，将满载"瘟疫"的纸船（或草船）焚烧，并任其在河水中漂走。人们以这种方式，表达心中的诉求与愿望，认为瘟疫就被送走了。刘黎光主编的《湘西歌谣大观》有这样几句话："……只有神船湾不住，坐的傩公傩母神。去游四海漂天下，千家走来万家行。瘟瘴时气带出去，荣华富贵带进门。"明人文焕在《风土记》中有记述："民之有疾病者，多于水际设神盘以祀神，为酒肉以犒棹鼓者。或为草船泛之，谓之"送瘟"。通过"送瘟"活动，使大家的心理得到安慰和满足。

这些神秘现象多为巫术，目前在社会上已无市场，其有效性可想而知。

除了神秘现象之外，湘西还有许多历史文化之谜。如"里耶简牍之谜"，说的是湘西里耶战国古城遗址发掘出的秦简中，其中一枚木牍上有乘法口诀表。更为奇特的是，每个"八"的乘法运算排列也很规则，排成一个横行，而且乘以八的数字从右到左依次递减。这乘法口诀产生于什么年代？是谁发明的？暂时无从考证。又如古夜郎国都之谜，在湖南西部和贵州东部广大地区，古时曾是古夜郎国的属地，但都城在哪里？有的说在贵州的遵义一带，有的说在湘西，因为湘西的新晃曾在唐宋时期被命名为"夜郎县"。但到底在哪里，目前尚未找到有力的证据。

所以说，在湘西，你可感知神秘文化的魅力。那些神秘现象，演绎着一个个神秘而独特的文化传奇，为后人描绘了一个个想让你亲自去捕捉的精神世界！有些迷，一直传得神乎其神，经过科学分析之后，便真相大白了；也有些谜，就人类现在的认知水平，暂且无从解释；而另一些谜，因

为人们的好奇，在信息的传递中逐渐变形，成了子虚乌有的存在。所以有人戏谑性地说，科学就是这样严酷而不解"风情"，轻而易举就把一些神秘感撕得粉碎。而科学家的使命是什么呢？就是探究和解析自然界的奥秘，促进人类社会的文明进步。

第六章　习俗与物产之谜

　　湘西少数民族居住地的分布，大致可分为三个主要民族文化圈：北部地区的土家族、白族文化圈，中部的苗族、瑶族文化圈，南部的侗族文化圈。当然，这些文化圈也交叉重叠。在这三大文化圈内，各民族既保留着各自文化特色，又相互交流借鉴。随着时代发展，有的民风习俗不断传承光大，有的则渐渐淡化，有的趋于相似。从唐代至今，研究湘西习俗、物产的专著屈指可数，如南宋朱辅的《溪蛮丛笑》，明代沈瓒、清代李通编的《五溪蛮图传》，民国时期陈心传编写《五溪苗族古今生活集》，吉首苗族专家石启贵的《湘西苗族实地调查报告》等，但从明清时期和近代湘西府志县志中可找到有关这方面的叙述。

湘西民族众多，境内主要杂居着汉、侗、苗、瑶、白、土家族，还有还散居者回、壮、满、彝、蒙古、藏、维吾尔、布衣、朝鲜、哈尼、傣、黎、佤、高山、水、纳西、土、仫佬、锡伯、羌、普米、独龙、毛南、番、鄂伦春、仡佬等40余个民族。不同的迁徙源流和发展历史，使他们具有不同的民族风情，形成了一些不同的乡风民俗，曾被称为典型的"三里不同音，十里不同俗"的地区，其共同的特点是民风淳朴又蕴含剽悍，地处偏僻却风景优美，山多林森而特产不少。土家族那缠绵的摆手歌、原始的毛古斯；苗家人五谷飘香的赶秋、浪漫抒情的芦笛；侗族的三月三对歌节，山歌互答，悠扬悦耳……这里仅采撷几个方面，管窥一下湘西的物产和习俗。

1. 祭拜伏波庙

湘西的庙宇不少，值得一提的是沅江和五溪两岸的伏波庙。清代陆次云的《五溪杂咏》有"崎岖幽谷里，尽是碧云阿。祖每尊盘瓠，祠皆祀伏波"之句。据史料记载，新中国成立之前，从清浪滩至酉水源头石堤，共建伏波庙（宫）40余座。现古丈县老司岩村尚存一"伏波宫"，建于清乾隆五十八年；吉首市城西向阳街伏波潭东岸尚存"伏波宫"，宫内有正殿三间、厅三间、戏台一座，成为吉首市内十分珍贵的一处古迹。

湘西"伏波庙"多，主要起源于东汉大将马援，更重要的是与湘西水路纵横，五溪和沅江流域的滩涂难以计数有关。为保证行船安全有关。汉建武二十三年（公元47年）春，伏波将军马援请缨率军南征。建武二十五年（公元49年）三月进驻壶头山，与义军对峙，很多士兵因水土不服或阵亡，马援也因病卒于湘西，并因谗言被收侯印，死不归葬。东汉永平年初，马援的女儿被立为皇后。马援夫人死后，汉明帝重新为马援举行了葬礼，并建了祠堂。建初三年，汉章帝派五官中郎将拿着使节追封马援，封给马援忠成候的谥号，提升了马援的地位并使之神化。而当地迷信传说中，在壶头山周边清浪滩腾起的浪花上空盘旋呼叫的乌鸦，是那些死去的士兵魂魄所化，声音凄凉令人胆寒。由于不少行船放排的汉子在清浪滩折戟沉沙而付出生命和财产的代

图6-1　清浪滩伏波庙旧照

价，于是人们在壶头山下的清浪滩边建造了伏波庙，一方面纪念他的功德，一方面借助这尊神来保佑自己。这座大庙，古时行船人到此必先靠岸进庙，献上贡品，焚香祈祷，以求神灵保佑他们平安过滩。庙中屋角树梢栖息着成千上万的红嘴红脚小乌鸦，遇下行船必飞往接船送船，船上人把饭食糕饼向空中抛去，让乌鸦享用。船夫说这是马援的神兵，为迎接船只的神兵，照老规矩，凡伤害的必赔一大小相等银乌鸦，因此从不会有人敢伤害它。而那些沉于此的船只是因为船夫"礼未到，心不诚"。

汉朝皇帝对马援的追封，神化了马援，在沅江流域影响极大。造成沅江流域及五溪之人，饮食必祭，水旱疾疫，凡有求必去祈祷。范晔的《后汉书·马援列传》记载，土人"最敬汉伏波将军马公援。永、保、龙、桑四县土人境内，处处皆有伏波庙，极壮丽，祀事甚虔。每岁三月三日，醵（ju）金购牲羊，倩（央求）巫击鼓"。甚至传说诸葛亮南征亦得到伏波神的指点，缺水时拜谒路边的伏波而得甘泉。这样，马援便成为湘西民众普遍接受的神灵。

辰州府的壶头山，位于沅江边上，古代有沅江最大的险滩——"清浪滩"，曾有"过了清浪滩，出了鬼门关"的俗语，这段滩头长达10余千米，修坝前，河床狭窄，乱石嶙峋，沅江水流在这里爆发了最大能量的野性。

最早在这里建立的塑造有"伏波将军肖像"的祠庙，后人称此庙"神灵甚，舟人过者，必割牲、酾（洒）酒以祭"。古人描写其"滩上水际有七星岸，滩口有三门滩、闪电滩，又称敬畏滩，怪石横涌，白浪拍天者三十里"。清代中期的沅陵人李沆训在诗中写道："巨石横江心，激浪怒喷薄。上游船来摩肩行，下游船去压头落。篙师梢子何剽健，折入危涛船不见。饥鹰掠地忽飞起，穿过浪花立当面。"正是滩险浪恶的生动写照，艄公的安危，悉听于天命。随着时间推移，在沅江、酉水流域沿岸便建起了不同风格的伏波庙，行走的船只和木排上的艄公船夫们每到伏波庙，便要去祭奠，并逐渐形成了传统。据文献记载，沅陵县伏波祠有两座，一在县沅江南，一在壶头山；溆浦县的西面有伏波庙，为宋代建，内有大观楼流芳阁，每岁春秋致祭；辰溪县伏波将军祠在县西二里（2019 年 12 月，笔者在辰溪的"五宝田"考察时，曾看到一小型"伏波庙"）；中方县伏波庙建在荆坪村，明万历四十五年（1617 年）重建；麻阳县有伏波将军祠两处，分别在县南和县东的浮石山；洪江市的黔阳镇有三忠祠在北门外，祭祀伏波将军和关公；靖州马王庙有二，一在州治后，一在州南演武亭左。在湘西自治州，保靖县、泸溪县、龙山县、古丈、凤凰县等都建有马伏波庙；在张家界市的永定县、永顺县均有伏波庙；此外在沅江和酉水流域即周边也有不少的伏波祠庙。随着历史长河的流淌，古人建在湘西的林林总总的伏波庙，有的早已不复存在。现存的保存比较好的如吉首市峒河的伏波宫，今存有正殿和戏台；建于清康熙八年（1669 年）的洪江市伏波宫（即辰沅会馆）现保存完好；泸溪浦市镇的伏波庙至今优存。此外，湘西地区马援遗迹数量不少，如溆浦县马援红旗山，沅陵清浪滩南北岸的伏波避暑室，等等。

1994 年底，随着沅陵五强溪电站蓄水发电，清浪滩和伏波庙都已淹没水下，但延绵了无数个朝代更替的故事传说，今日仍为人们的口边话题，仍有个别人去伏波庙顶礼膜拜。

一千多年来，除了不断修建的伏波庙用于祭奠祈祷外，人们留下了许多赞颂、怀念马援的诗篇，大多是感慨马援之忠烈。唐代，湘西地区对马援的崇拜更多是因为马援的忠义。到明代时，伏波形象在行船中的保驾护航越来越重。随着清代雍正年间改土归流的推行以及朝廷对湘西地区物产开发力度的加大，其中的桐油、木材等体量大的土特产的外销主要靠水运，航运安全成为人们的普遍祈愿，伏波神的"水神"色彩愈发浓厚。如沅水上游的洪江，其水路上通滇黔，下达常德、长沙，远及汉沪，桐油和木材等大宗商品的运输多通过沅江的舟楫完成。但那时生产力低下，靠人力划桨撑船，沅水多有险滩，非常不易。尤其洪江以下，河道渐宽，河滩湍急，稍有不慎，则可能触礁翻船，人货难保。撑船之人多为洪江、辰溪、麻阳等县人，他们虽对河道深险熟谙于胸，并有丰富的驾船经验，但也得慎之又慎，祈祷马援这样的神灵，方能保得万全，顺利到达目的地。

图6-2　马援画像

　　除了保证水路行走的平安外，祭拜马援的内涵也随着岁月而扩张，逐渐发展到其他方面，从忠义的神职、水神的神职，又增添了其他功能。原因何在？关键是马援的名气。马援作为汉代大将军，守陇右，出塞，汉征羌戎，昭然史册。造成马援崇拜的原因有如下几点：

　　一是借助马援崇拜，作为当地统治者治理的权力工具。如五代时，中原汉族马殷统一湖南，建立楚国，号称楚王。其子马希范于后晋天福四年（939年）平定了溪州土家族彭士愁集团的作乱，次年以铜五千斤仿效马援以铜柱标汉界之举，与彭氏立铜柱勒铭誓于溪州。马希范在铭文上尊马援为"列祖昭灵王"，历数马援功绩，盛赞马援"昭灵铸柱垂英烈，手执干戈征百越"。然后话锋一转，自述其平溪州之乱的功绩："我王铸柱庇黔黎，指画风雷开五溪。五溪之险不足恃，我旅争登若平地。五溪之众不足凭，我师轻蹻如春水。溪人畏威仍感惠，纳质归盟求立誓。誓山川兮告鬼神，保子孙兮千万春。"马希范的铭文，实际上是借马援的文化影响力来提高自己在当地的文化地位，威慑和控制武陵地区以及西南蛮夷。苗族将马援与苗族始祖并祀，说明对马援的认同，是文化交融的表现。明代时，薛瑄对马援也是大加颂扬，说马援有大志、大识、大功、大节，实际上借马援行教化之事。宣德三年（1428年），薛瑄被任命为广东道监察御史，并监管湖广银场（即沅州银场）。此银场辖湘西10余县20多处矿场，有矿工50余万，当时管理混乱，贪污成风。薛瑄上任后，以马援为道德榜样，倡导廉政，惩贪治腐。他大赞马援对国家之忠："夫其韬晦自养，散财济难，公之大志也。"他认为，湘西祭祀马援已有1000多年，可知人民仍知道马援威名，"有以祀公，斯又足以见忠义之感人心"，"有司以时行事，无敢怠弛。人有水旱疫疠，则祷焉"。清朝康熙五年（1666年）正月，黔阳县知县张扶翼在《修三忠祠记》盛赞马援："伏波佐光武成大业，自以为未足也。征交趾，平五溪，纪功铜柱，何其烈欤。"可知，马援是以忠臣的形象示人。

二是扩展了伏波庙祭祀的其他功能。随着朝廷官员对马援的赞颂，伏波神在百姓心中，成了一位无所不能的神。求财、求子、求功名，甚至邻近村寨决议重大事情，调解纠纷皆去伏波庙，逢年过节唱汉剧也去伏波庙；邻里若有纠纷难也会到伏波庙去赌咒，认为伏波将军颇为灵异。麻阳县锦江畔有伏波将军祠，建在回龙山上，下瞰锦江，当地人认为祠庙甚为灵验。邑民无论远近，每有求咸来往祷焉，"遇有水旱疾疫者，祷之即应。其生能平剧患，死能庇边民"。清代麻阳县县令黎九皇到任后，曾率诸同事渡江瞻谒，认为马援被百姓供奉为神，是因为他平陇右、战交趾，征五溪蛮，以劳定国，故而灵验。古丈县红石林镇，有一块咸丰八年的"流芳万古"残碑，上面写道："吾乡伏波神祠，旧在本乡东南隅。土人因其灵异，设坛奉祀而已。"清浪滩的伏波庙更是红火，行船放排、求儿求女、求财求福的人络绎不绝，香火十分旺盛。清代辰溪人唐效尧在《清浪谒伏波祠》中描写了人们祭祀伏波秒的情景："伏波有高祠，门前两黄纛。舟子匍拜诚，割鸡进香烛。忠节人岂知，坐飨亦同俗。遥望壶头山，莽莽云断续。须臾北风驶，百丈免尔足。踊跃舟子欢，明神祝所欲。"

除了伏波庙外，马援还影响到生活的其他方面。据传沅陵有一种叫"马援苦"的野生植物，味苦涩，长于山区。因当年马援的士兵食用此植物来驱疫病而得名，它有活血化瘀、降血压、除风湿、解毒的功效。随着生活水平的提高，经当地人培育种植，把它制成鲜或干蔬菜，身价日增，成为潜力大的旅游食品。此外，还有一种叫"马思汉"的食物，已成为餐桌上珍贵的佳肴。

黄庭坚路过辰溪，拜谒城南门口临江绝壁上的"伏波宫"时，只见沅水与锦水露雨连幛，云气缥缈。伏波祠虎踞江渚，其建筑装修首冠五溪。他拜谒伏波祠后，感到分外孤独与冷落，在荒蛮之地，谁来陪我？他顿生无尽的惆怅和感伤，于是写下《登伏波新息侯祠》一诗，其中写道"怀人谒遗像，阅世指东流。自负霸王略，安知恩泽侯。"

民国之前，由于生产力的限制，五溪和沅江没有建水利工程，因此行船的航路没有多大改变。由于不少地方滩险浪急，行船险象环生。有句俗话说：艄公眼不强，一命见阎王。随着抗战备战的需要，五溪和沅江繁忙起来，随流下运桐油、木材、五倍子、茶油、和牛皮等土特产品，上运各种日用杂货和工业品。但沿河流不少地方滩险浪大，行船中多发生翻船事件。沅江作为湘西的最大河流，从上游洪江到常德，水运十分繁忙，行船放排异常惊险，"三垴九洞十八滩，滩滩都是鬼门关，其中最险在青浪"。古时沿江两岸码头的夜晚，万盏明灯竞放；河面上则渔舟唱晚，灯火闪烁。据说放的排扎非常紧密，铜钱不小心掉到排上，卡在排的缝隙里不会从缝隙掉到水里去，可见放排人的工艺之精。行船放排到了青浪滩，得排队而下，因此，整个青浪滩都是行船和排，蔚为壮观。

酉水是武陵山区的一条重要河流，也是沅水的最大一级支流，岸边有里耶、隆头、花垣、保靖、王村、罗依溪等港口，为货物的集散地，保靖为转运中心。酉水流域含沙量少，雨量充沛，枯水流量较稳定，流域内盛产粮食、木材、桐油、山竹、杂木等农副产品，20余种矿藏。便利的水路交通使其成为早期人们理想的繁衍地，亦是西南通往中原的重要通道。酉水航行沿途险滩林立，"河，滩连滩，十船过路九船翻"。沈从文先生也写道："多滩，凤滩、茨滩、绕鸡笼、三门、驼碑五个滩最著名，弄船上有两个口号：'凤滩、茨滩不算雄，上面还有绕鸡笼。'上行船到两大滩时，有时得用两条竹纤在两岸上拉挽，船在河中小小溶口破浪逆流上行。绕鸡笼因多曲折石坎，下行船较麻烦，一不小心撞触河床中的大石，即成碎片，船上人必借船板浮沉到下游三五里方能得救，三门附近山道名白鸡关。石壁

图 6-3　清浪滩纤夫拉船旧照　　　　图 6-4　沅水纤夫

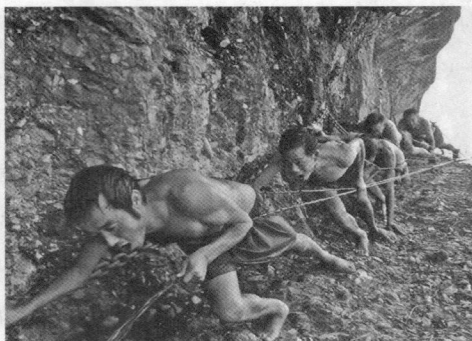

插云，树身大如桌面，茅草高至一丈五尺以上，山中出虎豹，大白天可听到虎吼。"酉水号子中这样唱道："下洞庭、上江汉、四十八站到长安、大哥掌船千里来，踏平好多挺心岩。"永绥县（今花垣县）的"大商号兴和裕"，老板黄季庸，公司有 20 条船走水运货。1930 年前后，连续翻沉 5 条大货船；一次从常德返回永绥，到白极关 5 条货船又被抢劫一空，家道从此走向衰败和破产。在辰溪仙人湾的峭壁上，至今留有一条拉纤用的铁链，人称"寡妇链"，可以想见艄公面对沅江滩涂的险境。因此，除了祭奠马伏波之外，行船中还有一种禁忌。如，禁忌一些语言："翻、打、倒、扑、沉、龙、虎、怪。"这些字由于谐音类似于翻船、打翻，所以要换一些说法，如将"打酒"换成"提酒"等等。

古老青石板，相连到江边，行船与木排，游弋在水面……今天，沅江及其支流已非昔日，一座座水电站成了新的景观，当年那些激流险滩鲜有存在，祭奠伏波庙也逐渐成了历史记忆。

2．端午节竞渡源于湘西

湘西少数民族中节日很多，这里主要谈谈人人熟知的端午节，因为有端午节源于湘西的说法。

湘西多河流，因此船在湘西使用很早，最早是刳木为舟，即独木舟。《五溪蛮图志》介绍独木船时写道："两岸青山夹水流，群蛮过渡苦无舟。凿空独木乘船起，杨柳依依任去留。"而船与端午节的划龙船是不可分割的。在湘西，端午节的习俗很多，但划龙船是主要的集体纪念活动，还有就是包粽子、饮雄黄酒、门前挂艾草等。但对划龙船的起源，说法颇多。从文献考证，说法不一。如《岁华纪丽》说是："因勾践以成风，拯屈原而为俗。"而《荆楚岁时记》则认为："旧传屈原死於汨罗，时人伤之，竟以舟楫拯焉，因以成俗。"唐代刘禹锡记载说："竞渡始於武陵，至今举楫而相和之音，咸呼'何在'，招屈之义也。"意在说明龙舟竞赛起源于湘西的武陵地区。因此有人认为，作为古代五溪蛮地的湘西，远在屈原投江之前，划龙舟就存在于这条"蛮荒河流"之上了。

龙舟竞赛也叫划龙船，一般在端午节前后举行，在湘西已有悠久的历史。湘西辰溪有个传说，说伏羲的父亲是雷神，史书记载雷神居住在"吴西"。"吴西"是一个历史地名，辰溪县的龙船岩正好在古代吴国之西，因此雷神就居住在这里，当他从流沙溪源头的洞中进入天庭以后，就成了神仙。龙船岩人用划龙船的方式纪念雷神，从此以后划龙船在全国流行起来，最终成了全中国人民的一种民俗。辰溪人还认为，十二生肖中，辰为龙，辰溪可能就是龙的发源地，划龙舟也就不为奇了。

古时湘西划龙船，有很多讲究，场面也很壮观。《武陵竞渡略》一书说及武陵地区的竞渡龙船分为 6 种：花船、赛花船、紫船、白船、乌船、红船。湘西溪流纵横，因此一到端午节，龙舟竞赛处处可见。唐代湘西诗人李群玉在《竞渡时在湖外偶为成章》中描述了湘西赛龙舟盛况："鲸奔电逝三千儿，彩舟画楫射初晖。喧江雷鼓鳞甲动，三十六龙衔浪飞。灵均昔日投湘死，千古沉魂在湘水。绿草斜烟日暮时，笛声幽远愁江鬼。"诗中道出了龙舟竞赛的激烈、热闹场面。"三千儿"和"三十六"言参加竞赛的男子和龙船之多，"鲸奔电逝""衔浪飞"表明江上竞争十分激烈，船只行进速度快。诗中短短四句将沅水流域的龙舟竞渡的盛大热闹场面展露无遗。宋代朱辅的《溪蛮丛笑》对湘西端午节有很翔实的记载（第一章已谈到）。同治十三年刊印的《黔阳县志》记载：康熙时期的龙船，龙头龙尾，可以坐

图6-5 龙舟竞渡

50—60人。竞赛时，因争强好胜，有时队与队之间还出现斗殴情况。

今天，划龙船这一古老的习俗在端午节期间的湘西处处可见。辰溪县的锦江自古便是龙舟竞赛的场地。"五溪月满木兰船，锦溪露湿芙蓉面。"每当此时，四面八方的龙舟队云集锦江，两岸人头攒动，江中鼓锣喧天。

据说辰溪锦江河上龙舟比赛最刺激的动作是两只龙舟靠近时，双方桨手，可以互相撕扯抓掐。因此，每次比赛，都有赤身男人们的相搏场景。每只龙舟来自不同的村落。不同的村落就是一个战斗群体。岸上的人们都声嘶力竭为自己队加油，后来这种相互搏击的场景被取消。辰溪有一龙舟队，该队由王安平区曾家坪村土生土长的村民组成，曾家坪村位于锦江岸边。山清水秀，是个渔村。数百年前，从江西迁入辰溪。当年，他们祖先来到锦江，发现锦江满江游鱼，满山飞鸟，就迷上此地。定居下来，以捕鱼为生。自然划船是手腕子上的戏，曾家坪村曾经多次获得在"传统龙舟之乡"沅陵县举办的每年一次的国际龙舟赛的冠军而传为佳话。

包粽子在湘西也有其独特之处。包粽子的粽叶，在附近的山里很多，哪里粽叶最好，村民们都知道。农历五月初五端午节（湘西人喜欢把五月初五叫小端午，五月十五称为大端午）来临之前，大家三三两两，相约去采集包粽子的粽叶。粽子做成的形状有三角形、四方形、枕头形等，主要原料也是糯米，中间包的有肉、枣、豆等食料。明代薛瑄在《辰阳端阳遣怀》诗中记载道："五溪五月当五日，时俗犹存旧楚风。角黍堆盘人送玉，龙舟叠鼓水摇空。"其中的"角黍堆盘人送玉"，角黍堆盘，指粽子装满了盘子，堆成小丘。船上架鼓，故称龙舟叠鼓。指的就是粽子。

3．湘西少数民族婚俗

湘西少数民族的婚俗有很多共性的地方，如结婚前哭嫁、结婚当天新娘要坐花轿去男方家等等。

在土司时代，湘西少数民族与外界的婚姻往来受到很大的限制。在湘西改土归流进行之后，这种情况也并未改善。雍正五年（1727年），湖广总督在其《奏苗疆要务五款》中，第一款就提到要求禁止民苗婚姻，"禁民苗结亲。民以苗为窟穴，苗以民耳目，民娶苗妇，生子肖其外家，庇杀拒捕，视为常事。凡已经婚配者，姑免离异；其聘定未成者，自本年为始，不许违例嫁娶，犯者从重治罪，已经婚娶者，兵则远移别汛，民则着保甲取结，汛守弁员稽其出入"。然而这种严禁民苗婚姻的政策制定出来，并不能阻止民间事实上的婚姻往来。鉴于这种实际存在的情况，雍正八年（1730年）巡抚赵宏恩就在其《筹办六里善后宜疏》中提出："准许民苗兵丁结亲，令其自相亲睦，以成内地风俗。"认为民苗婚姻往来，有潜移习俗和教化的功能，是使苗民成为"民人"的有效手段。直到乾隆二十五年（1760年），民苗之间的通婚已经很多，清廷发现民苗婚姻于汉苗之间的民族关系不仅无害，反而有益，于是就有了鼓励民苗婚姻的政策，"查旧例，民人原不准擅入苗地，乾隆二十九年（1764年），以苗人向化日久，准与内地民人婚娅往来，见资化导"。虽然清廷在之后的民族之间婚姻政策上常有变化，但是民间的婚姻往来是无法完全断绝的。民族之间的通婚有利于多民族的融合，也正是这种民族之间的婚姻往来，使得湘西各少数民族逐渐融入中华民族这个大家庭中。

婚姻有两种形式，一种是媒妁之言。《五溪蛮图志》记载：婚姻用媒妁，苗族人叫牙郎，双方父母同意后，先议彩礼，再谈婚娶。一种是自由恋爱。就自由恋爱来说，侗族的农历三月三，土家族的农历七月十三日，苗族的情人节为青年男女恋爱提供了场合。女子未嫁者，红绳辫发，花巾缠头。在传统的恋爱中，往往以歌为媒。比如农历三月初三，青年男女穿戴整齐，成群结队赶到山头水边，对歌恋爱。情投意合者，便相邀离去，表示恋上了。平时看牛、放羊也对歌。双方父母同意便结婚，如不同意，还有逃婚的习俗。在彭勇行的竹枝词中，有土家族男女对歌的内容，如"合符溪绕心印山，郎家谷畔妾山间。妾心有印从头记，郎手无符屈指还"。其意是：合符溪的溪水环绕着心印山，情郎你住在溪谷的岸边，我住在心印山的山间。我的心中思念着你，我俩的爱情从始至今都印刻在我的心里。侗族男女青年谈情说爱的社交活动各地有不同形式，在湘西的新晃、通道以及贵州侗族居住区，青年男女在农闲或赶场路上，三五成群地约会于山坡上对情歌，倾吐爱慕之情，当地称"玩山"。盛大的赶歌坪集会，更是青年们选择伴侣的最佳时期。他们以歌为媒，从唱歌开始而相识、相爱，许多的青年男女就是通过这种活动结成了美满姻缘。彭勇行也写过咏颂青年男女情爱的竹枝词，如"黄菜花开碧柳丝，城南门外洗心池。劝郎洗尽闲烦闷，莫洗心头一点痴"。诗中表达的是：在黄菜花开、碧柳垂丝的时节，我和情郎一起来到城南门外的洗心池边。希望清泉可以洗净郎的闲愁苦闷，但千万不要洗去对我一片痴情！

哭嫁是湘西土家族、侗族、苗族等少数民族结婚前的习俗。一般在结婚前一个月，长则半年，就开始哭嫁。有一人独哭，有母亲、姐妹同哭。对长辈们要分别哭，长辈在劝哭后还得赠送哭嫁钱或礼物。哭嫁一直哭到挥泪上轿，甚至有的新娘哭得声音嘶哑。哭的内容包括哭爹娘、哭哥嫂、哭姐妹、哭祖先、骂媒人等，感谢父母亲友的养育之恩，表达与亲人离别的难舍之情，告诉待嫁姑娘到婆家后如何做人与孝敬父母，也有自己的伤心事。如土家族姑娘出嫁前，其母亲的哭嫁词有"闺女啊，你出嫁后要多做些事，少说话，要起早床，晚睡些，要孝敬公婆。夫妻之间一定要恩恩爱爱莫吵架"等内容。特别是过去受重男轻女思想的影响，指腹为婚、包办婚姻、买卖婚姻严重，女性对自己的婚姻发言权，只有通过"哭"这一形式，来表达自己的情感。当有人走进她的房间，她就哭谁，来的人（女人）也跟着一起哭。这种哭不是那种被打骂或者悲伤的哀哭，而是拉长声音的一种诉说，听起来像歌唱一般，因此叫哭嫁歌。只要来看她的人不断，这哭嫁歌针对来人的辈分身份也一首接一首，声声动情，场面极为动人。

在侗家，哭嫁歌唱得越好，就越能表现出她的聪明才智，明白事理，也就越能博得人们的称赞。笔者少时在一个侗族山村目睹了一女孩哭嫁时的场景：选好成亲的日子后，待嫁的姑娘大约在出嫁的半月前开始哭嫁。村里的长辈、亲属大多轮流去看她，她根据人的身份，哭的唱词

图 6-6 哭嫁

有所变化，去的人一般给一定的哭嫁礼金，我记得那时有两块、一块或者五毛的。小孩子一般都去看看热闹。哭声中可以领略到出嫁人对父母养育之恩、对亲朋们关照的感谢之情，也可听出对爱情、未来生活的憧憬。

结婚日要选个好日子，俗称看日子。出嫁那天，新娘一般要坐花轿到男方家。彭勇行的竹枝词中有对土家族姑娘出嫁时的描述："侬今上轿哭声哀，父母深恩分不开。婶娘齐声低劝道，阿们都是此中来。"姑娘坐轿出嫁，在上花轿的时刻往往也是哭嫁的高潮，体现了土家族姑娘与父母、亲友的养育之恩、骨肉之情难舍难分。旧时的婚礼在山村中还算热闹，"迎亲队伍过街坊，小儿争相爬上墙。叭叭隆隆花轿到，唢呐巧伴得披堂"。《五溪蛮图志》说到嫁娶，也用四句诗描述："于归女伴笑相陪，头上银钗两面排。送别中途轻传语，阿郎肩并脚同鞋。"花轿到男方家后，过去的老习惯是女方家及女方亲戚到男方

图 6-7 出嫁

要喝三天三晚酒，这三天新娘只能同伴娘睡，不能与新郎同床。随着时代的发展，各地习俗逐渐在改变。

湘西的少数民族夫妻，他们希望终身相爱，白头偕老。清代彭勇功的诗中写道："秋日离离茶果园，秋风瑟瑟茶花香。依自甘心花样蜜，郎心结果茶果坚。"（《溪州竹枝词》）而对那些见异思迁，移情别恋的人十分蔑视，甚至诅咒。从发誓的情歌可见一斑："郎十八来姐十八，两人相交把誓发，郎起歪心枪上死，姐起歪心遭雷打。"用这样恶毒的誓言，来表明双方忠贞不渝的情意。

4. 湘西的茶

湘西是产茶早、出好茶的地方。湘西茶的历史可上溯到春秋战国时代，1985 年，发掘古丈河西镇白鹤湾战国古墓群时发现了大量的茶皿茶具。据《桐君采药录》记载，东汉"酉阳、武昌、晋陵皆出好茗"。汉代的酉阳即今永顺、龙山、保靖、古丈一带，其县治在今王村（芙蓉镇）。西晋《荆州土地记》载："武陵七县通出茶，最好。"据王威廉考证，应为武陵 10 县。查西晋武陵 10 县，包括今湘西自治州、怀化市全部，常德、邵阳市的部分地区，达 26 县（市）。

唐代陆羽在《茶经》中引用裴渊《坤元录》的记载，说"辰州溆浦县西北三百五十里无射山，云蛮俗当吉庆之时，亲族集会歌舞于山上，山多茶树"。无射山在今泸溪、沅陵、古丈三县交界处。《新唐书·地理志》载："溪州土贡茶芽。"唐代杜佑《通典》中还记载：唐玄宗天宝年间灵溪郡贡茶芽二百斤。灵溪郡治今永顺、龙山、古丈一带。清代《永顺县志》记载："唐代溪州，以茅茶入贡，其为地方生产可知。"《古丈坪厅志》所载："古丈坪厅之茶，种于山者甚少，在宋熙宁年间，溪州城固定于会溪坪。"会溪坪，属今古丈县罗依溪镇管辖。现今会溪坪、罗依溪、江洋溪等地仍可见几百年树龄的古茶树。清代时慈利也出现了一种叫鹤峰的好茶。即使是战火纷飞的 1943 年，据《湖南经济年鉴》记载：湘西永顺、永绥、乾城、凤凰、古丈、保靖、桑植 7 县的茶园面积达 9147 亩，产茶 3812 担。

湘西的茶中，沅陵的碣滩茶名声最早，故事也多。沅陵县是古代湘西辰州府的府治地，东临洞庭湖平原，西枕武陵群山，是土家族、苗族聚居地。古时的碣滩茶茶园坐落在沅陵县北溶乡境内。据考，唐代之前碣滩周围几十里都有茶树群落。这里海拔 100 多米，南临滔滔沅水，北依武陵群山，雨量充沛，年均温 16.6 摄氏度，年均降水量 1440.9 毫米，无霜期 272 天。常年水气多、云雾大、日光不很强烈，有着"三伏暑天如寒秋，四季云雾泛浪头"的独特环境。温润的气候、丰富的光热，优质的水土资源，非常适宜茶叶的生长，所产茶叶，根深叶茂，芽多叶大，质地柔软，早在汉代就已经非常有名。碣滩茶之名应来源于碣滩山，该山在清浪滩的上游 10 千米，湍急的水流在滩头激起层层浪花和江面水气的蒸发，使碣滩山常年云蒸霞蔚。良好的自然环境使这里盛产好茶，出产有碣滩、官庄、二酉清、齐眉锋等数十种名茶，而以碣滩茶最佳。碣滩茶场对面有座银壶山，附近有条小溪，名叫碧水。相传，唐代有人用碧水冲泡碣滩茶，近杯觉得香气不高，离杯远些则感到浓香扑鼻，难以形容。更让人惊叹的是：相传有位老人平素爱碣滩茶如同珍宝，将此茶藏于秘密地方，舍不得饮用；太想时忍不住拿出来看一看，闻一闻，身体不舒服时，也只饮少量，就会顿感全身舒爽，病痛全消。

关于碣滩茶的出名，相传与唐睿宗的内宫娘娘有关。内宫娘娘由辰州（今沅陵）泛舟而下，路过碣滩，山民为她冲沏一杯碣滩茶。皇宫娘娘饮后甚觉醇甜爽口，余味无穷，便择其精品带回京城，赐文武百官品茗，皆赞赏不已。唐睿宗遂在辰州广辟茶园，择其上品纳为贡茶。后来，曾在唐宪宗期间担任过宰相的权德舆在为陆挚《翰苑集》所写的序言中也说"（沅陵）邑中出茶处多，先以碣滩产者为最。"唐代魏王李泰主编的《括地志》记载说，沅陵无射山多茶树，当地百姓，凡有喜庆吉祥之事，男女老少，都有围着茶树载歌载舞，阖村狂欢的习俗。经过朝廷的及大员们宣传，碣滩茶从老百姓的生活茶成为朝廷特贡茶，享誉全国。其后宋元明清各代，碣滩茶一直都是朝廷的贡茶。清同治十年（1871 年）修的《沅陵县志》载："（碣滩茶）极先摘者名曰毛尖，今且以之充贡矣。"1970 年代恢复茶园垦荒

图 6-8　沅陵北溶乡茶场

时，碣滩曾挖出 2000 多株古茶蔸，可见当时繁茂的茶林盛景。碣滩茶流传到日本和印度后，也受到人们的青睐。1973 年日本首相田中角荣访华时，特向周恩来总理问及此茶，称其为"中日友好茶"，1985 年日本政府代表团来湖南考察，通过鉴定和座谈，正式将碣滩茶命名为"中日友好之茶"，相继通过日本"JONA"和欧盟"IMO"有机茶认证，先后获得 10 多项国际、国内金奖。1991 年，在 17 个国家 400 多个地区参加的国际茶文化节上，碣滩茶夺得金奖，被评为"国际文化名茶"，载入《中国名茶录》。2010 年 5 月，在中国（上海）国际茶博会上，碣滩茶从参展的 1600 多个茶样中脱颖而出，获得此次茶博会绿茶类的最高奖项"特别金奖"。2011 年 9 月，沅陵碣滩茶被评为国家地理标志保护产品。

碣滩茶有绿茶和毛尖两种，其形、色、香、味均独特无二。锋叶油滑皎洁，身骨柔嫩匀称，银毫细密如织。冲泡后颜色黄绿透亮。杯中茶叶如银鱼游翔，时起时落，又似嫦娥轻舒衣袖，婀娜多姿。更有趣的是，近杯者因"醉"而不闻其香，远离者因"渴"倒觉芬芳。一人品茶满屋香，正是碣滩茶与众不同之处。古人曾写诗赞叹它："形似碧云茸茗霜，巧艺天工牙中藏。清汤绿叶醉人眼，越夜长留唇齿香。"

碣滩茶鲜叶标准要求十分严格，除具一般名茶的共同特点外，其采摘标准均为一芽一叶。加工工艺分为杀青、清风、初揉、初干、复揉、复干、割脚摊凉、烘焙、摊凉、包装十道工序。高档碣滩茶的品质，外形条索细紧，圆曲，色泽绿润，匀净多亮；香气持久；汤色绿亮明净，滋味醇爽、回甘，叶底嫩绿、整齐、明亮。碣滩茶冲泡后，开始芽嘴冲向水面，渐渐吸水后浸大张开，竖立游空，接着徐徐下沉杯底，三起三落，宛如戏虾。

湖南省著名剧作家石煌远先生为碣滩茶作《碣滩茶赋》，其中写道："沅陵碣滩，泉清风舒，三伏亦无暑，三九如春初，四季吐绿，云蒸雾煮，山名美誉银壶。"

保靖的换（黄）金茶也是湘西的名品，称为"中国绿茶之王"。清代嘉庆时期定为贡茶，"有一两黄金一斤茶"的典故，故名换金茶。黄金茶最初产于保靖县堂朗乡黄金村，该村就在苗族圣山吕洞山下。黄金茶沏泡后茶色清澈，黄绿透亮，香味悠长。换金茶树龄长，可达百年以上。据说现在黄金村还有一株 100 岁以上的老茶树，高近 4 米。换金茶干粗枝繁，伞盖遮大，每百叶重 11 克，而一般茶叶只有 8 克，并且牙叶长，白茸毛多，叶底嫩绿，叶片长椭圆，片头渐尖。茶叶内质好，汤色清澈，黄绿明亮，香气回味甘甜。耐冲泡，色翠绿，冲泡五次后，仍有余香。此外，还有一个奇特怪象，就是百年老树萌芽早，立冬采罢封园迟。萌芽早、露芽快、起温低，早在春分边开始采茶，已发芽满枝。如果秋后天气正常，一直可采到 10 月，人们说：春分采茶起，立冬才封完，历时八个月，月月得茶钱。茶叶上市早，争抢市场快，比引进的茶种，开采早 15 天，收园迟一个季节。1994 年，湘鄂川黔四省边区茶叶品评会上被评为一等奖。

古丈茶的名气也不小。古丈茶在近代的名声大噪，杨占鳌的功劳最大。杨占鳌为古丈县古阳镇人，生于清道光十二年（1832 年）。自幼家贫，22 岁加入湘军水师，骁勇善战，屡立战功，同治四年（1865 年）冬，被任命为甘肃提督，官至正一品，同治十三年（1874 年）杨辞官还乡，在置田建府的同时，教育子女广种茶叶。1906 年，其三儿子杨圭珽由西湖、龙井引进良种，在当地的汪家坪种植。所辟茶园，取名"绿香园"。第五个儿子杨琢臣也在当地的文庙坡和二龙庵开辟了茶园。1929 年，杨家秘制一批古丈茶送给当时的县长胡锦心，胡锦心又将此茶转献给湘西王陈渠珍。在陈渠珍的推荐下，古丈茶在当年的西湖国际博览会上荣获金奖。当时的茶叶价格也逐渐涨高，当时好茶每斤售价三千文，一般的茶也是三四百文。民国时期的陈心传抄录了许介眉的《茶封广告》，并写了一篇案语：古丈茶，出古丈附城数里之四周，乃近三十年来之名产。其茶，碧绿雀舌，味浓耐泡，清香可口。既能消食解腻，又可疗疾安神。尤谷雨前采品。每于饮后，必觉余味泽泽，口齿甘凉，是诚吾湘他茶之所望尘莫及者。他考证说，闻其茶种，原系来自界亭，然以种以斯土，竟驾乎界亭所产而上之，正所谓"青出于蓝而胜于蓝"者也。认为古丈的茶超过了界亭，即今沅陵县官庄镇的碣滩茶。变得更好的原因是，实为其土壤及制法之较它处有所殊异者。综观古丈茶园之土壤，多为花岗岩所分解而成之灰黄色土壤，内杂粉石碎片与细砂等甚颗，既不十分黏重，故极适合水与空气之流通。盖宜茶之于此变美也。再考其制法，系先以武火两炒两揉，或三炒三揉，然后以文火频频和动，焙之至于而成。如是，其原质得未走失，故其功用特佳，且较他茶之优美耐泡也。正如古丈的采茶曲中的歌词说："界亭种子植东坡，垦地培林产利多。今日开荒人不少。千家园里唱茶歌。" 1957 年古丈县生产的"古丈毛尖"茶叶参加西德莱比锡国际博览会展出，享有盛誉。歌唱家宋祖英曾为古丈茶演唱过《古丈茶歌》，古丈茶已成为人们的推崇对象。

此外，会同野生茶也很有名，在清代时被列为宫廷贡品，新中国成立前广州等地卖 10 块大洋 1 杯。其间，会同野生茶民间加工工艺流传千年、极为独特。在选茶时以"八仙山""银匠界"等地野生茶叶为主要原料（无农药和化肥污染），然后经采摘、选叶、薄摊、杀青、摊凉、揉捻、摊凉、初烘、摊凉、复烘、摊放、筛选、复火提香等 13 道传统工序精制而成，黑茶则更须多次"发酵"。其中特别是黑茶"发金花"工艺相当关键，必须精确把握温度、湿度、时间和察言观色，使"金花"发得又多又好又自然。经此制作出来的绿茶芽短、色鲜、汤亮、形挺、清香、回甘清爽持久；红茶汤艳、香浓、味甜持久；黑茶汤色呈围绕似油脂，回甘醇厚持久，香气浓郁清爽。

除了产茶之外，湘西也盛产柑橘、桐油、竹、麻等。麻阳、溆浦、辰溪等地的柑橘质地口感均很好。在沈从文在《长河》一文中说："橘柚生产地方，实在洞庭湖西南，沅水流域上游各支流，尤以辰河中部最多最好。树不甚高，终年绿叶浓翠。仲夏开花，花白而小，香馥醉人。九月霜降后，缀系在枝头间果实，被严霜侵染，丹朱明黄，耀人眼目，远望但见一片光明。每当采摘橘子时，沿河小小船埠边，随时可见这种生产品的堆积，恰如一堆堆火焰。"麻阳"沿河橘子园尤呈奇观，绿叶浓翠，绵延小河两岸，缀系在枝头的果实，丹朱明黄，繁密如天上星子，远望但见一片光明，幻异不可形容"。怀化地区的安江柚、冰糖橙更是誉满湖湘。

5．精湛的手工工艺

民族工艺美术作为民间艺术的重要组成部分，它拥有着与其他民间艺术相同的文化语境，同时也有自己的特点和创新，这些工艺的内涵很多，包括宗教、巫傩文化（图腾崇拜）、民俗文化与活动、民族的历史与故事、手工艺技能传承与创新等。湘西民族地区民间工艺美术类型繁多，从表现材料和技法的不同，可以将其分为染织类、竹藤类、雕刻类、剪纸类、乐器类、器具类、银饰类等类型。

首先来看看银器。银工艺品在湘西的几个少数民族中普遍受到欢迎，尤其以苗族为甚。考古发掘证明，历史上白银的使用要比黄金晚千年左右。新中国成立前在安徽寿县发掘的楚王墓中发现了银匜，是迄今为止我国发掘出的最早的银器，表明银器制作在战国时期就已经开始；而且楚人有可能最先掌握开采冶炼白银和加工制作银器的技术。由于银较铜、铁、锡等金属熔点低，易于冶炼和锻造加工，其稳定性高于其他有色金属，再加上白银视之光彩夺目，闻之清脆悦耳，因而成为少数民族先民利用白银制作首饰的最佳材料。《苗族古歌·运金运银》篇就以拟人化的手法形象生动地描述了苗族先民开采冶炼白银和制作银饰的全过程。如"银在风箱里招手，银在坩埚里招手，金在风箱里吹奏，金用烟火来吹奏，金银相邀来谈情"。《苗族古歌》中还有"银子用来打项圈，打银花来嵌银帽，金子拿去作钱花，银花拿来作头饰"的诗句。由此可知，苗族的先民们很早就掌握了开采冶炼白银和加工制作银器的技术。

早在隋唐时期，史书就有苗蛮"喜饰银器"记载。唐代大诗人白居易在其《赠友诗五首》之二中就曾写下了"银生楚山西，金生鄱溪滨，南人弃农业，求之多辛苦"的诗句。刘禹锡曾用"会钏银钏来负水"诗句来形容苗族妇女。《旧唐书》中记载"东谢"苗族首领谢元深以"以金银络额"。从这些描述来看，苗族银饰生产工艺已很成熟。从宋代至明代年间，银饰更加丰富多样，明朝成化年间沈瓒写的《五溪蛮图志》所载："其妇皆插排钗，状如纱帽展翅。富者以银为之，贫者以木为之……"清代乾隆时期李涌重编的《五溪蛮图志》记载湘西苗族、土家族妇女"喜银饰，发簪，传可七八分。坠耳之大，几及肩。项圈多至七八圈。手镯、指环，累赘不堪。富者有重至十数斤者"，"男女皆戴银耳环，尺围大"。清代阿琳的《红苗归流图志》说湘西苗族"男子以网巾约发，带一环于左耳，大可围园一、二寸。妇人则两耳皆环……编以银索绕之，插银簪六、七枝"。清同治年间刊印的《永绥直隶厅志》记载："富者以绸巾束发，贯以银簪四五枝，脑后戴二银圈，左耳贯银环如碗大。项围银圈，手戴银钏，......其妇女银簪、项圈、手钏、行滕，皆如男子，惟两耳贯银环二三四五不等，以多夸富。"说明清代湘西少数民族使用银饰盛极一时。民国后，"大耳环"在很多地区改为纤巧玲珑的龙形耳环、珠式耳环和项圈、项链，出现了特别精制的银冠、银衣等。

根据其用途，银饰分可为衣饰、头饰、胸饰、首饰、足饰等，衣饰有银片、银泡、银链、银扣、银铃、银钉、银雕牌、银腰牌、银披肩等；头饰有银冠、银角、银簪、银扇、银梳、银花、银发箍、银耳钉等；胸饰有银项圈、银压领、银链、银吊片、银项链等；首饰有各式各样的手镯、手圈、手链、戒指；足饰有足链、足圈等；等等。至今，男女喜爱的银饰品有银冠、银钗、耳环、项圈、嵌肩、项链、手镯、牙钎、石尾等。项圈有轮圈、扁圈、盘圈三种，重有四两至一斤不等。轮圈四棱突起；扁圈形扁，上镂花；盘圈以空心银条盘绕而成，有五匝、七匝之分。目前，湘西仍有很多著名的银饰制作坊和艺人。如花垣县雅西镇五斗村的吴碧成一家都是银匠，包括其妻子、姨妹和哥哥吴碧硅，常年有银饰加工，活跃于花垣县及周边的乡镇。几乎苗族所用的银饰品，他都能根据需求创意，自己制坯铸制，较快做好。从远古走来的银饰工艺，今天在湘西的少数民族中仍是

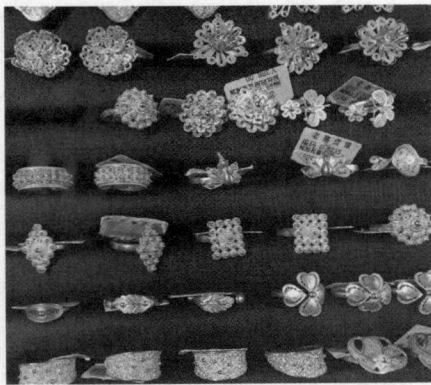

图6-9　湘西少数民族制作的银器

受人青睐的装饰品和馈赠亲友的贵重礼物。

再来欣赏一下湘西的染织与编织工艺。湘西少数民族在染织和编织工艺上有自己的创造，这些工艺是各民族文化变迁的载体，有着丰富多彩的文化内涵和很高的文化品位。

从纺织类看，早在汉代就初露头角。《后汉书·西南蛮夷传》记载，"武陵蛮织绩木皮，染以草，衣裳斑斓……"清同治年间编修的《永定县志》也说："土锦绩五颜经线为之，文彩斑斓可爱，使用以为被，或作衣裙，或作巾，故又称'筒巾'。"明清时期有"女勤手织，户多机声"的记载。在湘西的民族工艺制作的工艺手法的不同，可分为蜡染、织锦、数纱绣、刺绣、挑花、编织等。湘西少数民族穿着的纷繁多姿、艳丽缤纷的民族服饰，就是染织工艺的重要体现，饱含优秀的民族传统文化的底蕴，有着极为丰富的文化内容与艺术价值。就编织手法而言，可以分为平绣、破线绣、皱绣、辫绣、戳纱绣、结籽绣、盘涤绣、饶绣、堆绣、马尾绣等数十种。同时，刺绣的图案和内容更是丰富多彩，变化万千。仅苗族刺绣中的龙图纹就有蚕龙、鱼龙、牛龙、蛇龙、鸡龙等，充分体现了苗族图腾文化与图腾崇拜族的群理念和民族意识形态。服装材料多系各民族自种、自纺、自染的，有土布、斑布、葛布、竹布、溪布、赛布、花格布、素锦和彩锦等，工艺简单质朴，却兼有朴实的乡土气息和古老的历史韵味。如土家族姑娘在织土家织锦"西兰卡普"（即被面花）方面有绝活，"西兰卡普"是姑娘出嫁的重要嫁妆，"被面"往往是出嫁的姑娘自己手织出来的，其珍贵性不仅仅是衡量她的聪明和技艺，更是她爱心和人品价值的反映。"锦被"上复杂的织丝、挑花和48勾的图案常人看来充满机巧，织成的8团芍药花图案非常逼真。清代

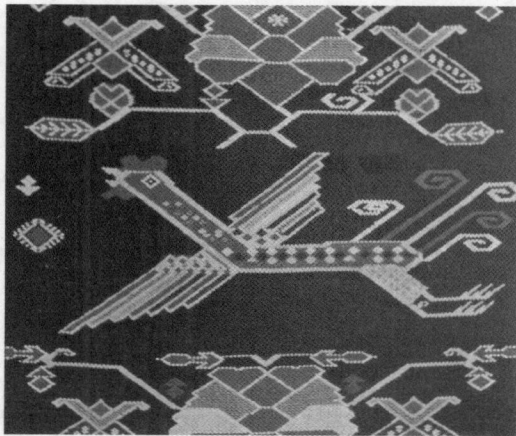

图6-10 湘西土家族的织锦工艺品

彭勇行对土家族妇女的巧妙工艺十分赞赏："溪州女儿最聪明，锦被丝挑脚手灵。四十八勾不算巧，八团芍药花盈盈。"此外，土家姑娘又根据时代的变化织出了各种图案的壁挂、香袋、服饰、旅游袋、沙发套、坐垫、地毯、室内装饰等多种工艺美术品。聪明的土家姑娘，她们心灵手巧，纺织品上表现的山水、人物，树木花卉及飞禽走兽，形象逼真，栩栩如生。

编织工艺主要有用竹藤编制的家具和工艺品。竹藤作品可以说是世界上比较古老的工艺品种之一，现在的湘西五溪流域，竹藤制作十分考究，需经过打光、上光油涂抹，甚至油漆彩色，使成品显得牢固耐用。在不同的地域，其编织的品种也有很多变化，如怀化榆树湾的斗笠、会同肖氏竹编凉席及其物件、永顺徐克双的立体竹编等，精美绝妙，各有特色。竹编是一门艰苦的纯手工活儿，工艺复杂。不同的竹编制品需要不同种类和材质的竹子。砍来的生竹，在制作竹器前需要破篾，即将竹子划开成所制作的器件所需要的宽度和厚度非常均匀的细条，再进行编织。由于竹篾十分锋利，双手极易被划伤刺伤，加上编制的工艺品要有新意，因此，这门看似简单的手工艺却包含复杂的编织过程和承受伤痛的风险。

会同县肖氏家族是手工竹编世家，其祖先肖乾昌从1808年开始，便以此工艺为生，迄今已传200余年。开始最有名的是编织床上夏日用的凉席，在席上编织出大团合、小团合、万字格、云勾等图案。第六代传人肖玉全面继承了父辈不同层次的竹编本色编织图案，同时在竹编上展现出山水、人物、字画、鸟兽等美术和书法图案，令人称绝。据《会同县志》记载，1938年肖玉编织的《文天祥与正气歌》被驻会军官买去送上海友人，后被英商高价买去。1971年会同成立县竹器厂，由肖玉当师傅，即由平面图案艺术上升为立体形工艺品。如花瓶、花篮、盘、礼盒和各种动物禽类造型，有

图6-11　湘西少数民族竹编工艺品

几十种产品销往省内及北京等 10 多个省市和港澳地区，并外销欧美、东南亚。1980 年 6 月送丝网花篮、团花礼盒参加国家对外友好协会组办的"中国民间工艺美术展"赴法国、菲律宾展出。第七代弟子肖体贵、李盛国更是青胜于蓝，李盛国曾三次出国传艺。2007 年肖体贵编织的《常胜将军》粟裕画像，在湖南省第二届林产品博览会上获金奖。湘西永顺县万坪镇的徐克双也以竹编声名远播，当地竹林丛生，葱茏茂盛。徐克双出生于 20 世纪 70 年代初，祖辈三代都以竹编为生，他 11 岁起便随父亲习竹编技艺，聪颖好学，两年后便能独立编织各种竹器。高中毕业后，徐克双潜心学艺，事业进步尤速。2006 年，他的竹编果盘《福》被湖南省工艺美术珍品及工艺美术大师作品收藏室收藏。2008 年，湘西竹编技艺入选第二批省级非物质文化遗产名录，徐克双的优秀作品也受到关注。2012 年，徐克双被认定为第四批湘西州州级非物质文化遗产项目代表性传承人。

从雕刻技艺来看，可分为竹雕、木雕与石雕。沈从文先生在《湘行散记》中，极力称赞麻阳塑像师张秋潭："麻阳人中另外还有一双值得称赞的手，在湘西近百年实无匹敌，在国内也是一个少见的艺术家，是塑像师张秋潭那双手，小件艺术品多在烟盘边靠灯时用烟签完成的，无一不作得栩栩如生，至今还留下些在湘西私人手中。大件是各县庙宇天王观音等神像，辛亥以后破除迷信，毁去极多。"可见张秋潭先生的技艺之高。从木雕和竹雕来看，湘西的傩戏（堂）面具也是一绝。现仍流行于怀化市会同县高椅乡、团河镇、若水镇、堡子镇等一带的傩戏面具雕刻起源较早，均为手工制作，主要以木材和楠竹为原材料。制作傩戏面具有取材、制坯、雕刻、

图 6-12　湘西竹编工艺品

图 6-13　竹编工艺品"天开文运"

图 6-14　土家族的木雕床

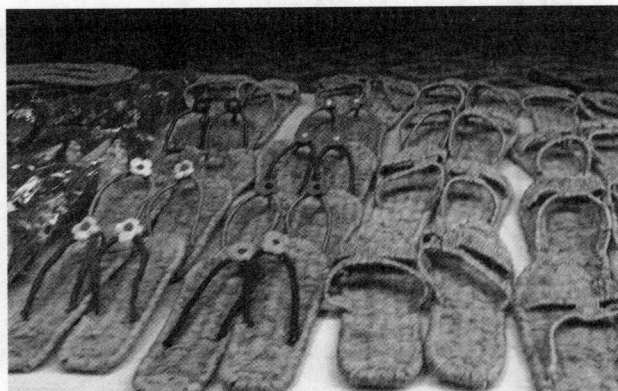

图 6-15　湘西的稻草鞋

着色、上漆成品 5 个流程、10 余道工序。会同的传承代表人之一杨国大，擅长利用楠竹根须表现面具人物的性格特点，雕刻的傩戏面具常以黑色、红色为主，造型夸张，有强烈的神秘美和粗犷美。从石雕看，张家界出产一种"龟纹石雕"，原料为"龟纹石"。此种石头图案为多角状复体，呈六边形，酷似龟纹，整体呈蛛网状。据地质考证，该化石为典型暖水生物群体，早在二叠纪前，经海水冲积，地壳变化，形成珊瑚化石。心灵手巧的民族工匠以此为原料，手工镂刻雕琢出龟纹石雕，品种有石龟、石牛、石马等动物以及石砚、石香炉等，其形象逼真，很有艺术意境。而芷江出产的"明山石"，用其雕刻的砚及各种器物也很受欢迎。

此外，清朝时还有被称为"湘西四绝"的文化艺术。民谣是这样说的："乾州的春，镇竿的兵，浦市龙船、泸溪的灯。"其中的"泸溪的灯"是指"鳌山灯"。鳌山灯产生于宋代，制作精巧，利用热、冷对流的物理原理，使纸扎的人和动物能蠕动，栩栩如生。每年元宵佳节时有放灯的习俗。宋代王庭珪流放于泸溪期间，在其观灯诗《辰州上元》记载了当年的情景："留滞沅湘浦，飘如沅水僧；来为万里客，又看一年灯；翠幌褰珠箔，高楼俯玉绳；鳌山今夜月，应上更高层。"

6．歌舞娱乐

湘西少数民族都喜爱歌舞。土家族舞蹈主要有摆手舞、八宝铜铃舞、跳马舞、梅常舞、团鸡舞、八幅罗裙舞、西兰卡普舞等；苗族舞蹈主要有鼓舞（又称跳鼓）、接龙舞、跳香舞、芦笙舞、盾牌舞及巫傩仪式中的开路郎君舞、开山舞、绺巾舞、司刀舞等；侗族有多耶、芦笙舞、款会舞蹈等。多耶就是在合唱"耶"时的集体舞蹈，这是一种边唱边跳的歌舞形式；"芦笙舞"，侗语称之为"多伦"，"伦"即芦笙，"多"有吹、唱、动、跳等多种含义。比如娱乐性芦笙舞中以"伦堂"较为热闹，众人围成大圆圈跳的舞蹈，少则数10人，多则一二百人，往往是倾寨而动。"款会"是侗族社会生活中的一件大事，是表现民族向心力和凝聚力的一种重要形式。为达此目的，各种仪式如祭场、宣读款词、盟誓、军事检阅等是必不可少的，不如此即不足以体现它的神圣性。

首先谈谈土家族的摆手舞。2000年多以前，土家族就定居于今天的湘西、鄂西一带，他们自称"毕兹卡"，是本地人的意思。土家族是一个能歌善舞的民族，主要分布在湖南张家界地区和湘西土家族苗族自治州的永顺、龙山、保靖、古丈、吉首、泸溪等县，以及湖北省恩施地区，与汉、苗等族杂居。土家族在长期的劳动生活中创造光辉灿烂的民族艺术文化，古老的"摆手舞"是土家族最有代表性的民间舞蹈。"摆手舞"，土家语叫"舍巴"，舞蹈流传广泛，名称不尽相同。有叫"舍巴日"或"舍巴格资"，意思是甩手或玩摆手；有叫"舍巴"的，意思是摆手；有叫"舍巴骆驼"，意思是跳摆手；有叫"跳年"（汉语）。名称虽多，但表演形式和内容基本相同。每逢庆贺新年、纪念祖先或是团圆联欢中，土家族人民都要跳摆手舞。

图 6-16 摆手堂

　　土家摆手舞历史悠久。在永顺县城郊石壁上刻有一首古诗:"千秋铜柱壮边陲,旧姓流传十八司,相约新年同摆手,看风先到土王祠。"关于摆手舞的起源,说法有多种。土家族史诗《摆手歌》中就有这样的记载:当一部分土家族先民乘坐木船,刚迁徙到湘西地区时,"站在船上,看到岸上。岸上是些什么人哩? 嘴巴像水瓢,鼻孔像灶孔,脚杆柱头粗,眼睛像灯笼。满脸都是毛,叽叽卡卡笑。身上捆的芭蕉叶,头上戴的巴茅草;怪模怪样的人过来了。"当这部分土家族先民与他们交涉,"他们叽叽咕咕笑,哩哩喇喇吹起来,叮叮咚咚响起来,缩脚缩手让开,闪出一条大路"。在土家领头人(梯玛)念诵的叙述土家族人民史诗《迁徙记》中,有若干处提到摆手舞。如:"摆手的人们啊,咱们的萝卜无论是大的还是细的,都放到背篓里,摆手用的东西,全部放到背篓里。"据了解,土家族人的这次迁徙约是五代前后的事了。这一切都表明,土家族跳摆手舞的时间至少已有千余年了。另一种说法是,清嘉庆二十三年(1818年)刻本《龙山县志·卷十六·艺文下》载:"相传吴著冲为人准头高耸,上现红光,必多杀戮。家人知其然,以妇女数人裸体戏舞于前,辄回嗔作喜,土民所以有摆手祈攘之事。然当年彭碱夺地，因吴著冲为祟，立祠祀之，至今赛焉……"也就是说，摆手舞起源也与土司王吴著冲有关。

史书有很多关于摆手舞及其内容和作用的记载。明万历《慈利县志·卷六·习尚》："男女各成列，联袂相携而舞，谓之踏摇（瑶）；意相得，则男咿呜跃入女群，负所爱而去，遂为夫妇。不由父母，其之配者，俟来岁再会。"清乾隆《永顺府志》对摆手舞是这样记载的："各寨有摆手堂，又名鬼堂，谓是已故土官阴司衙署。每当正月初三至十七日止，男女聚集跳舞长歌，名日摆手，此俗犹存焉。"清代段汝霖的《楚南苗志·土志·跳年》中说："土人于上元节前数夜，择旷野霓平处，悬灯击金鼓作乐，聚男妇，衣彩服，周围旋走，歌唱，举手顿足，摇摆其身，谓之'跳年'。亦日'摆手跳'。"清同治《龙山县志·卷十一·风俗》："土民赛故土司神，旧有堂，日'摆手'堂，供土司某神位，陈牲醴。至期，既夕，群男女并入。酬毕，披五花被锦帕首，击鼓鸣钲，跳舞歌唱，竞数夕乃止。其期或正月或三月或五月不等。歌时，男女相携，足翩跹进退，故谓之'摆手'。"（见光绪四年版《龙山县志》，卷八《艺文》下，第 91 页）每逢摆手时节，人们披着绚丽的被锦（被面），擎着数百幅乃至上千幅绣有龙凤，绘画着鸟兽的彩旗，同时木鼓声、锣钹声、上百枝鸟枪声、人们的欢笑声，汇成一派节日的喧闹声，震荡山谷。成千上万的人聚在"八部庙"前的"摆手堂"，围成圆圈，男女相携，蹁跹进退，迈开粗壮健美的步伐，摆动着双手，可以一连跳上几昼夜。清代彭施铎曾对当时跳"摆手舞"的场面做过详细的描述："福石城中锦作窝，土王宫畔水生波，红灯万点入千叠，一片缠绵摆手歌。"

摆手舞，按其活动规模分为"大摆手""小摆手"两种；按其舞蹈形式分为"单摆""双摆""回旋摆"等；按其举行的时间分为"正月堂""二月堂""三月堂""五月堂""六月堂"等。调摆手物的目的是祛除来年的不吉。清同治十年（1871 年）刻本《保靖县志·卷二·舆域志》："正月初间，男女齐集歌舞，被除不祥，名日'摆手'，又谓之'调年'。正月十五夜，乡间老少妇女入城，在各寺庙观灯，谓之走百病。"大摆手活动规模庞大，以祭"八部大神"为主，表演人类起源、民族迁徙、抵御外患和农事活动等；小摆手活动规模较小，以祭祀彭公爵主、向老官人、田好汉和各地土王为主，表演部分农事活动。

土家族的"大摆手"活动非常热闹，大摆手是在"摆手堂"中举行的。摆手堂正中央，供奉着八部大王及其夫人"帕帕"的神像。摆手堂大坪中间立一根高24米的旗杆，上面的两面龙旗迎风招展，旗杆顶端的一只白鹤振翅欲飞。大摆手活动按三年两摆的传统习俗，于正月初九至十一日举行。届时，各寨依姓氏或族房组成摆手"排"，每排为一支摆手队伍，各排人数不等，均设有摆手队、祭祀队、旗队、乐队、披甲队、炮仗队。入场时，首列为龙凤旗队。龙旗和凤旗系用红、兰、白、黄四色绸料制成四面各一色的三角大旗。次列为祭祀队。由寨上德高望重的老者组成，多达20余人。他们身着皂色长衫，手持齐眉棍、神刀、朝筒等道具，一尊者捧着贴有"福"字的酒罐，率领担五谷、担猎物、端粑粑、挑团徽、提豆腐等祭品的人，随掌堂师行祭事，唱祭祀歌。祭祀队后面为舞队。男女老少皆可参加，他们均着节日盛装，手里分别拿着朝筒或常青树树枝，列队入场。舞队后面为小旗队，接着是乐队、披甲队、炮仗队。各队按顺序进入摆手堂后，进堂后先扫邪，后安神。祭祀时，祭祀人在掌堂师的带领下，依序跪下左脚，参与者亦虔诚跪下，与祭祀队一领一合，齐唱神歌，气氛肃穆庄重。歌毕，将各自的供品呈于神案，其上有"福禄寿喜""吉祥如意""五谷丰登""风调雨顺"等字样。祭祀完毕后，礼炮三响，催人起舞，全场欢腾。在统一指挥下，人们整齐地变换着舞蹈动作，时而单摆，时而双摆，时而回旋，舞姿优美，动作逼真，粗犷雄浑。摆手舞的内容，分别展现出民族迁徙、狩猎征战、农桑绩织等一幅幅富有民族特色和生活气息的艺术画卷。很多著名的土家族文人对这一活动进行记载和赞赏，如彭勇行《竹枝词》："福石绣屏屏绣多，浪击石鼓声声和。土王宫里人如海，共庆新年摆手歌。"向晓甫的《竹枝词》："摆手堂前艳会多，携手联袂缓行歌。鼓锣声杂喃喃语，袅袅余音嗬也嗬。"有的摆手歌体现了土家男女青年的爱情，如："摆手哟，摆手哟，拉帕卡列拉帕卡列。妹妹在前头哟，哥哥跟着走哎。不怕河水急耶，不怕山路陡哟。你拉着我哟，我拉着你哟，耕耘田野九十九亩哟……"

小摆手则是土家族居住区普遍盛行的一种文化习俗活动。"小摆手"在凡有土家族定居的地方都有,规模较小,只要村寨旁有一个小坪,立一个小庙(供的是土王),就成"摆手掌","小摆手"的舞蹈动作以模拟农事劳动为主。过去,凡百户之乡,皆建有摆手堂,有的还建有排楼、戏台等。舞蹈时,土家男女齐集摆手堂前的土坝,击鼓鸣锣摆手。其特点是摆同边手,躬腰屈膝,以身体的扭动带动手的甩动。表演内容有农作、生产、生活的动作与形态,如"狩猎""挖土""种苞谷""薅草""插秧""织布"等。

清代乾隆年间,朝廷官员曾动议要取消摆手舞。《永顺府志·卷十一·檄示》记载说:"土司恶俗之宜急禁也。查土司向年每逢岁时令节及各委官舍把下乡,俱令民间妇女摇手摆项,歌舞侑觞,甚至酒酣兴豪,有不可名言之事。切思民间妇女均属赤子,乃以歌舞取乐,风化尚堪问乎?应请严禁以正风化。"这段话说明,朝廷官员认为摆手舞是土司过去取乐、有伤风化的行为,引起了他们的误解和反感。

20世纪50年代以前,湘西自治州还保留有5个土家大摆手堂,其中除1个在古丈田家洞,其余4个均在龙山,即农车、马蹄寨、洗车柏那、里耶长潭。土家小摆手堂更是星罗棋布,据龙山县文化馆1983年调查,仅洗车河流域就有152个。如今,湘西土家的摆手祭祀风俗遗存。规模宏大的"大摆手"的场所多是几个县或几个乡会祀的地方。每当"摆手"季节,附近土家族男女老少,都身着漂亮的衣裳赶来参加。因居住地区不同和原姓不同,祠庙和祭奠祖先以及仪式也有所不同。如龙山县马蹄寨,田姓子孙很多,传说田家祖先是田好汉,兄弟八人是八个将领,于是修建了规模宏大的八部神庙。在举行"大摆手"时,场中设施较为宏大。活动进行三夜:第一夜由"梯玛"主持祭祀祖先;第二夜有各寨的青年身披手织的五彩锦被进行比武表演;第三夜才开始跳摆手舞。

土家族中还有一种"茅古斯"表演。"茅古斯"是用土语演唱的一种简单的戏剧表演,扮演者全身披稻草,头上扎几根草辫子。在永顺县,有7个寨的土家族人民常在一起祭祀。宽坪上燃着一条用干竹子捆成的长火把照明,祭祀仪式在"摆手佬"(梯玛)主持下进行,然后由扮着"茅古斯"

的人们来进行表演。表演共分五夜进行，第一夜表演扫地，唱十二月生产歌；第二夜表演打猎；第三夜表演钓鱼；第四夜表演接新娘；第五夜表演教"茅古斯"读书。在表演"茅古斯"之前、之后以及空隙时间跳"摆手舞"。人们舞着各种模拟生产的动作，或生活上有趣的动作。有时唱山歌或对唱情歌。保靖县城有一叫土碧村是土家族山寨，每年的农历正月，全寨男女老少都要集中到调年坪，调年摆手，欢庆新春。最后一天，他们必演出茅古斯。因表演者浑身上下以茅草包裹，不露真相，所以叫茅古斯。表演者伴着锣鼓点，表演砍火畲、开荒、撒种、摘小米、打粑粑，劝吃等一系列农事活动。扮演者规定为单数，头上均有草辫，以辫子多少分辈分大小。除了那一身茅草的特殊装扮，表演者每人一根三尺缠了草绳的木棒。这道具各自夹在裆下，双手在裆里护住，应着锣鼓点，翻腰挺股，显示出男性特有的性状，是土家族先民性崇拜的实证。20世纪50年代末，当地文艺工作者将茅古斯搬上了舞台，被行内称之为戏剧的活化石。如今土碧村的茅古斯已经走出湘西，活跃在国内外的舞台上。

在古丈的佤乡苗族人在秋收完毕，每年都要举行传统的跳香活动，喜庆丰收，敬五谷神，祈求来年风调雨顺。跳香的时间因寨而异，大都在农历九月中旬之内。节日快到了，大家都要充分准备，用新收来的粮食蒸酒、做豆腐、打粑粑，有的还把新摘来的茶子榨油，供节日食用。不管村寨大小，都只在一家人的堂屋举行跳香活动，有的村寨设有香堂专门用于跳香活动。活动要开始了，村寨请来能歌善舞的跳香老艺人，即跳香老司，手喔司刀，口吹牛角，伴着锣鼓声，在堂屋当中跳，跳到热闹时，老司单脚立在一匹茶枯上，长时间地高速旋转，真是热闹精彩。看热闹的群众站在四周和大门口，大家选出4个经过一定练习的青年后生，手持竹棍，上面捆着

图6-17 土家族的茅古斯舞

几皮苞谷壳壳，在四周跳来舞去，并不时发出声音，和着锣鼓的节拍，跳着各种农活的舞蹈动作（如打荞、扮谷等）帮腔助唱。跳了一阵，稍事休息，就开始香歌对唱。跳香都是晚上进行，点燃着松树油，一般跳到半夜以后才结束。跳香这一天，还兴过香，过香也叫吃香，就是一家人围在一起，品尝通过自己辛勤劳动换来的丰收果实。这时人们只吃土里长出的东西，严禁吃荤，因为是倍加感谢五谷神献种之恩。现在，随着跳香老艺人的减少，此类活动已少见。

侗族的传统民间舞蹈有芦笙舞，款会舞、坡会舞等。芦笙舞源于古时在耕种前祈求丰收，收获后感谢上天赐予，同时祭祀祖先仪式的舞蹈活动，如春耕前有"耕藉礼"。"芦笙舞"，侗语称之为"多伦"，"伦"是芦笙之意，"多"有吹、唱、动、跳等多种含义。"芦笙舞"既有独舞，又有双人舞、三人舞、四人舞的小型套舞，也有几十人甚至上百人的形成大圆圈的舞蹈。舞蹈气氛热烈而欢快，个别地方还演变成由青年男女参与的被称作《踩堂》或《踩芦笙》的自娱或求偶舞蹈。款会舞来源于侗族的款会，款会在侗族中极为重要，是表现民族向心力和凝聚力的一种重要形式。款会中各种仪式，如祭场、宣读款词、盟誓、军事检阅等必不可少的，足以体现它的神圣性。在款会过程中，分别穿插各种舞蹈来调节气氛，增强活动的庄严性。参舞者要经过严格挑选和训练，须英姿飒爽、生龙活虎者。通过舞蹈反映侗族人刚武有力，不畏强暴的性格。坡会舞蹈是指侗族青年男女在坡会上跳的抒情舞蹈。坡会是侗家青年男女社交与恋爱的场所，这类舞

图6-18 侗族树皮号

图6-19 侗族芦笙

蹈有"妹跺脚""甩头帕"等，舞姿优美，情意绵绵，表达青年男女对意中人的眷恋和爱意。此外，还有"多耶"，"耶"是侗歌的一种，"多耶"就是在合唱"耶"时的集体舞蹈。

7．湘西的美食

湘西的美食很多，首先谈谈腊肉。腊肉是湘西少数民族普遍食用的一种美食，每年腊月是湘西家家户户准备杀猪做腊肉的季节，腊肉真正起源于何时现无从考证。据传，2000多年前，张鲁称汉宁王，兵败南下走巴中，经汉中红庙塘时，当地人用上等腊肉招待过他，可见腌制腊肉已有漫长的历史了。在古代，粮食紧缺，养猪的饲料多为蔬菜，把一头小猪养到100多斤以上非常不易，一般需要10个月以上。到了寒冷的腊月，要准备过春节了，鸡鸭鱼肉是不可或缺的，特别是猪肉，因此逐渐养成了杀猪过年的习惯。肥猪杀了后，短时间吃不完，人们就思索如何保存，以便继续食用，于是就发明了烟熏的办法，结果效果很好，能保存数月甚至一年，这一方法便被普及并传承发扬下来。所以春节前，湘西的乡村的家家户户都要杀年猪，把喂养大的肥猪全部杀掉，除了请亲朋和村里人"吃庖汤"和留下一部分新鲜肉过年时享用外，剩下的大部分做成了腊肉，以备以后的时间吃，特别是农忙劳累季节用。腊肉除了好吃、能存放外，过去市场经济不繁荣，很多人家住得偏远，如果来了客人，好客的湘西人无法上集市购买好的食品招待客人，觉得很是过意不去，如果家里存放了腊肉这道佳肴，便无后顾之忧了。因此做腊肉这种习惯，便世代相传下来。

腊肉的做法比较简单。把新鲜的猪肉切成长块，每块重量不等。把食盐在锅中炒热，加拌适量的花椒粉和五香粉。然后一块一块肉抹上，腌在木桶里或大缸里。由于湘西冬天湿冷，家家户户在冬天有烤火的习惯，而火炕在农村是必有设施，人在家中总是烟火不断。腌了5至7天后，就把肉从桶里取出，挂在火炕上面。熏制时的燃料以松枝等为主，辅以枯饼、

谷壳、甘蔗皮、橘皮等，
经过一段时间的熏烤，腌
制的猪肉就慢慢地变色，
最后变成金黄或黑黄色，
腊肉已经进味，就算大功
告成了。做成的腊肉，可
以放置到初冬，味道不
变。这样，从春季开始到
冬季，近一年时间就有
肉吃，在三四月间农忙

图 6-20　在火炕上熏腊肉吃火锅

时，可以来改善生活；平时来客人，也有肉食招待；同时也可做走亲访友、
联络感情的礼物。逢年过节，人们总要带上腊肉去走亲戚（近年来已经少
有了）。

　　生活在湘西的各民族，家家都会做腊肉，而且湘西腊肉别有风味，口
感特好。腊肉的加工制作一般在冬至后至立春前，即公历 12 月 23 日至 2
月初，但立春后不能做腊肉，原因是此时做的难以存放，这是前人总结出
的经验。而今，湘西腊肉已经名声大噪，有"全国腊肉看湖南，湖南腊肉
看湘西"之说，腊肉不再是湘西人的专利，已经走向华夏市场，成了一种
抢手的商品。各种酒楼、宾馆，都少不了腊肉这一道别有风味的美味佳肴。
如酒店中的菜单有瓦片腊肉、冬笋腊肉、腊肠、腊猪头、腊肚等。除了腌
酢猪肉之外，古时湘西人也将猎来的野猪等野兽制成腊味，供来客享用。
《五溪蛮图志》中说道："猎兽分餐肉有余，取来腌酢罐中储。林泉风味山肴
美，桌上珍馐似不如。"

　　湘西有道菜叫芷江鸭，因产自于芷江侗族自治县而得名。芷江鸭系中
国湘西著名侗乡特产食品，历史悠久，色香味俱佳，驰名中外。自元朝开
始，芷江就有中秋节必吃芷江鸭的传统食俗，同时有将制好的鸭制品赠送
亲朋好友的习俗。芷江鸭的制作主要是利用芷江秋冬两季独特的气温和独

特的配料，使之发出一种独特的香味。选用放养于稻田山涧小溪的纯种麻鸭为主要原料，经抹蜜、油炸，用鲜嫩的生姜和青红为主要佐料，加上本地野生芷草等多种天然香料以及侗乡传统工艺精细烹制而成，具有皮色鲜艳、肉嫩可口、微辣而不太辣，适合大众口味。据说乾隆皇帝南巡，途经沅洲府（芷江）闻其香而醒神，食后称之为天下佳肴。清西湖制台魏武庄调任云贵时途经沅洲（芷江）品尝了一位叫"三癫子"的炒鸭后，大加赞赏。如果在芷江鸭的佐料中以蒜为主，说明不是正宗的芷江味了。

再来谈谈侗族的油茶。侗族有一年四季吃油茶的习俗。油茶的原料和制作方法是：先将煮好的糯米饭晒干，用油爆成米花，再将一把米放进锅里干炒，然后放入茶叶再炒一下，并加入适量的水，开锅后将茶叶滤出放好。待喝油茶时，将事先准备好的米花、炒花生、猪肝、粉肠等放入碗中，将滤好的茶倒入，就是色香味美的油茶了。客至，好客的侗家人必用油茶招待。侗家吃油茶时，主人和客人都围坐在桌旁或锅灶周围，由主妇动手烹调。第一碗油茶必须端给座上的长辈或贵宾，表示敬意。然后依次端送给客人和家里人。客人接过油茶后，不能立刻就吃，而要把碗放在自己的面前，等待主人说一声敬请，大家才一起端碗。吃油茶只用一根筷子。吃完第一碗，只需把碗交给主妇，她就会按照客人的坐序依次把碗摆在桌上或灶边，再次盛上茶水和配料。每次打油茶，每人至少要吃三碗，否则会被认为对主人不尊敬。吃了三碗后，如果不想再吃，就需把那根筷子架在自己的碗上，作为不吃的表示，不然，主妇就会不断地盛油茶，让你享用。清香的油茶，提神醒脑，焕发

图 6-21 腊月做糍粑

精神，兼有祛除湿热，防治感冒、腹泻之效，几乎是侗族人日常生活的必需品。很有意思的是，土家族中有种"擂茶"，起源于汉代，盛行于明清。又名三生汤，以茶叶、芝麻、花生、大豆、大米、生姜等原料在特制的擂钵中擂制而成，开水冲泡后即食，擂茶也是土家族的传统食品。

图 6-22　做剁辣椒

在土家族、苗族、侗族中，有一种美食的叫"酸酢鱼"，做法将刚捕捉到的鲜鱼，除掉内脏杂物，放少许食盐，调匀后放进菜坛内。待有酸味后再取出来食用。"酸酢鱼"可用油炸熟，这样色泽金黄，味道又酸又香；也可加入辣椒等煲汤，在通道侗族中"酸酢鱼"是待客的名菜。"酸酢鱼"的做法可能是今天人们喜爱的"臭鳜鱼"的前身吧！

湘西侗族、土家族和苗族还有一特色菜叫"杂辣子"，用糯米或者玉米做成，玉米做的也叫"苞谷酸"。苞谷酸制作特别简单，但也各有各的特点。制作时，先用将玉米粒磨成粉，将磨好的玉米粉中加入少许的盐和辣椒，进行搅拌，这就完成了第一道工序。最后将原料放进事先清洗好的陶罐中盖上盖加水密封，经过几天发酵就可上桌了。从口感上看，"糯米杂辣子"更佳些。

湘西还有一种主食叫绿豆粉。以绿豆、大米、绿叶蔬菜以及淀粉、菜油为原料制作时而成，柔中有韧，色泽嫩绿，有豆类和菜汁的清香，是湘西怀化黔阳、芷江、怀化、新晃等县老百姓喜爱的早餐和主食之一。

至于目前出现在餐桌上的"土匪鸡""土匪鸭"等，都是后来因"剿匪"剧的影响编造的。有一游客讲了"吃土匪菜"的故事。他说自己仰慕沈从文，游览了湘西凤凰，大开眼界，得知湘西除了名山名水名人外，吃到了"如雷贯耳"的湘西腊肉、芙蓉镇的"米豆腐"等，但最难忘的是

"湘西土匪鸡"，那种香辣，让他回味无穷。他认为"土匪鸡"主要是肉质好，这种湘西的土鸡放养在山野，吃虫子和杂粮长大，肉质香；再加上当地土生土长天然佐料，做出的"土匪鸡"就味美绝伦了。

"土匪鸡"如何得名的呢？有故事是这样说的：新中国成立后，一姓刘的寡妇养了一群鸡，用来生蛋卖钱改善生活。由于饲养有方，产蛋量高。随着鸡群数量的增加，部分大个头的公鸡很是凶猛，喜欢打斗，把村里其他人家养的鸡啄得东躲西藏。有时甚至破坏庄稼，追啄小孩，很是霸道，不断有人上门告状。久之，刘寡妇难以承受，万般无奈之下，决定开一饭店，把养的鸡作为饭店主打菜。当不知如何为饭店起名而犯愁时，村里教书先生对她说："你家的鸡简直就像一群土匪，干脆叫'土匪鸡'吧！"于是"土匪鸡"不胫而走，饭店名声大震。刘寡妇的生意十分红火，门庭若市。一些湘菜餐馆纷纷仿效，"土匪鸡"成了餐馆的菜肴。用这样的名字取菜名，自然会引起大众的反应。一方面，匪徒们能在缺乏调料的山野里做出啥好味道？另一方面，"土匪鸡"暗合社会上某些人对恶俗的追捧。何为恶俗？恶俗就是将本来糟糕的东西装扮成优雅、精致，试图使之符合时尚、有品位和价值。取名"土匪鸡"，不过是哗众取宠，令人产生逆反心理，正

图 6-23　湘西土家族的牛头宴

如有些地方建"土匪寨"无人问津一样。不像"狗不理""佛跳墙"等命名，故事中透露出中国人特有的幽默。

"乡里乡气乡得有味，土里土气土得实惠"，我想起曾经在湘西一农家饭馆用餐时看到的一幅门联，这是湘西人家餐馆的饭菜味美价廉的真实写照。

8. 甘冽的美酒

酒的酿制技艺在湘西有着悠久的历史，酒贯穿于古今湘西人生活中的每一个环节。西水流域考古发现和历史文献证明，湘西酿酒起始于春秋战国时期，公元前 656 年东周惠王二十一年（乙丑），齐桓公伐楚，途经今麻阳境，闻麻阳包茅山产"有刺而三脊"苞茅，是缩（沥）酒最佳之物，遂责楚"苞茅不贡，无以缩酒"，要楚向周王朝定期进贡苞茅。

经过汉唐到明清时期两千多年的发展，湘西的酿酒技术不断趋于完美。据《辰溪县志》记载，宋代淳熙年间，当地盛产"钩藤酒"，可祛风湿，治惊风，名扬一时。湘西龙山县志载"邑，惟产苞谷烧"。同治十三年《黔阳县志》载："安江用泉水酿制高粱酒，名'秣安酒'"，畅销各地。

在湘西，有着浓烈的酒文化气息。结婚娶亲有"三朝酒""戴花酒""离娘酒""拜堂酒"；生孩子有"喜庆酒""满月酒"；不同季节干劳动有"上种酒""栽秧酒""打谷酒"；新屋落成有"上梁酒"，船下水有"起驾酒"，正月花灯有"宵酒"，二月有"过社酒"，清明寒食节要办"祭山酒"，四月八是牛的"生日酒"……各种各样的"酒席"把湘西人的生活变得丰富和充实。《五溪蛮图志》记载了一种有趣的饮酒方式叫"钓酒"："钓藤饮酒趣偏多，醉后苗音月下歌。"说的是一群苗族人在野外的树旁饮酒，醉后借着酒兴在月下用苗语唱起了歌谣。湘西著名学者石启贵在《湘西苗族实地调查报告》中讲到湘西人："饮酒亦多，酒量甚大，少饮四两半斤，多至一、二斤不等。"这话一点也没夸张。民国《慈利县志》记载，当地的宋光俭、戴彰龙，为人直爽节俭，酒量惊人，"嗜饮数斗不醉"。

酿酒是全人类的共同发明。酿酒的技术关键是酵母菌在无氧环境下把小分子糖降解为酒精。葡萄等水果中富含小分子糖，因此以果类为原料酿酒是最简单的，只需要一步酒化。而我国传统酿酒以谷物为原料，则需要糖化和酒化两个过程，糖化需要的糖化酶最初可能来自发芽的谷物，酒化依靠外界野生酵母的引入。曲被发明后，逐渐代替谷芽，成为糖化酶的来源。曲的实质就是一种选择培养基，酒曲是霉菌、酵母、脂肪酸细菌等微生物的培养基，是酿造的糖化发酵剂。蒸馏酒早在秦汉时期就有了，最近在江西发掘的汉代"海昏侯墓"出土了一套酿酒器就是证明，李时珍在《本草纲目》上记载的蒸馏酒始于元代显然有误。一般来说，酿造出的粮食酒酒精度一般在 20° 以下，通过蒸馏可大大提高酒精含量，同时可延长酒的储藏时间。

谈到湖南的酒，在全国有名的要数湘西的"酒鬼酒"，曾一度为全国最畅销的高档酒。"酒鬼酒"是湘西生产的影响最深、工艺最完善、口感最好的酒中珍品了。酒鬼酒酿制技艺民间俗称"烧酒"，主要使用高山云雾糯高粱、优质山泉为原料，充分利用当地丰富的地理微生物环境。其中酿制工具使用古老的天锅、地锅相接，采用"清蒸清烧"酿制技术，具有民间"沤窠"的土风。在窖泥制作，大小曲培养，酒醅酿制，地窖储存，科学勾兑等方面有其独到之处，在白酒界可谓独树一帜。

那么"酒鬼酒"是如何酿造的？任何一种好酒的产生，合适的地理环境、优良的酿酒原料、优质的水体和酿造技术是缺一不可的。湘西属亚热带湿润季风气候，空气温润。著名的酒鬼酒公司居于武陵山脉的喇叭山谷，三面环山、清泉潺潺，林木茂密，而酿酒的窖泥，采自周边大山脚下的田泥，

图6-24 湘西"酒鬼酒"

pH 酸碱度一般在 6 左右，有效成分含量丰富，是培养人工老窖的泥种，生态环境甚佳；酿造美酒的优质水源则来自有名的龙、凤、兽三眼泉水，颇有品味；本地盛产的高山云雾糯谷、高粱，为酿好酒提供了优质、安全卫生的上乘原料；正是有了优质的酿酒原料、甘洌的水、绝佳的天然黄泥和微生物小生态，使酒鬼酒的生态酿造具备了稀缺的地域生态环境基础。在酿造工艺上，采用湘西土家、苗家民间千年酿酒秘方，经小曲培菌糖化、大曲配醅发酵、泥窖提质增香、粮醅清蒸清烧、洞穴储存陈酿、精心组合勾调而成。在目前全国 3 万余家白酒企业中使用这种工艺的仅酒鬼酒一家。"酒鬼酒"属中国白酒 12 大香型中的"馥郁香型"。馥郁香是酒鬼酒厂家独创独有的技术，馥郁香就是指酒鬼酒兼有浓、清、酱三大白酒基本香型的特征，一口三香，前浓、中清、后酱。湘西是中国喀斯特溶洞密度最大的地区之一，山洞颇多，洞中有洞、洞中有河、洞中有泉，"酒鬼酒"若经过长期洞藏，品味起来更是妙不可言。

　　"酒鬼酒"的成名则颇有风趣。酒鬼酒高贵的品牌气质与精神品位来自黄永玉先生的妙手天成。据说，1987 年 2 月，黄永玉先生在家乡凤凰白杨岭古椿书屋小住。2 月 7 日上午，湘西州的轻工局长、酒厂负责人等去看他。交谈中，黄说湘泉酒已经打开了市场，可以考虑搞一个更高档的酒品，于是他叫五弟媳妇弄来一块粗麻布袋来，缝成一个口袋，又让自己弟子毛光辉找来一段合适口径的短钢管，将沙粒塞满小麻袋，中间插上钢管，再用麻绳扎在口袋颈脖上，外貌像一个小麻布口袋状的酒瓶。随后，黄永玉先生取名为"酒鬼"，并题了"酒鬼"二字和酒瓶背后的"无上妙品"四个字。很快，"酒鬼酒"走向全国。作家蒋子龙在《酒鬼歌》中赞道："今世出酒鬼，翩然成大器。人皆赞其美，品清香自溢。此鬼最风流，多情亦多趣。称鬼不称神，识高藏玄机。鬼名天下扬，反惹神仙嫉。有此鬼作伴，醉意胜醒意。"

　　……

　　黄永玉亲为之题文："湘西之水甲天下，楚三闾大夫屈原曾浪游沅澧，歌骚风物，边鄙之地遂得以名传焉。湘泉酒即以兰芷之流泉并采用古方酿制而成。此酒始于何时虽不可考，然其芳馥醇厚之品味，数百年来仍不减其于万一也。惜因其地处山乡，鲜为外人知悉耳，余为乡里故乐而绍介如上"。诗人胡秉言的诗《七绝·酒鬼》赞道："酒神秘酿隐湘泉，馥郁甘醇入口绵，仙韵钟灵融酒鬼，风骚妙品养天年。"

由于湘西武陵山区奇特的地质和优越的气候条件，为当地的酒文化提供了天然的基础，少数民族就地取材酿酒，大米、苞谷、高粱、红薯等食物等皆可为酿酒原料。因此除了盛名华夏的"酒鬼酒"外，还有很多地方酿制好酒。此外，湘西的一些村寨中的家庭至今仍有以此谋生的传统酿酒工艺，还有很多商业运作的民间酒坊，酿造着传统的米酒和苞谷烧。

米酒有两种，一种由黏米酿制，这是大家熟知的。还有一种用糯米酿制，有甜酒、江米酒、醪糟等称谓。其酿制工艺简单，酒的度数很低，口味香甜醇美，因此深受人们喜爱。在一些菜肴的制作上，糯米酒还常被作为重要的调味料。糯米酒具有温中益气、补气养颜的功效，适合所有人食用。在糯米酒中打个蛋花或加入适量红糖滋补效果更佳，糯米酒是湘西人款待远方客人的上品佳肴。苞谷烧酒以苞谷作原料，按民间传统方法酿制而成。在湘西苗族集中的花垣县就有许多民间酒厂，如最南端的雅酉镇的32个苗寨，均有酿制苞谷烧的家庭作坊；冬尾村的苞谷烧规模最大最有名，这些村寨均在酿酒上形成了自己的产业。他们传承着古老的酿酒方法，酿就的苞谷烧很受当地人欢迎。苞谷烧酒的酿造流程大致分为五个步骤：一是原料晾晒。晴日时将苞谷粒晾晒至干燥，去掉其中的坏粒和杂质。二是使苞谷熟化。将苞谷煮2—3小时，煮至苞谷颗颗"开花"，捞出过滤，

图6-25　湘西当地少数民族家用蒸酒器具

用水冲淋。然后蒸苞谷，蒸至饭状后，取出在木地板上摊开降温。三是拌曲。当熟苞谷晾至室温（20—25℃），掺入适量比例的酒曲，酒曲量视气温而定，冬季天气寒冷，酒曲中微生物和酶活力低，应适当增加酒曲量，夏季反之。搅拌均匀后，仍在地板上摊放。拌完酒曲原地摊放两三天进行糖化和初步酒化，室内可嗅到酒的香气时结束摊放。四是发酵。将酿酒原料移至室内的大木桶内，盖上木盖，连接处用塑料袋密封（传统方法用牛粪涂抹密封）。发酵时间原则上不小于 7 天。一般来说，产酒量为苞谷质量的1/3。如 100 斤苞谷可产出 30 斤上下的烧酒，如果发酵不足 7 天，酒的产量会相应降低。若赶上农忙时，无暇烤酒，发酵时间可以小幅延长，但是酒的产量不会相应提高。五是烤酒。把发酵完成的固液混合物转移至蒸煮苞谷所用的木桶中。木桶之下的铁锅加入足量水；木桶内有一导酒器件，形似一个长柄勺，但勺柄中空，用于导流；木桶之上用锅盖住，这锅专用于冷却，锅外底涂桐油，朝向木桶，锅内盛放冷水，由于酒精的沸点略低于80℃，先形成热蒸汽上升到木桶顶部，遇到低温（20℃左右）的锅底，便液化凝聚，落入勺中流出。当冷却锅中的水升温至人的体温时，必须及时更换凉水，否则会影响出酒量。烤酒时，最初流出的头酒度数最高，最后流出的尾酒度数较低。

烤酒时以文火慢烤，持续六七个小时。成酒的酒精度在 50° 以上，可以点燃，移入小木桶或瓷罐，静置数日，即可饮用。

谈到花垣酿造苞谷烧的酒师，较有名气的要数雅酉镇冬尾村的石邵辉了。他酿造的苞谷烧可以说是湘西苞谷酒中的"茅

图 6-26　湘西苗族酿制"苞谷烧"

台"。石邵辉一家世代以酿酒为生，每年11月中旬的一天，石邵辉一家开始每年秋收后的第一次大规模酿酒，这个日子是他家大喜的日子，每年七八千斤苞谷烧的酿造就此开始。在那栋苍老的木房子里，石邵辉传承了父亲石唐海的技术并不断创新，成为新一代的酿酒师。在酿酒的工序中，诸多环节，只有大致的拿捏，没有精准的数据，而这不同的拿捏好经验，往往可以看作是家族不可外传的绝技。正因为如此，石邵辉一家酿造的苞谷烧决定了他家苞谷烧和别家不同的品质。每年的第一次大规模酿酒完后，石邵辉都会抬着几坛酒送到村民家，请村民一同"吃"酒或"逮酒"（湘西人称喝酒叫"吃"酒）。

在湘西的那些民间酒坊，滴滴晶莹剔透、醇香纯朴的苞谷酒和米酒从烤酒锅上端的管道涓涓流出，热气蒸腾，芬芳在木屋里弥漫，然后流入其下的盛酒器，滴滴答答的声音似乎像远古的美妙的音乐，如果你酒量好，盛上一碗饮下，那滋味一定让你回味无穷。

图 6-27　湘西侗族传统的酿酒法

　　这些酿造酒取自湘西的水，经过湘西人的劳作和酿造，便凝聚了祖先的勤劳、智慧，拥有了湘西人刚烈的血性和质朴的品性，蕴含了湘西大地神奇文化的特质。因此，点滴之间，都有着湘西的影子和故事……

9．其他习俗、物产概述

　　湘西的文化习俗，以武陵和沅水文化类群为主，这是一个多民族的多元文化，包括傩文化、巫文化、盘瓠文化和楚文化、汉文化、佛文化为主。傩文化、巫文化、盘瓠文化为其特色。少数民族创造的神奇瑰异的文化，成为湘西文化中最具魅力的部分。王桐龄在《中国民族史》中赞赏苗族："当时，苗族文化相当发达，第一发明刑法，第二发明武器，第三发明宗教。后来汉族所用五刑，兵器及甲胄，而信奉之鬼神权，大抵皆苗族所制"。

　　在非物质文化遗产方面值得一提。《苗防备览·风俗考》谈到苗鼓："刳长木空其中，冒皮其端以为鼓，使妇人之美者跳而击之，择女善歌者，皆衣优伶五彩衣，或披红毡，戴折角巾，剪五色纸两条垂于背，男左女右旋绕而歌，迭相和唱，举手顿足。疾徐应节。名曰跳鼓藏。"除了娱乐之外，苗鼓在战场上用来鼓舞士气。而凤凰苗族花鼓独树一帜，很有影响，它起源于一千多年前的唐代，是一种慢鼓，其鼓声雄壮威武；多声部合唱的侗族大歌为代表的侗家音乐曾上过春晚，震动了西方乐坛；土家族的"咚咚喹（归）"与苗族、侗族的"芦笙"不同，是单簧竖吹乐器。用一支细竹管制作，管身长 15—20 厘米。它既是一件结构奇特的吹管乐器，也是一种民歌歌调的体裁形式，"咚咚喹"亦称"呆呆哩"，土家语称"早古得"，咚咚喹制作虽然简单，却能吹出欢快清脆的旋律，故深受土家族妇女、儿童的喜爱。"咚咚喹"可独奏或重奏，经常两支在一起对奏，音色明亮，曲调轻快活泼。此外，还有舍巴日、蓝印花布、打溜子、苗族服饰、土家织锦、古老话、花瑶、西兰卡普侗族大歌、侗锦、侗族苗族的芦笙、侗族琵琶歌、辰河高腔、大戊梁歌会、麻阳盘瓠祭、溆浦花瑶挑花、沅陵山歌、传

图 6-28　湘西慈利做灯笼的艺人

统龙舟赛、鹤城上河阳戏、辰溪茶山号子……

在竞技、游戏等民族传统习俗方面，土家族除摆手舞、茅古斯外，有打飞棒、摇旱船、舞草把龙、茅古斯、倒挂金钩、滚坛子、滚环、搂腰带、武术、火棍、跳红灯等；苗族有舞狮舞龙、傩面舞、猴儿鼓舞、接龙舞、布球、打花棒、射箭、打草蛇、踩鼓、手键（麻古）、芦笙刀、八人秋等；侗族有抢花炮、哆键、草球、学斗牛、侗拳、投火把、摔跤、哆吔舞、芦笙舞、荡秋千、斗鸟等；瑶族有人龙、播公（打长鼓）、独木桥、对顶木杠、瑶拳、游泳、点冲天炮、推竹杠、鸡毛球、打泥陀、打猎操等；白族有赛龙船、霸王鞭、荡秋千、登山、老虎跳、耍火龙、跳火把、赛马、摔跤、抵肩、跳花盆、跳山羊、人拉人拔河等。

在节日习俗方面，更是数不胜数。除上面章节介绍的之外，如土家族（自称毕兹卡）的节日有春节、清明、四月八、端午、六月六、七月半、中秋、重阳等，尤以春节、四月八、六月六为甚。春节即过年，有过小年和过大年之分。小年过的是腊月二十四，大年要比汉族提前一天，即月大是腊月二十九、月小二十八。其来历说法甚多，均与古代战争有关。围绕过年，一进入腊月就采买年货、打粑粑、做团馓、杀年猪。二十四过小年，打扫阳尘，敬灶神。过大年这天，屋里屋外插松柏、梅花、贴压岁钱（纸钱）。吃年饭最重一家团聚不串门。中午开始吃年饭，喜食甑子饭、粉蒸肉、合菜。饭前每人挟一坨肉放在饭上，插上筷子先祭祖。饭后，给家禽家畜、果树喂米饭"过年"。三十晚烧旺火守年，鸡叫头遍放爆竹守年，鸣叫头遍放爆竹抢年。初一串门拜年，以示敬重。侗族则喜欢打"闹年锣"，十五方停，准备新一年的农活。在湘西的侗寨、苗乡和土家村寨都有过春社吃社饭的习俗。按农历从正月后的第一个戊日起，到春分前后的第五个戊日，就是"春社"。这段时间内，大部分家中都要煮社饭吃，以示过社。煮社饭的做法是，首先到野外采撷鲜嫩的蒿菜，洗净剁碎，揉尽汁液，放在锅里焙干，然后与切成颗粒的腊肉、葫葱一起炒成调料。煮饭时，调料、黏米和糯米按三比一的比例，放进锅里拌和均匀，盖上锅盖焖上半个钟头就可吃了，社饭具有饭香、肉香、菜香三味。四月八在湘西少数民族中是一个大节，其起因在土家族中有三种：一说这天是牛王节，土家族先民曾拖着牛尾巴过河脱离险境，这天让牛息耕，并喂以精饲料；二说土家族先民由常德沿沅水、酉水而上来湘西定居时，有的是四月初八到达，有的是四月十八日到达，过节是纪念到达的这一天；三说这天是祭婆婆神嫁毛虫的日子，祈求莫起病虫害，保护五谷丰登。农历六月六是湘西少数民族的一个普遍节日，侗族在这天有"六月六，晒龙袍"的说法，家家户户把衣服、被子拿到阳光下晒，说晒了后，祛除细菌保安康（阳光确有杀菌作用），同时晒过后的东西耐磨经穿，因此也叫"晒袍节"。张家界桑植洪家关的白族村民，把六月六称为"洗晒节"，他们把自己的本主（供奉的村社之神，被认为是保护本境之主）抬出来晒一晒，以示对故土的怀念。土家族把"六月六"视为过"小年"，举行以祀祖先为主的摆手活动。较为普遍的说法是这天是茅岗土司、土家族英雄覃垕蒙难日，覃垕死得很惨，被剥了皮。为了纪念覃垕王，家家户户在六月六这一天

图 6-29　侗族的"晒龙袍"节

"晒龙袍"。还有的说法是把出了嫁的姑妈接回来"喝伏",也有说法是纪念土家族祖先来湘西定居的日子。

与中国的一些地方丧葬习俗相似的是,湘西古代也有悬棺葬现象,在很多地方可见到悬棺葬的踪迹。据唐代张鷟的《朝野佥载》记载:"五溪蛮父母死,于村外阁其尸,三年而葬。打鼓路歌,亲属饮宴舞戏一月余日。尽产为棺,余临江高山半肋凿龛以葬之。自山上悬索下柩,弥高者以为至孝,即终身不复祀祭。初遭丧,三年不食盐。"翻译成现代汉语如下:五溪的少数民族,当他们的父母死后,就把其尸体放置在村外,三年后再埋葬。葬时,打着鼓,在路上唱着歌,亲属们宴会,吃喝跳舞做游戏,这样一个多月。他们不惜用光了全部的钱财做棺材,然后把棺材抬到面临江水的高山的半山腰上。人们帮助死者家属在石壁上凿出一个小阁子似的山洞,安葬死者。然后从山上用绳索把棺材吊放下去,棺材安放得越高,人们就认为是最孝顺的,就可终身不用再进行祭礼。凡首次遇到丧事的,家人三年不吃食盐。

在物产方面,湘西丰富多样。矿产有煤、金、铜、铅、锌、锑、钒、铁、锰、磷、硫铁、钾、重晶石、硅砂、石灰石、白云石、花岗石、高岭土、金刚石、矿泉水等资源储量尤为丰富,开发价值大。花垣的"锰矿""铅锌矿"储量在全国名列前茅,有"东方锰都""有色金属之乡"美誉。新晃的"重晶石",芷江的"明山石",新晃和凤凰的"辰砂",辰州的煤矿;沅陵的柳林汉金矿(后来称为湘西金矿)和雪峰山黄金(会同县的

图 6-30 芷江明山石原石

图 6-31 芷江明山石砚台

漠滨），沅陵和麻阳的铅、锌、铜等有色金属；洪江和靖州的钒、锰、铁黑色金属；而龙山紫砂陶土资源十分丰富，面积达 50 多万亩，据全国之首。《龙山县志》记载："陶瓷在明清时，颇有盛名，与醴陵窑齐名。"

湘西也是生物资源的宝库，木本植物近千种，脊椎动物 150 种左右。珍奇树种有银杏、珙桐、红豆杉、樱花等。很巧的是，1988 年，新晃侗族自治县步头降苗乡的原始森林中发现中国第一株富含龙脑的野生樟科植物"龙脑樟"，这颗富含右旋龙脑的野生樟科植物，改写了我国不产龙脑的历史，是新晃的重要地理标志之一，目前野生龙脑樟人工无性繁育成具有近 3 万亩的

图 6-32　芷江明山石雕刻画

龙脑樟原料林基地。湖南新晃的"侗藏红米"，是侗族先民培育出来的介于粳稻与籼稻之间的特有稻种，米质红润、清亮细长，闻之有豆味清香，可以说是新晃数千年农耕文化的"活化石"。"侗藏红米"主要产地为该县晏家乡、扶罗镇和凉伞镇等乡镇。据传，古代侗寨一先民的孩子被魔鬼掠走，全寨人急忙点起火把四处寻找。魔鬼见红色火把渐渐逼近，恐惧至极便扔下孩子仓皇逃走。人们找到孩子，发现他还活着。令人惊讶的是，孩子手里握有一束稻谷，剥开稻谷，里面露出红色米粒。于是认为，这是飞天红鸟所衔的五彩九穗谷中掉下的红谷子，是它护身而保住了孩子性命。从那以后，侗民将那束红谷子保存起来，年年选育种植。同时将红米视为小孩的避邪用品，世代传承。2014 年 6 月，原国家农业部公布了全国第二批（20 个）中国重要农业文化遗产名录，"新晃侗藏红米种植系统"入选。同

图 6-33　侗藏红米

时，新晃"侗藏红米"获原国家农业部颁发的"中国重要农业文化遗产"的匾牌。侗藏红米含有硒、铁、锌、钙等微量元素以及植物性蛋白质及植物性脂肪外，还富含 B1、B2、B6 等多种维生素和 18 种人体必需的氨基酸，综合营养价值胜过泰国香米。

湘西名贵药材有灵芝、天麻、何首乌、玄参、云母香、七叶一枝花、三七、厚朴、茯苓、杜仲等；比如茯苓，它是一种药、食两用真菌，为传统中药材，自古被誉为中药"四君八珍"之一。对人体具有渗湿利水、防癌抗衰、增强机体免疫力之独特功效。湘西靖州素有"靖州茯苓甲天下"的美誉，占全国总产量的 60% 以上，茯苓系列产品远销日本、马来西亚、韩国、新加坡等 10 多个国家和地区，如今，茯苓被誉为"松蔸上崛起的产业"。山苍子油是湖南张家界的特色美食调料。山苍子，当地人称"辣姜子"与"山胡椒"，可以食鲜子，也可以炸油。油的主要成分是含柠檬烯、甲醛庚烯酮。山苍子可以用作卷烟、化妆品、牙膏、香皂与肥皂等产品的香精；而用于调味的山苍子调味油，有柠檬的香气，具有除膻祛腥、提味

图 6-34　靖州的茯苓

图 6-35　靖州的茯苓交易市场

增鲜的功效，是许多食品的佐料。

湘西的珍稀野生动物有大鲵、独角兽、苏门羚、华南虎、云豹、猕猴、灵猫等。大鲵在地球上的生长历史可以追溯到三亿五千万年以前，有"活化石"之称，是国家二级保护动物，1996 年，国务院确定建立湖南张家界大鲵国家级自然保护区保护张家界野生大鲵资源及其栖息环境。

在食用物产方面，湘西的雪峰乌骨鸡体质结实，肉质细嫩，味道鲜美，还含有氨基酸，维生素，蛋白质等丰富营养，乌骨鸡在当地还有着药鸡的称号；新晃黄牛肉是湘西美食之一，新晃养殖的黄牛肉肉质细嫩，还含有氨基酸、维生素、镁等营养成分，经过当地特殊工艺加工的牛肉香味浓郁，风味独特。澧水有种特色鱼，当地人称为"趴趴鱼"，这种鱼因趴底而得名。其个体小，繁殖快。此鱼营养价值丰富，炖汤味道鲜美，油炸香脆可口。靖州的杨梅独具风味，其栽培已有千年历史。因当地土壤肥沃，气候温和，降水充沛，所产杨梅外形美观，酸甜适度，肉厚多汁，品质优良，还含有维生素等丰富营养。黔阳冰糖橙外呈圆形，皮薄美观，甘甜汁多，远销各地。张家界市、龙山等县野生葛资源丰富，产量难以估算，野生葛具有味甘性凉、消炎退热、降压降糖、补脑养胃之功能，其开发利用价值巨大……

总之，湘西的物产甚多，以上介绍的只是其中一部分，足可窥见其丰富多彩。

第七章　天地皆灵秀

湘西多山峦，群峰逶迤，翠崖穿空，绝壁断云；湘西多秀水，沟壑潺潺，五溪纵横，沅澧浩荡；湘西多村寨，木柱瓦屋，鼓楼木桥，错落有致。山、水与村寨的和谐布局，像一幅幅饱蘸浓墨的画图，散发出独特的自然美感和浓郁的民族风情。

地域上的湘西，有人形象地把它称为一块正在雕琢的玉佩。这里的壮美山水，蕴神含奇。而山水灵魂和人文精魄，尽在武陵山脉与雪峰山脉、沅江与五溪中深藏。张家界武陵源区、永顺老司城、溪州铜柱、里耶古城、凤凰古城、芙蓉镇、芷江抗日战争纪念坊、洪江古商城、龙溪古镇、高椅古村等为代表的景致和建筑，如同一条条扑朔迷离的时空隧道。走进这条时空隧道，大自然的鬼斧神工、人类创造的奇迹、浓郁的民族风情将——呈现出来，如同欣赏一张精致的"唐卡"，风物尽入眼中。宋代王庭硅在《梁养源道德篇论述》中说道："是知湘九疑之间。果有奇伟秀绝、幽深穷怪，造化之所，磅礴其气，蒸为云霓，散为祥光五色。其产为梗楠巨材，丹砂玉石。古今幽人释子、神仙得道之士，往往相望而出。"对山水的雄奇灵秀与物产和人杰的关联大加赞赏。武陵山脉从毗邻的贵州铜仁梵净山伸展蜿蜒走来与雪峰山脉融合拥抱，把湘西的十万大山，把湘西的大小河流汇聚一起，构建起大湘西的山水画图和雄奇格局。张珣的"菜花黄黄黄草尾，稻花白白白田头。桃花李花满城郭，山光水色古辰州"正是古时湘西山水与村落的生动写照。走进湘西，你就走进了山、水和村镇构成的美丽和谐的世界。

1．十万雄奇山

湘西的山，绵亘千里，莽莽苍苍；或高低纵横，气势如虹；或林海苍茫，遮天蔽日。清代贵州主考秦百里途经沅江和五溪，曾写下"探胜无需远，端知楚山雄"的佳句。在古今文人墨客的笔下，湘西是那样独特，到处充满了神秘感。那里的山山水水、世俗人情，都是故事，都是诗歌，都是图画。山水与传说和神话常常交织呈现，如果你细腻地观察，就能酿成一种独特的视角，把湘西历史的风云透析出来，感受到那里风物掌故、人情冷暖。

图 7-1　湘西武陵山脉

武陵山脉是湘西的主要山脉，与雪峰山脉构成了湘西总体地貌。

武陵山脉位于云贵高原向湘西丘陵过渡的地带。东北、西南走向，是地质上燕山运动所造成的系列褶皱山中的一支。武陵山长 420 多千米，面积约 10 万平方千米，海拔从 2000 多米降到 400 多米，主峰梵净山位于贵州铜仁江口县北，海拔 2572 米。武陵山脉覆盖的地区称武陵山区，湘西为主要覆盖区，包括湘西自治州的吉首市、泸溪县、凤凰县、花垣县、保靖县、古丈县、永顺县、龙山县等地，张家界市的永定、武陵源两区、慈利、桑植以及怀化地区的沅陵、麻阳、辰溪等县市。从行政区划看，武陵的名称起始于汉代所设的武陵郡，汉高帝置治所在地义陵（今湖南溆浦南），辖境相当夸湖北长阳、五峰、鹤峰、来凤等县，湖南沅江流域以西，贵州东部及广西三江、龙胜等地。东汉移临沅（今湖南常德市西）。其后辖境逐渐缩小，隋开皇九年（559 年）废。大业及唐天宝至德时曾改朗州为武陵郡。境内少数民族和汉族杂居，被称为"武陵蛮"。武陵山脉包括的较有名的大山有，凤凰天星山、腊耳山，花垣莲花山、吉首的莲台山、矮寨山，德夯大峡谷风景区，保靖的白云山和吕洞山，龙山大灵山、太平山和洛塔界，永顺的羊峰山、大米界与不二门，古丈的红石林，凤凰、泸溪边界的八公山。

各地的历史文献对当地山水地貌多有记载。《永顺土司旧志》对永顺府的群山描述道："重冈复岭，陡壁悬崖。""石骨绵亘，谺岈（读含牙，指山谷深）奇峭。山水时至，百川灌河。其山溪一线，石径九折，边隅险要之区，斯当称最。"对龙山县的山势这样描述："龙山县，僻处边隅，万山旋绕。所有峒寨五十六村，苗土杂居，处处险隘，如刺昔、黑洞、普那、蛇结、咱头、干必、洛送、苦朵、冲列诸处，皆幽岩密箐，奇奥异常。"清人黄一清对龙山县的泰平山（今名太平山）的描写："壁立千仞，下临无极，不可逼视。前面危径一线，仅容一人往还。登者仰窥，下注无人，乃手扳足登，面壁梯上。胆气稍歉者，往往中途退缩。"太平山如此险峻，其余山峰，其险要可想而知了。

而古丈县的红石林则以美与奇著称。红石林属国家地质公园，核心景区所辖面积20多平方千米，处于湘西州芙蓉镇景点圈和张家界至凤凰旅游黄金走廊的中间位置，是湘、鄂、黔、渝旅游版块的中心腹地。红石林的形成大约在4.8亿年前的早奥陶时期，属地史上所称的扬子古海。海底沉积了大量混合泥沙的碳酸盐物质，经过地壳运动海底被抬起，在大自然风化、水蚀、溶蚀和重力的外动力地质作用下，形成了这片美丽的地质奇观——中国唯一的红色碳酸盐岩石林。景区内石峰林立，红石高耸。由于岩石所含物质成分的不同，石牙芽、石林、呈多种颜色。红色含铁质较多；灰色、灰绿色含

图7-2 湘西古丈的红石林

泥质较多；呈白色一般含碳酸盐较纯。更奇妙的是，天气、时间、季节变化时，石的颜色也变化多端，晴红雨黑，阴转褐红，晨昏有别。形成的五彩石林，因以红色石林分布最广，故为红石林。有人赞美该石林融红、秀、峻、奇、绝、古于一体，为"武陵第一奇观"。

沿着武陵源向南延伸，便到了怀化地区的雪峰山脉。雪峰山（狭义雪峰山脉）是广义雪峰山脉的主山（它明显是个整体但又是一个山脉），在湖南省怀化市与邵阳市交界的长形大山，即洪江市（黔阳）、溆浦县、洞口县、隆回县四县交界处的高山，主峰苏宝顶区域在洞口县—洪江市之间。据民俗、历史专家阳国胜考证，湖南"雪峰山"地名约定俗成并载入史册不过百年。此名字是"会稽山"，演变称为"楚山"，到了宋代后称为"梅山"。广义梅山是指怀化毗邻的安化县的大山主体，安化古称梅城。《宋史·梅山蛮传》记载："上下梅山峒蛮，其地千里，东接潭（潭州，今湖南长沙），南接邵（邵州，今湖南邵阳），其西则辰（辰州，今湖南沅陵），其北则鼎（鼎州，今湖南常德）。"梅山其地千里。后改称为"雪峰山"，是因其主峰苏宝顶常年积雪而得名。

雪峰山的主峰附近，曾有不少古迹：丫髻亭位于雪峰山顶峰，是一座六柱六角的琉璃瓦亭阁，在这里俯瞰陆水湖区，300多个小岛尽收眼底，湖面宛如一个盛满明珠的大玉盘。雪峰寺位于主峰东南凹地，始建于唐代咸通年间（861年后），后遭兵毁。今有不少碑刻尚存。照天烛位于主峰东侧，高一丈余，原为一对。据传元朝时司天监（主管天文的官员）预测，湖广有真命天子出世。为破坏可能出天子的风水，命人捣毁其一，现只留下照天烛一支；山后有七凹，相传为盛油处。在雪峰山主峰

图7-3 湘西雪峰山脉

中部下有试剑石，相传为三国时陆逊试剑所用，旁有陆逊戏青蛙的青蛙洞，试剑石旁有古朴的剑石村。

这两大山脉，包罗着怪石嶙峋的武陵源、古木幽深的高望界、小溪原始次生林，凤凰南华山，红石林、高耸入云的龙山八面山，呈现出"风吹草低见牛羊"的"塞外风光"，具有文化韵味的大酉山、二酉山等等。

如果沿着雪峰山再往南，到了湘西最南的通道侗族自治县，那里有一座万佛山，是著名的丹霞地貌。全国丹霞地貌旅游开发研究会会长、中山大学地理系教授黄进曾写诗赞道："通道东北万佛山，万座丹峰拥翠环，神州丹霞五百处，此山可列十名前。"通道万佛山总面积达 168 平方千米，长约 45 千米，平均宽度约 27 千米。主峰海拔 635 米，登临山顶放眼俯瞰，红峰翠林，延绵起伏，如遇轻雾环绕，千峰万壑时隐时现，给万佛山蒙上了一层神秘的色彩。中国旅游协会原会长何若泉先生登临万佛山，吟诗赞叹："北立张家界，南卧万佛山，两山皆俊秀，欲分高低难。"如果说张家界的山是一个个魁梧雄奇的美男子，那么万佛山则是一个个身着红裳绿巾的俊俏女郎。

山川的秀美，便成为人们游览和探胜之处；而山川的险要，故成为兵家的必争之地。沅陵官庄的辰龙关尤为奇绝。清同治年间的《沅陵县志》

图 7-4　通道侗族自治县万佛山

记载："辰龙关县东百三十里，关外万峰插天，峭壁数里，谷经盘曲，仅容一骑……"康熙年间，吴三桂叛乱，被清军剿灭。其孙带领残余势力逃到此地，与清军对峙数年。辰龙关长数十米，但狭窄得只容一人通过，地势较高，易守难攻。后有乡民向梦熊带领清军抄小道越过辰龙关，一举攻破吴军。辰龙关因而也被乾隆皇帝封为天下第一关。康熙年间的进士汤右曾写道："束马悬崖险，关门郁不开。居然横戟地，曾此挂弓回。浩荡妖星落，苍茫角吹哀。兵家争间道，呓语勤铭才。"诗中首先说出辰龙关的险要，用"横戟、挂弓"勾勒出吴三桂叛军据险守关、清军受阻收兵的画面，接着则盛赞清军扫平叛乱，消灭吴三桂残部，即妖星落。最后两句指出从辰龙关之战的胜利，当地百姓告知隐秘的小道（间道）绕至关后而一举破关，即"兵家争间道"取胜。1819 年（嘉庆二十四年），林则徐出任云南主考官，这年六月，他在去云南的路上，途经沅陵官庄辰龙关，深为辰龙险关所震撼，也曾作诗写出了过"辰龙关"的感受："重重入翠微，六月已棉衣。曲磴远垂线，连冈深掩扉。路穿石罅出，云绕马蹄飞。栖鸟不敢下，岂徒行客稀。"用现代的话来说，进入辰龙关，只见高山翠岭，重重相叠，因为山高林密，空气寒湿，即使六月盛夏，到了这里，也要穿上棉衣才能御寒。弯曲的石级小路远远望去，就像悬垂的一根细线。连着的山冈就像紧紧关闭的一道道大门，路很窄，从石缝中穿来穿去，山很高，连云朵都被踩在马蹄之下。这么险峻的地方，连鸟儿都不敢轻易落脚，只能说只是行人的稀少啊！

　　湘西美丽的山水、神奇的传说、朴素的民情习俗，更激发了无数文人墨客创作灵感和诗情，历代赞美湘西奇峰峻岭的佳作不绝，那些诗文以山水联想历史，抒发情感。黄庭坚的《朝拜二酉山》写道："巴山楚水五溪蛮，二酉波横绕龙蟠。古洞寻书探奇字，思怀空吟三千年。"不仅描绘了二酉山的龙虎地势，也表达了作者对几千年来藏书传说地的向往。"蛮烟瘴雨溪州路，溪畔桃李花如雾"，据说是一句流传下来的俗语，却把昔日"兵戎征伐，无世无之"的"五溪蛮"地区的乾州古城描述得神秘而凄美。

　　绵绵不断的山脉，守住了经年不息的涓涓细流，守住了永不凋谢的繁花绿茵，守住了各族人民赖以生存的田园秀色。

2．灵秀五溪水

湘西的水，上通滇黔，下接洞庭。春夏之际汹涌澎湃，龙行千里；秋冬之时宁静平和，清澈灵秀，它们是洪荒时代留下的杰作。

湘西主要有两大河流，沅江和澧水。《山海经》说：祷过之山，沅水出焉。然沅江的支流最有影响的要算五溪了。五溪之名，应该出自北魏郦道元笔下。他从洞庭湖进入沅水，深入五溪腹地，足迹之处，均载入他的巨著中。在他的《水经注》中，我们欣赏到了五溪蛮地的古代文明，领略了五溪悠久的历史。最重要的是，他给了五溪地理称谓。在当时的武陵郡，还没有五溪的说法，他根据五条溪水的地理位置和流向，分别取名为：酉水、锦水、舞水、渠水、巫水。他的足音，可以说开启了五溪文化的先声。

沅江像一条手臂，五溪便是五个伸出去的手指。如果说沅江是湘西的母亲河，那么五溪水便是奉养沅江的子女了。除了五溪这名声较大主要支流外，注入沅江大大小小的溪流和山泉那就不知有多少了。据史料证实，郦道元流放到南方，寄精神于山水，寄情于笔下。穿越湘西的古代文人很少，走遍五溪山水者，郦道元是第一人。后来流放五溪的人大多是逆沅水而上，在酉水、辰水和舞水活动居多，就连明末的徐霞客，游历了那么多地方，但没有去过湘西，说徐霞客在湘西遇见盗匪，纯粹是演绎出来的故事！

溪流不尽，苍山不老。五溪源源不断注入沅江，赋予了沅江一种独有的灵秀，一种大气磅礴的力量。宋代诗人王庭珪被贬湘西，为沅江流域的旖旎风光而惊异。他在《武陵西上沅陵渡》的序中写道："时初至贬所，见人物风景之美，夜久方归，恍然莫知为何所。"诗中赞美说"花外有人烟，相逢疑是仙。"热情赞美湘西如花似仙的山水风光。在《夜坐听沅江水声》中描述更是雄美："水急滩高欲倒倾，来如万鼓绕山鸣。奔流更借洞庭阔，飞浪朝宗壮此声。"沅江的滩高水急，气势磅礴，尽现笔端。而《临江仙》中的佳句"谁知沅水上，却似洛城游"，向后人展现了一幅绝妙的宋代沅江两岸的美景画，就像美丽的洛城啊！正因为有五溪那灵动的脉络，沅江才如此充满活力和美丽。虽然五溪阻隔着山脉的延伸，但又通过水路把大山与人、与文化有机联系起来了。

舞水和渠水流经的少数民族地域多为侗族人居住的地方。我的家就住在舞水河边上的龙溪口古镇上。舞水和又名舞阳河，发源于贵州省瓮安县的朱家山（原名都凹山），改名朱家山，当地有两种说法，都与明代朱家王朝有关。舞水河源头的涓涓细流从海拔1200—1300米的朱家山出发，经黄平、施秉、镇远、岑巩、玉屏等县进入湖南新晃，然后到芷江，进怀化，最后在黔城与从托口奔泻而来的清水江及渠水一起汇入沅水，全长440千米。从舞水的源头到汇入沅江，落差800多米，春夏之交雨季时，洪水浩荡，穿山越谷，有大江东去的壮观景象。生活在舞水河两边的各族人民，在舞水上放排行船，享受着舟楫之利。千百年来，商贾们从洞庭入沅江溯流而上，进舞水后上至贵州的镇远下船，赶着马匹，沿着古驿道步入云南，前往缅甸，奔赴东南亚各国，形成一条南方丝绸之路。龙溪口镇是舞水进入湘西的第一个古镇，清代梅峄曾用"地接滇乾通百货，人传朱顿敬千扉"来形容当时情景。抗日战争时期，龙溪口成为运输抗战物资的集散地，其时商埠达400多家，是湘西的三大商埠之一。在舞水河即将进入沅江时岸上的芙蓉楼，是唐代诗人王昌龄被贬时修建的，那"一片冰心在玉壶"的诗句增添了舞水河的撩人情思。

从湘西南部的流来的渠水，又名渠江，有东西两大源头。西面的源自贵州黎平地转坡，称播阳河；东面的来自湖南城步南山大茅坪，经绥宁流入通道县境。

图7-5 沅江支流舞水风光

渠水像一条扭动的彩带，把通道的播阳、南山、坪坦等90多条溪流的和无数清澈甘甜的涓涓山泉拉入怀中，然后过靖州、会同、下黔城，在洪江市的托口镇与巫水、舞水汇入沅水，全程也是400多千米。舞水、渠水这两条河流，滋润了河畔两岸的侗族及各族人民。

而巫水河（古称雄溪）和锦水流域，则哺育了苗族、瑶族为主的少数民族。巫水河发源于湖南城步东麓的巫山，沿途融入难以计数的山泉好细流，经邵阳的城步、绥宁和怀化的会同、洪江等县区奔流200多千米，在洪江进入沅水，形成一条色彩斑斓飘动的带子。每当春水来潮，由于不同地域降雨量的差异，巫水与沅水在此交汇，一清一浊，可谓泾渭分明，美丽至极。锦水发源于贵州江口县的梵净山南麓，经贵州的江口、铜仁，抵达湘西的麻阳，在辰溪毛家滩东1.5千米处汇入沅水，全长310千米。这是一条落差较大的河，一路走来，激荡起伏，用它的乳汁哺育了独特的民族文化，生活习俗和不屈不挠的性格。

酉水，古称白河，其流域内居住的大多是土家族、苗族和少数的白族、瑶族，它发源于湖北鹤峰西北，辗转进入重庆酉阳，途经贵州的松桃，流入湘西的龙山、保靖、永顺、古丈、泸溪等县，全长320千米左右。流经之处，怪石嶙峋，飞瀑流泉，自然景观平添了古今人们的人文情怀。酉水

图7-6　流经湘西保靖县的酉水

流域留下的赶尸、悬棺、放蛊等传说，上千年来人们津津乐道；而河流经过的里耶古镇、迁陵镇、洗车镇、王村、老司城、浦市等古镇，都被浸染上浓厚的历史和民族文化色彩，然后在沅陵汇入了沅江，向东而去。酉水养育了两岸各族人民，给予了他们坚强、奋斗和勇于抗争的性格，留下了许多传奇的英雄故事。

五溪沿岸风光秀丽，山峰倒影、村寨生烟，景致万千。民国以往，乘船沿河流上下行，成群的吊脚楼、青峰峭壁倒映在水中，船工号子高亢有力，山歌小调温丽婉约，不同的民族风情跃然其间，厚重深远的历史文化回声不绝，一幅幅"青峰多秀色，空水共氤氲"的美景，宛如人在历史时空的隧道中漫步欣赏两旁的山水壁画。而沅江大气磅礴，集五溪之灵秀，令人思接千载。

古代交通不发达，便有了"地用莫如马，水用莫如舟"之说，而水路运输尤显重要。那时水运的特点是运货多，可以沿江河水系的走向，运抵四面八方。在现代交通运输兴起之前，水运无疑是最经济、最便利的运输方式，可以说水运是古代运输的"高速公路"。沅江干流和五溪支流等构成的大小水路，就像纵横交错的运输网络，而沿着水路分布并串接起大大小小的码头，则是这个运输网的端点和集散地，他们共同构成了丝绸之路上湘西段的辉煌传奇，对地方的商品贸易的发展起到了巨大的推动作用。从古开始，湘西出产的大量木材和桐油，通过五溪、沅江和澧水等水路，进洞庭湖入长江直至上海等沿海口岸向外输出。尤其到了晚清时期，由于湘西商贸的发展，使得在五溪、沅水和澧水沿岸分布的码头繁荣起来，新晃、黔阳、洪江、麻阳高村、永顺的王村、泸溪的浦市、乾州的镇溪和永绥厅的茶洞就是典型代表。尤其是洪江，因为集散桐油、木材、白蜡、鸦片等而闻名远近，繁荣一时，当时被称为"湘西明珠""西南大都会"。泸溪浦市在康熙年间开始繁荣，嘉庆时有商户数千家，仅客籍会馆达48所，成为繁盛一时的商贸中心。古老的《酉水船歌》中写道："四十八站上云南，四十八站到长安。"这条通道，从长江到洞庭湖到沅江，通过酉水把巴蜀一带连通起来；而沅江中上游的渠水、舞水、巫水和锦水，把湘西与贵州、广西连通起来，形成丝绸之路内陆段便捷必走的重要通道。贵州省镇远县舞水桥上的古对联"扫尽五溪烟，汉使浮槎撑斗出；劈开重夷路，缅人骑象过桥来"，便是这一丝绸路上重要通道的生动写照。清代按察使许瓒在《滇行纪程》记录了自己从常德乘船由沅江进入五溪之一的舞水后到达黔东南镇远县的路程和时间，认为水路总里程为1200多华里，逆水行舟需要1个月左右，而顺流而下只需10天即可。由于沅水流急滩险，宋代的魏了翁被贬到湘西靖州不走这条水路，而是从长沙经邵阳到靖州的，"某溯江而上，闻沅辰道险，惟潭邵路稍平，遂涉湖之潭……与朋友李肩吾及长儿之靖。"据中国水电发展史料记载，清末云南建造第一座水电站的大型设备就是通过湘西的水路到贵州再运往云南的。

丹山翠林，古寺村落，五溪流清，沅水涛碧。看水上远行的船只，慢慢飘向远方的天际，与云彩融合一起，显得那么静穆协调。人世间的沧桑，就像眼中逐渐消失的帆影，如今很难一见。

3．奇秀的田园风光

田园，是人与山水的巧妙布局。在湘西众多的山脉和水之间，田园标注着自己的风格，展示着自己的意境。在那山水之间，悠悠的拉拉渡，层层的水稻田，青青的石板路，排排的吊脚楼，都在传递者历史的悠久，秀出自己的美丽。

宋代黄庭坚在《水调歌头·游览》写道：

> 瑶草一何碧，春入武陵溪。溪上桃花无数，枝上有黄鹂。我欲穿花寻路，直入白云深处，浩气展虹霓。只恐花深里，红露湿人衣。

其意思是：瑶草多么碧绿，春天来到了武陵溪。溪水上有无数桃花，花的上面有黄鹂。我想要穿过花丛寻找出路，却走到了白云的深处，彩虹之巅展现浩气。只怕花深处，露水湿了衣服。

宋代王庭珪在《入辰州界道中用顿子韵》诗中写道：

> 路入荒溪恶，波穿乱石跳。骑驴行木杪，避水转山腰。倒挂猿当道，横过竹渡桥。吾生本如寄，岁晚尚飘飘。

字里行间对湘西的山高溪险、猿猴当道、竹制渡桥这些奇特的景色赞叹不已。

洗马易绍熙在《村居即事》中写了清代春夏之交湘西农村的景象：

> 蚕桑去了各耘田，春满平畴浪接天。叱犊声声归晚去，烟蓑雨笠傍云眠。

湘西的雨季一般在端午节前后，在五六月份养完了蚕收茧后，农夫们便利用雨季时忙于耕田，只见一片片水田在牛和农夫的耕作下，溅起阵阵水花，好似波浪起伏直接云天。到了傍晚，才赶着耕牛归家，这段时间，农夫们披着蓑衣戴着斗笠，伴随雨云劳作和睡觉。

永顺县、龙山县一带，自古是土家人的生息繁衍之地，这里群山环绕，

图 7-7 春季牛耕场景

溪流纵横，秀丽壮观。因此，土家族文人的竹枝词中有不少反映地方田园风光的内容。彭勇行的竹枝词在语言上十分自然和质朴，如"料峭小寒春暮时，轻风剪剪雨丝丝。千山万岭桐花白，正是农家下种时"，诗前两句写的是晚春时节，湘西轻风细雨的天气，后两句通过群山桐树花盛开的景色，来反映农家春耕播种的繁忙图景。

余模在《春步辰山》诗中写出了自己从远方归来，看到家乡春天田园景物的高兴之情，"久为风尘客，初还景物新，老农耕新绿，众鸟唤重茵。未历他乡苦，安知故园春。晚来牛背笛，偏爱远归人"。(《辰州府志卷七》)，回来见家乡景物一新，农民在绿茵的田园中耕作，傍晚牛背上的笛声，感觉是对他这个归乡人的钟爱。

有的田园坐落在五溪和沅江两岸平坦之地，那些千百年来人们赖以生存的田地，与滋润它的江河为伴，随着四季变换着颜色，人们也因之改变着生产内容和方式，在耕作之余进行着渔猎等活动，清代的土家族诗人彭支夏说："吾族世居山溪，男女天足，耕云锄月，麻衣棉布，自给自足，崇奉多神，崇封马鬣，男女垂髫，昕夕作息，俨然自娱于山水之间。"(彭支夏:《溪州竹枝词》)他们对生活在美丽的田园山水之间是非常愉悦和满足的。湘西人喜欢养稻花鱼，稻花鱼又叫禾花鱼，因在水稻田里养大，吃着水稻里的杂草、虫子以及稻花等等，故称为稻花鱼，种类通常有鲫鱼、鲤鱼和草鱼。当稻谷即将成熟，稻田中水面下降时，便开始捕捉，那场面非常热闹喜庆。在江河中捕鱼有多种方式过程中，如钓鱼、网鱼、用渔梁和鸬鹚捕鱼等。捕鱼前，有讲究的当地人还要祭祀江神，诗人向兆麟曾写道："丹崖齿齿石粼粼，结构渔梁据水津。看取赤鳞刚六六，先教头尾祭江神。"(《酉江竹枝词》)而诗人向晓甫在诗中写道："小西门外碧波澄，点点渔舟夜火明。春雨如油落不住，山光水色映山城。"描述了渔民晚上捕鱼的繁忙场面。在田园滋养下的湘西人，生活是多么惬意。

有的田园随山势起伏，展示了各族人民几千年来劳动创造的心得和成就。湘西不乏像广西龙胜龙脊、福建尤溪、江西崇义那样的梯田，怀化辰溪县的望乡布村、新晃洞坡的梯田便很有特色。

布村是底蕴深厚的一个瑶乡，布村之美也是美在那层层叠叠的梯田。

布村的梯田独具魅力，从望乡山界古亭旁，有一小溪水，瀑布般的流泻而下，几乎垂直地降落到半山布村背后，布村就安闲地躺在那片悬崖下的缓坡上，从这里往下，是主峰余脉扇形斜拖而下的平缓地带，一直延伸沅水平地。而沅水对岸是峰峦迭起的凤凰山，放眼而去，正是梯田的远景。布村瑶族人利用这里的天时地利，代代耕耘，经营这片山水，在山坡上因山造田，形成了不规则的长边形、四方形、

图 7-8　新晃的侗寨梯田

图 7-9　溆浦花瑶的山背梯田

三角形、椭圆、牛角形、葫芦形、菱形等形状，这种因山势成形的稻田，各种不同格局形态，而田埂则是稻田的镶边。一年四季，梯田形成了不同的风景。冬天和初春，犹如一面面传世不朽宝镜，透亮并反射着来自宇宙的天光；春天刚插上的稻秧，给梯田抹上了一层淡绿，滋生出勃勃生机；夏季，绿意葱茏，稻田则像摊开的绿毯，逐级而下，蔚为壮观；秋日，稻谷丰稔之时，黄澄澄梯田则如同铺在大地上的金册；而当雪花飘零之时，梯田又如白色的地毯，明澄洁净……

　　著名作家张抗抗曾赞述说："春梯田，是一轴淡淡水墨画；夏梯田，是一帧精美绝伦的绣品。秋梯田，是一幅色彩浓郁的油画。冬梯田，是一幅轮廓分明、庄严冷峻的黑白木刻。"梯田之神奇美妙，在于一年四季变换着炫示着迥然相异的色彩与风景。梯田之魅力，更在于它并非自然奇观，而是积淀了数千年的农耕文明的极品遗产。布村村落，就置于梯田中央。村落依山而建，错落有致。布村不仅风光美，而且是文化底蕴深厚的瑶乡。传说瑶乡人回家，从中伙铺古驿道分路，开始攀缘。登山锄头坪，攀登仙人岩，到了山巅，就可以望到故乡了，因此得名"望乡"。而望乡下山还要渡过沅水，再到瑶乡深处。在山下的仙人湾对岸有一临江石崖，名望乡台。望乡村的屋舍俨然，古亭依旧，这是原国民政府陆军少将石玉湘故里。石玉湘父亲石宝臣，是贺龙手下先遣营长，他的叔父石宝乾，为贺龙下属骑兵团长。都参加过南昌起义。

　　吉首矮寨的德夯，苗语意为"美丽的峡谷"，这里山势跌宕起伏，绝壁高耸，峰林重叠。区内溪河交错，气候宜人。在峡谷内，雨季时瀑布群飞流直下，壮观震撼。而坐落在峡谷中的德夯苗寨，古朴奇异，是中国苗寨中保存最完整、苗族习俗最浓郁的地方。沿峡谷两岸的古渡、小舟、筒车、水碾、和苗家的吊脚楼，群峰竞秀，古木奇花，珍禽异兽，最有意境的是问天台，它不足十平方米，立于峡谷之间，四周悬崖峭壁，只有一青石板路沿山上的峭壁直通，令人胆颤不敢俯视。当云雾从山下缓慢飘进峡谷，站立问天台，远远望去，山峰踏着云雾而

图 7-10　湘西吉首德夯苗寨的问天台

上，直插苍天，恍若置身仙境，心旷神怡。取名问天台，应与屈原的杰作"天问"有关。德夯苗寨，田园诗情画意浓郁，苗族风景尽在其中。

4．风情浓郁的古村镇

在湘西的群山之中，坐落着一些民族风格明显，历史悠久的老村寨和古镇，这些历经沧桑的村镇留下了难得的历史进步印迹。从远古时代起，人们逐水而居，有水就有生态聚落，逐渐形成了村庄乡镇，孕育和演进着社会文明。

湘西的小镇基本格局是依山傍水，有个性也有共性。建筑除了传统的木屋、吊脚楼外，砖木结构的窨子屋很有气势和特点。走进湘西，不难发现散发出浓郁的民族风情、与山水融为一体的古镇古村。

在众多的古镇中，湘西自治州名气较大的有芙蓉镇、里耶古镇、凤凰县城、乾城等。而在湖南省文物部门第三次文物普查中，在大湘西发现了很多国内规模最大、保存最完整、形态组合最丰富的古城古镇古村群落。仅怀化市目前保存完整的古城古镇古村就有 30 多处，拥有以洪江古商城、芷江受降城、黔阳古城、龙溪古镇、荆坪古村、高椅古民居、通道古侗寨等为代表的集中连片的古城古镇古村群落，引起了专家和社会的关注。著名古建筑学家罗哲文先生曾兴奋地说，怀化古城古镇古村资源堪称"全国最大的古城古镇古村群落"和

图 7-11　湘西辰溪五宝田村

"古建筑群博物馆"。如果你有机会去看看这些村寨，你会发现，这些精致的山寨把民族风情、自然魅力、建筑风格融为一体，沁出历史内涵的印记。

古人是如何选择古城古镇古村寨的地址，建设时又关注哪些因素、重视哪些元素呢？综合一些专家的观点，大致有如下几个方面：

一是依山傍水，但近水而无水患。水是生命的元素，为生活方便和交通的便利，一般选择在河流、湖泊边上。水上交通和由此带来的商业人气形成了独特人文景观。为了保障耕地，村落主要集聚在谷底、山脚、山麓边缘或山腰平地。屋宇层层叠叠，鳞次栉比。背山可以屏挡冬日寒流；面水可以迎接夏日南来凉风、有山泉溪流可以方便取得用水，前面空间开敞者，多沿山脚、山麓边缘建村，不占用耕地，也可免淹涝之灾；如河谷狭窄、山势陡峭则村落建于山腰，以避湿气，争取日照，若处于交通要道，则易发展为河街形式。如凤凰、洗车镇、茶峒、芷江等以及捞车河、荆坪等村寨分别为这种类型的县镇与村寨。

二是具有防御功能。居住安全是人的生存需求，安全防御是村寨选址的基本功能之一。大山中的苗寨尤其把聚落的防御性放在第一位，他们在村落选址上倾向于背面有高大山脉，周围有密林、深谷、沟壑、河流、峭壁等，形成天然屏障。

三是交通方便。聚落往往沿水路、陆路、驿道呈串珠形分布。在陆路水路交汇处易发展为大型聚落，如永顺老司城，东西、南北道路交会，水路、陆路交通方便。

四是使耕作范围尽量离村落近。村民在选择村寨位置时考虑到了尽量选在靠近田地耕作区中心，村寨有比较均匀的布置。

五是考虑到风水适宜。湘西地区多山多水，按照居住环境所谓的"风水理论"，大多数聚落的外部环境均有龙可觅，有砂可察，山水与房屋互为映衬，相得益彰。南宋理学家魏了翁贬官至湘西靖州，"寓馆之东曰纯福坡。五老在其左，飞山属其右，而侍郎山巍立其前，冈峦错峙，风气融结，乃屏剔苗翳（指植物旺盛而遮盖）为室而居之。"可见魏了翁在建房时，将其风水理念与当地山水形势结合，实现其"风气融结"的安居理想。建于800年前的永顺老司城曾有4位风水师前来给土司王选择王府基址，风水先

生最终选定了群
山环绕的灵溪河
畔。其他村落如
高椅、王村、荆
坪等众多村寨，
在选址上皆在风
水方面匠心独
运，的确风景优
美。（注：这里
说的风水不是指

图7-12　居水头的侗族村落

封建迷信，指选址所要求的自然环境。）

　　对村寨的选址有何讲究呢？有专家认为，侗族居水头，苗族居山头，土家族居龙头。侗族人以水稻种植为主业，所以他们离不开水。侗族的《人类起源歌》表明了侗族先民对生命和世界的认识是从水开始的，生命起源于水，水奠定了侗族哲学思想的坚实基础。由于有丰富水上建房的经验，桥梁的艺术水平很高，从风雨桥的构建可见一斑。侗乡山寨流传着"无村不寨门，无溪不花桥，无路不凉亭，无寨不鼓楼"的谚语。侗族为古越人后裔，为古老稻作民族，具有农耕民族的崇拜自然、崇拜天地的共性，重视人与自然的和谐、人与人的和谐，文化内核具有明显的伦理倾向。很有意思的是，在大湘西，侗族主要分布在沅水上游的五溪，也是居水头。

　　苗族的聚居地往往选得十分偏僻，总是在高山深谷之中自成一体，相对封闭，甚至苗族人认为越隐蔽越幽深越好，很多苗寨选址于远离交通要道的相对封闭的山谷地带。历史上因苗族多灾多难，使他们长期养成了封闭收敛的心理，以求安生自保。苗人的聚落叫寨，多依山傍水而筑，其形式不一。苗寨的分布多不在交通要道，常在山谷深处，只有小径可通，远处虽可见，但到达寨子却费时费力。苗族人的建筑多靠山凭险，即利用环境之"险"来确保安全，易守难攻，如无近代火器，难易攻破。苗人所据之险，体现出极强的集体防卫意识。村寨用石头、夯土、圆木、荆棘等材料构成外墙，仅留两个出入口。选择地基总是背靠山崖，使得进入房屋的道路很曲折，入口在侧面或后面，室内的开门方式、空间布置都体现防卫特征，寨内户户相连利于作战。富户修建"屯楼"或"保家楼"，可登高射击。居住环境对外封闭，而对内联系紧密、互相照应。苗族由于没有长期迁徙，没有安全稳定感，对建筑的舒适性、美观性、坚固性等方面均考虑不多，建筑规模尺寸较小，就地取材，因陋就简，不事装饰，显得隐藏、内敛，室内装饰的众多牛骷髅头，具有彪悍个性。相对而言，苗族公共建筑较少，因为他们没有把住处当为永久居住地，所以不会花费财力去建公共建筑。如凤凰附近的苗寨多位于山头，如马鞍山镇。《苗防备览·险要考》载："马鞍山城，西南五十里，高八九里，山势险峻，形似马鞍，山顶有井，取汲不竭，山冲颇有水田，为生苗历凭之险。"

图 7-13　湘西靖州地笋苗寨

土家族呢，往往选择高峻之处。乾隆年间的《永顺县志·风土》记载说："（土人）散处溪谷，所居必择高峻"，即追求宅基的高峻与视野的开阔。"楚山之祖，福石之宗，岢式峙立，翕（xī）然相从。上摩霄汉，下瞰溪流，前张后拥，中为月楼。"追求居住空间的拓展性和开放性，在其习俗中已成为一种普遍的民风。建筑体型错落，与自然交错。公共空间与室内空间关系模糊，往往一条公共道路延伸到住宅的底层的户内，户外户内并无过渡或标志，顺楼梯便可上至二层了。民居一般日不上锁、夜无盗窃现象，亦非夸张溢美之词。当地诗人

图 7-14　湘西龙山县土家族居住的捞车河村

彭勇行在描述玉屏山（天门山）周边之美时说："玉屏山上草萋萋，玉屏山下水渐渐。大乡城郭图难画，山外青山溪外溪。"彭支夏写永顺老土司城的风光时说："灵溪水畔古城墙，剑插群峰万马昂。"他们将山与水相互衬托，近景和远景巧妙结合，突出了山城的秀美，表达了对家乡的热爱之情。

巷陌幽幽长长，青石板路锃亮。背后群山似屏，村前溪流淌淌。走在湘西的村镇，感受着的不仅是浓郁的民族风情，更能体验到历经无数风雨岁月磨洗后留存的质朴和沧桑。

5．多元风格的建筑

从历史的眼光来看，建筑是世界的年鉴，是人类发展留下的标注，是历史的活化石。从美学的角度看，建筑不愧为"凝固的音乐和立体的画"。当五溪和沅水上的号子和传说渐渐变得沉默，那些留存的建筑或遗迹却仍在解说着以往的故事。

湘西的建筑，特别是一些著名的建筑，记载着一段历史，讲述着一个个故事，如芙蓉楼、土司建筑、孝义坊、龙兴寺、马田鼓楼、恭城书院、

天后宫石坊、芷江文庙、龙吟塔、凤凰寺、飞山庙、鹤山书院等等。

湘西的村寨之美是由山水田园和建筑群共同构成的。与其他民族一样，湘西人从远古的聚落走来，经历居住山洞茅屋、干栏式建筑逐渐进入以瓦房为主的现代建筑。湘西的民居中，大多数是木屋。湘西地处山区，木材丰富，人们历来喜建木房，木结构居所十分普遍。木房为全木结构，木柱、木梁、木壁、木窗、木门、木地板，屋顶盖瓦。三柱四棋、四排三间的木结构穿斗式房屋是湘西山区民居中使用最多的一种。每当晴空丽日，站在高山瞭望，莽莽群山延绵千里，千沟万壑各展美姿，而在群山之中，瓦屋村落，寥寥炊烟，更有一种古朴原生态之美。

秦汉时期，湘西一些名镇的建筑与汉族的其他大市镇没有多大区别，从里耶古城发掘出众多汉代建筑遗址，里耶古城发掘的建筑遗址有由13个单体组成的大型建筑。虽然采用了筒板瓦，但没有发掘出砖，亦无墙，地面可见众多柱洞，充分说明当时采用的是木构干栏式建筑。在重要城市已经大量采用瓦，瓦当（瓦当，指屋檐前端的遮挡，带有花纹，亦为泥土烧制而成）精美，建筑规模增大、类型增多。但一般的家庭民居建筑以干栏式为主，亦有地居木房。《通典》记载："人并楼居，登梯而上，号为干栏。"《太平寰宇记》也载："悬崖无构屋，号阁阑"，"巢居岩谷，因险凭高"。干栏式建筑的特点是底层架空，用木料作为架构承重以及其底层不作为居住功能。人居楼上，采用席居生活方式。而房顶均覆以茅草或杉树皮。为防止风吹草落，房顶上压有树干或石片等，树干平行或垂直于岸脊。干栏式民居是我国古代长江流域及其以南地区的土著建筑形式，这种古老方式至今还有少量保留。

到了唐代，湘西地区受汉文化的影响，在

图7-15 湘西古老的干栏式建筑

建筑上特别是官邸、寺庙等公共建筑仿内地建筑。被贬湘西的著名唐代诗人元稹在《茅舍》诗中写道："峻邸俨相望，飞甍远相跨。旗亭红粉泥，佛庙青鸳瓦……台观亦已多，工徒稍冤咤。"说明在城镇中有布局严整的官式建筑，如祠庙、寺观、衙署等。但民居仍相对简单，主要为茅舍，并容易失火。因此元稹主张，在不误生产的前提下建筑土木式住房，改善民众的住宿条件。通过在一定范围内的推广，瓦屋顶、夯土墙在小城镇的建筑得到较为广泛的使用。但湘西多崇山峻岭、交通不便，羁縻制度下各自为政，砖瓦房耗费财力，因此村寨的民居仍然是"楚俗不理居，居人尽茅舍。茅苫竹梁栋，茅疏竹仍罅……"。经济落后，人民贫穷，大部分地方是"焚山而耕"，"所种粟豆而已，食不足则猎野兽"。常建在《空灵山应田叟》中是这样描述的："湖南无村落，山舍乡黄茆（茅）；淳朴如太古，其人居鸟巢。"从这首诗中，不难看出当时湘西地区的经济生活状况与风俗，表明了当时人们"以巢为居"的居住方式。

在两宋时，少数民族聚居的一些地区也开始得到拓垦。在沅水干流和各大支流的沿岸，出现了像浦市、安江、洪江等一批集市和市镇。浦市"灯火千家，舟楫如蚁，商贾云集"，已成为湘西工商繁盛之巨镇。特别是位于沅陵县城西北虎溪山的龙兴讲寺，成为代表湘西建筑水平的标志之一。龙兴讲寺现存建筑十四栋，其中的大雄宝殿建于宋代，为木建构。从布局看，坐北朝南，面江而立，依山而上，很有特色。此外，相继建立的一些书院建筑各有新意，如庆宝元年（1225年）被贬的魏了翁在靖州创办了鹤山书院，他"招生讲学，甚至有数十里负笈相从者"，还有沅州府学、宝山书院、靖州州学、作新书院等，在重学风气大开的同时，其建筑风格上有别于民居，气势宏大。相比之下，湘西村寨的民居情况就不一样了。沅水中上游民居则多为板屋，南宋朱辅《溪蛮丛笑》记载："山猩穴居野处，虽有屋以庇风雨，不过剪茅叉木而已，名打寮。"祝穆在《方舆胜览》中也记载说："风俗尚治屋宇，湘西辰州，闪屋今连甍接栋，皆覆以板竹。"可见在宋代，湘西山区的住屋尚停留在较低水平阶段，少数民族沿用古老的干栏式结构，建筑采用初级自然材料，屋顶多用茅草和杉树皮。由于当地盛产杉木，故民居多用杉木。《溪蛮丛笑》中的"野鸡斑"条记载："枋板，皆杉也。木身为枋，枝梢为扳……脑子香以文如雉者为最佳，名野鸡斑。"朱辅在这里详细开列了"湘西"地区存民族所产杉木的枋材和板材，各有三个品级，每个品级均有严格的质量标准，还提到了顶尖级的木材——"脑子香"和"野鸡斑"。这也从一个侧面说明当时湘西各民族与中原汉族之间通过"边贸"，进行木材贸易活动的事实。

这种古老方式至今还有少量保留。"惟杉皮质地坚韧，耐腐力强．较之茅屋胜过数倍。欲买瓦而无钱，或者有钱而又无买瓦之地，始才出此。杉皮宽而长，薄而轻，组成外内两层，雨雪不易透入，经久不致烂坏，若能盖至二三层厚，与瓦并驾齐驱矣。"（湖南苗瑶考察报告）用瓦为屋顶很早就传入湘西，但是瓦的真正普遍使用是在清代改土归流之后．。

元明时期，湘西的一些地区分为"生地"和"省地"。"生地"是巴蜀取向，而"省地"则是湘楚取向。明代湘西属辰州府，此时与内地交流渐渐多了起来，建筑形式有了很大改观。时人咏道："遥望辰阳城，枕山带长河，飞甍若鳞次，居人亦何多？"晃州与凤凰厅的民居"结村而居，数十户不等，富者瓦土砖作墙造室"。表明砖瓦建筑被富户采用，但普通乡民建筑低矮简陋："人丁即多，前后大右不过二三椽板屋而已，最矮小，不雕窗牖者茅椽（chuán）数间。猪圈牛栏附近房阔以防盗贼"。随着明中叶资本主义开始萌芽和商业的发展，地域性行业帮会开始形成，会馆建筑开始出现。民间祠庙日益增多，封火砖墙开始普及。主要表现在：一是土司府的建筑有了较高的技艺水平。如老司城建筑采用砖墙结构，卵石拌灰基础，有地下取暖设施。建筑开始突破山坡地势的局限，进行大规模地开挖与堆填，从山脚到山腰，形成层层台地，形成多功能的完善的城市格局。二是接受汉文化影响，明清时期的人口迁移促进了文化的发展与交融。移民往往集中分布在自然条件优越、变通方便的腹地或坝区，形成一座座移民村落、移民集镇甚至城市，在五溪和沅水沿岸逐渐形成一些船帆穿梭、商贾云集的集市和市镇。那些从江西迁入湘西的"老表"在建设城镇和村落时很讲究风水，追求优美意境。因湘西地区多山多水，建房时选择地点注重自然地貌，因地制宜，因形选择。在"背山面水，山龙昂而秀，水龙作环状，明堂宽大，水口收藏，关熬二方无障碍"等风水理论的影响下，诸多村落的外部空间呈现出"枕山、环水、面屏"类同的模式。湘西新晃的龙溪口镇曾有一明代建筑"万寿宫"，背靠一座小山叫坳上，面朝舞水，而小山后面是一条小溪叫龙溪。据传建筑后面有一封住的石门，关住了龙溪的龙，怕它出来作祟，引发洪水。"万寿宫"四周是厚厚的砖墙，内为木结构，其中的二十多根立柱粗大，需二人合抱。风水理论不仅在城镇、祠庙和民居的选择和布局上开始普及。

到了清代，特别是雍正年间施行"改土归流"政策后，湘西建筑有了很大的改观。当然在一些偏僻的大山中，仍有据险而居的情况。《辰州府志·卷七》中程封的诗说："悬崖生鸟穴，人篡筑巢居。百丈梯难上，五丁开不如。凭空渚茅断，俯瞰一江虚。疑是天上客，飞来有异书。"讲的是泸溪县沿江一带乡民多在悬崖岩洞内建屋，用以躲避战祸匪患。当时还有人形容"舟行仰望，缥缈若神仙之居"。在邻近县镇的乡村，一些民居依山而建，与自然融为一体。如同治《龙山县志》记载，说当地的八面山上，"民居数十家，或架树枝作楼，或两树排比作门，户至崖尽处则万树葱茏，环拥于外，若栏栅。然风气常肃肃，居民于四时不知有夏，山顶云气笼罩，非晴明不见。遥望山半庐舍鳞次，竹杉掩映，宛然壁悬画图，闻鸡犬声皆在天上……宛然若仙居一般"。湘西部分少数民族家庭开始建造木结构的楼房，随着家庭人口增多，也要求建筑空间扩大，于是出现合院式以及多院落的大规模建筑住宅，高度上朝多层发展，建筑平面与结构趋于复杂。尤其是汉族工匠大批迁入，带来了发达地区的建筑技术。《乾隆·永顺县志卷首》写道："自中兴以来，工匠日以千引，夫役以数千计。筑之登登，削之冯冯，声闻数十里外。而工师挟艺以来，效能献技。"在人口集中的县镇，"建城垣以壮金汤，则楼阁凌霄，雉堞荔汉，俨成都会之区。"同时学校、祠宇、衙署，桥梁，亭台等建筑也开始修建，车马驰运，烟柳蔚然。大部分土家住宅的改造皆由他们承担，同时汉族工匠把外地修建技术与土家的习俗和文化结合，逐渐形成了新的土家族建筑形式，如穿斗木房、转角楼等，也有大户人家全盘采用汉式台院住宅，即"窨子屋"，可谓"丹青甍（méng）瓦，恢宏壮丽，观瞻弥肃"。"窨子屋"在湘西的城镇目前保留很多，虽然历经数百年的风雨洗礼，但依然保持着明清时代的记忆和风格。

　　经过几千年的发展，湘西民族地区的建筑基本形成几大格局。从那些古建筑群中，我们可以发现湘西各民族具有不同的建筑风格。典型建筑有侗族吊脚楼、苗族吊脚楼、土家族转角楼和冲天楼（冲天楼指民居与亭阁结合，建在最上一层，高耸入天而得名，也称晾衣阁），独立木房、窨子屋、鼓楼、摆手楼、风雨桥、路亭等。在村寨影响力较大的有侗族的鼓楼和风雨桥、苗干栏式木楼、土家的摆手楼、戏台和路亭等本土原生的构建筑；在人口集中的城镇有窨子屋、吊脚楼等。

　　鼓楼是极具特色和美感的建筑，是湘西本土特色的建筑瑰宝，侗家称之为"堂瓦"，意思是公共场所。鼓楼立面可分为屋顶与屋身两个部分，屋身为柱子所围成的空透空间，屋顶由层层屋檐组成，形式丰富。屋檐层数为奇数。外观有密檐式、楼阁式两种，以密檐式居多。一般层层出檐。鼓楼的社会作用既是村落的活动中心，又是视觉焦点，集多重象征意义于一身，是聚落的标志。居住建筑围绕鼓楼与鼓楼坪大体呈向心式布局。据清代雍正年间有关资料记载：侗人"以巨木埋地作楼高数丈，歌者夜则缘宿其上……"。毗邻湘西的贵州玉屏侗族自治县的《玉屏县志》载："南明楼，即鼓楼，明永乐年间建。""其始以坚础，竖以巨柱，其上栋桷题

图 7-16　湘西侗族鼓楼

栌之类，凡累二层"。"邑治旧有鼓楼，创自弘治年间，规模宏壮，巍然为一，现岁久倾颓。"这里值得一提的是，明代邝露《赤雅》也记载到："以大木一株埋地，作独脚楼，高百尺，烧五色瓦覆之，望之若锦鳞矣。""遣村团或百余家，或七、八十家，二、五十家，竖一高楼，上立一鼓，有事击鼓为号，群踊跃为要。"可见明末清初已见于史册。

　　风雨桥布置在寨头、寨尾，周围有居民认同的聚落边界。风雨桥也叫廊桥，能避风避雨，通风状态好，视野宽阔，是侗族人聚会的好地方。后来又逐渐增加其他功能，如祭祀、聚餐、年轻人约会等等。风雨桥明代便有记载。风雨桥由下、中、上三部分组成。下部是用大青石围砌以料石填心呈六面柱体的桥墩，上下游均为锐角，以减少洪水的冲击。中部为桥面，采用密布式悬臂托架简支梁体系，全为木质结构。据统计，湘黔桂三省的侗族地区有风雨桥300多座，除国家级文物保护单位广西壮族自治区三江侗族自治县的程阳桥外，如湘西芷江的龙津桥、通道侗族自治县的回龙桥

图 7-17　湘西芷江龙津风雨桥

也很有名气。

摆手楼是土家族摆手祭仪的场所，由摆楼、摆场组成，土家族语称"耶挫"，即摆手堂。又称"廊场""鬼堂""神堂""土王庙"等，多为厅堂式或楼阁式建筑。摆手堂，又称神堂、土王庙。是土家族人民举行庆典和祭祀活动及文化娱乐的主要场所。由此可以看出，摆手堂是一处具有祭祀、庆典和娱乐等多功能的综合场所，是由神堂和场院等多种要素组成的具有土家特色的公共空间。在摆手堂内跳摆手舞，当然是最适当的。但跳摆手舞却不一定非得进摆手堂。事实上，当摆手舞从祭祀先贤的一项活动演化为土家人日常娱乐生活的一部分时，村寨里任何一小块坪坝皆可成为公共表演和全民参与的摆手舞场。摆手堂容纳的每一项活动也都是集体性的。祭祀先祖的集体仪式，男女老幼全民参与的摆手舞。以及丰收庆典等均离不开摆手堂这种内聚型公共空间。摆手堂，是土家村寨的日常活动中心，也成为土家乡民的精神中心。土家乡民向心围合，男女老幼应节而舞，是全民的参与，而无观与演的界限。所以摆手堂前的舞场既无舞台，也无看台。

吊脚楼可谓湘西较为原始的建筑形式，在土家族、侗族和苗族中普遍采用，在城镇和村落中都不难发现它们的身影。工匠们巧妙利用不同自然环境创造出多种风貌的吊脚楼：有市镇河街的吊脚楼、山区坡地吊脚楼、悬崖吊脚楼等多种类型。半楼半地面、半楼半水面的吊脚楼

图 7-18　湘西吊脚楼

栏在水平、竖向几个方向均可随机调整，可应付自如各种复杂地形。这种建筑形态，可少动土石方，又不破坏原生地貌生态。随着建筑文化的融合和创新，也不断产生新的建筑模式，如土家的井院式吊脚楼。

窨子屋在湘西的城镇较多。如洪江、乾城、新晃龙溪口等古镇多有。"窨"有两层意思：一是俯瞰的话，形状上较为方正，像一颗印；二是其天井狭窄高深，如同井窨，而窨即窨井的意思。

图 7-19　湘西小镇窨子屋

窨子屋一般四周用砖石围墙，中间以木材为架构，一般为两层，多的有三层，很多设置有天井。随着近代玻璃的普及，有的家庭屋顶上的瓦用上了能透光的玻璃瓦，也称"亮瓦"，改善了光亮度。窨子屋通常也俗称封火桶子，指其四面封闭高墙如铁桶一般。窨子屋的优越性为冬暖夏凉，独立住户，可防止盗贼，特别是兵荒马乱的时候。其弊端是一旦发生火灾，救火不易，因此需采取防范火的措施。当然，能修建窨子屋的往往是有钱人和商户。朱漆楼阁，雕梁画栋；明砖清瓦，庭院深深。能工巧匠把自己的技艺嵌入墙石坚固的建筑里，使它们有了活力、灵气和长久的生命力！

湘西的建筑是中华建筑文化的一个缩影，由于湘西地处偏僻，没有遭受较大的战乱，那些古老的少数民族建筑和建筑技艺得以幸存下来，它们是湘西历史的年鉴，诉说着过去的故事，记录着今天的风光，预示更加美好的未来，是了解湘西历史发展的活化石。

6. 神秘土司城

湘西有不少土司城的遗址，但有名气的是永顺老土司城、张家界的土司城等。永顺土司城遗址依山傍水，前有一条河流，名叫灵溪河，可见其神秘而美。遗憾的是土司城遗址只剩下了地基，再往上的右手边保留着一个苗寨，寨子里全是老式木屋。遗址静静地守候在灵溪河畔，浮动着几百年的繁华、透射出失落后的遗憾。2015 年 8 月 27 日上午，我特意造访了这个世界文化遗产，中午在遗址处吃了土家特色的午饭。

历史上，湘西彭氏土司曾三次迁移治所。第一次和第三次属于被动，第二次是主动迁移。唐代末年（910），彭氏在征服五溪诸蛮的"溪州之战"中取得胜利，当上了溪州地区的土皇帝，建都城于永顺酉水河畔的会溪坪。这一次的治所迁移，当然主要是迫于当时马楚政权的压力。最初溪州州治在何地虽难以考证，但从彭士愁"乃迁州城，下于平岸"等资料可以推测，溪州州治故地应在马楚政权不便控制的地方。因此，"溪州之战"后，马楚政权逼迫彭氏土司将治所迁到水路交通便利、便于接触的会溪坪。这次彭氏土司治所的迁移反映了马楚政权与彭氏土司之间实现控制和要求摆脱控制的暗中角逐。

到了宋代后，朝廷进一步加强对彭氏土司的钳制，修建了明溪、通望、连云等堡寨，据其要害，驻军把守，这就使得将治所迁移到酉水边上的彭氏土司直接面对着朝廷的压力。在这种情况下，彭氏土司开始退缩势力，转入谋求内部稳定发展的阶段。到南宋绍兴五年（1135 年），第十一世土司彭福石将治所从会溪坪迁往位于大山深处、灵溪河畔的老司城，这是减轻与回避外部压力的一种策略。老司城的另一个名字叫"福石城"，据说就与彭福石主持的这次治所迁移有关。这是彭氏土司的第二次治所迁移，此后600 多年间，永顺土司的治所一直在老司城。实际上，永顺的土司彭氏来自江西，虽然土司实行封闭的管理措施，但彭氏与祖籍江西交流频繁，带来了外地的建筑、耕作等先进的生产技术，至少应用在土司城及周边地区，对开发湘西起到一定的作用。老司城方圆数里，以山为城，有两口、四门、五巷、八街。据《永顺县志》载，经过彭氏土司 600 年左右的不断经营，老司城形成了"城内三千户，城外八百家"的繁荣景象。土司们在开拓生存和发展空间的同时，完善了土司内部的管理制度，建立和发展了土司文化，奠定了辖地的政治、经济与社会基础。清代土家族诗人彭旋铎作诗云："福石城中锦作窝，土王宫畔水生波；红灯万盏人千叠，一片缠绵摆手歌"。便是当时情景的真实写照。

清朝，雍正皇帝在全国范围推行"改土归流"体制改革，永顺土司的治所第三次迁移，由老司城迁于颗砂（今永顺县颗砂乡）。在颗砂设置土司行署，有记载可考的应为明朝中叶的永顺宣慰使司彭世麒（1492—1508 在任）所为。其后二百余年间，颗砂一直是土司及其幕僚处理政务、休闲娱乐的重要场所。末代土司彭肇槐于清雍正二年（1724 年）迁治于此后，这里便成了永顺土家族地区的政治、军事、文化中心。因此，颗砂便被称为"新司城"。这是永顺土司治所的最后一次迁移，土司制度由此退出了历史舞台。雍正六年，永顺土司彭肇槐自动献土，皇帝诏谕，改为流官，带着子孙离开湘西，回江西祖籍地方立户，延续了九个王朝计 818 年的永顺土司政权终于宣告结束。据说，末代土司彭肇槐离别老司城时，行至灵溪河畔，悲伤至极，跌落马下，扶起后长跪河边，泪流不已。他后被派到苗疆任参将，雍正七年（1729 年）调回到江西饶州继续任参将之职，后又到河南归德任参将，乾隆十三年（1748 年）才告老回乡。彭肇槐一走，老司城逐渐冷落萧条。

对新司城颗砂而言，位于灵溪河畔的土司治所就是老司城了，这就是新、老司城之别的由来。

老司城遗址在猛洞河的支流灵溪河畔，面溪靠山。遗址总面积 25 平方千米，城区面积 25 万平方米，地表上保留了体积庞大的城墙和建筑。老司城选择在一个偏僻贫瘠的山区，主要出于军事上的目的。自然环境构成了坚固的防御，环绕着城址，又有一系列险峻的军事关隘和防御设施。城址包括宫殿区、衙署区、街巷区、墓葬区、宗教区、苑墅区等几个部分。因这里地处大山深处，山高林密，河水灵秀，给人以舒适和安全感。从风水的选址上，老司城东枕凤凰山，左右依次并列泰平山和锡帽山，面对笔架山诸峰，有"万马归朝"之势，意为老司城就是万民朝拜的地方。传说土司在紫金山上发现"飞牙角"（山名）不朝"万马归朝"的老司城时，竟动用工匠花费三年半的时间给"飞牙角"凿一"天眼"，串上铁链、铁钩、铁锁，将之禁锢在老司城下灵溪河畔的铁柱上。为了防止被挖断龙脉，土司禁止在老司城开挖水渠，后来的"改土归流"运动也被传说成"挖龙脉"运动。

建造老司城时，在石材的使用上可谓匠心独运。城墙、城门、围墙、道路、过厅、天井、院坪、排水沟、码头以及牌坊、碑刻、柱础等，无处不用石头。除条石需要到采石场开采外，其他石料大多来自灵溪河滩上大小不一的鹅卵石。挑选石头可谓精心，不同用途的石头色泽上忌讳白色、崇尚红色。历经数百年风雨洗刷，这些石头被反复打磨，透出岁月的光彩。此外，在老司城遗址上还能看到石匠们凿出来的有着各种纹样的石器，这些纹案有一字纹、麦穗纹、横人字纹，它们组成了一幅幅几何图形或圆形方孔钱、葵花等吉利祥福的图案，与这里的人们朝夕相处。因而，将永顺土司文化称为"石头文化"也很贴切。创造了老司城"石头文化"的主人虽已远去，但留下了独特巨大的财富。1977年4月2日，老司城土司衙署遗址出土了一枚铜质的"永顺等处军民宣慰使司印"印章，印章为正方形，边长8.2厘米，高9.4厘米，重1300克，印章一半汉文篆刻，一半满文，印背面刻有正楷小字"永顺等处军民宣慰使司印，礼部造，康熙十九年二月七日，康字五千二百十六号字"等汉文和满文，它是土司城珍贵的佐证。2010年，老司城遗址被列为当年中国考古十大发现之一，引起了世人关注。

据统计，元代以来全国土司共有2000余家，永顺老司城是宣慰司级，保存最好，与周围的颗砂城、上河城、土司古道、石刻题记等文物点，共同构成土司时期的历史文化图景，具有很高的研究价值。

2015年7月04日，永顺老司城遗址与湖北恩施唐崖土司城遗址、贵州遵义海龙屯土司遗址联合代表的"中国土司遗产"被列入世界文化遗产名录。

目前保存完好的土司城，要算张家界永定的土司城。在这座城中，最引人注目的当数称为"九重天"的吊脚楼。这座高48米、共12层的吊脚楼，建造时整栋楼全是榫卯结构，不用铁钉，堪称土家吊脚楼建筑史上的奇迹，2002年9月被评为最高吊脚楼。吊脚楼由永顺土司王彭氏所建。土司王在管辖区域内有无上的权威，在湘西的三大土司王分别是桑植土司向氏、永顺土司王彭氏、慈利土司王张氏，其中又以永顺溪州土司彭氏实力最强。唯有彭氏分别在永定、永顺修建了两座土司城。修建这座湘西最高的吊脚楼，不过是为了彰显彭氏的地位。

在古丈县红石林镇，还有一叫"老司岩"的古村。老司岩东、北、西三面被酉水环绕，是连接巴蜀和湖湘的必经之地，曾为湘西土司的军事前哨。明朝后逐渐兴盛。老司岩村所处的地势宛如一把古老的太师椅，有人说左右山脉呈左青龙右白虎之势护住寨子，对岸青山绵延如黛，门前酉水清波荡漾，寨中古木参天。村内青石板路的两边，是高低错落的古民宅，有穿斗式四合院的，也有三柱四、五柱六、五柱八的，皆为木质结构。如今这里虽繁华淡去，然而，透过保留的古屋老巷、石板长街和千年古井，仍能让人看到千年的守望和风雨写就的历史和沧桑。

在土司管辖时，因永顺一带地处偏僻，环境恶劣，生产力落后，老百姓生活十分艰难。据《永顺县志》记载："永顺向隶土司，僻处荒隅，舟车罕至，聚族耕食，以养以生兹者。改设以来，米粟百货之值稍稍增矣。樵采之迹渐入穷岩，物力亦颇绌（不足，不够）矣。苟欲旁资输运，而千寻飞瀑之滩，一线悬崖之道，人径欲绝，费辙（同辄，zhé）不赀，……是以声教不通民生，其间卉衣木食，未识文物声明冠裳礼乐之制。"

那些林林总总的大小土司城，伴随土司们走过了数百年歌舞升平、繁华遗梦的日子。随着清代"改土归流"政策的实施，逐渐消失在历史的星空中。

7．芙蓉镇的过往

说到芙蓉镇，不得不先说说芙蓉。芙蓉是一种锦葵科、木槿属植物，原名木芙蓉，芙蓉花、拒霜花。芙蓉花花大色丽，为我国久经栽培的园林观赏植物。屈原的《离骚》说："制芰荷以为衣兮，集芙蓉以为裳。"取名芙蓉镇，可见其美。

芙蓉镇，以前叫王村，因电影《芙蓉镇》更名。芙蓉镇地处酉水之滨，过去曾是重要的码头，酉水由此往南注入沅水，最后汇入洞庭湖。

芙蓉镇是湘西的名镇之一，又有酉阳雄镇、"小南京"之美誉。西汉时王村为酉阳县治所，因得酉水舟楫之便，上通川黔，下达洞庭。自古为永顺通商口岸，素有"楚蜀通津"之称。

那天参观永顺老土司城后，我顺道去了芙蓉镇。一路小雨绵绵，坐在车上，只见两旁山峰突兀，雾气腾腾。想起清代乾隆永顺县志记载所说："王村以西，孔道怪石如林，奔涛怒吼……"沿途别有一番美感。车子经过了2个多小时的行驶，下午5点多钟我们到达芙蓉镇。

昔日王村四周是青山绿水，因舟楫之便而十分繁华。镇区内是曲折幽深的大街小巷，临水依依的土家吊脚木楼，一条从码头通往镇里的用青石板铺就的五里长街，处处透射着淳厚古朴的土家族民风民俗。

窄窄的五里长街，从岸边依山势蜿蜒而上，几步平路，几步石阶。街

图 7-20　永顺芙蓉镇

面全由青石板铺就，经过一代代人的踩踏，青石板被磨得十分锃亮光滑。记得小时候，我老家龙溪口的街道也是铺着这样的青石板，但在20世纪80年代就改为水泥路面了。难得的是这里的青石板还这么完好地保存着。

历史和自然环境赋予了王村太多的色彩和美感。沈从文在《白河流域几个码头》（酉水也称白河）一文中写道：

> 白河中山水木石最美丽清奇的码头，应数王村，属永顺县管辖，且为永顺县货物出口地方。夹河高山，壁立拔峰，竹木青翠，岩石黛黑。水深而清，鱼大如人。河岸两旁黛色庞大石头上，在晴朗冬天里，尚有野莺画眉鸟，从山谷中竹篁里飞出来，休息在石头上晒太阳，悠然自得啭唱悦耳的曲子，直到有船近身时，方从从容容一齐向林中飞去。水边还有许多不知名水鸟，身小轻捷，活泼快乐，或颈脖极红，如缚上一条彩色带子，或尾如扇子，花纹奇丽，鸣声都异常清脆。

沈老笔下的风光古朴雅致的情景，是现代人追逐的生活意境。而小说和电影《芙蓉镇》给古镇带来了新的经历。经过改革开放以来的发展，王村变成了芙蓉镇，石板街上，慕名来此徜徉的人多了，于是空气中洋溢过多的商业气息。

瀑布是芙蓉镇的独有的景点。那日因抵达芙蓉镇太晚，只好匆匆沿着标有"芙蓉镇"三个大字的牌楼那条主街道由上往下走。沿着窄窄的石板街道顺坡而下，不一会就到旧时的芙蓉老街上了。街道逐级向下延伸，两米来宽的街道两边错落着各种不同风格的老屋，仿佛向行人讲述曾经走过的岁月。沿着古镇下行，透过左手边的房屋间隔或窗户可见上方一宽宽的瀑布，瀑布分二级跳进入酉水，第二级瀑布下有一人行道，飞流像一道水帘，人可以走入瀑布里去照相，于是有人形容芙蓉镇是"挂在瀑布上的古镇"。

街道上有一展示影视的小屋，里面有"文革"时期的电影放映机、留声机、芙蓉镇的电影剧本和小说以及连环画，走进去会唤起人们对那段岁月的回忆。说实话，小说《芙蓉镇》我并未看过，但电影还有点印象。十年浩劫不堪回首。当地人说，拍摄芙蓉镇时，镇里变成了一条红彤彤的"语录街""标语街"；街道旁置放着"检举揭发箱"，街道上走着带上红袖套的民兵。

刘晓庆因在电影《小花》的出色表演成名，而电影《芙蓉镇》因刘晓庆饰演主角使王村更名为芙蓉镇，从此名扬天下。在街道两旁饮食店，米豆腐似乎是主题，把刘晓庆与米豆腐的关系超常发挥，米豆腐成为游客必品尝的地方小吃。这辣辣的米豆腐，其实湘西、湖南及其周边地区均有，不过在芙蓉镇变成特色美食了。

除了那款米豆腐，电影《芙蓉镇》的许多情节，充斥在芙蓉镇的街巷中。

在长街边有一永顺县的保护文物"福音堂"，是 1931 年英国人来此传教时修建的。这座"福音堂"现今为永顺县的民俗展览馆。这馆里，珍藏着国宝级文物：溪州铜柱。铜柱原立于王村附近的下溪州故城会溪坪。1969年因修建凤滩水电站，铜柱原址在淹没区内，便将铜柱迁至王村，并专门修建铜柱亭加以保护，后又迁入民俗馆内。据说，铜柱立在馆的中间，铜柱上的字迹清晰可辨，笔力遒劲秀丽。我深感遗憾的是，该馆下午 5 点闭馆，无缘一睹。

走出芙蓉镇，夜色浸漫。我想，我在芙蓉镇的最大收获是听到了那坠入酉水的大瀑布的轰鸣之声，看到了王村前进的历史足痕，品尝到了具有当地风味且清爽酸辣的米豆腐，而美中不足的是没有亲睹具有民族和时代厚重感的铜柱。

8．里耶读"秦简"

2015 年 8 月 30 日，早上参观乾城，午饭后约下午 2 点离开，慕名去看看里耶发现的"秦简"。沿着省道走了三个多小时，下午五点多才到那里。遗憾的是，前几天的暴雨淹了城市，导致博物馆关闭维修。我只好在博物馆周围转了转，在里耶古城走走，感受一下古镇历史文化。

里耶，在土家话中，其义是"一片被开垦的土地"。土家先民在此由渔猎转向农耕而得名。从已发现的多处文化遗址来看，远在新石器时期，这里就有人类居住。它上通巴蜀，下达辰沅，是湘鄂川渝的咽喉之地，也是湘西山区贸易走向世界的第一站。由于其水路发达，形同蛛网，自古以来，就是一座闻名遐迩的水上码头。

历史深处的遗存使里耶再度声名大噪。2002 年 6 月，在这个小镇的古城遗址 1 号井，发掘出秦代竹简共 36000 多枚。据专家考证，竹简上记载的主要内容是秦代洞庭郡迁陵县的档案，包括祠先农简、地名里程简、户籍简等。里耶秦代简牍的发现，学界认为它是继秦始皇兵马俑之后秦代考古的又一重大发现，重塑了里耶的辉煌历史。这里出土秦简，说明这一地区在秦代时生产力发达、文化繁荣和政治制度的完善。由于里耶濒临酉水，酉水支流其外围是澧水、沅水、贵州和怀化的五溪流域以及重庆乌江流域。有专家提出以里耶为核心的古文化保护圈，通过里耶的考古工作，可带动周边相关的考古学文化研究。

图 7-21 里耶古城遗址

　　看到颇有秦汉风姿的"秦简博物馆"，不由联想到古人山中伐竹，制作竹简，在其上书写篆文的情景。一片片竹简，把远古的遗风、国家政体的运行、民间的习俗等展现在我们眼前。

　　由于秦简博物馆闭馆，于是踱步来到里耶的战国古城故地，它始建于战国时期，沿用至汉代。故城位于酉水河边，看着尚未青绿的河水，不由联想起两千多年的秦朝，这个黔中郡管辖的酉水码头的繁忙景象。古城遗址临河而建，面积 2 万余平方米，包括城墙、城壕、井、道路、作坊、签署及贫民居住区等。城池的形制、结构和布局都很讲究，从挖掘出来的城墙城壕，下水管道、筒瓦、古井及竹简、木牍、铜器、铁器、陶器等大量的出土文物来看，当时人们的生活设施及军事设备已相当完备。古城的"一号井"，因其内发现了 3 万多枚秦代简牍而被考古专家们称为"中华第一井"。继里耶战国古城发现后，又在里耶镇麦茶村发现战国古墓群，在大板村发现西汉古城址和规模宏大的汉墓群。麦茶村的战国古墓群分布

图 7-22　里耶秦简博物馆

面积 4 平方千米，出土了剑、戈、印章、镜、磬、铃等青铜器，以及陶器和玉器等。其中巴氏柳叶剑铸造精良，被列为国家一级文物，誉为旷世奇珍。

古城遗址不远处便是里耶古镇，凝视古镇中一栋栋历经沧桑、风姿依旧的明清建筑，恍如在细细地品咂着一帧意境悠远、古风犹存的风俗图画，令人思接千载，感慨万千。经过历代的发展，到了宋代，里耶变成了重要物质集散地，成为酉水流域建镇最早、规模最大、贸易最为活跃的经济重镇。里耶土著人以土家族为主，明代时有八部庙（即土家大摆手堂）、婆婆庙、土王祠（即土家小摆手堂）等祭祀性建筑。但古镇真正成形于清代初期。在清雍正改土归流以前，清雍正七年以后取消了"汉不入境"的禁令，大量汉人迁入里耶经商，先后兴修了文昌阁、雅麓庵、万寿宫、关帝宫、水府宫、青平寺、龙吟寺等。镇上形成中孚街、稻香街、辟疆街、万寿街、江西街、四川街和德邮巷等七街十巷的布局，每条街道都可直通酉水河的码头。古镇上当时商铺鳞次栉比，商号招牌林林总总。沿街望去，铺台货柜上，南北杂货、琳琅满目。每逢赶集，来自湘黔渝鄂边境的民众云集，热闹异常，一派繁华景象。从水路看，古镇居酉水北岸，沿岸有上、中、下三处码头，每天停泊的船只近 200，多为乌篷船，大小不一。一到晚上，水上灯火与岸上灯火交相辉映，形成古镇独特的风景线。

据记载，民国时期里耶商业经济发展的鼎盛时期，全镇经商在册的就达 400 余家，生意十分兴隆。那时，五天一赶集。遇到旺季，来自四省八县的人数逾万，人谓"日客九千，夜宿八百"，小镇的繁华可见。1919 年，里耶商会正式成立。商会的产生，拓宽了里耶的信息通道，通过酉水，连通了上海、武汉等地的经商渠道，扩展了贸易舞台。商贾们纷至沓来，在里耶定居经商。上海等经济发达地区的新物品进入湘西，而湘西及周边省市的桐油、棉纱、牛皮、生漆等土特产源源不断地输送外地，市场越来越大。由于江西人善做买卖，享有盛誉，故有"无江西不成码头"的说法。20世纪 30 年代，沈从文先生描述了里耶的情况："白河上游较大水码头名'里耶'，川盐入湘，在这个地方上税，边地若干处桐油，都在这个码头集守高处，可望川湘鄂三山，如一个桶形，周围数百里，四面陡峭悬绝，只一条小路可以上下。"

行千里却没有机会进秦简博物馆终归是遗憾。晚上赶回了保靖，住进红十字宾馆。接连几天，里耶的印象依旧是那么深刻。

9. 边城茶峒

茶峒是令人怀想的地方。"茶"在当地苗语中是"汉人"的意思，"峒"指山间盆地，茶峒是"汉人谷"之意。茶峒属花垣县，即沈从文小说中的边城。茶峒坐落在雄奇挺拔的崇山峻岭中，古色古香的明清建筑，清澈宁静的清水河从城中穿过，构成了丰富多彩的旅游风光。在沈从文笔下，20世纪30年代的茶峒是吊脚楼鳞次栉比，清水河悠然流过，给人一种宁静温和之感。我和大多数人一样是从沈从文的小说知道边城茶峒的。几次想去看看，由于时间不巧没有成行，2015年8月底终于有机会到此。

连接洪安与边城的公路桥跨越的虽然不过是百十来米的清水江，但三个省市的距离似乎跨越了数千年。桥两端都修了门楼：洪安门楼上书"渝东南第一门"落款是"重庆市人民政府"，有人认为是门小口气大。再往里走几米还有一石牌，上书"四川东南门户"六个大字，两边小字为一对联："车行万里今登天府，足下咫尺先入秀山。"在右手边几十米有一刘邓大军"挺近大西南"的纪念碑。而湖南的边城茶峒的门楼像宫殿的城门，书有"边城楼"三字，颇有气势，门大字少却显示着历史与文化的自信。

到达茶峒是上午10点左右，随即坐船去了三省闻鸡鸣、翠翠岛。清水江将湖南、四川（现为重庆）和贵州三省分开。在江边还立了一块石头，上书"三省闻鸡鸣"的繁体字，意思是三省紧邻，公鸡打鸣三省都能听见。与我们同船的有四位从杭州自驾游的男女，他们对这里也赞不绝口。

茶峒筑城始于清嘉庆八年（1803年）。为什么茶峒叫边城呢？因为它被三座山包围着。九龙山属于贵州，凤鸣山属于重庆，香炉山属于湖南。这里有三条河：清水江、洪安小河、茶峒八排小河，三条河形成了一个洲，过去叫那个洲"三不管洲"，人们于是把茶峒叫"边城"了。

　　茶峒历史悠久。2001 年，考古专家在意外在茶峒老街地下的一个考古探方里，发现 12 个文化层，透露了不同历史时期的社会文化信息。发掘出的旧石器时代、新旧石器时代的刮削器、砍砸器等，这些器物在选料、石器加工技术、石器组合等有着鲜明个性，表明 1 万年前这里就有人类活动了。同时还发现商周时期的釜、罐、煲等遗物，汉、唐、宋、代的陶片，明清时期的瓷片等，这些遗物组成了茶峒历史发展的链条。

　　"茶峒"因沈从文的"边城"一文其地名被改为"边城"。《边城》故事里的主人翁翠翠的命运十分感人。沈从文在文中写道："由四川过湖南去，靠东有一条官路。这条官路将近湘西边境到了一个地方名为茶峒的小山城时，有一条小溪，溪边有座白色小塔，塔下住了一户单独的人家，这人家只一个老人，一个女孩子，一只黄狗……"如果循着当年沈从文的笔触去找，那个故事里的人与物早已时过境迁，踪影难觅。

　　茶峒也是湘西四大名镇之一，自古以来就是军事要地，在清初属保靖土司管辖，到清嘉庆元年正式建置，嘉庆八年（1803 年）建城修墙，并设置了湘西"四协"之一的茶洞协，协是军政机构，成为清朝政府实行苗防屯政的军事要塞，到民国才撤协建镇延续至今。据当地人老人回忆，茶峒过去有四大门，沿着清水江的街道叫河街，靠近吊脚楼有一码头，旁边有一塔，就是沈从文先生笔下的白塔。当年茶峒古城全由青石筑就，走在茶峒的街上，还会发现当年的驻军营房。因为水路交通方便，加之有驻军，茶峒的商埠也很多，曾经繁盛一时。沈从文在民国初年随部队迁徙来到茶峒，邂逅了这里的人物、风景和故事，于是有了笔下翠

图 7-23　边城茶峒的"三省闻鸡鸣"碑刻

翠母亲和屯防军人的爱情故事。从明清到民国，从上游贵州松桃等地放下的木排，每会集在茶峒的码头，绵延几里，船只和木排几乎阻断了河流，一时间盛况空前。抗战时，茶峒是大后方，全国各地迁来的银行、工厂、学校、商会、部队等在此聚集，增添了茶峒的繁华。

今天，茶峒早已换了新颜。桥头旁边有仿旧的"边城车站"，每天来往于花垣县城（约25千米）的班车，载着当地人和游客，在这里上上下下。临水一面的码头建起了由木头构建的沿河观光带，但过去的沿河吊脚楼所剩无几。

也许有些来茶峒的游客心里是为寻找《边城》中的"翠翠"，有趣的是过去的"三不管洲"如今变成了"翠翠岛"。占地面积15亩的岛就像一条搁浅的大船停在河中间，岛上有著名美术家黄永玉设计的"翠翠"雕像，白色，高9米，她牵着一条小狗，站在"船尾"，凝视着水流的方向，默默地等着二佬归来。此外，当地还有刻着百位书法大师抄录的《边城》碑林，用钢索摆渡的"拉拉渡"船。

茶峒与凤凰城相比，至少没有凤凰的喧闹。它宁静甘醇，山水一体，人文历史厚重，有一种世外桃源般的美丽，令人回味和想象的空间深远。《边城》便是在这里实地拍摄的。来过这里，便难以忘却那条清水江、江上古朴的"拉拉渡"和那摆渡少女翠翠的洁白雕像。

我好奇地问了下当地人租住吊脚楼的房价，他们回答是大约每天100元左右。于是我作了一个长远的决定，有机会一定来这里住上十天半月，静心享受一下边城的神秘、静谧和自然和谐的风光。

从边城茶峒，不妨引申来看看花垣县。花垣县可以说是湘西苗族人聚居的中心。湘西

图 7-24　翠翠岛

苗族主要分布在吉首、花垣、凤凰三地，花垣县苗族人最多，县境内的吉卫方言为我国东部苗族的标准音。原管辖之地叫永绥。"永绥"，便是永远保持地方平静的意思。

《永绥厅志》记载说："花园，即今治也。旧为保靖宣

图 7-25　边城茶峒的"拉拉渡"

慰司花园，有妆楼镜阁之胜，杂植各色花卉，春来烂漫似锦，与姬待游宴其间，女士往观不禁……康熙中曲阜孔尚任来游此园观演所制桃花扇传奇，极欢而散。"相传，康熙帝对《桃花扇》中流露出来的反清情绪大为不满，不久孔便被贬职下江南治水，曾沿着酉水来到保靖，被土司邀游花园留下了这段佳话。

花园又为何变为花垣的？因原永绥厅治吉多坪属于"孤悬苗地"，经常遭受苗民义军的袭击，不利战事和供给，清嘉庆元年（1795 年），于是拨银万余两，在花园寨旁，新建石城一座，各曰"花园石城"，嘉庆三年石城竣工。嘉庆七年（1802 年），永绥厅署由吉多坪迁往花园石城。这座新石城周长 573.6 丈，高 1.3 丈，底宽 0.9 丈，顶宽 0.6 丈，开东、南、西、大北、小北 5 座城门，分别刻有"太平""归化""迎恩"等门号，并建有城楼，城有垛口、炮台。嘉庆五年，在东、西门外又各增建一座护城，俗称"小城"。由于墙、壁与垣同义，而堳是城垣的意思，花园的"园"逐渐演变为花垣的"垣"，实与这座新石城有关联。

花垣县最富有的是矿产，已探明矿产 20 余种，锰矿探明储量居湖南省之最，全国第二；铅锌矿探明储量居湖南省第二、全国第三，有"东方锰都""有色金属之乡"美誉；2011 年初步探明铅锌矿远景储量 1300 万金属

吨，是全国有名的铅锌矿基地，花垣的快速发展大都来源于此及相关产业。当然，花垣除了茶峒还有丰富的旅游资源：排吾的石栏杆，鬼斧神工，形态各异；幽静的古苗河，沿山谷流淌，小船划破倒映在水中的青山，宛若流动的诗画；麻栗场的尖岩直插云天，小龙洞瀑布、大龙洞瀑布飞流直泻，似天上降落的条条白练……

黄永玉曾写道："花垣、花园、花垣是湘西的花园。"从最早的取名开始，就对它寄予了最美好的希望。看来，花垣不叫花园胜花园！

10. 古辰州沅陵

沅陵市隶属怀化市管辖，是一个历史厚重的地方，历史上多次为湘西的行政管理核心。秦代时沅陵是"黔中郡"的治地，也就是当时湘西的首府，其故城在县内太常乡窑头村。考古发现，古城遗址占地面积达11万平方米，曾相继出土了大量的秦砖汉瓦和鬲、钵、豆、罐壶及铜戈、铜剑、铜箭镞等兵器。隋文帝以"沅陵郡多杂蛮左，其僻处山居者，则语言不通，嗜好居处全异"（《隋书·地理志》），于是废沅陵郡，"置辰州以处蛮"，更名为"辰州"，其管辖地跨越大湘西，甚至到了今重庆、贵州，所以沅陵可称为湘西的古都。何谓"沅陵"？"沅"是水流，"陵"是山丘。沅陵有美丽山川，武陵、雪峰两大山脉雄聚于此；沅江、酉水相汇于此，自古物产丰富，享舟楫之利。沅陵有深厚的历史文化沉淀，"书通二酉""学富五车""马革裹尸""夸父追日"等成语都出自这里。沅陵有浓郁的少数民族风情，传说盘瓠、辛女在此创世，传统赛龙舟、椎牛节、跳香节等习俗在此诞生，赶尸、放蛊、辰州符曾在此盛行。沅陵的文物古迹也不少，有黔中郡遗址、秦代二酉藏书洞、唐代龙兴讲寺、明代虎溪书院和辰州三塔、幽禁张学良将军的凤凰寺等。

古辰州沅陵城内的旧景，可从清代桐城人石文成的竹枝词可见一斑："辰州府城路高低，满城石磴层层梯。城外竹鸡啼不住，见人飞入竹林啼。"沅陵的山水之美，古人更是赞美有加。大家熟知的湖广总督林则徐于清嘉庆二十四年（1819年）六月，出巡经沅陵，在辰州府住了三天，写给知府张明一副楹联："一县好山留客住，五溪秋水为君清。"对沅陵风光给予极高赞誉。

"一县好山"，可见沅陵山之雄奇秀美。我们不妨欣赏沅陵几处"山名有典故，处处有风景"的山。按历史久远排序，首推是夸父山，来自神话"夸父追日"。传说"夸父追日"时，曾在这里留下三个巨大的撑锅石。明代冯梦龙在《古今谭概》说："辰州东有三山，鼎足直上，各数千丈。古老传曰：邓夸父与日竞走，至此煮饭。此三山者，夸父支鼎石也。"说的是远古时代有一年，天大旱，太阳烤焦了庄稼，晒干了河水，夸父发誓要抓住太阳，不让它损毁庄稼。太阳刚从东海露出，夸父就驱着大象追赶，追到沅陵的五强溪时，又累又饿，于是就在沅江边上支鼎做饭。奇怪的是，肩上的扁担刚着地就立即变成了崖石，世人称之为"扁担崖"，大象停留吸水则变成了如今的"象鼻岩"，支锅用的三块撑锅石变成了三个大山堡，于是得名"夸父山"；而煮饭时溢出的米汤变成一条小溪，人称"米汤溪"，至今溪水仍然像淘米水一样浑浊。"夸父山"山顶上的植被被誉为绿色丹霞，已被定为省级森林公园。如果天气良好的傍晚，从对面看"夸父追日"时留下的"撑锅石"景观，山体在落日余晖的映照下，倒映在江中，真是美极了，乾隆年间的进士顾奎光在《夸父山》一诗中赞道："连峰势辐辏，鼎峙互峥嵘。"令人深深佩服古人丰富的想象。

其次是二酉山。山因酉水和酉溪在此汇合而得名，起

图 7-26　夸父山

图7-27 沅陵二酉山

伏的山梁如同书页，又有"万卷岩之称"，"学富五车，书通二酉"成语出典于此。相传远古尧舜时代人善卷，居常德德山枉人山（或称枉山）隐居，尧帝南巡北归时曾向善卷求教。后善卷隐居于二酉山，教当地人知二十四节气与农作稼穑。后来，发生秦始皇"焚书坑儒"，儒生们在焚书坑儒后藏书于此。这一传说，使得自汉朝时就已名满天下，成为一座读书人向往的文化圣山。后人认为，"二酉藏书"藏书处应在沅陵县城西的酉水汇入沅江处的二酉山。那里的石山洞口树立四块石碑，上刻"古藏书处"四个大字。二酉山风光秀美，文化气息浓厚。山不高却十分陡峭，需要有毅力好勇气才能登顶看到最好的风光。康熙年间进士、官至左都御史的刘谦曾有诗写道："层岩叠岫插青云，直扑岣嵝玉洞分。若说秦龙书尽废，空山万卷不曾焚。"因此，到沅陵来登二酉山也就成了古今很多读书人的心愿，他们来此祈福求学，希望能考取功名。据说，至今山下的村庄因受二酉山文化的感染，重读书求功名，成了几乎户户都有专家教授的"教授村"。

三是壶头山。此山位于沅陵的沅水清浪滩南岸，山形似壶头，也说是因东海有壶瓶山而得名，又名葡萄寨。壶头山是东汉马援征"五溪蛮"的屯兵之地，成语"马革裹尸"出此，因此名扬天下。古时壶头山为沅陵的外八景之一，有"壶头映月"的美誉，加上这里有沅江上最凶险的滩涂"清浪滩"，浪腾雾起，水鸟鸣飞，古代上行船过滩涂时必用纤夫拉引，号子声与浪涛声相呼应，场面动人。清康熙年间曾任沅陵县教谕的向兆麟在

《酉江竹枝词》曾描述到："滩高水浅石嵯峨，曳纤蛮儿裸体多。牢系船头齐上崖，咚咚打鼓祀伏波。"清浪之险、纤夫拉纤、打鼓祭祀伏波以求平安的场景在诗中尽情体现。

最后看看凤凰山，相传常有凤凰在这里栖息而得名。凤凰山与沅陵县城隔江相望，下临沅江，山势奇异，风光秀丽，为沅陵著名的古八景之冠。清代张志遥游凤凰山后，写下了"晴峰缥缈出云端，野径迂回绕曲栏，人向绿荫深处去，隔江指点画中看"的溢美之词。1938年，张学良将军被蒋介石幽禁于凤凰山，山上凤凰寺是他被囚禁时居住之地。抱负难以施展的他，也写下很多文章诗句，其中的诗词"万里碧空孤影远，故人行程路漫漫，少年渐渐鬓发老，唯有春风今又还"，大大提升凤凰山的影响力。山上于1986年在纪念西安事变50周年之际，修建了少帅的雕像。山的标志石"凤凰山"三字为著名经济学家厉以宁所题写。厉以宁抗战期间随父母来到沅陵，并在这里读到高中，从沅陵一中考入北京大学，成为一代经济学大师。

沅陵的山，虽没有张家界的山那么雄奇，但秀美宁静有掌故有书卷气，值得去品读一番。而沅陵的人文名胜，在湘西也是首屈一指的。

在名胜古迹中，保存完好的要数龙兴讲寺了。该寺创建于公元六百二十八年，是唐太宗李世民敕建，比岳麓书院还年长数百岁，是世界上现存最古的学院之一，被称为西南第一国寺。以龙兴为名，喻帝王之业兴起且旺。沅陵地处五溪蛮地，修建这一讲寺目的是弘扬佛法，教化当地百姓。"龙兴讲寺"倚山而建，寺的正门，在沅陵县城西北角的虎溪山麓，外观呈黄红色，寺庙显得不那么宏伟大气，但它为国内唯一留存的讲寺，是中原王朝教化大西南蛮族的佛儒合一的"国学佛寺"，也是湖南省现存最古老、规模最大、保护最完整的寺庙。唐太宗亲自诏书的"敕建龙兴讲寺"的石碑坊如今仍屹立在山门上。据传唐玄奘的大徒弟窥基法师"带着一车美女、一车美酒、一车经书"的"三车法师"开光任住持，为寺庙留下一种特别的人文风韵，因此它也成为国内唯一有西游记四大人物雕塑的寺庙。龙兴讲寺历经一千多年洗礼，奇迹般保存至今，实属不易。在湘黔边陲这幽雅的环境中潜心研读佛学等，对于贤者达人来说是人生之幸事和美事。

图 7-28 龙兴讲寺

明代大学者王守仁自龙场谪归经过沅陵，特地接受辰州学子之邀，在寺内讲授"致良知"和讲习心学，开启儒学文化的又一时代。他在寺内留下提壁诗一首："杖藜一过虎溪头，何处僧房问慧休。云起峰间沉阁影，林疏地低见江流。烟花日暖犹含雨，鸥鹭春闲自满州。好景同游不同赏，诗篇还为故人留。"现寺庙的竹树林里，有王阳明的斜卧石雕像。

"龙兴讲寺"构建的图案设计据传有许多讲究。讲寺大门上的浮雕式飞龙在天为五龙五爪，一般庙宇不敢如此，龙兴讲寺因是李世民敕建，并作为皇帝行宫营建的，故有五爪龙浮雕。中间走的石道分为五道，叫五子登科，中心道是皇帝走的，两旁是官员走的，最边旁是百姓走的。据说内门楼是皇后娘娘李梦娇捐建的，内大门上雕刻有双凤朝阳图。李梦娇是沅陵北溶人，还是一般妃子时，省亲到龙兴讲寺烧香。庙里长老见其面相说："贵妃大富大贵，必将母仪天下。"后做了皇后，来还愿时，赏赐了方丈黄金丝与蚕丝织就的千佛袈裟。这袈裟上绣有 999 个佛像，方丈穿上，便是 1000 个大佛，所以叫千佛袈裟。

"龙兴讲寺"建筑为无钉无铆的木质结构，共有 14 座建筑主体，体现了唐代的建筑特色，后因历朝多次重修，修葺遗迹尚存。主要建筑物大雄宝殿前上方有一黑色木匾，匾上"眼前佛国"四字据说为明代书画家董其昌的真迹。有故事说董其昌患有眼疾，去云贵考察途经"龙兴讲寺"。方丈懂医术，便提出帮他治疗眼疾，希望董留点墨宝，董应允了。几天后，方丈把董其昌请到大雄宝殿一摆有笔墨纸砚的桌前，拆开蒙在董其昌眼上的药布，董顿觉眼前一片光明，而此时大殿内香雾腾腾，香客众多，他顿生感触：眼前便是佛国净土啊！于是一挥而就，写下了"眼前佛国"四字。

大雄宝殿是纯楠木建筑，殿内有 24 根两人合抱的楠木柱，是唐朝时梭子柱，两头稍细些。而最叫人感慨的是底下鼓形石基上，还有一个薄点的鼓形柱础。竟然不是石头，而是楠木雕刻的，是为了防止柱子吸收潮气而腐朽。该殿虽经明、清多次修葺，但其主体木构架、柱、梁、枋等，经国家文物局、文物保护研究所派员对大殿木柱标本进行碳 14 测定，确定标本年代距今 745 年（+60 年），树轮校正年代距今 720 年（+65 年），皆系唐代遗存。大雄宝殿中的镂空石刻讲经莲花座，玲珑剔透，甚是精美，相传为明代所制，为国内罕见。

龙兴讲寺修建后，对此后 1000 多年大湘西的文化交流与发展，发挥了重要的影响和作用。其后的著名文人贤者如李白、黄庭坚、王昌龄、董其昌、王守仁、林则徐等，及现代名人沈从文、周立波、翦伯赞等，纷纷到过这里并留下墨宝。

图 7-29　龙兴讲寺内眼前佛国大殿

……

沅陵，正如沈从文先生所说："是一个美得令人心痛的地方。"

2014年9月30日，我曾到沅陵调研。此行，使我看到了沅陵厚重的历史文化，也萌动了我写此书的初衷。

11．舞水边上的沅州

舞水是沅江的支流之一，从贵州流入湘西的第一个县便是新晃县。新晃位于云贵高原的边界，县城在龙溪口古镇。逆舞水而上，便到了贵州玉屏县。新晃与贵州玉屏、天柱、万山等县交错接壤，所以是真正的"黔滇门户"。由于新晃地理上在湘西的最西端，所以可称为"湘西之西"。

新晃旧称晃县，古称晃州，县治在龙溪口镇。在据史料记载，龙溪口人气聚集始于明代，最初是日中为市。到清代同治年间，因贩卖五谷的商贩聚集于此，逐渐形成了五天一赶的集市。随着岁月的递嬗，来自贵州、江西等省的商贾，沿舞水运来各种物资在此贸易，形成了湘黔边境较有影响的集市，龙溪口的名气也越来越大。清代梅峄曾用"地接滇乾通百货，人传朱顿敬千扉"来形容当时情景。清代吴帮统的《舞水赋》，其中写进入湘西新晃的一段，古韵犹在，真实感人："……，绕乎晃城，贯乎南省；春潮涨龙溪之上，王昌龄离思悠悠，明月照夜郎之西，李太白愁心耿耿；至于渺澜芷水之滨，滉漾桃花之渡，绿波拍岸，临流挹美人之风，红树迷津，倚舵问神仙之路，盖缘人杰而地灵。……迨至龙标而下，全注入沅江，而底（抵）洞庭之南，并吞于云梦，萦村绕郭，漾渚迴汀，偕五溪而汩汩，包二酉之亭亭，鼓枻（yì）巫山之阳，杨帆潇水之北……源流所在，按其脉络之形，洵山高而水远。不谬乎道元所注之经者也。"1934年，沈从文游历晃县，他在《沅水上游的几个县份》一文中叙述晃县当时的情境："由芷江往晃县，……小小的红色山头一个接连一个，一条河水弯弯曲曲的流去，山水相互环抱，气象格局小而美！读过历史的必以为传说中的古夜郎国……晃县的市场在龙溪口。公路通车以前，烟贩、油商、木商等客人，收买水银

图 7-30 新晃龙溪古镇

坐庄人，都在龙溪口做生意，地方被称为'小洪江'。由于繁荣的原因和洪江大同小异，地方离老县城约三里，有一段短短公路可通行，公路上且居然还有十多辆人力车点缀，一里两毛！……湖南境的沅水到此为止，自然景物到此越加美丽！"沈老这段简练的文字，精致地概括了晃县和龙溪口的历史、商贸及山水之美。

　　往历史的深处回溯一下，新晃龙溪口的悠久和地理环境有着独特魅力。1987 年，距龙溪口不远处的兴隆乡柏树岭村大桥溪潕水河岸边最先发现了湖南旧石器时代中期的遗址，表明距今 10 万—5 万年前有先民在此生息劳作，他们也许是典型的"侗古佬（侗族）"了。从上古到民国时期，这里虽不是什么"凤凰歌舞地，龙虎战争场"，但出土文物和史料证明，侗、汉等民族在这里不断地耕耘，携手推动了社会的文明进步。我曾于 1990 年从家乡的废品中淘得一青铜刀鞘装饰，正面是以云雷纹为底的鸟头蜻蜓身图案，考证为春秋战国时期的遗物。秦代这片山水属黔中郡，汉代至晋代属武陵郡。唐贞观八年（634 年），这里设置了夜郎县，始设建制。唐贞观十五年，在境内少数民族聚居区凉伞设立晃州，成为西南 51 个羁縻州之一。据《宋会要》记载，宋代淳化二年（991 年），酋长田汉权因获得古晃州印献给朝

图 7-31　今日龙溪古镇夜景

廷被封为晃州刺史。宋熙宁年间，因酋长田元猛不服从宋廷统治，朝廷收复晃州，取消建制，归入沅州卢阳县（今芷江）。其后，晃州的管辖权几经变易，到明代属沅州，仅设置晃州巡检司，清嘉庆二十二年置晃州直隶厅，民国二年（1913 年）首次设置晃县。据说，选中老晃城作为县治（署衙门）是采用老办法：取老晃城等地的同等体积的土壤，用秤称重，结果老晃城的重量胜出，于是老晃城便成了县治所在地。1936 年 1 月，贺龙带领红军途经晃县，在龙溪口驻扎三天，司令部就设在我外公杨利川家隔壁的"春和瑞"商号里，这里召开的"龙溪口"会议为侗乡留下了红色的种子和希望。抗战期间，梁思成与林徽因夫妇在前往西南昆明时，因林徽因染病在老街的云阳客栈住了一个多月。如今，这两栋建筑犹存。新中国成立后，这个以 80% 以上的侗族为主、有 20 多个民族组成的"晃县"更名为新晃侗族自治县。

新晃产的朱砂（辰砂）在宋代时很有名气。北宋寇宗奭于公元 1116 年在他编著的《本草衍义》中谈道："晃州亦有，形如箭镞。"朱砂的结晶体像聚集的箭头，表明出产的是"白云砂""黑辰砂"之类的宝石类朱砂。从明、清到民国时期，龙溪口一带朱砂的开采、冶炼和贸易尤为兴盛。

清代记载的"仙阁飞云""狮岩耸翠""南屏钟声""东郊柳色""龙市晚归""波州春望""学景活泉"和"印台古迹"等八景令人向往，为那时游人墨客抒怀养性之佳境，因沧桑巨变，已大多消失。当年的"南屏钟声"为坐落在老晃城舞水南岸高坡上的松林寺，从下到上有 999 级"之"字形石梯，寺内有大大小小的雕琢精美的佛像。在龙溪口，曾有"镇江阁""灶王庙"等建筑，听说还有"太白读书台""吴三桂军师陈海潮墓"等遗迹，除"灶王庙"尚存外，其他已消失在历史的烟尘中。

龙溪口主要有两条街，一条叫"正街"，一条称为"老街"。"老街"称其老，起码也有三四百年的历史了，整条街全长不到四五百米。老街的两旁由明清时期陆续建设的窨（yìn）子屋组成，窨子屋大多用石头作基，四周是厚厚的砖墙，冬暖夏凉，是经典的商用民居。老街的中间是一条宽约三米的石板道，道路中间是石板盖住的下水道，经过几百年的人来人往，青石板光洁

图 7-32 龙溪古镇的窨子屋

铮亮。我记忆深刻的是那座万寿宫建筑。万寿宫也称旌阳祠，它建在坳上的下面，万寿宫内为木式建筑，木柱之大，须两人合抱。宫内有一比成人还高、重数百千克的焚香炉。万寿宫建于明末，为来此经商的江西人捐资所造，以纪念江西的地方保护神——俗称"福主"的许真君。在此修万寿宫，还有祈福和镇龙溪口洪水的意义。在万寿宫门口两边，有两块高约一米多的石碑，上刻有捐建万寿宫人的名字。今天的龙溪口留存明清时代的古建筑仍不少，这与新晃加强对龙溪口的历史文化和古建筑的保护是密不可分的。

从新晃沿着舞水而下，便到了历史名城古沅州——芷江。芷江是历史文化名城，尤其因抗战胜利时日本在此洽降而闻名于世。芷江曾称沅州，历史文化久远而丰富。1980 年，该县新店坪乡出土了 4 件东周时期的青铜器，其造型逼真，铸工精细，说明当时铸造和工艺水平很高。芷江之名来源于诗人屈原"沅有芷兮澧有兰"的诗句。芷江自汉高祖五年（公元前 202年）置县，县城所在地芷江镇六度为州府治所在地。

芷江的龙津风雨桥很具民族风情，天后宫的建筑独具特色，是内陆最

大的妈祖庙。据考证，龙津桥明代万历十九年（1591年）由名僧宽云带头捐建，是来往于湘黔的交通要塞，被称为"三楚西南第一桥"。桥岸有一段约300米的堤岸保存完好，应该是明万历年间龙津桥建设的配套工程。自明朝以来400多年间，各朝各代注重对桥和大堤的保护和修复，以致龙津古堤、龙津桥和河西码头能够存留至今。1999年，龙津桥再次动工重修，修复后的龙津风雨桥全长146.7米，宽12.2米，为当今世界第一大风雨桥。走在芷江的古堤上，令人想起芷江的往昔；看见用于修建芷江机场的巨大的圆柱石碾，眼前会闪现起当年援华飞虎队战士驾机出征的身影。天后宫建于清朝乾隆十三年（1748年），占地3700多平方米，宫中有戏台、正殿、观音堂，左为财神殿，右为武圣殿和五通神殿，建筑结构完整。很有意思的是，芷江的文庙里有一副龙凤颠倒图，芷江文庙设计与建造年代，正是慈禧太后把持朝政"垂帘听政"时期。据同治年间编修的《芷江县志》《沅州府志》记载，时任沅州知府张樾和芷江知县李惟丙，为了讨好慈禧太后便设计了此图案。因为在京城，慈禧是不敢擅自在紫禁城里坏了祖宗的规矩，搞"凤在上，龙在下"的图案，地方官员却有意在这个小小的地方做了手脚。

芷江北郊的明山，是《中国古今地名大辞典》为数不多的几座名山之一。明山逶迤起伏，峰峦叠嶂，杜鹃遍野，达方圆几十千米，主峰海拔1008.2米。有人形容"缛浓翠色层叠，峰峰相对，岭岭相衔，遥望者但觉如屏风九叠，锦障千层"，因而获"明山叠翠"

图7-33 芷江天后宫

之称闻名。清朝举人杨凤鸣曾作诗《明山叠翠》："冉冉晴岚叠叠横，烟螺远岫自多情；辋川纵有丹青手，只恐当年画不成。"写出了明山的景之美，堪比陕西蓝田的辋川，就是王维这样的丹青高手，也难画出如此美景。正因为风景如画，明代在明山顶修建了"明山观"，曾毁于战乱，重建后香火盛行，为周边三省十八县民众朝山拜佛的旅游胜地，每年农历三月三朝山拜佛者达七八万之众。更称奇的是，明山产的石头也受人尊崇，储藏量约1.9亿立方米，其石质深紫而带碧色，又名紫袍玉带石。除了具有斑斓多彩的特点外，明山石还有抗压、抗折、抗剪强度大、耐酸性好，并易锯、易切、易磨制抛光的性状，既可加工成高级建筑物的装饰板料，又能雕刻成大型山水、人物画屏、小型花卉鸟虫，而用明山石制作的砚台在明代就小有名气了。

抗战时期，芷江拥有远东第二大国际机场，见证了抗日战争结束的历史进程。1945年8月，中国抗战胜利洽降在芷江举行，芷江因此声名远播，成为抗战历史名城。芷江的中国人民抗日纪念馆、飞虎队纪念馆是国家4A级景点。

12. 沅江上游的洪江

说到洪江，先谈谈安江镇。安江镇是湘西沅水上游的重镇，1977年以前曾是黔阳地区行政中心所在地，当时属于黔阳县。洪江那时属于黔阳地区的一个县，唐代王昌龄被贬的黔城属于洪江县的一个镇。

1977年，黔阳行署迁移至榆树湾，随即改名怀化地区。1998年，洪江市与黔阳县合并，合并后是采用"洪江"或是用古称"雄溪"之名，进行大调查。最后定县城在"黔城"，取名"洪江"。原来的安江变为安江镇，原来的洪江降为洪江区。

以前的安江，居于雪峰山下，沅江边上。江边上宽敞的大畲坪田园中坐落着黔阳师专，黔阳师范，安江农校，黔阳一中等当地有名的学校；镇上，黔阳行署所属行政部门，著名的安江纱厂等企业都在这里，可谓该地区的政治经济文化中心。往邵阳洞口方向的雪峰山，崇山峻岭，延绵不断，风光优美；往怀化方向有一鸡公界，山势险峻，景色如画。随着怀化成为交通枢纽，这些单位相继迁址怀化。

安江是一个古镇，在沅江边上有一高高的镇江塔，也叫文峰塔，是古代为防止洪水泛滥的保护神。小时候，安江、洪江以及下游的浦市，沅陵，常德那些大地方，都是在我们渴望而神往的地方。鼎盛时期安江城市面积达5.8平方千米，境内国有工商企业250多家，常住城市人口达到11万人，仅安江纱厂1.5万人。早在1968年即建成"电视转播台"，可以收看稳定的电视节目。安江汽运，客运渡口长年车水马龙，人声鼎沸，堪称湖南一绝。

安江镇是稻作文明的起源地之一，也是杂交水稻的发祥地。在安江的沅水西岸岔头乡发现的距今7000多年前的高庙遗址中，先后发掘出土了距今7400年前的白陶器、釜、罐、钵等器皿，其中有粳稻残存物。该遗址位与安江农校隔河相望，是国家级重点文物保护单位，为2005年中国十大考古新发现。巧合的是，1953年，杂交水稻之父袁隆平分配到安江农校当教师，开启了他科研征程，1964年他发现了水稻具有杂交优势，1973年成功

图7-34 安江关圣宫

图 7-35 湘西洪江古商城

培育出三系杂交稻。如今，杂交水稻广植华夏，远播外域。安江，无疑是杂交水稻的发祥地，是袁隆平科研的福地，有人把这里称为"东方稻都"。

安江有一关圣宫，位于沅水河畔，建于明朝 1628 年，由民众集资修建，至今已有 390 年的历史。据传当时安江沅水河上有妖怪兴风作浪，祸害百姓，民众商议在此建一座关圣宫。关圣宫长约 32 米，占地面积 500 余平方米，门面牌楼用青石砌成，精雕细刻，人物花草栩栩如生。门口青石狮子为当时湖南省第一石狮，门对沅江，青石码头 64 级台阶直通大门。宫内有古戏台，第一进小殿堂，二为关圣殿，关公雕像，身穿战袍坐立，高 2 米左右，右手捋须，左手拿书，周仓手握

图 7-36 湘西洪江古塔

青龙大刀侧立。关圣宫在 1934 年红军长征时曾做过指挥部；1945 年湘西战役时，中国军队第四方面军司令王耀武奉命抗击，安江驻扎国民党部队达7 个军，并开辟了临时机场，司令部设安江关圣宫，在军民的共同努力下，最后取得了湘西战役的胜利。此外，长安寺、普觉寺、宋以方衣冠墓、诸葛井、文峰塔、关圣宫、李若水纪念馆。但交通的变迁，水运的衰落，这是黔阳变化的主要原因。

洪江建市虽不久，但这后起之秀的市，历史却十分久远。唐代王昌龄被贬此地时有"愁心寄明月，夜郎不成眠"的诗句。沅江之滨的洪江市，记载了湘西商业繁华与开放的历史；民国前，洪江洋溢着"舟楫满沅江，码头装卸忙。明清窨子屋，买卖算盘响。物连云贵川，财富达三江。名称小南京，可见多风光"的意境。

20 世纪 80 年代初我去过洪江，那时洪江的窨子屋、码头给我留下了深刻的印象。窨子屋大多建于明末清初，依山而建，为斗拱造型，外表为青瓦灰墙，飞檐翘角，雕龙画凤，屋内多为木质结构，多的达四层，有的甚至建有冲天楼（观光或晾晒衣被）；有的屋内建有天井。这些古窨子屋建筑群依照地形排列，错落有致，形成"七冲、八巷、九条街"的独特格局。在窨子屋门面的街道上，防火的太平缸随处可见，路面用青石板路铺就，

图 7-37　张家界永定区王家坪镇石堰坪村

蜿蜒迂回，与江边的码头相连。而古码头原汁原味，是历史发展的见证。近年我再去洪江，洪江的古商城已加强了保护和修葺，名气更大了。明清时期如康熙、乾隆、光绪及民国时期的门匾、门联、石雕、石刻、题字犹存，还有一些谈生意、打官司的复古表演，但记忆中30多年前交通繁盛的水路码头已荡然无存，这不能不说是一种遗憾。随着2022年电视剧《一代洪商》在央视播出，洪江的往事、昔日的繁盛呼之而出，感动国人。

……

限于篇幅，湘西还有许多有名气的市县、乡镇不能一一介绍了。

时代的变迁和经历了现代化的洗礼，湘西面貌已与沈从文先生笔下那个年代情形大相径庭。岁月已把五溪和沅江沿岸码头淹没或废弃，如云的樯橹所剩无几，风情独具的吊脚楼亦少见到。但湘西还是湘西，湘西仍在那里叙说古老的往事。世代杂居此地的苗族、侗族、瑶族、土家族等少数民族的特殊生产和生活方式、特殊的地理环境和独异的民族文化，使得湘西仍然风景如画，风情万种，仍有许许多多我们待解的神秘。

写不完神秘的湘西，道不完湘西的神秘；绘不完美丽的湘西，拍不完湘西的美丽……湘西还有许多可以大书特书的地方。但写到此，繁忙的事务使我不得不收笔了。

气清更觉山川近，心远愈知宇宙宽。洗去你曾经受到的影响，改变你的想法，你会突然觉得：湘西不神秘，湘西是个好地方！

附：湘西的几个名镇古寨

除了书中谈到的湘西少数民族村镇外，这里再选择几个特色村寨介绍于下。

1．通道县的芋头寨

芋头寨位于通道县南约 9000 米的烈江镇，因村落所傍的山形如芋头而得名。村寨现仍保持清中期的风貌，村民均为侗族，分为 7 个聚居点。姓氏主要有龙姓和杨姓，其中杨姓约占 70%。村寨初建于明代洪武年间（1368—1398 年），万历年间在寨内修建了驿道，嘉靖年间人丁兴旺，居住

图 1　通道芋头寨

规模扩大，形成村落。清代顺治年间逐渐形成 7 个聚居群。清中后期陆续修建了寨脚桥、龙氏鼓楼、牙上鼓楼、中步桥、塘坪桥、芦笙楼等，并维修了驿道。村寨现有鼓楼 4 座，风雨桥 3 座，门楼 1 座，古井 2 口，萨坛 2 个，古驿道 1.6 公里，呈现"寨头有鼓楼，寨尾有鼓楼"的格局。而三座风雨桥——"塘坪挢""塘头桥""中步桥"也很有特色，虽拱跨小，但构造古朴，各有特色，无一雷同。

2．会同县的高椅古村

会同县的高椅古村历史悠久，有"江南第一古村""中国十佳古村"的称谓。元朝至大四年 (1311 年)，杨氏先人杨盛隆、杨盛榜在巫水之滨寻觅到这块原称"渡轮田"的风水宝地。经观察，发现从城步、绥宁流来的雄溪（今巫水），经渡轮田时，随山势转了一个大湾，看上去如同一把以中央大山为椅背、两边小山为扶手的"太师椅"。其子孙杨廷秀、杨廷茂将渡轮

图 2　会同高椅古村

田古渡改名为高锡，后称之为高椅。经过 700 多年的发展，高椅已成为规模宏大、完整的村落。现保存完整的古建筑有 104 栋，最久远的一栋有 600 多年历史，多为湘西常见的青瓦白墙的窨子屋。村里保留着古老的傩堂戏、花鼓戏、阳戏和汉剧表演，气息质朴。高椅村民十分重视教育，明清两朝，高椅村共出文武人才 290 余人，名满湖湘。

3．凤凰县舒家塘古城堡

舒家塘古城堡位于凤凰县黄合乡境内，与贵州和重庆交界。据村里《杨氏族谱》记载，北宋杨家将杨六郎第三子杨再思，在皇佑四年（1049年）被封为征南大元帅，奉旨平定南方苗民领袖龙志高的起义，率兵路过此地，发现这里景色不错，位居要冲，形势险要，利于防守，于是下令驻扎于此，后定居下来。明朝万历年间，为稳定苗疆，朝廷拨白银扩建舒家塘堡垒，使舒家塘及周围的古营盘成为威镇南疆的著名堡垒之一。舒家塘

图 3　凤凰县舒家塘古城堡

堡依山而建，分为上、中、下三寨，现存的主体寨墙总长 1500 余米，高 6.8 米。寨墙顶部分为上层和内层两部分，上层宽 2 米，内层宽 1.2 米，每距 3 米有一个瞭望口，供寨人行走或巡护之用。相传舒家塘原名叫书架堂，寓书香门第、藏书丰富之意，从宋末到清末，共计培育了 39 位文臣武将。由于文官逐渐增多，"书架堂"改为了"书家堂"，"文革"期间，被改为"舒家塘"。有意思的是，舒家塘的村民姓杨不姓舒，杨姓是村中唯一大姓。古城堡往东约 1000 米有座山叫王坡，著名的"南长城"的古营盘即在此山顶。联合国教科文专家亨利博士曾这样评价舒家塘："我没有见过比舒家塘更古老更完整更完美的古城堡了。"

4．龙山县的捞车河土家寨

捞车河土家寨曾被《国家地理》杂志誉为"武陵土家第一寨"。捞车村由 6 个自然村寨组成，是一个有着 32 个姓氏的较大行政村，其中尤以彭、向、田姓氏居多。村民们说，他们是土司时期的彭公爵主、向老官人和田好汉三位土王的后代。捞车河的第一个特点是自然历史景观突出。寨子处于湘鄂两省交界处，靛房河与洗车河在这里交汇，交汇的两条河把洗车河寨一分为三，河西是惹巴拉，河东是捞车、梁家寨、耶铺。整个寨子分段安卧在山水之间，如同一幅舒展的古代山水画。第二个特点是拥有典型的土家族建筑。古村的民居有单体和合体之分，单体民居有瓦屋、岩屋、茅屋、泥屋等，合体民居有转角楼、四水屋、窨子屋、冲天楼之分。远远望去，青瓦木楼、卵石护墙，栋栋吊角楼错落有致地紧紧相依，依山面水，古朴而壮观。此外，还有望月楼和跑马转角楼。跑马转角楼，又称走马转角楼，是湘西的标志性建筑之一。这里的树比村"冲天楼"是土家民居的集大成者，建修于清乾隆初年，面阔七柱六间，左右后堂屋正上方屋顶为两层冲天楼阁，高 10 米左右，飞檐翘角。第三个特点是村寨中仍保留有织锦工艺，手艺人有近 600 人，织机 400 多台，在"声声鸟语里，户户织机声"中，编织着他们美好的生活梦想。捞车河土家寨被国内外专家学者誉为"原生态民族民间文化博物馆""土家建筑博物馆"。

5. 辰溪县的五宝田

　　五宝田古村落位于辰溪县上蒲溪瑶族乡，地处辰溪、溆浦、中方三县交界的崇山峻岭中，距今有 300 多年的历史。先祖为肖宗安，于清康熙年间搬迁至此定居。相传选址时，发现溪流拐弯处小荒坡上有 5 个纵横排列有序的小土包，土包上芳草青青像极了元宝。风水师说，西边山脚有大片平地，将来可开出许多田园，配上 5 个元宝土包，就叫五宝田。该村前有一溪流，像一条玉带盘绕在盆地上，便有了玉带河的称谓。每家的房屋大门都向着溪水，取意财富"滚滚而来"。五宝田有着厚重的瑶乡文化。耕读所是肖氏家族秉承"耕读兴家"祖训的教习场所，大门横梁用青花细瓷嵌"三余余三"四字横幅，耐人寻味。考究其意，来自两个典故。"三余"出自《三国志》："冬者岁之余，夜者日之余，阴雨者晴之余。"即冬季、夜晚和雨天，意在耕耘劳作后，要把剩余时间用来读书。提醒后人要珍惜光阴，

图 5　辰溪县的五宝田村

学足"三余"。"余三"出自《礼记》孔颖达疏："每年之率，人物分为四分，一分拟为储积，三分而当年所用。二年又留一分，三年又留一分。是三年揔得三分，为一年之蓄。"即"三年之耕而余一年之食，九年之耕而余三年之食"之意，告诫后人要勤俭持家，以备饥荒。"三余余三"，正读和反读都相同，首尾回环。大门两旁书有王安石《书湖阴先生壁》诗中两句："一水护田将绿绕，两山排闼送青来。"把五宝田风光尽绘眼底。

6. 乾州古城

乾州古城，始建于明代嘉靖年间，石城墙垣环约 200 千米，全城有"向日门""鸿文门""宣化门"三门，是明清时期湘西苗疆边地中心，为湘西古四镇（乾州、铺市、里耶、茶洞）之首，与铜仁、镇远等古镇共同构成坚固的防御线。在镇压苗族人民的反抗战争中，清朝的一些名将重臣，如和琳、福康安等，都战死在这里，它的险要和在军事上的地位可见一斑。

图 6　乾州古城

乾州城与苗族主要居住地接壤，民风彪悍，清政府曾多次从这里征募兵勇，戍边抗倭。一些人因勇武善战得到朝廷册封，如抗法收台的陕甘总督杨岳斌、抗击八国联军的天津总兵罗荣光及诸多抗日名将。乾州古城的建筑有自己的特色，如南城门月城，城门中间为一座主楼，两边各一耳楼，布局成"品"字形。这个独具一格的"三门开"可以说在我国古城建筑中的确是难得一见的。抗战时，这里人声鼎沸，夜间灯火不灭。如今，那条小小的河流穿城而过，当地人在河边洗衣、锤衣，俨然一派古时的景象。

7. 新晃县的氽岩古屯

新晃县氽岩古屯，是一个具有数百年历史的民族村寨。古屯位于云贵高原的边缘，海拔600多米。古屯三面环山，西面有一条峡谷，清澈的龙溪水从下面流过，而对面的山则组成湖南与贵州犬牙交错的省界。站在悬崖边上，可俯瞰山脚下落差达300多米的岩板田村，平视贵州高楼坪和万山（汞矿）以及本县的方家屯乡的洞坡村。两人隔山喊话，虽能听清，但要见面，却要走上半天。这正是人称的"上山进云间，下山到河边，隔山能对话，行走要半天"的大山境况。氽岩古屯距县城10余千米，古屯依山而建，建筑独立成居，为纯木结构，地基则用石板堆砌而成。这个皆为姚姓的家族村落，经历了不知多少风雨岁月的繁衍壮大，承受着无数年成丰歉的

图7 新晃县的氽岩古屯

苦乐，村民至今依然保持着大山的淳朴。沿着西偏北的山路缓缓而下，可见一小石洞，这是唯一可以穿行下山，去对面贵州省的大门了。这个石洞很像微型的张家界天门山，洞口小得几乎要"瘦人小心过，胖人侧身行"了。在通向小天门的上方，有一座精致的单拱桥，桥底宽不过两米，桥高在 1.67 米左右。桥的旁边，有一四季不断的天然泉水，冬季少水时节，村民来此取水。泉水旁立一石碑，虽布满青苔，仍依稀可见"万古流芳，信士姚世宁，嘉庆二年"的字样。在村寨背后的悬崖上，有几处悬棺葬。从当地的历史判断，这里的悬棺葬应该发生在明代以后；从山势来看，有可能从山顶用绳索吊置于崖洞中。置身于氽岩古屯，能够让人感受到大自然与人类文明的进程以及侗族文化的历史原声。

参考资料

［1］《二十四史》（简字本体）．中华书局，1999 年版

［2］《大清一统志》．上海古籍出版社，2008 年版

［3］边疆民族资料初编·西北及西南民族（套装全 22 册）．知识产权出版社，2011 年版

［4］石启贵．《湘西苗族实地调查报告》．长沙：湖南人民出版社，1986 年版

［5］杨昌鑫．《土家族风俗志》．北京：商务印书馆．1989 年版

［6］［唐］段成式撰，《酉阳杂俎》．上海古籍出版社，2012 年版

［7］［宋］李舫．《太平御览》．中华书局，2000 年版

［8］［宋］寇宗奭．《本草衍义》．中国医药科技出版社，2019 年版

［9］［宋］周去非撰．《岭外代答》．中华书局，1999 年版

［10］［南宋］朱辅．《溪蛮丛笑》．上海商务印书馆，涵芬楼据明万历刻本影印本，民国二十九年

［11］［明］沈瓒等．《五溪蛮图志》．岳麓书社，2012 年版

［12］［清］谷应泰撰．《明史纪事本末》．中华书局，1977 年版

［13］［清］陈鸿作撰修，杨大诵撰．《黔阳县志》．同治十三年（1874）刻本

［14］［清］魏祝亭．《荆南苗俗记》．见《边疆民族资料初编》，知识产权出版社，2011 年版

［15］［清］方亨咸．《苗俗纪闻》．见《边疆民族资料初编》，知识产权出版社，2011 年版

［16］［清］魏裔介撰．《兼济堂文集》．中华书局，2007 年版

［17］［清］段汝霖．《楚南苗志》．长沙：岳麓书社，2008 年版

［18］［清］严如煜.《苗防备览》（道光二十三年刻本）

［19］［清］杨希震撰.《沅州志》（康熙年间）

［20］［清］李如瑶撰.《泸溪县志》，（雍正九年）影印版

［21］［清］俞克振撰.《晃州厅志》（道光年间）影印本

［22］［清］黄志璋撰.《麻阳县志》（康熙年间）影印本

［23］［清］毕本恕撰.《沅州府志》（乾隆三十年）影印本

［24］［清］盛菱绂撰.《芷江县志》（同治九年）影印本

［25］［清］周来贺等撰.《桑植县志》（同治十一年）影印本

［26］［清］蒋溥撰.《永顺县志》（乾隆九年）影印本

［27］［清］黄应培等撰.《凤凰厅志》（道光四年）影印本

［28］［清］唐守撰.《辰溪县志》（道光元年）影印本

［29］［清］杨翰等撰.《永绥厅志》（宣统年间）影印本

［30］［清］符为霖、刘沛等撰.《龙山县志》（同治九年）影印本

［31］［清］孙炳煜撰.《会同县志》（光绪二年）影印本

［32］［清］林书勋撰.《乾州厅志》（光绪三年）影印本

［33］［清］王家宾等撰.《沅州府志》（同治十二年）影印本

［34］［清］孙炳煜撰.《会同县志》（光绪二年）影印本

［35］［民国］刘锡藩.《苗荒小记》，上海商务印书馆，1928 年

［36］［民国］田兴奎，吴恭亨等撰.《慈利县志》（民国十二年）影印本

［37］［民国］吴佩剑等撰.《溆浦县志》（民国十年）影印本

［38］［民国］修承浩等撰.《沅陵县志》（民国十九年）影印本

［39］石宏规.《湘西苗族考察纪要》.长沙飞熊印务公司，1936 年版

［40］通道侗族自治县县志编纂委员会编.《通道县志》.北京：民族出版社，
　　　1999 年版

［41］凤凰县志编纂委员会.《凤凰县志》.湖南人民出版社，1988 年版

［42］靖州苗族侗族自治县县志编纂委员会.《靖州县志》.方志出版社，
　　　2010 年版

［43］李震一.《湖南的西北角》.长沙宇宙书局，1947 年版

［44］张治中.《张治中回忆录》.中国文史出版社，1993 年版

［45］龙山县修志办公室：《龙山县志》. 龙山县印刷厂1985年版

［46］伍新福.《苗族文化史》. 四川民族出版社，2000年版

［47］张良皋.《武陵土家》，生活. 新知. 读书三联店，2001年版

［48］凌纯声，芮逸夫.《湘西苗族调查报告》. 北京：民族出版社，2003
　　年版

［49］张正明.《土家族研究丛书》. 中央民族大学出版社，1999年版

［50］彭南均.《溪州土家族文人竹枝词注解》. 超星电子图书，2008年版

［51］罗汉田等.《中国少数民族住居文化》. 北京出版社，2000年版

［52］《全唐诗》. 上海古籍出版社，1986年版

［53］林河.《中国巫傩史》. 广州花城出版社，2001年版

［54］沈从文.《边城、湘行散记》. 人民文学出版社，2017年版

［55］罗维.《湘西王陈渠珍》. 知识产权出版社，2013年版

［56］陈渠珍.《艽野尘梦》. 商务印书馆国际有限公司，2015年版

［57］谭善祥.《怪臣满朝荐》（上、中、下），湖南人民出版社，2013年版

［58］冉光海.《中国土匪》. 重庆出版社，2005年版

［59］刘革学.《中国土匪大结局》. 湖北人民出版社，2008年版

［60］彭新云等.《中南大剿匪纪实》. 解放军出版社，2009年版

［61］倪进等.《湘西1949》. 新世界出版社，2009年版

［62］《清实录》. 中华书局，1985年版

［63］孙中山.《孙中山全集》第一卷. 中华书局，1981年版

［64］陈无我.《临城劫案纪事》. 岳麓书社，1987年版

［65］黄竹川.《近代中国土匪实录》. 河北人民出版社，1993年版

［66］罗香林. 古代越族文化考. 中南民族学院民研所主编，南方民族史论
　　文选集（一）

［67］郑英杰. 湘西文化源流再论. 吉首大学学报. 2000，21（3）

［68］舒向今. 五溪地区东周时期土著文化初探，贵州民族研究，1998，（1）

［69］张良皋. 土家族文化与吊脚楼. 湖北民族学院学报（哲学社会科学
　　版），2001，（1）

［70］黄柏权. 论武陵文化. 广西民族研究. 2002年

［71］吴玉宝，麻友世.《湘西苗族地区蛊的流行原因》. 怀化学院学报，
　　　2003 年 8 月
［72］何西亚.《盗匪问题之研究》. 泰东图书局，1925 年出版
［73］余和宝.《二十世纪上半叶中山兵匪见闻录》. 政协广东省中山市委员
　　　会文史资料 2004 年

后 记

早就有想写写湘西的冲动，查阅文献后发现这方面的著述不少，特别是关于"土匪"和"神秘现象"的描述，有些离奇的说法觉得影响了很多人。因此，想从不同角度来写写湘西。有人劝我写小说，说你有湘西生活的经历，了解的人和事很多，而且不需花费时间去查阅大量的文献资料。但一想，自己在创构小说方面的才华能力不够，且小说被认为虚构成分多，不如写成纪实或散文之类的文体可行些。

定下来后，从思考、查阅资料到动笔的过程中，由于工作所累，老是处于被动的忙碌状态，属于自己的时间所剩无几，一晃下来，五六年倏然过去。到痛下决心提笔撰写，也就是 2020 年的事。那年年初，由于新冠疫情的影响，居家时间较多，才得以静下心来逐一完善有关章节，完成了书稿。

书中所说的湘西，指的是大湘西，包括张家界市、湘西（吉首）自治州和怀化市等 20 余个县市。新中国成立后，由于行政区划的称谓变化，人们认为湘西指的就是吉首市所属县市；而因为行政区域的划分，三个市区在一些学术研究上也习惯于在自己的地域，而不是从大湘西的角度去考虑。

湘西虽在共和国的版图上不大，但这块土地上沉淀和繁衍着丰富的内容，传颂着延绵不绝的故事和神秘传说。然而真正让人们认识湘西的，是沈从文先生笔下的佳作，是抗战时期那烽火连天的岁月，是解放湘西时浴血奋战的剿匪场景。当然，还有张家界、凤凰、芷江抗战胜利坊、洪江古城等诸多美丽的风景名片。

在很多人的印象中，湘西是一块秘境，似乎有许多难以诠释的神秘现象，有无数隐藏在历史深处的谜。实际上，当你走进湘西，会发现它像一块晶莹的水晶，透射出丰富而迷人的色彩！本书只不过撷取了大湘西过往的几个历史片段、几个故事。任何史料都不可能全部真实地反映历史，研究只是为了迫近真实，写本书的目的也就是尽量地展示湘西的真实面貌。

湘西的故事在不断地延续着，湘西的文明在快速行进着，现代化进程已使湘西面貌发生根本性的变化。虽然湘西的山水景色、民族风情已与现代社会的脉搏同频共振，正在书写着新的湘西传奇，但它的原始风貌、民俗风情依然留在那里，根永远扎在那里。

这本拙作，我花费时间最长，思考得最多的，但难免挂一漏万。希望本书能够让你对湘西有一定的了解，唤起你对湘西的兴趣，激起你走进湘西的热情。在写作过程中，得到中国作家协会、中国科普所的大力支持，得到全国政协委员、北京理工大学李健教授，《科普时报》尹传红社长，中国科普所郑念研究员，湖南生物机电学院姚季伦等专家学者的关注并参与研讨，一些县市群众欣然接受采访并提供相关信息，在此一并表示感谢！

作者

2023 年 6 月